韩成武文集

卷二 杜诗艺术研究

韩成武 著

河北出版传媒集团
河北教育出版社

目 录

第一章 语言大师的叙事艺术 …………………………………… 1
第二章 引入丽景,深化愁情
　　　——杜诗的取景特色 ………………………………… 11
第三章 客体落墨,主体生辉
　　　——杜诗的侧写手法 ………………………………… 20
第四章 时空并驭,造境宏深
　　　——杜诗的造境技巧 ………………………………… 30
第五章 诗境空阔,身世孤微
　　　——杜诗的反衬手法 ………………………………… 36
第六章 杜诗的题画、咏画艺术 ………………………………… 43
第七章 杜诗的用典艺术 ………………………………………… 53
第八章 杜诗的炼字艺术 ………………………………………… 67
第九章 杜诗的句法艺术 ………………………………………… 79
第十章 杜甫律诗章法研究 ……………………………………… 92
第十一章 杜诗"流水对"艺术探讨 …………………………… 102
第十二章 杜诗"当句对"艺术探讨 …………………………… 118
第十三章 杜诗"借对"艺术探讨 ……………………………… 125
第十四章 杜甫对近体诗声律之建构 …………………………… 139
第十五章 杜诗景语研究 ………………………………………… 162
第十六章 "沉郁顿挫"内涵新解 ……………………………… 173
第十七章 论杜甫的文艺思想与实践 …………………………… 185

第十八章　杜甫在中国诗歌发展史上的十个创新之举……………193
第十九章　杜甫绝句体制研究…………………………………205
第二十章　杜甫排律体制研究…………………………………220
第二十一章　杜甫五律体制研究………………………………236
第二十二章　杜甫七律体制研究………………………………280

第一章　语言大师的叙事艺术

提起当今的文学创作，尤其是影视文学作品，称得起成功之作的实在是寥寥无几。别的且不说，光是拖沓、拉杂这一点，就已让人感到头疼。与主题或情感毫无关系的场面、情节，甚至是细节，被编导们眉飞色舞地端了出来。特别是那些电视连续剧，一拍就是几十集，有那么多的事情可叙吗？没事找事叙，没话找话说，杂烩菜，多味汤，吃不吃由你。不是没有好作品，《三国演义》《西游记》《水浒》，就制得出色。主题鲜明，情节紧凑，无枝蔓，无游词，能把你的眼球吸在荧屏上，一个情节没看到，就有接不上头绪的遗憾，可惜这样的作品太少了。在反映当代人生活的作品中，我们的编导表现出基本理论知识的贫乏，他们似乎不知道文学创作还需要对生活素材进行剪裁。剪裁本是文学创作的基本手法，作者根据表达主题的需要，必须对生活素材进行取舍。尤其是叙事性的作品，这种手法显得非常必要。一个作者如果连这个理论常识都不具备，要能写出好的作品是困难的。即如当今的电视连续剧，就有不少是在这个问题上栽下马的。有人说，看这样的连续剧，你就是中途睡上半个小时，睁眼再看，也能接得上头。

文学艺术来不得粗放，粗放是文学艺术的死敌。我们应该大张旗鼓地反对粗制滥造，提倡"十年磨一剑"的敬业精神。在强调文学工作者学习文艺理论的同时，为他们提供一些可资借鉴的优秀作品，是必要的。

杜甫的诗歌作品可以称得上是创作的典范。他的后半生虽是在战乱和流离中度过的，但是在创作上从不苟且。"世人共卤莽，吾道属艰难！"他刻苦研究艺术之道，可谓呕心沥血，"新诗改罢自长吟"，一首诗从草创到定稿，不知要修改多少遍，一旦拿出来，一定要它"毫发无遗憾"。唯其如此,他才获得了"诗圣"的桂冠。在这一章里,我们来看他的叙事技巧。

杜甫擅长叙事,一生写了不少优秀的叙事诗,这些作品准确而生动地反映了唐王朝由盛转衰的时代面貌和乱世人情心理特征,其艺术造诣也达到了叙事诗的巅峰。杜诗的叙事技巧,有两个方面最为显著,即合理剪裁与细节描写。这二者表现在使用笔墨上正好相反,前者不吝其简,后者不厌其详,而艺术心理则是一个:在有限的篇幅里使主题鲜明突出,使生活感受得以生动表达。杜甫在叙事诗中,把这二者兼而用之,从而使作品既叙事练达,又具有很强的抒情性。其叙事技巧为后人提供了宝贵的借鉴,值得我们认真研究和汲取。

一、剪枝裁蔓,突出主干

我们来看杜甫是如何使用剪裁手法的。杜甫叙事诗的代表作有"三吏""三别"《羌村三首》《自京赴奉先县咏怀五百字》《北征》《佳人》《遭田父泥饮美严中丞》等,均能以简约的篇幅,把复杂的故事生动地叙述出来,把深刻的主题表现出来。探求其主要成因,就是他懂得剪裁的必要,而且能够纯熟地使用这种手法。且以《石壕吏》为例试作分析。原诗如下:

> 暮投石壕村,有吏夜捉人。
> 老翁逾墙走,老妇出看门。
> 吏呼一何怒,妇啼一何苦。
> 听妇前致词:三男邺城戍。
> 一男附书至,二男新战死。
> 存者且偷生,死者长已矣。
> 室中更无人,惟有乳下孙。
> 有孙母未去,出入无完裙。
> 老妪力虽衰,请从吏夜归。

急应河阳役，犹得备晨炊。
夜久语声绝，如闻泣幽咽。
天明登前途，独与老翁别。

这是一首人人知晓的诗，其文字之通俗晓畅，常常使人忽略它的艺术价值（俗眼每以文字艰深的作品为高级）。可是，仔细推敲，就会发现它在剪裁方面所放射出的夺目的光彩。

诗的开端二句，光彩就已显现出来。从时间上看，第一句写的是"暮"，第二句就进入到"夜"，这两句在时间上跨度很大。再从所写的事件来看，第一句写的是诗人投宿，第二句写的是差吏捉人，两句在所写的事件上跨度也很大。如果从生活的原貌去考虑，由傍晚时诗人投宿，到夜间差吏前来捉人，这中间该有众多的生活琐事须由诗人去经历。比如，他来到石壕村，要寻找住处，在那个兵荒马乱的岁月，人们是不肯轻易留生人住宿的，所以他一定会吃到不少闭门羹；好不容易找到一户善心人家，得以住了下来，还要吃晚饭，洗脚，上床，入睡。这些生活琐事是必须经历的，但诗人把它们统统剪掉了。因为这些琐事与要叙述的中心故事无关，与所要表达的主题无关，如果写了它们，势必会造成累赘，喧宾夺主，乃至冲淡主题。假如让今天某些电视连续剧的编导去表现诗人的这段经历，就恐怕会搞成如下的模样：

暮投石壕村，周身汗涔涔。
挨家求住宿，十室九闭门。
幸遇殷勤主，开门问苦辛。
为我明蜡烛，为我洗风尘。
草草晚餐罢，悠悠度梦魂。
忽闻犬声烈，有吏夜捉人。

甚至比这还要琐碎，还要糟糕。清代人方东树说得好："为文之道，割爱而已。"[1]之所以要强调"割爱"，就是因为一般心理认为"文章总是自己的好"，不忍痛割爱，就除不掉这些赘疣。设想杜甫写这两句诗的过

---

[1]方东树《昭昧詹言》，人民文学出版社，1961年，第477页。

程中，很可能在其间也曾杂有枝枝蔓蔓，但他是能够割爱的人，"新诗改罢自长吟"，他所说的"改"是指炼字、炼句，所说的"吟"是在探求声律、韵律的和谐。杜甫从没说过"一挥而就"之类的牛气话，这是他的老实处。

　　这首诗明显使用剪裁手法的地方还有很多。例如，"老翁逾墙走，老妇出看门"，字面上说的是各走一方，似乎老翁的逃走，老妇并不知道。可是当我们读到下文，发现老妇向差吏报告屋里人口时没有说出老翁来，便可明白，她是知道老翁逃走的。那么，老两口在紧急之际商量对策的情节是被作者剪掉了。剪掉了这个情节，又能在适当的地方给予交代，这就是他的高明之处。倘若在别人的笔下（例如白居易），这个"商量对策"的情节又不知要耗去多少笔墨。

　　还有个更重要的使用剪裁的地方，那就是叙述差吏和老妇在门前较量的场面，作者只写了老妇的答话，而没写差吏的逼问。对于老妇的答话也仅仅写了13句。然而诗中分明又说"夜久语声绝"，从"夜捉人"而至"夜久"，这说明门前的这番较量是历时颇长的。倘若只是老妇一人说话，说完这13句话有几分钟就足够了。实际上，作者是为了节省字面，剪掉了差吏的逼问，而采用"以答代问"的方式，通过老妇的答话间接地表现差吏的逼问。这从韵脚的变换来看，用意也很清楚。杜甫把老妇人的13句话分为三个内容层次，第一层讲外面儿子们的情况，第二层讲屋里人口的情况，第三层讲她个人请求服兵役，而每一个层次的讲话内容，都意味着差吏的一层逼问。差吏三层逼问的内容依次应为："你的儿子们呢？让他们跟我们走！""那你家里还有什么人？老实讲！""无论如何你家得出个服役的，你看是谁去吧！"这些逼问绝不是我们凭空给差吏加上的。理由很清楚，老妇人是不愿意家中人再去服兵役的，她让老头跳墙逃跑，她在差吏面前哭泣哀求，都说明她是在想方设法躲过这场灾难。作者没有正面去写差吏的逼问，而是通过描写老妇人的三层答话，把差吏步步进逼、毫不留情的嘴脸表现出来。这个门前较量的情节，倘若在一般作者的笔下，是一定要把双方的问答言语通通端上来的；然而，如此下笔，把一切都端给读者，把本来属于读者的想象空间通通占满，把读者的艺术再造的途径通通堵死，还有什么艺术可言！这样的诗，确乎"老妪能解"了，但艺术的生命同时被扼杀了。苏辙曾批评白居易的叙事诗，说道："白乐天诗，词甚工，然拙于纪事，寸步不遗，犹恐失之。此所以望老杜之藩垣而不及也。"[1]张戒也认为白居易的诗"其词伤于太烦，其意伤于太尽"[2]。所谓"寸步不遗，犹恐失之"，所谓"太烦""太尽"，就是批评白居易不擅剪裁，对于生活素材，无论主次，兼收并蓄，情节进展缓慢。清人刘熙载也有这种看法："尊老杜者病香山，谓其'拙于纪事，寸步不遗，犹恐失之'，不及杜之'注坡蓦涧'，似也。"[3]"注坡蓦涧"是形容速度快，像马从斜坡上奔下来，像鸟从山涧中飞起来，是说杜甫叙事进展快。清人黄子云也认为白居易的叙事诗有这种缺陷，他说："事太详则语冗而势涣，故香山失之浅；太简则意暗而气馁，故昌谷失之促。二者均有过、不及之弊。非有才气溢涌、手眼兼到者不能。"[4]叙事"太详"，这实在是白居易叙事诗的大病，也是他无法超越杜甫的主要原因之一。白居易这样做，大概是担心因剪裁而造成故事情节跳跃，致使人们读不懂；而由于剪裁的失当，造成诗意含糊，李贺也确实有之。所以，我们在强调剪裁的同时，还必须强调诗的意脉衔接问题，绝不是说剪得越苦越好。还是苏辙说得好："事不接，文不属，如连山断岭，虽相去绝远，而气象联络，观者知其脉理之为一也。"[5]既要形成"断岭"，又要顾及"脉理"，做到事不连而意连，词句简而意不晦，这并不是容易做到的。杜甫在这个方面处理得恰到好处，例如，他在行文中剪掉了老翁与老妇商量对策的情节，形成了一处"断岭"，那么老翁的逃走是否为老妇所知呢？作者在叙述老妇向差吏报告家中人口时，写她隐瞒了老翁，则这个"连山"就与"断岭"构成了"气象联络"，使"脉理"前后贯通了。

老妇被差吏捉走，是此诗的重要情节，一般说来，是要予以交代的。而杜甫却惜墨如金，竟把它也给剪掉了。于是，又出现了一个"断岭"，它的内容是由"天明登前途，独与老翁别"这个情节来填充的。至于老

---

[1] 苏辙《栾城集》，上海古籍出版社，1987年，第1553页。
[2] 吴文治《宋诗话全编》，江苏古籍出版社，1998年，第3243页。
[3] 刘熙载《艺概》，上海古籍出版社，1978年，第64页。
[4] 王夫之等《清诗话·野鸿诗的》，上海古籍出版社，1999年，第850页。
[5] 苏辙《栾城集》，上海古籍出版社，1987年，第1553页。

翁何时回的家,诗中也未交代,这是因为它与中心故事没有关系。若是在"寸步不遗"的作者笔下,必定又会出现几行文字的。

从《石壕吏》这首诗,我们可以看出杜甫的剪裁手法主要有两点:其一,果断地剪掉与中心故事无关的生活琐事,使故事的主干得以突出;其二,对于中心故事的某些情节,凡是能在其他情节中予以照应、填充的,则把它们剪掉,由此出现的情节断线,交由读者通过联想去作补充。作者是绝不怀疑读者的阅读能力的。唯其能够如此,所以,尽管这首诗所写故事的自然情节很多,但写入诗中的却不多,仅用24行就把它写完了。这条宝贵的"为文之道",真值得我们虚心来学习。

还想顺便谈谈当今读本对这首诗做的标点问题。当今的唐诗选注本,一般都选了这首诗,同时也毫无例外地给老妇的13句话加上了一组引号。岂不知这引号一加,给读者的信息,老妇的13句话就成了一连串说出来的了。这实在是一种误导,让人以为老妇的态度是"自请服役",似乎老妇把门一开,就对差吏说上了:我虽然为国家捐献了三个儿子,虽说家中只有孤儿寡母、老弱病残,可是我仍然要求去当兵!——这哪里还是作者的原意?本来是一首深刻揭露黑暗兵役制度的诗,却变了主旨,而且造成诗歌意脉梗塞,自相矛盾:既然老妇如此仗义勇为,何不偕同老头一起应征呢?须知,老头逃跑之事她是知道的,很有可能就是她出的主意。古时候没有标点符号,也就不存在人为的误导问题。如今整理和注释古籍,要加上标点,这实在不是一件轻松的工作。除了要求从事者具备古文语法知识,还须具备古典诗歌艺术手法方面的修养。

《遭田父泥饮美严中丞》这首叙事诗,在剪裁上同样表现出高超的技巧。全诗写邻家老农的盛情款宴,赞美农民的淳朴品德。开头四句写道:"步屧随春风,村村自花柳。田翁逼社日,邀我尝春酒。酒酣夸新尹,畜眼未见有。"前两句是饮宴的序幕,春光明媚的早晨,诗人穿着草鞋,追随春风的脚步,去游赏春景,只见那村村寨寨,都已是花明柳媚,春意盎然了。发端笔墨轻快,为全诗定下一个喜悦的基调。紧接着,三、四两句便直奔中心故事,"田翁逼社日,邀我尝春酒",如此叙事,干净利落,无枝无蔓,主干鲜明。而接下来便写"酒酣"之后的境况,由"邀"到"酣",剪掉了许多琐屑场面,令人叹服老杜的剪裁功力。

其他一些叙事性的作品，也处处能表现出作者根据主题的需要而对生活素材进行剪裁的意识和能力。如《自京赴奉先县咏怀五百字》，记录从长安到奉先县一路的经历，也没有所遇皆录，写成流水账，而是把笔墨集中在"过骊山"时的见闻和"渡泾渭"的情况来写。从"客子中夜发"一下子就过渡到"凌晨过骊山"，其间六十里路程的行进情况，只用"霜严衣带断，指直不能结"两句带过，可谓精简至极。而写途经骊山时的见闻，则用了32句，从吃喝穿戴、歌舞享乐等诸多方面，细写玄宗君臣的腐化堕落。之所以详写，是因为这是表达主题的得力之处。过了骊山，前往临潼渡口，几十里路程仅用"北辕就泾渭"一句带过，而对于渡河的艰难曲折则详细用笔，写官家渡口改动，写河面浮冰险恶，写桥梁摇摇欲坠，写行人心惊胆战，这一情节共用了10句。之所以如此详尽，他的用意是想以小见大地概括长安十年的坎坷的人生道路，并书写对国家时局的隐忧。过了泾渭二水，前往奉先县，一路行程情况则又只字不提，紧接着就写到家后的所见所闻。诸如此类，根据表达主题的需要，详则不惜笔墨篇幅，略则惜墨如金，大刀阔斧地删掉那些游离于主题之外的琐屑情节，使其中心得以突出，令人不得不钦服作者的叙事精工。

二、擅描细节，包孕感受

剪掉生活琐事以使主干突出，这只是杜甫写作叙事诗的技巧之一。与此同时，他还十分注重细节描写，在描写细节上不惜花费大量的笔墨。考其原因，他选择这些细节，主要之处并不在于把人物、场面写得形象、生动，而是要用这些细节包孕他的生活感受，也就是用细节来抒发情怀。

前面说到《自京赴奉先县咏怀五百字》所写过河一段文字，就是精彩的细节描写："北辕就泾渭，官渡又改辙。群冰从西下，极目高崒兀。疑是崆峒来，恐触天柱折。河梁幸未坼，枝撑声窸窣。行旅相攀援，川广不可越。"这段文字写得异常细致，写官家渡口移动位置，只好改辙前往新的渡口，到了新渡口又无船可渡，因为河面上冰块累累如山，幸好有一座桥尚未毁坏，然而梁柱已是吱吱咯咯，摇摇欲坠，行人走在上面，相互搀扶，提心吊胆。作者写这些琐碎情况，绝不是自然主义的无意之笔。当我们联系到本诗第一部分作者的"述志"，就会得其用心。作者讲述他十年长安生活，是壮志遭屈的十年，又是屈而不改的十年，许身"稷契"，而横遭权贵和世俗的白眼，生活艰难，而又咬牙坚持，希望能获得进身的机会，"盖棺事则已，此志常觊豁"。在理想与现实的矛盾中，他只有"沉饮聊自遣，放歌破愁绝"。总之，他此时的心情是正大的理想无法实现的极度苦闷。用这种心情去审视"渡河"这一处细节描写，就不难发现其中的抒情意味。作者显然是在用以小见大的手法，通过这一细节的描写，展现其长安十年的曲折而艰辛的历程，抒发其苦闷、沉郁的内心感受。

这首诗中还有不少这样的细节描写，均以抒写沉郁情怀为旨归。如"霜严衣带断，指直不能结"，寒霜冻断了衣带，冻僵的手指不能把衣带系结起来。这遭际既是眼前的，又是过去十年的，既是写实，又是在抒写感慨。又如"凌晨过骊山，御榻在嵽嵲。蚩尤塞寒空，蹴踏崖谷滑。瑶池气郁律，羽林相摩戛"。前两句已经写到了骊山上的玄宗，一般说来，笔势应该下接"瑶池""羽林"，但作者却在这中间插入"蚩尤塞寒空，蹴踏崖谷滑"，这两句是写自己在漫天的寒雾中，在湿滑的山路上行走的情景。这个细节描写的蕴意十分深厚，它与下面两句所写的玄宗生活构成鲜明的对比：一个是走在骊山脚下的诗人，一个是高卧骊山行宫的皇帝；诗人被漫天的寒雾所困扰，皇帝被蒸腾的暖气所围裹；诗人走在一步三滑的山路上，时时都可能栽入谷底，皇帝则被层层的羽林军保护，毫无生命之忧。作者通过这个细节，抒写了他心中的不平：同样是人啊，竟有如此的境遇区别！从而表达出他思想深处可贵的众生平等意识。

《羌村三首》则全由典型的细节描写构成。诗人选择了千里归来与家人初见的细节："妻孥怪我在，惊定还拭泪。"由乍见而"怪"（疑惑生还），"怪"而复"惊"（惊喜），"惊定"之后仍然"拭泪"，写出妻子儿女感情的复杂变化过程：疑惑→惊喜→悲伤，曲尽乱世中的人情心理特征，以细见巨地抒发出诗人的乱离之慨。"邻人满墙头，感叹亦歔欷"，写邻人围观，歔欷感叹，这个细节也分明在显示乱世生还的难得，是以他人的伤感来表达作者的自怜自惜。"夜阑更秉烛，相对如梦寐"，写夜阑不寐，秉烛对视，恍如梦中，这个细节同样具有丰富的情感包孕：乱离之悲伤，重逢之惊喜与疑惧,尽在其中。其他如"娇儿不离膝,畏我复却去"之写乱世之中的父子深情,"忆昔好追凉,故绕池边树"之写对国事、家事的忧心如焚,"赖知禾黍收,已觉糟床注"之写渴望以酒浇愁,无不具有深厚的情感蕴藏。作者不发议论,而将其生活感受融入细节之中,让这些可视可闻的生活细节作用于读者的感官,使人思而得之,这就使诗歌具有了韵味。譬如醇酒香茶,具有品而后知的妙趣。

《北征》诗中,以大量的笔墨写家庭生活细节,不知此中蕴意的人称之为"闲笔"(见《闲园诗摘钞》),而实际上是作者借此抒写乱世感受。"平生所娇儿,颜色白胜雪。见耶背面啼,垢腻脚不袜。床前两小女,补缀才过膝。海图拆波涛,旧绣移曲折。天吴及紫凤,颠倒在短褐。"如此细写儿女的破烂衣着、惨淡容颜,不但表现出为父的愧疚,更见出他对动乱时代的感慨。杜诗的"诗史"内涵,不仅表现为对国家时局的关注和记录,即便是在描写个人家庭生活的作品中,也能使人感受到时代的氛围。文学作品的创作规律,总是以个别来反映一般。透过这段文字,我们不难看到安史之乱时期广大人民的惨痛生活。而杜甫又是习惯于由个人家庭的不幸而联及社会众生的不幸的,诚如他在《自京赴奉先县咏怀五百字》中所说:"生常免租税,名不隶征伐。抚迹犹酸辛,平人固骚屑。"他由自己的小儿子被饿死,进而想到人世上的那些"失业徒"和"远戍卒",说像自己这样一不用交租、二不用当兵的家庭还难免于辛酸,那些平民百姓就更不在话下了。既然杜甫有这个推己及人的思维定式,那么他在描写儿女穿着的时候,其主观意识中自然也在关照着平民百姓的儿女。所以说,这段文字实在不是"闲笔"。高尚的文学只能出自高尚者的手中,解读高尚的文学也需要有高尚的思想。在中国古代诗人行列中,杜甫是处于道德顶峰状态的诗人,他的深沉的人道精神和悲天悯人的情感,并不是人人都能认识和理解的,这就是某些人把杜甫描写家庭细节生活看作"闲笔"的原因之一。

又如《佳人》一诗,写一位被轻薄丈夫遗弃而退居山野的女子,她虽生活困窘,但能坚守节操。作者选用了三个细节以现其情志:"摘花不插发,采柏动盈掬。天寒翠袖薄,日暮倚修竹。""摘花",自是写出女人的天性;"不插发",则写出她心情的悲凄。"采柏"而至于每每"盈掬",这个细节的情感蕴藏也很丰富：其一，柏枝味苦，与此女的苦难身世相合，则"采柏"之行为，分明是此女在感叹身世；其二，柏枝坚节，与此女的节操相合，则"采柏"之行为，又分明是此女在自坚其志。而写她在天寒日暮之际，身穿翠衣，倚竹而立，此时，人与修竹融为一体，则修竹之坚节与佳人之坚节，已构成互映的关系。《佳人》一诗作于杜甫到达秦州之后，此前，杜甫被昏君肃宗疏远，由左拾遗外放为华州掾，品性刚正的他，索性辞官走向山野。由此可见，杜甫的身世正与佳人相同，他显然是在借《佳人》以自叹身世，自明心志。

应该认识到，杜甫叙事诗中的细节描写，其写作目的并非如后代的小说、戏剧那样为的是刻画人物形象，而是通过这些细节来抒情，来表现他对时代生活的深刻感受的。从这个角度来看，称杜甫的这类作品为叙事诗，确乎比较勉强。从这类作品所具有的浓重的抒情性质来看，似乎仍然应归属为抒情诗。因为抒情的方式是多样的，有通过写景以抒情的，有通过议论以抒情的，也有通过叙事以抒情的。这里所说的"叙事"，并不重在展示故事的情节，而是重在以典型的细节包容生活感受，故而每个细节都是作为抒情因子的身份而存在的，这是杜甫叙事作品的独特性之所在，也是区别于后世的叙事文学之所在。

第二章　引入丽景，深化愁情
——杜诗的取景特色

杜甫一生多悲愁。但是，在其表现悲愁的诸多诗篇中，却经常出现美丽的景色。无论这悲愁是为国事而生，为家事而生，为个人而生，为友人而生，还是为离别而生，大凡在言愁之时，常有丽景相伴。对于这种文学现象，似应从作者的心理上作一番探讨，从而得知其艺术匠心，并进而分析"以乐衬哀"手法的力原之所在，认识其艺术效果，以为今日所用。

一、愁人笔下的绚丽景色

杜甫写诗排遣愁怀，始于困居长安时期，而弥盛于安史乱发之后。以景衬情，固然是诗家常法，但别人写愁，多以悲凄景物入诗；杜甫却反其道而行之，每以丽景入诗，愁愈深而景愈丽。且看如下诗例。

天宝五载（746），杜甫入长安求仕，颇遭坎坷，生活上也陷入了困苦之中，处于无处安身的境地。某次，他参加了贺兰长史在乐游园上举办的酒宴，酒酣耳热之际，作《乐游园歌》以写情怀，诗的末尾言道："此身饮罢无归处，独立苍茫自咏诗。"身无归处，愁情可知。然而在诗的前部，却极写乐游园一带的美好春色："乐游古园崒森爽，烟绵碧草萋萋长。公子华筵势最高，秦川对酒平如掌"，"青春波浪芙蓉园"，"曲江翠幕排银榜"，愁人、丽景，反差颇大。

安史之乱爆发，杜甫被叛军拘禁在长安城中，举目四望，京都人迹稀少，一片荒凉。然而，在《春望》诗中，他却依然引春花、春鸟进入诗篇,写春花绽放,春鸟欢鸣,造成了自然与人事的强烈对比。他曾在一个春日里,独自悄悄走到曲江岸边,但见"江头宫殿锁千门",昔日的繁华之地,如今已是一片荒寂。这使他老泪横流,哀伤不已,遂作《哀江头》一诗。在诗中,他仍旧描写了绮丽的"江草江花"和碧绿的"细柳新蒲"。

后来他逃出长安,投奔凤翔,在肃宗政府任左拾遗。几个月后,他告假前往羌村探望家属。在北征的路上,他目睹了战乱中田园的荒废景象:"靡靡逾阡陌,人烟眇萧瑟。所遇多被伤,呻吟更流血。"与此同时,他又描写了山中的美好秋色:"菊垂今秋花,石戴古车辙。青云动高兴,幽事亦可悦。山果多琐细,罗生杂橡栗。或红如丹砂,或黑如点漆。雨露之所濡,甘苦齐结实。"(《北征》)如此静美的秋色,正与苦难的人间构成鲜明的对比。人世不如自然,人命不如草木,这种巨大的悲叹正在不言中。古人对于此种笔墨的用意未能了然,杨伦《杜诗镜铨》引张上若语云:"凡作极紧要、极忙文字,偏向极不要紧、极闲处传神,乃'夕阳返照'之法,惟老杜能之。如篇中'青云''幽事'一段,他人于正事、实事尚铺写不了,何暇及此?"[1]《唐诗归》于"幽事"几句评云:"往往奔走愁寂,偏有一副极闲心眼,看景入妙入微。"[2]总之,在他们的眼中,这段文字是闲笔,只因为是诗圣的笔墨,就得往好处去说,却又未能说到真正的妙处,有如矬子看戏,本不知台上的妙处,只是胡乱喊好而已。

杜甫的故乡在战乱中遭到破坏,兄弟们也离散了。有一次,他从华州任上回到故乡,希望能看见弟弟们,却大失所望,故乡已是"断绝人烟久",诸弟们依旧"东西消息稀"。然而春色却十分美好,杜甫在伤感之际,将其引入诗中,写道:"故园花自发,春日鸟还飞。"(《忆弟二首》)这一笔绚丽的春色,将人事的悲哀推到极处。杜甫还有个堂弟,幼小时就聪明绝伦,三年前在战乱中死在河间。杜甫写《不归》悼念之,诗云:"面上三年土,春风草又生。"前句写堂弟葬无棺木,面覆黄土,极后事之悲惨;后句写坟上春风和暖,春草吐绿,极春光之绚丽。二者构成强烈的对比。

---

[1] 杨伦《杜诗镜铨》,上海古籍出版社,1998年,第160页。
[2] 陈伯海《唐诗汇评》(上册),浙江教育出版社,1995年,第957页。

杜甫后半生漂泊西南天地间，因为战乱，思归故乡而不得，是其诗歌的常见主题。《奉酬李都督表丈早春作》写道："红入桃花嫩，青归柳叶新。望乡应未已，四海尚风尘。"桃花初红，柳叶始青，大自然的早春景致与四海风尘的人间，构成巨大的反差。在川北流浪期间，偶然遇到了阔别四十年的儿时伙伴，不料相逢之宴即是分别之席，杜甫十分伤感，写诗相赠。在充满离情别恨的诗行中，却又插入美好的"剑南春色"，写"桃花红似锦"，写"柳絮白于绵"（《送路六侍御入朝》），将一片绚丽景色布置在愁人身边。此时他虽无官职在身，却依然密切地关注国家的时局。在川北客居时，听到长安被吐蕃攻陷，代宗君臣狼狈出逃，不禁忧心如焚，作《早花》诗云："西京安稳未？不见一人来。腊日巴江曲，山花已自开。盈盈当雪杏，艳艳待春梅。直苦风尘暗，谁忧客鬓催！"君主蒙尘，诗人增添白发，国事真不堪想象；却又在诗中引入早开的山花、盈盈的杏花、艳艳的梅花，构成自然与国事的极度不和谐。又如《城上》所写："草满巴西绿，城空白日长。"盎然的春意与萧条的城市构成反差。又如《伤春五首》其二所写："莺入新年语，花开满故枝。天清风卷幔，草碧水连池。牢落官军远，萧条万事危。鬓毛元自白，泪点向来垂。"美好的春色与艰难的时局构成反差。又如《春日梓州登楼二首》其一所写："行路难如此，登楼望欲迷。身无却少壮，迹有但羁栖。江水流城郭，春风入鼓鼙。双双新燕子，依旧已衔泥。"春风、新燕与动荡的时局和漂泊的身世，构成反差。

移居夔州以后，漂泊之感与思乡之情更为浓重。在抒发这些感情的诗篇中，时见有极不和谐的丽景出现。如《入宅三首》其二所写："乱后居难定，春归客未还。水生鱼复浦，云暖麝香山。"前两句写有家难回的伤痛，后两句却写初夏的美景。又如《暮春题瀼西新赁草屋五首》其三所写："彩云阴复白，锦树晓来青。身世双蓬鬓，乾坤一草亭。"明明是自叹身世艰难，却要请来"彩云""锦树"陪在身边。

在漂泊荆湘的最后三年所写的诗中，引丽景对愁怀的现象更是多见。如《上巳日徐司录林园宴集》所写："鬓毛垂领白，花蕊亚枝红。"前句写白发垂领，容颜衰飒，后句却写花蕊压枝，鲜红耀眼。老人、嫩蕊，构成极大的反差。又如《舟月对驿近寺》，全诗如下："更深不假烛，月朗自明船。金刹青枫外,朱楼白水边。城乌啼眇眇,野鹭宿娟娟。皓首江湖客,钩帘独未眠。"诗人皓首漂泊,深夜难眠,愁苦之情可以想见。但作者却把身边的夜景写得异常美好:皓月当空,水天一片明洁。金刹朱楼,依稀可望。青枫白水,色彩鲜明。城头乌鹊,啼声轻细;江边野鹭,睡态娟静。多么幽美的夜色啊!然而这夜色中的诗人又是多么衰飒,多么不幸!自然之景已将诗人逼到无处容身的地步,而这正是作者所要表达的感慨。

其他如"今朝云细薄,昨夜月清圆。飘泊南庭老,只应学水仙"(《舟中》),云细月圆,风光秀丽,与诗人漂泊南国,形成鲜明的对比。又如"春岸桃花水,云帆枫树林。偷生长避地,适远更沾襟"(《南征》),偷生涉远,苦泪沾巾,却要陪以"桃花水""枫树林"。又如"驿边沙旧白,湖外草新青。万象皆春气,孤槎自客星"(《宿白沙驿》),万象皆春,与孤舟漂泊构成反差。又如"秦城楼阁烟花里,汉主山河锦绣中。春水春来洞庭阔,白蘋愁杀白头翁"(《清明二首》其二),将一介白头老翁置身于花团锦簇之中,愈见其衰飒。又如"残年傍水国,落日对春华。树蜜早蜂乱,江泥轻燕斜"(《入乔口》),"落日",亦"残年"之意,"落日对春华"五个字,说尽了上述诗例的艺术构思。

笔者不厌其烦地罗列这类诗例,无非是想强调杜甫写愁的一种方式。虽说杜甫写愁也有以苦景入诗的时候,但是如此众多的以丽景伴愁人,以丽景增愁情,确实是他抒写愁怀的用笔特点。而且,他一生都坚持了这个特点,所以给人的印象十分深刻。

二、丽景增愁的心理分析

刘勰《文心雕龙·物色篇》说:"春秋代序,阴阳惨舒。物色之动,心亦摇焉。"[1]这是讲的自然景物对作家情感的影响和作用。但是他只说阴沉的景物使人心情凄惨,阳和的景物使人心情舒畅,如此表述客观景物与主观情志的关系,就显得简单化了。事实上,人的主观情感对于客观景物

---

[1] 周振甫《文心雕龙今译》,中华书局,1986年,第409页。

的反应,并不像风吹草靡、石击浪生那样的被动。面对阴沉的景物,不一定就心情凄惨;面对阳和的景物,也不一定就心情舒畅。人的心情主要是生自他所经历的社会生活,是生活上的顺逆决定着他心情的性质。他怀着这种来自生活的情感,去接触客观景物,对客观景物的反应就不会是那样的简单,而是呈现为复杂的状况。假如他的心情是舒畅的,他怀着这种心情接触了阴沉的景物,则景物不会对他产生影响,他对这样的景物是视而不见的;另一种情况,他怀着舒畅的心情接触了阳和的景物,则阳和的景物就会与他的心情发生共振,出现情与景融的现象,这时候往往会产生创作的冲动和灵感。假如他的心情是凄惨的,他怀着这种心情接触了阴沉的景物,也会产生情与景融的现象;另一种情况,他怀着这种心情接触了阳和的景物,这时候,他对这景物就不是视而不见,而是由此产生严重的心理失衡,他会责怪这景物不解人意,他会遗憾这景物不能与己同悲,他会感到自己竟然不如花草。假如他是个诗人,他就会把这阳和的丽景引入诗中,与自己的境况形成对比,以表达不平之心,或强化自己的不幸。如果他的凄惨心情是因为国事而产生的,或是因为友人的命运而产生的,他也会同样在丽景面前产生心理的失衡,会感到国事或友人的命运竟然不如花草。杜甫的引丽景入愁诗,以丽景伴愁情,就是在心理失衡的情况下作出的。例如《春望》一诗:

> 国破山河在,城春草木深。
> 感时花溅泪,恨别鸟惊心。
> 烽火连三月,家书抵万金。
> 白头搔更短,浑欲不胜簪。

诗写感念国家危亡和悬念家属性命的心情,这心情是凄惨的。这凄惨的心情是来自于国家的时局和家庭的不幸,而并非来自客观外物。但是客观外物——春天的丽景确实引起了作者心理的失衡。颔联引春天的"花""鸟"入诗,并且说:由于感念国家时局,所以看到花开而不禁苦泪迸溅;由于怨恨亲人离别,所以听到鸟鸣而感到阵阵心惊。杜甫因花而"溅泪",因鸟而"惊心",正是由于国事、家事与春色的不相协调而导致心理失衡的表现。作者的心理过程是这样的:当他看到春入沦陷的长安，断壁残垣间，鲜花绽开笑脸，不禁感念国家的时局依然严峻，花草尚有春来日，国事依旧严冬时，国事为重，花草为轻，然而国事尚且不如花草！心理的严重失衡，使他油然而溅泪。当他看到春天的鸟雀飞来飞去，一双双，一对对，欢鸣着，忙着筑巢，忙着育雏，这和乐的生活景象使他想起自己的家庭，而自己的家庭却是亲人远隔，妻子儿女无依无靠，生死难料。人啊，竟然不如鸟雀！正是由于心理的失衡，他听到鸟鸣才心魂悸动。杜甫是以写实著称的诗人，他用一支朴实的笔，如实地写出自己的心理反应，使人感到他的真诚。同时，他又是个感情细腻的诗人，他能由花开而联及国事，能由鸟鸣而想到家事，是一般情感粗豪的人所不能企及的。

《送路六侍御入朝》这首诗，也能清楚地看出杜甫对丽景的心理反应，诗云：

> 童稚情亲四十年，中间消息两茫然。
> 更为后会知何地，忽漫相逢是别筵。
> 不分桃花红似锦，生憎柳絮白于绵。
> 剑南春色还无赖，触忤愁人到酒边。

在异地他乡，偶然遇到儿时的亲密伙伴，四十年的阔别，彼此不知境况，这已令人伤感。而相逢之后，又不能携手同游，路六奉命入朝，急需赶路，这真是悲上加悲了。杜甫怀着这样的心情参加告别的酒宴，当他看到酒席旁边那"红似锦"的桃花、"白于绵"的柳絮，就产生了心理失衡。一是感叹人事竟不如花草树木：花木逢春，尚能笑脸盈盈；而人遭离别，却是苦泪盈眶。二是愤慨花木如此"无赖"，偏偏在人遭遇离别的时候逞娇弄艳，而且靠近酒席，故意叫人难堪。杜甫是信仰"天人合一"的，认为人与自然同亲同构。如今，他看到"剑南春色"竟是这样的无情无义，自然会产生失落感，并对它们的行为感到"不分"（即不料，惊诧之词）和"生憎"了。

一般说来，鲜花美树，是可以悦人的。想那操办宴会的主人，把酒席设在花木丛中，目的也是如此。那些在酒席上陪饮的人们，自当面对桃花柳絮，开怀畅饮。但是杜甫没有这种常情，他是个情感深挚的人，是个心理深曲的人，心情一旦进入愁境，则难以解脱，眼前的美好春色不但无能为力，反而把他的愁情导入浓重。所以，对于杜甫众多的言愁诗歌中出现的丽景，我们既不可等闲放过，又不可误解为作者是在消遣愁怀，而应该从他深曲的心理上去加以认识和解读。

三、以乐衬哀的手法及其艺术力原之解析

现在要从表现手法及其艺术力度的生成原因等方面，来认识以丽景入诗的现象。

作为一种表现手法，就是所谓的"以乐景衬哀情"。就杜甫的本心来说，他是否有意识地把这作为表达感情的手法，笔者虽不敢断定，但是他对诗法的追求是可以断定的。例如他曾询问高适："美名人不及，佳句法如何？"（《寄高三十五书记》）又说："法自儒家有，心从弱岁疲。"（《偶题》）这里所说的"法"，当是指儒家的经典《诗经》六义：风、雅、颂、赋、比、兴，同时也包括《诗经》作品中其他的表现手法。清人王夫之总结的"反衬"手法，用的就是《诗经》上的诗例。他说："'昔我往矣，杨柳依依；今我来思，雨雪霏霏。'以乐景写哀，以哀景写乐，一倍增其哀乐。"[1] 王夫之说的"以哀景写乐"，用"雨雪霏霏"为例，似觉牵强，后人谈到这个问题，也没有举出令人信服的例子。但是他提出的"以乐景写哀"，却有大量的佳例可做证据，而且也确实表现出"一倍"增哀的效果。杜诗源自《诗经》，我们有理由把杜甫的"引丽景入愁诗"看成是对"昔我往矣，杨柳依依"的继承和发扬。作为一种抒情手法，杜甫的创作实践充分地证明了它的有效性和可贵性，因此有必要在理性上给予认识。

从上面所引杜甫诗例来看，毫无疑问，这种以乐景写悲情的手法，确实起到了强化感情的作用。究其原因，是由于这种手法能够掀起巨大的感情波澜，这是使用悲景所不能达到的。如果诗中引入悲景以衬托悲情，则情与景是顺应的关系，二者处于和谐的状态，不发生主观与客观的冲突。

---

[1] 王夫之等《清诗话》，上海古籍出版社，1999年，第4页。

这作为一种抒情手法，自然也能收到良好的效果。杜甫在不少作品中也曾使用过这种手法，例如，他在身禁沦陷的长安时，听到官军战败的消息之后，写的那首《对雪》诗："战哭多新鬼，愁吟独老翁。乱云低薄暮，急雪舞回风。瓢弃樽无绿，炉存火似红。数州消息断，愁坐正书空。"诗写战争失利之愁，引入"乱云""薄暮""急雪""回风"这些悲景，对"愁"进行衬托。这时候，作者的主观之情与景物呈现为和谐的关系，情与景是相互融合的。作者对这景物是认同的，是不抵触的。此时的景与情，就如同西风吹拂东逝水，是顺畅的，也是平稳的。而引入丽景对愁怀，则情况完全不同。例如上面所引的《早花》诗："西京安稳未？不见一人来。腊日巴江曲，山花已自开。盈盈当雪杏，艳艳待春梅。直苦风尘暗，谁忧客鬓催！"诗中也是写时局之忧，但引入的是"山花""雪杏""春梅"这些丽景，这时候，作者的主观之情与景物呈现为对立的关系，情与景是不相融合的。作者对这景物是不认同的，是抵触的，他厌恨它的存在，于是感情就与景物发生了碰撞，在与景物的撞击中生发出力的逆折与回旋，激溅出轰鸣的巨响。景对于情已不再是西风对于东逝水，而是如同夔门江心的巨石对于湍急的江流，它要拦截江流；而江流正是由于它的对抗，才怒涛崩涌，才显示出巨大的力量。可以说，杜诗中设置这些丽景，其目的就是在设置众多的夔门巨石，作者是要让他的感情在冲撞对抗中得到强化，这也就是王夫之说的"一倍增其哀乐"的原因所在，也是以乐衬哀手法的力原之所在。应该说，杜诗的沉郁顿挫风格的形成，与作者多用丽景写悲情的手法有密切的关系，这种手法造成情与景的尖锐矛盾，使情感在冲突中获得了力的逆折之势。假如作者一味地引入悲景，使情感在与景物和谐的状态中抒发，那么也许能够出现"沉郁"，却难以造成"顿挫"。

还须给予总结的是，杜甫以乐景写悲情，显得极其自然，毫无造作之嫌。究其原因，是由于引入诗中的景物皆为时序之景，作者经过细心的观察，准确地选择能够代表时令的景物，也就是彼时彼地他身边眼前的景物，这使人感到他的抒情是十分真挚的。例如，他引春天的丽景入诗，能够细分春季的不同月份的景物，而不是笼统、泛泛地引用春景词汇，诸如"桃花""柳絮"之类。现根据本文第一部分所引的诗例作一些研究。《早花》写丽景，则云："盈盈当雪杏，艳艳待春梅。"诗题"早花"，是说春天未到而花开，故诗中所写的花是"当雪杏"——对雪而开的杏花，是"待春梅"——冬末而开的梅花。《奉酬李都督表丈早春作》写丽景，则云："红入桃花嫩，青归柳叶新。""入"字、"嫩"字、"归"字、"新"字，是早春特有的景色，非其他时候所能有。《送路六侍御入朝》写在"剑南春色"方盛之时，故有"桃花红似锦""柳絮白于绵"的景物入诗。而《暮春题瀼西新赁草屋五首》所写"彩云阴复白，锦树晓来青"，则是暮春时节的景物特征。总之，作者是用一支极有分寸的笔来裁写景物。唯其如此，抒情形象便能处在某个具体的时空之内，与这个具体时空之内的特定景物进行对话，所以能保证抒情的自然性和真实性。这是杜甫为我们留下的一条宝贵的经验。

第三章　客体落墨，主体生辉
——杜诗的侧写手法

现实中的有些事物，正面下笔往往难于揭示其质性特征，在这种情况下，侧面描写就是十分必要的了。而有些事物，虽可正面下笔，但要使其特征毕现，也须加入侧面描写。所谓侧面描写，就是从与主体事物具有某种联系的客体事物身上下笔，通过对这种联系的描写，来揭示主体事物的特征。

北宋郭熙在所著画论《林泉高致》中说道："山欲高，尽出之则不高，烟霞锁其腰则高矣。"[1]要表现山的高峻，不能"尽出之"，也就是不能把整个的山都端出来，因为这种正面下笔的做法无力表现山的高峻；应该侧面下笔，用"烟霞锁其腰"的处理方法。为什么这样做会收到效果呢？这是画家借用读者的生活经验，逗发人的想象力的结果。在人生经验中，云彩是当然的高物，那么让云彩锁住山腰，则山的高耸姿势便在人的想象中出现了。郭熙说的是绘画技巧，其实作诗也是这样，诗与画是彼此相通的，诚如苏轼所说，"诗画本一律"[2]（《书鄢陵王主簿所画折枝二首》其一），诗与画实为孪生姐妹。聪明的诗人在处理某些难于正面描摹的事物时，总是想方设法寻求具有表现力的客体事物，以客显主，借宾定主，以轻捷灵巧的笔墨把主体事物的特征揭示出来。杜甫就是长于此道的诗人，他善于汲取绘画艺术上的表现手法，以画法为诗法，诗歌充满了画意，苏轼说"少

---

[1] 郭熙《林泉高致》，山东画报出版社，2010年，第56页。
[2] 傅璇琮等《全宋诗》，北京大学出版社，1993年，第9395页。

陵翰墨无形画"[1]（《韩幹马》），可谓知言。探讨杜诗的侧面表现手法，为当今的诗歌作者提供创作借鉴，是必要的、有意义的。

一、用客体高物显示主体的高度

世间的高大之物，如山、塔、城、楼之类，每每是诗人吟咏的对象，而一旦写入诗中，又必定强调它们的高耸之势。这个"高耸之势"如何去表现？杜甫每每采用侧写手法，充分发挥他作为诗人的超常想象力，广泛搜罗具有间接表现力的客体事物，经过构思运筹，用人们生活经验中已知的高物，与主体事物建立某种位置关系，从而把这个"势"生动地表现出来。

云是已知的高物，是画家们经常用以状写山高的客体事物。杜甫经常用云作为客体事物来表现各种高大的事物。

例如，用它来写山高。如《望岳》诗中说"荡胸生层云"，层层云气从山中生出，一笔便写出泰山的雄伟气势。他写三峡绝壁之险峭，也是以云气作点染，"天云浮绝壁"（《奉汉中王手札》），"月峡瞿塘云作顶"（《引水》）。写香积山之高大，也同样引入云气，"含风翠壁孤云细"（《涪城县香积寺官阁》），翠壁间一缕孤云随风轻轻浮动，颇具画意。写同谷附近的凤凰山，则云"山峻路绝踪，石林气高浮"（《凤凰台》）。其他如"半岭暮云长"（《薄游》），"崔嵬晨云白"（《水阁朝霁奉简云安严明府》），"云长出断山"（《远游》），等等，均从云气落笔以见山高。

又如，用云气写城高。白帝城建在白帝山上，自然是很高的，如何表现其高呢？杜甫又是用云气来侧写："白帝城中云出门，白帝城下雨翻盆。"（《白帝》）云从城门涌出，雨在城下泼洒，足以见城的居高临下之势。又说："白帝城门水云外，低身直下八千尺。"（《醉为马坠诸公携酒相看》）所谓"水云外"，就是说在水云之上。

又如，用云气写山寺之高。翠微寺建在终南山上，杜甫写其高居之

---

[1] 傅璇琮等《全宋诗》，北京大学出版社，1993年，第9621页。

势,仍从云的角度进行侧写:"云薄翠微寺。"(《重过何氏五首》其二)"薄"是接近的意思,这个字写出云与寺的位置关系,也颇能逗发人的想象。

又如,用云气写树之高大。杜甫写武侯庙前的柏树,则曰"云来气接巫峡长"(《古柏行》),古柏翠盖上的云气连接着长长的巫峡,一下子就把柏树的凌霄姿态画了出来。写何将军门前的高树,也说"阶前树拂云"(《陪郑广文游何将军山林十首》其九)。

上述各例,均以云气作为客体事物,如果说这是直接借用画家的手法的话,那么,杜甫以太阳、月亮、星辰、苍穹等已知高物作为客体,则是对"云霞锁其腰"的充分推扬了。作为一个伟大的写实诗人,杜甫同样具有惊人的想象力,在选择客体事物上,他能神游天宇,搜刮造化,即陆机所谓"精骛八极,心游万仞"(《文赋》)。

洛阳城北的老君庙,建在北邙山上,台殿高敞,下瞰伊洛。杜甫状写它的气势:"山河扶绣户,日月近雕梁。"(《冬日洛城北谒玄元皇帝庙》)山是已知的高物,说山在扶持它的绣户,可见它与山的高度不相上下;太阳和月亮更是高物,说日月接近了它的雕梁,则是更见其高了。

长安城内的慈恩寺塔,亦颇雄奇伟岸,唐代诗人如高适、岑参、储光羲、薛据、杜甫等,都有登临之作,叹其高耸之势是共有的笔墨。杜甫主要是使用侧写法,选择了大量的具有表现力的客体事物,对塔势作出传神的刻画,起笔便是"高标跨苍穹,烈风无时休"(《同诸公登慈恩寺塔》)。"高标"就是指慈恩寺塔,"高"字是全篇唯一正面下笔写塔势的字眼,接下来全是侧写。写它跨越苍穹,深入天宇,这就立即唤起人们的经验,感受到塔的高峻。风在高空则猛烈,而且日夜不停,所以"烈风"这句也是侧写。最为精彩的是下面这两句:"七星在北户,河汉声西流。"说站在塔顶上,看到北斗七星正对着塔顶的北门,而且还仿佛听到了银河之水西流的声音。在作者的笔下,北斗星也不过是与塔顶齐高而已,而银河的水声在地面上是听不到的,现在站在塔顶层居然听到了,则塔之高峻亦在不言中。当然,若从科学的角度挑毛病,银河哪会有水,老杜在说谎啊!我们不能用现代的科技水平去苛责杜甫,在他那个时代,人们对银河的认识是不清楚的。况且,诗是写感受的,不是解说自然知识的,所以,我们也就不能用自然科学的眼光去读诗。我们只能这样认识，杜甫站在塔顶层，在烈风呼啸的环境中，他仿佛听到了银河的流水声。重要的是，这句诗写出了塔的高耸，这是老杜的目的，也是我们进行艺术审美的着眼点，我们获得的美感，是从塔高而来的，不是由银河的水声而来的。

　　杜甫状写山高，于云气之外，也常从其他高物上落笔。例如，写青阳峡的山势，"天窄壁面削""仰看日车侧"(《青阳峡》)，说山把天空给挤窄了，太阳神乘坐的车子也被撞翻了。"天""日"这些客体的已知高物，通过与山的关系描写，有力地显示了主体事物的特征。写木皮岭，则云"仰干塞大明"(《木皮岭》)，"大明"，指太阳、月亮，说木皮岭横亘天宇，冲犯、堵塞了日月的行进。赤甲山、白盐山是夔州附近两座隔江对峙的高山，山势峭拔，红白二色相互映衬，杜甫写道："赤甲白盐俱刺天。"(《夔州歌十绝句》其四)天被刺穿，其高可想。又如写牛头寺的居高之势，牛头寺坐落在牛头山上，地势很高，作者以天河作为客体，写道："天河宿殿阴。"(《望牛头寺》)宋人赵次公解释说："言殿之高，若与天河相接。此与《慈恩寺塔》云'七星在北户'同意。"[1] 写天河宿于寺殿的背阴处，则殿的居处之高立可想见，这是使用侧写法的又一典型例证。

　　用已知的高物来侧面表现主体事物，这种手法当然不是杜甫首创，至少在盛唐初期诗人的作品中就已经使用了。苏颋《奉和春日幸望春宫应制》诗中写道："宫中下见南山尽，城上平临北斗悬。"就是以南山尽收眼底来写宫殿之高，以北斗平临城头来写城楼之高的。只是杜甫善于吸收前人的这种艺术手法，在同时代的诗人中显得十分突出而已。古今诗法相通，当今的诗人应该像杜甫那样具有虚心学习前人的精神，这是取得成就的必要条件。当代著名诗人李瑛在借鉴古代诗人创作经验上卓有成就，其中在使用侧写手法上也取得了明显的成效，他有一首题为《高山哨所》的诗，开头写道："我们的哨所雄踞在山巅／白天，太阳从我们的门口蹀过／夜晚，花儿似的繁星落满窗前。"(见诗集《红花满山》)作者通过对已知的高物"太阳"和"繁星"与哨所的位置关系的描写，把主体事物"高山哨所"的雄踞之势表现得异常精彩。而我们的不少诗作者由于读古人诗少，

---

[1] 林继中《杜诗赵次公先后解辑校》，上海古籍出版社，1994年，第542页。

不知道有这种侧写手法，例如写高山，就只会大喊"这座山真叫高"之类的笨话，实在是让人替他着急的。

二、从他人的泪眼映现个人的不幸

杜甫的后半生是不幸的。从35岁入长安求仕以后，贫困、饥饿、丧子、逃难、遭贬、病痛、漂泊……诸多苦难接踵而来，交相侵扰。他用诗歌忠实地记录了自己的艰难历程，从个人生活的角度反映了唐王朝风雨飘摇的时局特征和衰颓的气运，具有历史认识价值，又是史书所难以反映的。

俗话说，自己的痛苦自己知。一般说来，表现个人生活的不幸，应是用自己的悲叹自己的泪水。杜甫也不乏从自我的感知角度去表现这种种不幸。但同时，他还经常从他人（或物）的角度，从与这种种苦难没有直接关系的人（或物）的悲怆行为的描写中，去反映个人的不幸，造成同类相怜、物我同悲的氛围，从而使他的不幸得到深一层的表现，又从而使他那苦难虽深却并不绝望、不幸虽多却并不孤独的人生心境得以表现。杜甫能够取用这种角度，是由于他思想中的"人性本善"意识和"天人合一"意识驱动的结果。

杜甫在京都困居了十年，饱尝了人生的苦辣滋味，当他前往奉先县探望家属，以求满足与家人"共饥渴"的微薄愿望时，却不料连这点心愿都不能实现——幼小的儿子被活活饿死了。"入门闻号咷，幼子饿已卒。""入门"二字写出事件的猝不及防，也写出刺激的猛烈，以及心灵的震颤。"吾宁舍一哀？里巷犹呜咽。"（《自京赴奉先县咏怀五百字》）按古代的礼制，"父不祭子"，但由于此事过于悲惨，所以杜甫表示自己不能不放声一哭。接着就从乡亲的泪眼去写事件的可悲，"里巷"之人虽不是苦主，尚且为之"呜咽"，这就从侧面的角度写出作者伤痛之深刻。

杜甫在投奔肃宗临时政府灵武的路上，被叛军俘获，押至沦陷的长安，衣食无着，艰难屈辱。几个月后，他冒着生命危险逃出长安，向西投奔肃宗的临时政府凤翔。当时，叛军正在长安西郊修筑工事，他不敢走大道，而多是在长满野草的田间爬行，到达凤翔时，已然是"衣袖露两肘"（《述怀》）。这段陷贼与逃脱的经历，给他的身体和心灵的磨难是巨大的，对于这种磨难，他也能注意从旁人的反应加以表现："所亲惊老瘦，辛苦贼中来。"（《自京窜至凤翔喜达行在所》其一）自己"老瘦"的形貌是从"所亲"者的眼睛里见出的，而这种形貌竟使所亲者感到震惊，足以表现出所受磨难之深重。

在凤翔任左拾遗时，他因直言进谏而遭到肃宗的怒责和疏远，几个月后，他索性告假回羌村探望家属。一路上跋山涉水，艰辛备尝，终于在一天傍晚，走进了自家的柴门。在人命危浅的战争年月，能够生还，实属侥幸，故而亲人相见，失声痛哭。写到此处，杜甫又一次使用侧写——"邻人满墙头，感叹亦歔欷"（《羌村三首》其一），从街坊邻居的伤感角度来加重乱世人生的感慨。

在同谷县寓居期间，杜甫的生活陷入了绝境，仅仅住了一个月就不得不启程南下。上路之前，有几位当地父老给他送行，这使他十分感动："临歧别数子，握手泪再滴。交情无旧深，穷老多惨戚。"（《发同谷县》）虽说双方的交情非旧非深，但是同病相怜，穷苦的老人们依然为杜甫的流离生涯悲戚不已。这样来写，则杜甫的苦难处境，在素无交谊者的悲戚情绪的映射下，就显得尤为深重。

杜甫所选择的侧面，不仅有人，而且有物。他每每于悲伤之际引入景物，称言物为我悲，从而造成物我同悲的浓重氛围。例如，他经历千辛万苦回到离别经年的羌村，家人团聚，悲喜交加，抱头大哭，他是这样记录当时的情景的："经年至茅屋，妻子衣百结。恸哭松声回，悲泉共幽咽。"（《北征》）写松涛与人同声恸哭，悲泉与人一起鸣咽。又如，他在同谷县客居时，为解决吃饭问题，只好到寒冷的山野里去拾橡栗，衣裳单薄而短窄，冻得皮肉坏死，苦难之际，不禁大放悲歌，作诗唱道："有客有客字子美，白头乱发垂过耳。岁拾橡栗随狙公，天寒日暮山谷里。中原无书归不得，手脚冻皲皮肉死。呜呼一歌兮歌已哀，悲风为我从天来！"（《乾元中寓居同谷县作歌七首》其一）此时天风大作，杜甫于感伤之际，感到这天风是为自己而来的，是为了与自己的悲歌唱和而来的。从表现手法来看，这固然可以看作是景物烘托，但我以为不如看作是侧写更符合杜甫的心思。杜甫受儒家"天人合一"的思想观念影响很深。在他的精神世界里,天地间的万物,无不具有灵性,无不与人发生感应,进行情感交流。他曾说过"物微意不浅"(《病马》),又说"一重一掩吾肺腑,山鸟山花吾友于"(《岳麓山道林二寺行》),把重叠的山峦当作肺腑,把山鸟山花当作朋友。他曾与小松树对话,叮嘱它们不要看不起自己这个白发老人(《四松》)。那么,可以说,在杜甫的心目中,松树发出悲凉的涛声,泉水发出低微的呜咽,天风发出悲哀的呼啸,这都是因为自己的不幸感应了它们,使得它们情不自禁地为自己而悲戚,它们也是情感世界的参与者,它们与羌村的乡亲、奉先的邻居、同谷的父老没有什么不同。明白了杜甫的这种思想观念和精神世界,我们就可以认识他那博大的悲天悯人襟怀,和他那些极富人道精神诗篇之所出,也就可以正确认识此种手法实为侧写,而不是一般的景物烘托。

杜甫之所以能够注重从他人的泪眼映现个人的不幸,是由于他思想中深藏着先秦儒学的"人性本善"的观念。《孟子·告子上》说:"人性之善也,犹水之就下也。人无有不善,水无有不下。""恻隐之心,人皆有之。""仁、义、礼、智,非由外铄我也,我固有之也。"[1]古代的杜诗学者已经看到杜甫的思想主要是来源于孟子,宋人黄彻认为杜甫的思想"真得孟子所存",又说:"愚谓老杜似孟子,盖原其心也。"[2]是为中肯之见。正是由于杜甫认为人性良善,有同情心,所以他才有一双关注邻人的眼睛,也才有这一副打动人心的侧写笔墨。

三、借观者的反应展示技艺的精绝

唐代是文学艺术全盛的时代,诗文之外,书法、绘画、歌舞等各类艺术,均已进入鼎盛时期。杜诗中有一批赞美画艺、歌艺、舞艺、书艺的作品,这些作品于正面描摹技艺之外,常用侧写的笔墨,即通过展示观者对

---

[1]《十三经注疏》,北京大学出版社,1999年,第295、300页。
[2] 黄彻《碧溪诗话》,人民文学出版社,1986年,第6页。

技艺的反应，以渲染气氛，表现某种技能的高超。研究这类题材的侧写技巧，可为当今的诗人、作家提供某些借鉴。

歌舞艺术在盛唐极为繁荣，著名的舞蹈家公孙大娘的剑器舞擅场一时。杜甫回忆说他5岁时曾在郾城看过公孙大娘的舞蹈，留下深刻的印象。晚年在夔州看到公孙大娘的弟子李十二娘的舞蹈，不禁生发今昔之慨，写了一首长诗《观公孙大娘弟子舞剑器行》，诗中以热烈的笔墨、丰富的想象，描写当年公孙氏的精妙舞姿，已是令人神往。同时，又使用侧写手法，通过描写观众的反应，表现出公孙氏剑器舞的震撼力量。诗中写道：

> 昔有佳人公孙氏，一舞剑器动四方。
> 观者如山色沮丧，天地为之久低昂。

细作分析，可以发现作者是从四个角度进行侧面描写的：（一）一舞剑器则四方震动，写出四方观者闻讯，云涌而至的情景，可见她的名声之大，如雷贯耳；（二）"观者如山"四个字，不仅写出观众之多，而且描绘出观看的场面：前排席地，后排坐椅，再后排站立，再后排踮脚尖，再后排站凳子……由低渐次而高，成个"山"形，如此场面，写出人人都想得饱眼福的心情；（三）"色沮丧"，是说观众看到公孙氏的忽而腾空飞翔、忽而翩然落地的舞蹈动作，一个个大惊失色，神态反常；（四）"天地"一句仍是写观众的感受，是说在公孙氏忽高忽低的舞姿作用下，人们感到连天地都在久久地起伏不定。这四个角度的侧面描写，与正面描写舞姿相互映发，公孙大娘的精彩技艺便得以生动的表现。

杜甫客居夔州时，在一次宴会上，欣赏了歌者杨氏的演唱，极受感染，写了一首《听杨氏歌》。大概是由于歌声难以作正面的描写，这首诗几乎全用侧写笔墨，不妨把它抄录下来：

> 佳人绝代歌，独立发皓齿。
> 满堂惨不乐，响下清虚里。
> 江城带素月，况乃清夜起。
> 老夫悲暮年，壮士泪如水。

玉杯久寂寞，金管迷宫徵。
勿云听者疲，愚智心尽死。
古来杰出士，岂特一知己？
吾闻昔秦青，倾侧天下耳。

此诗开头二句为破题之笔，叙述佳人杨氏，轻发皓齿，唱出绝代歌声。其歌声之妙，仅以"绝代"二字概括写之。往下，便是从听者的神态、感受、行为上落笔，全是侧面描写。从"满堂惨不乐"来看，杨氏所唱定是一首悲歌，至于歌词的内容，是悲国事还是悲身世，都无关紧要，因为在国事维艰的时局下，在身世飘零的杜甫面前，人间的一切悲歌都能引发他的强烈共鸣。"江城"以下八句，仇兆鳌解释得十分中肯，他说："次从听者心上，摹写歌声独绝。卢注：老壮智愚，即满堂中人听若疲而心欲死，所谓'惨不乐'也。素月清夜，闻声更觉惨凄。玉杯停饮，金管失谐，言听者恍惚神移矣。"[1]在杨氏歌声的感染下，作者引起了暮年之悲，壮士流出如水的眼泪，人们无心饮酒，乐师演奏失误，无论愚者智者，都已心若死灰。这一段精彩的侧面描写，把杨氏歌声的"绝代"技艺和巨大的感染力推到极致，令人叹为观止。

唐代的书法界名家辈出，欧阳询、虞世南、褚遂良、薛稷、张旭、颜真卿、李潮等人，各具风格。杜甫对他们多有赞评，从使用侧写的角度来看，最突出的是赞美"草圣"张旭的那首《殿中杨监见示张旭草书图》。这首诗是杜甫客居夔州时，见到从京都来的殿中监杨某出示的张旭草书，有感而作。诗中多处用侧写笔墨，起笔便说："斯人已云亡，草圣秘难得。"说草圣的真迹难以求得，足以见出它的珍贵价值。接着又写观赏的感受："悲风生微绡，万里起古色。"展开草书看去，只觉得悲风飒飒，生于薄绡之上，古雅的意趣弥漫万里。从观者角度，侧面写出张旭草书的精神。最后又从草书的占有者杨监对该作品的珍爱角度下笔："杨公拂箧笥，舒卷忘寝食。"说杨公经常擦拭装存草书的箱子，时时把草书展开来观赏，又细心地把它卷好，以至忘记了吃饭、睡觉。这些侧面描写，有力地烘托出草书的精妙绝伦。

---

[1] 仇兆鳌《杜诗详注》，中华书局，1979年，第1480页。

至于杜甫那些题画咏画之作，对画面形象所作的传神刻画，也是深得侧面描写之功。关于这个方面的技巧，本书第六章"杜诗的题画、咏画艺术"之"精湛的题咏技巧"，有专门的讨论，此处不再赘述。

第四章 时空并驭,造境宏深
——杜诗的造境技巧

杜诗的境界博大宏深,已为人所共识。之所以形成这种诗境,固然是由于他的博大宏深的思想、悲天悯人的伟大情怀,以及他虽处乱世,但心中的盛唐人意识没有消减,盛唐人的理想主义精神没有破灭等原因,同时也与他造境的四维性分不开。所谓"四维",是指空间的立体性(长、宽、高)加上时间因素。

他的一些诗篇取象巨大广远,诸如"造化钟神秀,阴阳割昏晓","山河扶绣户,日月近雕梁","星垂平野阔,月涌大江流","吴楚东南坼,乾坤日夜浮"等,均取象巨大,构境宏深,不失盛唐气象。他大量选用具有广阔意义的空间类词汇、具有悠久意义的时间类词汇进入诗中,前者如"乾坤"(出现46次)、"天地"(出现32次)、"天下"(出现35次)、"万里"(出现75次)、"千里"(出现22次)、"江山"(出现22次)、"江湖"(出现35次)、"江海"(出现14次)、"风云"(出现14次)、"四海"(出现10次)、"海内"(出现9次)、"万壑"(出现8次)、"风云"(出现14次)、"白日"(出现28次)、"大江"(出现13次)、"长江"(出现9次);后者如"万古"(出现17次)、"千秋"(出现10次)、"百年"(出现22次)、"岁月"(出现14次)、"日夜"(出现12次);此外,还有兼具时空意义的"日月"(出现20次)、"宇宙"(出现10次)。仅上述这些词汇,总计已有491次。再者,还大量使用表示多数的数目词,如"万""千""百"等,"万"字使用275次,"千"字使用132次,"百"字使用182次,除掉上面的"万里""千里"之类已出现过的数目词次数,还剩有435次之多。把这类数目词汇的出现次数和上述时空类词汇出现次数相加,总计为926次。《全唐诗》收录杜诗1457首，这类词汇的覆盖率为64%，已近三分之二。对于杜诗取象、用语的这种特征，学界已有注意，笔者不再赘述。本文所要讨论的是，杜甫在创造诗境时，所善于使用的"时空并驭"的手法，以及这种手法对形成诗境的意义。

刘明华先生在所著《杜诗修辞艺术》中，从对仗的角度，对杜诗的时空艺术进行过研究。[1]笔者在此基础上，在若干方面又作了思考。的确，杜甫在组织对仗时，常常从空间和时间两个角度下笔，也就是说，在构成对仗的一联中常常呈现为时与空两种意念的对举、交构。但须注意到，这种时空对举、交构的现象，不仅限于近体诗；在一些古体诗中，属于一个押韵单元的两句诗也每每有此现象。笔者将其作为一种表现手法，称之为"时空并驭"。这种"时空并驭"的手法，经常出现在描写壮大的景物和感叹国家境遇的联语中（此处之"联语"，泛指构成一个押韵单元的两句诗）。前者如：

1．"江山有巴蜀，栋宇自齐梁。"（《上兜率寺》）前句以"巴蜀"写寺周"江山"之壮美，是从空间角度下笔；后句以"齐梁"写寺中"栋宇"之悠久，则是从时间角度下笔。

2．"长风驾高浪，浩浩自太古。"（《龙门阁》）前句以"长风""高浪"写嘉陵江的宏伟气势，是从空间角度下笔；后句以"太古"二字写嘉陵江的形成之久远，是从时间角度落墨。

3．"修纤无垠竹，嵌空太始雪。"（《铁堂峡》）前句以"无垠"二字写竹林的深广无际，是从空间角度下笔；后句以"太始"（即天地开辟的远古时代）二字写山巅积雪的久远，是从时间角度落墨。"嵌空"二字，仇兆鳌注曰："玲珑貌。"[2]并非状写空间景象。

4．"窗含西岭千秋雪，门泊东吴万里船。"（《绝句》）前句以"千秋"写西岭积雪之时久，后句以"万里"写东吴来船之路长，也是时空并驭。

5．"锦江春色来天地，玉垒浮云变古今。"（《登楼》）前句以"天地"二字写出春色的所来广远，是从空间角度下笔；后句则以"古今"二字写

---

[1] 刘明华《杜诗修辞艺术》，中州古籍出版社，1991年，第3页。
[2] 仇兆鳌《杜诗详注》，中华书局，1979年，第677页。

出浮云的变幻悠久,是从时间角度落墨。

6. "吴楚东南坼,乾坤日夜浮。"(《登岳阳楼》)前句以"东南"二字写洞庭湖的分割吴楚之势,是从空间角度下笔来写湖水博大浩渺;后句以"日夜"二字写洞庭湖瞬息不停的簸天摇地之势,是从时间角度来写湖水的力量。

7. "建标天地阔,诣绝古今迷。"(《奉赠太常张卿垍二十韵》)"建标",是指神仙所建立的方丈山、昆仑山这两个标记,"诣绝",是说寻觅这两个标记。二句意在渲染方丈、昆仑的雄奇、神秘。前句落笔于空间,以"天地阔"衬托二山之雄伟;后句落笔于时间,以"古今迷"写二山的难以寻找,以见其神秘。

8. "天欲今朝雨,山归万古春。"(《上白帝城二首》其一)前句以"今朝雨"写天的阴色,是从空间角度落墨;后句以"万古春"写山的古老,是从时间角度下笔。

如果我们把上述联语同仅从空间角度下笔的联语相比较,比如"江流天地外,山色有无中"(王维《汉江临眺》),"山随平野尽,江入大荒流"(李白《渡荆门送别》),"气蒸云梦泽,波撼岳阳城"(孟浩然《临洞庭上张丞相》),"潮平两岸阔,风正一帆悬"(王湾《次北固山下》)等,应该说,这些联语所写的景物也很壮阔,但是比起上面所引杜诗的联语,我们总觉得它们缺了点什么。缺了点什么呢?缺了点深度感、厚度感。就作者所圈定的范畴来看,它们仅是现实的景物,而不是历史的景物;它们仅是空间的景物,而不是时间的景物。因而,它们虽然广大,却并不深厚。杜诗的妙处,正在于既写了景物的空间状态,又写了景物的时间状态,以纵横交叉的笔墨展示出景物的雄伟现状和悠久历史。所以,这景物既是现实的,又是历史的;既有雄伟的身姿,又有丰厚的阅历。在它们的身上,既缠绕着天地的烟云,又披戴着历史的风尘。它们是从远古走来,气势磅礴地出现在我们的面前。足以让我们肃然起敬,并能唤起我们对永恒的宇宙之审美情趣。

杜甫"时空并驭"的手法,还常用于表达漂泊岁月中的时局感受。每每在一个联语中,兼出时、空两种意念。而且,经常使用"百年""万里""日月""乾坤"等词汇,极力扩展时、空的程度,造成悲壮深沉的诗境，塑造出白发老人面对天下烽烟的艺术形象。例如：

1. "天下兵戈满，江边岁月长。"(《送韦郎司直归成都》)前句以"兵戈满"写战尘遍野的现实，是从空间角度写战乱的广延；后句以"岁月长"写客居日久，则是从时间角度写战乱的持久。二句塑造出诗人关注天下烽烟、叹息漂泊于事无补的形象。

2. "乾坤万里眼，时序百年心。"(《春日江村五首》其一)二句意谓：乾坤疮痍，吸引着我的望眼；时序变更，总是牵动着我的心。前句从空间角度下笔，写忧国之情；后句从时间角度落墨，写迟暮之感。面对破碎乾坤而自叹迟暮，抒情形象颇为动人。

3. "漂荡云天阔，沉埋日月奔。"(《赠比部萧郎中十兄》)前句以"云天阔"写自身"漂荡"地域之广，下笔于空间角度；后句则以"日月奔"写自身"沉埋"时间之久，是从时间角度下笔。

4. "万里悲秋常作客，百年多病独登台。"(《登高》)前句以"万里"二字写故乡之远隔，是从空间角度落墨；后句以"百年"二字写一生之困况，是从时间角度落墨。

5. "几年逢熟食，万里逼清明。"(《熟食日示宗文宗武》)前句以"几年"二字写漂泊日久，是从时间角度落墨；后句以"万里"二字写故乡远隔，不能回乡为先人扫墓，是从空间角度下笔。

6. "十年蹴鞠将雏远，万里秋千习俗同。"(《清明二首》其二)"十年"写漂泊时间之长久，"万里"写漂泊地域之阔大，与上例同。

7. "洛城一别四千里，胡骑长驱五六年。"(《恨别》)前句以"四千里"写故乡远隔，是从空间角度下笔；后句以"五六年"见离乡之久，是从时间角度落墨。

8. "百年同弃物，万国尽穷途。"(《舟出江陵南浦奉寄郑少尹审》)前句以"百年"二字写终生不遇，是从时间角度下笔；后句以"万国"二字写生涯处处坎坷，是从空间角度下笔。

9. "长为万里客，有愧百年身。"(《中夜》)"万里"写作客之遥远，是从空间角度落墨；"百年"写一生之潦倒，是从时间角度落墨。

10. "日月笼中鸟，乾坤水上萍。"(《衡州送李大夫七丈赴广州》)二句意谓：日月交驰，我的心总像笼中之鸟不得舒展；乾坤无际，我的身如同水上浮萍漂泊不定。前句从时间角度下笔，后句则从空间角度落墨。

这样的联语还有很多，不能一一列举。总之，作者善于在一个联语中，把自身的形象放置于广大的空间与漫长的时间之坐标点上，通过时、空的交构，精确地概括自己终生漂泊的生涯以及对国家时局的感受。从塑造抒情形象的审美角度来考察，处在这样的坐标点上，抒情形象便具有了视通万里、思抚百年的特征。这个形象无疑是巨大的，它具有广博的视野，又具有深邃的思维。既具有现实的高度，又具有历史的厚度。深沉的宇宙意识，强烈的时空感受，蕴含在其中。

我们的先人很早就具有了宇宙意识和时空感受。"宇宙"这个概念的产生就是个明证。

什么是"宇宙"？《淮南子·齐俗训》解释说："往古来今谓之宙，四方上下谓之宇。"[1]这说明先人们已经把时间与空间紧密地联系起来了。而且，已经表现出对二者的无限性有所认识。基于这种认识，古代的人们面对无垠的宇宙，频频发出个体生命之渺小之短促的叹息。晋朝人羊祜登临岘山，对同游者叹道："自有宇宙，便有此山，由来贤达胜士登此远望，如我与卿者多矣！皆湮灭无闻，使人悲伤。"[2]（《晋书·羊祜传》）羊祜的这段话，正是感慨江山之永在，人生之短暂。他所说的"宇宙"，显然是包括了空间和时间的。个体生命在无限的时空里所呈现的微小和瞬息之状，是他发出叹息的哲学依凭。晋人王羲之与会稽名士们同游兰亭，游乐之际，悲从中来，他"仰观宇宙之大，俯察品类之盛"，对比之下，感到了人生的匆促："人之相与，俯仰一世。"[3]（《兰亭集序》）谓于俯仰之间，个体生命便告终结。夸张之词，凸现出强烈的时空感受。李白与堂弟们在桃花园中夜宴，饮酒赋诗，作序言道："夫天地者万物之逆旅，光阴者百代之过客。而浮生若梦，为欢几何？"[4]（《春夜宴从弟桃花园序》）也是在感叹天地之浩大，而人生之渺小；光阴之无限，而人命之匆遽。这些，都反映了当时人们的宇宙意识，其精神内核就是宇宙无限，人生短促。所以，它

---

[1]《诸子集成》（第7册），上海书店出版社，1986年，第178页。
[2]《二十五史·晋书》，上海古籍出版社，1986年，第117页。
[3] 冯其庸等《历代文选》，中国青年出版社，1962年，第335页。
[4] 詹锳《李白全集校注汇释集评》，百花文艺出版社，1996年，第4139页。

的感情基调是悲凉的。

杜甫大概是最先把宇宙意识和时空感受介入诗歌联语中的人。他诗中频频出现的"百年"之叹，当然也含有这种对个体生命自怜自惜的因素。但是，由于他视野中的"乾坤"每每是以国家、黎民为实质内容的，就是说，他关注的是国家的危亡、普天之下民生的苦难，除了上面所引的"天下兵戈满""乾坤万里眼"之外，还有许多诗例可以证明，如"乾坤含疮痍"（《北征》），"血战乾坤赤"（《送灵州李判官》），"战伐乾坤破"（《送陵州路使君之任》），"乾坤尚风尘"（《赠别贺兰铦》），"乾坤尚虎狼"（《有感五首》其二），"天地日流血"（《岁暮》），等等。总之，由于他在联语中提出的空间范畴具有这种性质，这就使他的"百年"之叹大大地削弱了一己之私的内涵，而具有了"不眠忧战伐，无力正乾坤"（《宿江边阁》）的忧国忧民的高层含义。比较羊祜、王羲之、李白等人的叹息，这显然是一种悲壮的浩叹。面对充满灾难的巨大乾坤，叹息个人生命的短促与渺小无力，是杜甫独有的全新的时空感受。从诗歌艺术的表现手法来看，这样的"时空并驭"，出色地塑造出诗人的目接乾坤、心怅百年的高大形象，这个抒情形象强烈地感动着中华儿女们的心灵。

诚然，在上面所引的诗例中，有些联语中的"万里""乾坤"之类的空间词汇，并非指的"国家""天下"，而是指自己漂泊空间之广大。作者在这些联语中，是感慨平生的漂泊生涯的。但是，只要我们想到他的终生漂泊正是由于战乱不止，即如他所反复明示的"乱后居难定"（《入宅三首》其二），"天下兵戈满，江边岁月长"（《送韦郎司直归成都》），"兵戈久索居"（《寄高三十五詹事》），"兵戈阻绝老江边"（《恨别》），就可以知道，在这种自叹身世的联语中，也是包含着对国家时局的感叹的。这些联语所塑造的白发老人在漫漫风尘中流离漂泊的形象，无疑是对战乱时代所作的一个侧面的艺术缩影，它蕴含着深厚的时代生活的内容，因而具有深宏的诗境。

总之，杜甫首创的"时空并驭"的手法，无论是用以描写山川风物或塑造抒情形象，都取得了巨大的成功。这条宝贵的创作经验，值得我们加以重视，并继续进行思考。

第五章　诗境空阔，身世孤微
——杜诗的反衬手法

老杜晚年所作《登岳阳楼》，诸家皆赞颔联"吴楚东南坼，乾坤日夜浮"能状洞庭之阔景，而对作者写此阔景的用意却未能顾及。如，蔡绦《金玉诗话》说："洞庭天下壮观，自昔骚人墨客，斗丽搜奇者尤众。如'水涵天影阔，山拔地形高'，'四望疑无路，中流忽有山'，'鸟飞应畏堕，帆远却如闲'，皆见称于世。然莫若'气蒸云梦泽，波撼岳阳城'。则洞庭空旷无际，雄壮如在目前。至读杜子美诗，则又不然。'吴楚东南坼，乾坤日夜浮'，不知少陵胸中吞几云梦也。"[1] 这是从写景壮阔的角度赞许之。唐庚《子西文录》说："尝过岳阳楼，观子美诗，不过四十字耳，其气象闳放，涵蓄深远，殆与洞庭争雄。"[2] 也是赞其写景闳放。黄鹤说："一诗之中，如'吴楚东南坼，乾坤日夜浮'一联，尤为雄伟。虽不到洞庭者读之，可使胸次豁达。"[3] 张谦宜《絸斋诗谈》说："'吴楚东南坼，乾坤日夜浮'，十字写尽湖势，气象甚大。"[4] 今人论及此联，大抵因循这种见解。

老杜此联仅以状景类物取胜吗？通观全诗，可知它是一首登临感怀之作，是一首抒情诗，抒写个人身世之叹和家国之忧，而不是景物诗。抒情诗中的景物描写实质上是抒情的一种方式，景物是情感的一种包蕴，一种载体。成功的抒情诗绝无游离于情感之外的景物描写，作诗者总是围绕所抒情感而布景，解诗者亦须根据一篇之情感去触摸诗中之景，方能得

---

[1] 仇兆鳌《杜诗详注》，中华书局，1979年，第1947页。
[2] 仇兆鳌《杜诗详注》，中华书局，1979年，第1947页。
[3] 仇兆鳌《杜诗详注》，中华书局，1979年，第1947页。
[4] 郭绍虞《清诗话续编·絸斋诗谈》，上海古籍出版社，1983年，第837页。

其真味，不负作者一番苦心经营。体会此联所写洞庭之特征，一是空阔广远，一是动荡不定。这两种特征与作者所抒感情内容是暗相关合的，即以动荡不定的湖水关合尾联的忧国家时局之动荡（戎马关山北，凭轩涕泗流），而以空阔广远的湖水关合颈联的叹身世之孤微（亲朋无一字，老病有孤舟）。身世孤微之感是杜甫后半生的心境特征。盖于肃宗朝任左拾遗时因疏救房琯而招致仕途失意之后，辗转漂泊，浪迹四方，"致君尧舜上"的远大志向与饥寒委顿之身构成巨大反差；而他一向是以十三世祖杜预的功名事业为榜样，怀着极大的政治热情关心朝政和国事的，这是他产生身世孤微之感的第一个原因。其二，他一向以祖父杜审言在初唐诗坛上的威望而自傲，他说"吾祖诗冠古"（《赠蜀僧闾丘师兄》），并立志继承这一传统，他说"诗是吾家事"（《宗武生日》），他刻苦学诗，造诣精深，"诗成觉有神"（《独酌成诗》），"诗应有神助"（《游修觉寺》），这些言论说明他十分清楚自己在当时诗坛的重要地位。但是，他的诗却遭到难以想象的冷遇，在他生活的几十年间，社会上相继有几本诗选问世，却连一首都未被选入，晚年曾作诗悲叹道："百年歌自苦，未见有知音。"（《南征》）仕途寂寞，诗坛无名，二者苦违平生之愿，他感到在这茫茫人世间，自己渺小孤微得很。为了把这种感受强烈地表达出来，他采用反衬的艺术手法，把自身放在空阔无垠的宇宙间，构成宇宙之广与一己之微的极度反差。"吴楚东南坼"与"老病有孤舟"，景与情的内在联系正在于此。黄生不理解个中奥妙，提出异议说："写景如此阔大，自叙如此落寞，诗境阔狭顿异。"[1] 可见老杜文心尚未人人能知。

　　这种以空阔显孤微的艺术手法并非杜甫首创，却是为他在作品中反复使用的。被杜甫称誉为"名与日月悬"（《陈拾遗故宅》）的陈子昂，在遭到武攸宜贬斥为军曹之后，登临幽州台，吟出千古悲歌："前不见古人，后不见来者。念天地之悠悠，独怆然而涕下！"（《登幽州台歌》）即是以时空的绵长、广阔，反衬出作者壮志落空而偃蹇孤微的身世。杜甫使用这种手法，最早当推及困居长安的时候。在此之前，那壮志满怀、平视生途的漫游岁月里，他眼前的天地是小的，而自身是大的："会当凌绝顶，一览众

---

[1]黄生《杜诗说》，黄山书社，1994年，第185页。

山小"(《望岳》);"所向无空阔,真堪托死生"(《房兵曹胡马》),虽是咏马,亦为诗人自咏;"却倚天涯钓,犹能掣巨鳌"(《临邑舍弟书至苦雨黄河泛溢堤防之患簿领所忧因寄此诗用宽其意》),身倚天边掣巨鳌,诗人自拟的巨大形象可想而知。步入长安以后,生活困顿,仕途无望,他感到了自己的孤微。诗中的他变小了,而天地开始变大。且看这个时期他对自身的描绘:

漂荡云天阔,沉埋日月奔。

(《赠比部萧郎中十兄》)

在广阔的云天之下,自身的孤微身影流离不定。

江湖漂短褐,霜雪满飞蓬。

(《奉寄河南韦尹丈人》)

"江湖"之大,有力地反衬出"短褐"(代指自身)之微。

此身饮罢无归处,独立苍茫自咏诗。

(《乐游园歌》)

以苍茫的天地衬孤微的自身,愈见感慨之深重。

在以后遭受贬斥、弃官漂泊的岁月里,他的诗中频繁出现苍天大地中自己孤微的身影。如:

大哉乾坤内,吾道长悠悠。

(《发秦州》)

巨大的乾坤里,是诗人踽踽而行的微影。

乾坤虽宽大,所适装囊空。

(《赠苏四徯》)

天地虽说宽大,可以到处漂泊,但随身而行的总是一个空空的行囊。

关塞极天唯鸟道,江湖满地一渔翁。

(《秋兴八首》其七)

江湖汗漫无际，愈发显得"一渔翁"（作者自谓）之微小。这使人想起其后柳宗元的《江雪》："千山鸟飞绝，万径人踪灭。孤舟蓑笠翁，独钓寒江雪。"其意境及反衬手法均从杜诗中来。

时危兵革黄尘里，日短江湖白发前。

（《公安送韦二少府匡赞》）

江湖之大反衬出白发诗人形影之微。

身世双蓬鬓，乾坤一草亭。

（《暮春题瀼西新赁草屋五首》其三）

身世之事，唯一的收获竟是一双蓬鬓；天地之大，唯一的财产便是一间草亭。在天地的反衬下，愈见草堂之小，自身之贫。

江汉思归客，乾坤一腐儒。

（《江汉》）

将"一腐儒"（作者自谓）置于广阔的"乾坤"里，其形何小！

无边落木萧萧下，不尽长江滚滚来。
万里悲秋常作客，百年多病独登台。

（《登高》）

"落木"而曰"无边"，"长江"而曰"不尽"，极度拓展江天秋境，有力地衬托出暮年多病客居之身的孤微。

海内风尘诸弟隔，天涯涕泪一身遥。

（《野望》）

"海内"之大，"天涯"之远，与"一身"之微，反差亦十分强烈。

扶桑西枝对断石，弱水东影随长流。
杖藜叹世者谁子？泣血迸空回白头。

（《白帝城最高楼》）

前两句分别向东、西两方拓境：东望，可见扶桑（传说为日出之处）的西枝指向瞿塘峡谷；西望，可见西域沙漠上的细水向东流入长江。"扶桑""弱水"云云，自非目力所及，其所以如是说，意在突出空间的广远，从而把白发杖藜的作者反衬得微乎其微。

  日月笼中鸟，乾坤水上萍。

（《衡州送李大夫七丈赴广州》）

赵次公解此二句为："我身于日月之下，如笼中之鸟局而不伸；于天地之中，如水上之萍浮而不定。"[1] 解义基本正确，但"日月"之于"笼中鸟"，"乾坤"之于"水上萍"，也含有以巨衬微的作意。

  支离东北风尘际，漂泊西南天地间。

（《咏怀古迹五首》其一）

"东北""西南""风尘""天地"，如此广漠的空间里是诗人一点支离、漂泊的身影。

  山行落日下绝壁，南望千山万山赤。
  树枝有鸟乱鸣时，暝色无人独归客。

（《光禄坂行》）

"千山万山"，铺写出辽阔的空间，反衬出作者的孤影之微。

  万里清江上，三峰落日低。
  畏人成小筑，褊性合幽栖。

（《畏人》）

"小筑"，即成都西郊草堂，将其放在"万里清江""三峰落日"的大背景下，愈发显得低小可怜。

凡此种种，不胜枚举。其中尤以《旅夜书怀》最为称著。此诗通篇慨叹身世之微，间用正衬、反衬、比兴等多种手法，主题鲜明突出。诗云：

---

[1] 林继中《杜诗赵次公先后解辑校》，上海古籍出版社，1994年，第1503页。

细草微风岸，危樯独夜舟。
星垂平野阔，月涌大江流。
名岂文章著，官应老病休。
飘飘何所似？天地一沙鸥。

颈联直陈身世之慨，"名岂文章著"，意谓人的名望并非由文章而得，文章再好也不能使人成名，成名要靠别的东西。这是愤世之语，是针对自己冷遇于诗坛的情况讲的。"官应老病休"，是牢骚话。他的"休官"非因"老病"，实由肃宗排斥，而自己又不甘蒙受屈辱所致。他自行解除华州司功的官职，其原因在《秦州杂诗二十首》中说得很清楚："唐尧真自圣，野老复何知！"在一个天生"圣明"的皇帝眼中，他这个"野老"是无知的。于是，他离开了仕途而走向山野。此联慨叹文坛无名，仕途寂寞，乃一篇之眼。其余三联写景，与作者的身世之叹密相融合。首联从细处落笔，写眼前身边的小景，"细草""微风""危樯""孤舟"，均为纤小之物，它们作为诗人关注的对象，由客观存在进入诗篇，便脱去自然的性质，而被涂上感情色彩。在这里，它们以共有的细微特征与作者的孤微身世相映衬，都穆所谓"情与景会，景与情合"[1]是也。颔联则是从大处、远处下笔，写远天星垂，平野辽阔，月光翻涌，大江奔流。这一笔阔景描写，与首联小景似不相合，但在抒发身世感受上却是一脉相连的。首联以微物正面映衬身世，此联则以阔景作反面衬托。作者将自己的一叶孤舟放置在空阔无垠的江天之间，构成细与巨的强烈反差，浓重地表达出身世之感。尾联以江上的一只小小沙鸥自比，这已然见出孤微之意，而仍将它置于空旷的天地之间——"天地一沙鸥"，可见作者运用此种手法已达到纯熟的地步。吴齐贤《论杜》云："有用'一'字者，'乾坤一草亭'，'乾坤一腐儒'，'天地一沙鸥'，于乾坤天地之内，下此'一'字，写其孤也，写其微茫也。"[2]此论可谓深得诗人之艺术匠心。

仕途寂寞，诗坛无名，杜甫的孤微身世既是一种客观现实，又是为他

---

[1] 丁福保《历代诗话续编·南濠诗话》，中华书局，1983年，第1359页。
[2] 仇兆鳌《杜诗详注》，中华书局，1979年，第2346页。

主观上所不能接受的。他绝不怀疑自己的政治才干和文学才能:"自谓颇挺出,立登要路津。""赋料扬雄敌,诗看子建亲。"(《奉赠韦左丞丈二十二韵》)他绝不认为自己果真是渺小的、微不足道的。这就形成了主观与客观的大矛盾,理想与现实的大冲突。这是他诗歌创作的生命线,也是他的人生悲剧。他无法解决这种矛盾,"天意高难问,人情老易悲"(《暮春江陵送马大卿公恩命追赴阙下》)是他对命运和人生的慨叹与不平。他在诗中以巨笔写宇宙,以微笔写自身,极大程度地拉开两者间的形体差距,正是这种不平之心的无声慨叹。

第六章　杜诗的题画、咏画艺术

我国的题画、咏画诗产生于何时，学界尚无一致说法。汉代帝王曾令画师为功臣画像，又令诗人为画像作颂。扬雄就曾应成帝之命，为赵充国的画像作颂，名曰《赵充国画像颂》。若从题目观之，这应是中国第一首题画、咏画诗了，可是看其内容，全在歌颂赵氏的功勋，并无只字言及绘画本身，所以它还说不上是真正的题画、咏画诗。真正以诗题画、咏画，出现在齐梁时期，如永明诗人高爽作《咏画扇诗》，费昶作《和萧洗马画屏风二首》，梁简文帝作《咏美人观画》，庾肩吾作《咏美人自看画应令》，庾信作《咏画屏风》，等等。这些作品，初步做到了诗与画的结合，但在二者的和谐上还欠自然，在题咏的艺术上尚嫌粗糙。

在唐代文化普遍高涨的热潮中，绘画艺术也取得了高度的成就。一大批画家云涌风起，有名姓可考的就有四百多人，其中王维、吴道子、李思训父子、曹霸、韩幹等，更是创立画派的大师，他们以高超的画艺创作了令人叹为观止的绘画。这些绘画又为诗人们从事创作提供了文化积累、艺术营养和创作题材，使题画、咏画诗得以高度繁荣，成为唐代诗苑中璀璨的一丛。而杜甫就是创作题画、咏画诗的艺术大师。明人胡应麟说："题画自杜诸篇外，唐无继者。"[1] 其艺术光芒之耀眼，甚至使清人沈德潜误以为"唐以前未见题画诗，开此体者老杜也"[2]。

杜甫留传下来的题画、咏画诗就有21首之多。这些诗是《画鹰》《天育骠图歌》《奉先刘少府新画山水障歌》《题李尊师松树障子歌》《画鹘行》

---

[1] 胡应麟《诗薮》，上海古籍出版社，1958年，第54页。
[2] 王夫之等《清诗话》，上海古籍出版社，1999年，第551页。

《题壁上韦偃画马歌》《戏为韦偃双松图歌》《戏题王宰画山水图歌》《严公厅宴同咏蜀道图画》《姜楚公画角鹰歌》《题玄武禅师屋壁》《观薛稷少保书画壁》《通泉县署壁后薛少保画鹤》《丹青引》《韦讽录事宅观曹将军画马图歌》《奉观严郑公厅事岷山沱江画图十韵》《观李固请司马弟山水图三首》《杨监又出画鹰十二扇》《画马赞》。此外,还有一些诗涉及了画师和绘画。这些诗题材广泛,有题咏画鹰、画马、画鹘、画鹤、画松、画山水、画蜀道等等;内容也很丰富,诗人不仅以生动精练的文字再现了画面形象,而且通过想象对画面作了时空延伸,从而丰满了画面形象。尤其值得注意的是,诗人在这些题画、咏画诗中,倾注了他对国家危亡的深沉忧虑,寄托了拯国命于倒悬的坚定志向,诗的立意远远高出绘画的立意。此外,在这些诗中,杜甫还每每申述自己的创作思想和审美理想,可以启迪后人。

一、精湛的题咏技巧

顾名思义,题画诗原始都是写在绘画上面的,咏画诗则在于咏叹或说明画境、画意;但作为一种文学形式,它们还要保持自己在表意上的独立性,就是说,它们不能只是在配属原画时才具有意义,当它们离开原画,单独以文字诉诸读者时,仍然要给人以鲜明的艺术享受。这就要求作者不但要有深厚的读画修养,更须具有高于画家的思想、艺术见识和传神的再现画面形象的文字功力。杜甫的题画咏画诗在这些方面显示出高深的造诣。他所题咏的绘画,我们如今很少能见到了。但正是赖有这些诗,我们仿佛还能看到唐人那一幅幅生机盎然的画作,仿佛步入了那五彩缤纷的画廊:勇猛的苍鹰,神俊的劲鹘,飘逸的白鹤,挟霜带雾,联翩而起;壮阔的巴山楚水,奇险的剑阁蜀道,古怪的幽松老林,百态千姿,纷纭而至。使人心神荡漾,叹为观止。这种效果的取得,是由于诗人使用了以下几种艺术手法和技巧:

其一,诗人以精炼的笔墨生动地描绘了画面形象的身姿神态,即着重并充分表现其生动的气韵。例如,写画鹰则是"素练风霜起"(《画鹰》),说画鹰在白绢上卷起风霜,何等猛鸷、肃杀;写画鹘则是"飒爽动秋骨"

（《画鹘行》），飒爽之气从骨子里闪出，神态凛然不屈；写画马则是"鬃尾萧梢朔风起""卓立天骨森开张"（《天育骠图歌》），卓然特立的身姿，大度伸张的骨架，卷动北风的劲尾，写尽了骏马的雄杰意态；写画武将则是"褒公鄂公毛发动，英姿飒爽来酣战"（《丹青引》），真是英姿勃发，神采飞扬，勇武之气溢出纸面。南朝谢赫在《古画品录》中曾把"气韵生动"作为绘画六法之首，而将某些画家"传模移写""乏于生气"的画法置于末品，提出"以气韵求其画，则形似在其间"[1]的中肯之见。杜甫深得此法之神髓，紧紧抓住"气韵"二字大做文章，着力表现画面形象的生动气韵，因而能够传神地刻画出形象的内在性格。

我们还注意到，杜甫十分注重描绘画面形象的眼睛，寥寥数笔而使其神情毕现。例如，"㧑身思狡兔，侧目似愁胡"（《画鹰》），写出了苍鹰凝神注目、时刻准备出击的警觉神态。"侧脑看青霄，宁为众禽没"（《画鹘行》），写出了劲鹘不甘落寞、时思健举的心理。"眼有紫焰双瞳方"（《天育骠图歌》），写骏马双目紫焰闪闪，瞳仁带棱带角，揭示出剽悍无敌的性格。眼睛是心灵的窗户，画好眼睛就能把形象的内心世界和性格特征鲜明地表现出来。诗人机敏地采用了这一表现技巧，通过对题咏之物的细致观察、体会，凝神揣摩，以准确的文字描绘了物的眼神，展现出它们的生动气韵，给人以深刻的印象。注重对眼神的描绘，使我们联想起晋代画家顾恺之的著名画理。史料记载，顾恺之画人像，有时几年不点眼睛，他认为画眼要体会、思索十分精到之后才能动笔，因为"传神正在阿堵中"。[2]又使人联想起南朝画家张僧繇"画龙点睛"的故事。相传张僧繇在寺院墙壁画了四条龙，皆未画眼，别人坚请，他只好点了两条龙的眼，霎时雷电破墙，二龙乘云上天，而没点睛的两条龙仍旧在墙上。[3]杜甫自云"读书破万卷"，又很喜欢书法绘画，这类记载定会读到，前代画家的精妙画理，给他诗歌创作以深刻的启迪。

其二，为了使画面形象在诗中表现得更为具体，诗人还注意使用大量

---

[1] 卢辅圣《中国书画全书》第1册，上海书画出版社，2009年，第1页。
[2] 刘义庆《世说新语》，岳麓书社，1989年，第177页。
[3] 钱锺书《管锥编》，中华书局，1986年，第714页。

的贴切而新颖的比喻，开拓人们的联想世界。在几首题画马的诗中，诗人反复以"龙"（"须臾九重真龙出"《丹青引》）、"麒麟"（"欻见麒麟出东壁"《题壁上韦偃画马歌》）和"乘黄"（"人间又见真乘黄"《韦讽录事宅观曹将军画马图歌》，按：乘黄，状如狐，背有角）等神异之物，对画马进行比喻，突显出画马的非凡气势。在题画松的几首诗中，以"反走"的"虬龙"来比喻松枝的夭矫倔傲（"偃盖反走虬龙形"《题李尊师松树障子歌》），又以龙、虎死后的骨骸来比喻奇特古怪的松树枝干（"白摧朽骨龙虎死"《戏为韦偃双松图歌》），读来令人惊愕、屏息。在《画鹘行》中，则用刀剑来比喻鹘的羽翅（长翮如刀剑）。

　　值得注意的是，诗人选取喻体事物，既照顾到与本体事物的形似，更照顾到与本体事物的神似。他把形似看作是引导读者进行联想的桥梁，而把神似作为比喻的最终目的，就是说，他不是单纯地以甲形比乙形，而是借用形似的桥梁达到以甲神比乙神的目的，即借喻体事物的本质特征来揭示本体事物的本质特征。他选取的喻体事物都具有揭示本体事物本质特征的功效：龙、麒麟、乘黄等神异之物，最能揭示骏马的刚健、骁勇；反走的虬龙和龙虎之骨，对于表现松枝的遒劲、怪特亦甚为有力；而锋利的刀剑一下子就写尽了鹘翅的劲健、凌厉。

　　其三，借助于诗歌在时空上的可越性，对画面作时间上和空间上的延伸，从而使画面形象更加丰满，性格更加鲜明。诗人没有把心、眼局限在画面上，而是通过想象对画面形象进行由此及彼的推想和描写。"楚公画鹰鹰带角，杀气森森到幽朔"（《姜楚公画角鹰歌》），写角鹰杀气横溢，直贯到遥远的北方，与幽朔的肃杀之气浑然相连，经此越出画面由近及远的描写，角鹰的气势便得到进一步的表现。"一匹龁草一匹嘶，坐看千里当霜蹄"（《题壁上韦偃画马歌》），前句是描写画面景象，后句便是对画面景象作时空的延伸，诗人想象，这两匹骏马即将奔腾起来，千里遥程转瞬间便消失在它们的霜蹄之下。经此延伸，画马的精神骨力便跃然纸上了。同样题材的如《画马赞》中的"四蹄雷雹，一日天地"，也是通过时空的延伸，写出骏马奔跑时雷鸣电掣、瞬息万里的神采。在《画鹘行》中，诗人由画面上一只突兀而立、侧眼望天的鹘，点出它一旦飞举便是"人寰可超越"，由静立的形象转为飞出人世、翱翔九天的形象，传神地写出劲鹘的英姿。

古往今来，题画咏画诗不胜枚举，其下者，诗囿于画，亦步亦趋，形象上既少变化，境界上更无开拓。而杜甫的这类作品，可谓形象上再创造，境界上新开拓，虽标名为"题画""咏画"，亦不失文学作品的基本素质——创新精神。这也说明，题画咏画之作，绝不是把画面上的线条、色彩一是一、二是二的变成文字就算大功告成了，它要求作者充分地运用诗歌这种文学体裁在表现上的长处（时空的可越性），来弥补绘画艺术在表现上的不足（时空的静止性）。至于时空如何延伸，形象上应该补足什么，这就要看作者对形象本身特征的理解深度如何了。杜甫用"杀气森森到幽朔"的空间延伸来补足画鹰的威严，用"坐看千里当霜蹄"的时空延伸来补足画马的骁勇，用"人寰可超越"的时空延伸来补足画鹘的凌厉，都能切中物的本质特征，表现出他对形象本质的深刻揣摩和透辟理解。

其四，除了上述正面展现画面形象的技法以外，杜甫还常常采用侧面表现的技法，即从观画者的感觉上用笔，构成对画面形象的烘托，以突出其生动和逼真。这里包括诗人自己的感觉、其他观画者的感觉和周围动物的感觉。"堂上不合生枫树"，"悄然坐我天姥下，耳边已似闻清猿"（《奉先刘少府新画山水障歌》），诗人看到立在堂上的山水画障，以为是真山真水而生起疑问说：堂上怎么长出枫树来了呢？面对这幅山水画障，他感到似乎来到了山水间，好像坐在了天姥山下，耳边似乎传来了一声声猿鸣。这种感官描写，烘托出山水画的逼真。又如，"直讶松杉冷，兼疑菱荇香"（《奉观严郑公厅事岷山沱江画图十韵》），则不但由绘画上的松杉而感到了凉意，而且嗅到其中菱荇的香味了。又如，《丹青引》中写道："玉花却在御榻上，榻上庭前屹相向。"说画马与真马相对而立，令人难辨真假。《画鹘行》中的"高堂见生鹘"，《画鹰》中的"轩楹势可呼"，《题李尊师松树障子歌》中的"凭轩忽若无丹青"，《戏题王宰画山水图歌》中的"焉得并州快剪刀，剪取吴淞半江水"，《观李固请司马弟山水图三首》其三的"高浪垂翻屋，崩崖欲压床"，等等，都是诗人通过描写自己的观感而对画面形象作侧面烘托的。有些诗是通过描写其他观画者的感受来作烘托，如《姜楚公画角鹰歌》"观者贪愁掣臂飞"，写观者非常贪爱这画上的角鹰，以至生怕它从手中飞走了。描写周围动物对画面的反应，是侧面烘托的第三种方式。在《姜楚公画角鹰歌》中，写"梁间燕雀"对画鹰的"惊怕"，烘托画鹰的逼真；在《画鹘行》中写道"乌鹊满樛枝，轩然恐其出"，以庭院树上的乌鹊看到屋内的画鹘而产生恐惧，来烘托画鹘的活似。由于诗人所选取的观感者身份不同（自身的、他身的、动物的），又由于观感的途径各异（视觉的、听觉的、嗅觉的、触觉的），所以这些侧面描写在诗中呈现五光十色，不使人感到重复。

正如苏轼所赞誉的那样："少陵翰墨无形画。"[1]（《韩幹马》）杜甫以多种艺术技巧，成就了他的题画咏画诗形象鲜明、动人心魄的特色，显示出惊人的艺术天才，也为后人提供了丰富的创作经验。

二、沉郁的情感内蕴

说到杜甫题画咏画诗的思想成就，尤其令人感到兴奋。宋人周紫芝说："少陵有句皆忧国。"其题画咏画诗自然也包括在内。在这些诗中，杜甫寄托了凝重的忧国忧民之思。他常常是因画起兴，借题发挥，把对时局的忧虑，对世态的慨叹，对中兴的希冀，对报国的渴念，自然而深沉地寄于这些诗中。他的艺术构思常常是首先全力题咏画面形象，然后由画中物转到现实物，借物言志，联结时事。清人朱鹤龄说："本咏画鹤，以真鹤结之。犹之咏画鹰而及真鹰，咏画鹘而及真鹘，咏画马而及真马也。公诗格往往如是。"[2]这样，画面上的形象就成了诗人感情的缘起，而于真鹤、真鹰、真鹘、真马的联想和蕴藉才是诗人情感的着落。因而，他的题画咏画诗与原画相比，具有更蓬勃的生命力、更鲜明的思想倾向性、更浓重的时代色彩。

"时危安得真致此，与人同生亦同死！"这是《题壁上韦偃画马歌》的最后两句，是全诗的主旨所在。这首诗先是以情调激昂的笔墨赞美画马的英姿、气概和品质，而后想到"时危"，想到国家民族的危亡，思考如何能招致那些如画的骏马，来驮起这呻吟于血泊之中的祖国。这里的"马"，

---

[1] 傅璇琮等《全宋诗》，北京大学出版社，1993年，第9621页。
[2] 仇兆鳌《杜诗详注》，中华书局，1979年，第962页。

显然是喻指那些舍身报国、拯救民族的志士。表现了作者深沉的忧国之思，急切的救国之念，"同生同死"的盟誓，表现了何等强烈的报国之心！"时危思报主，衰谢不能休"（《江上》）——杜甫终生这样要求自己；"公若登台辅，临危莫爱身"（《奉送严公入朝十韵》）——杜甫也时刻这样要求友人。在民族危急关头，"报主"与"报国"是一致的。诗人的心坎上横卧着祖国的千山万水，民族的存亡命运紧连着他的每根神经，故充耳之音，触目之物，无一不拨动他心中那根时刻绷紧的国家民族之弦。看画马是如此，看画鹰又何尝不是？在《杨监又出画鹰十二扇》诗中，极尽笔力描绘了画鹰"疾禁千里马，气敌万人将"之后，便把笔锋转到现实，"干戈少暇日，真骨老崖嶂。为君除狡兔，会是翻鞲上"。战火连年，真鹰垂老于深山，然而一旦被起用，它还会腾跃而起，勇猛地擒拿狡兔的。无疑，诗人是在以鹰自况，通过对真鹰壮志的抒写，酣畅淋漓地倾诉了自己除害报国的心曲。在另一首《画鹰》诗中，诗人以"何当击凡鸟，毛血洒平芜"的慷慨诗句，表达了同样的心声。这是杜甫题画咏画诗的一个鲜明主题。

报国无路，慨叹沉沦，是这类诗的另一主题。开元二十四年（736），李林甫为相，有唐以来的开明政治宣告结束。杜甫当时25岁，"性豪业嗜酒，嫉恶怀刚肠"（《壮游》）的性格，使他不肯屈膝于权奸。天宝十一载（752），李林甫死，奸臣杨国忠为相，朝政愈加黑暗，终于引发了安史之乱。杜甫遭逢这样的时局，仕途坎坷即属必然。他在多首题咏画马的作品中，表达了怀才不遇的悲愤。例如《天育骠图歌》，诗中写一匹昔日颇负盛名的千里马，但是"年多物化"，这匹马终于老死了，徒然留下"形影"而已，写到这里，笔锋转到现实，问道：难道当今世上就仅仅存在一个千里马的"形影"了吗？不！"如今岂无騕袅与骅骝？时无王良伯乐死即休！"既无善于识马的伯乐，又无善于驭马的王良，当今的千里马不得不俯首于田畴，埋没于草野，默默然一死了事！诗人的感情何等悲愤，词锋何等锐利，对专以摧抑人才为能事的当权者简直是当头棒喝。《画马赞》这篇作品，抒发了同样的感慨，先由画面上千里马的英姿，想到古时千里马的被器重，进而想到今日千里马的沉沦，慨然叹道："汉歌燕市，已矣茫哉！""汉歌"，即汉时的《天马歌》，歌中描写了当时的千里马游走于宫廷、观览于玉台的得意情景;"燕市",是指燕国君主以五百金的高价购买千里马骨头的那段佳话。千里马在古代被如此珍视,而现在呢?诗人叹道:时过境迁,今日的千里马横遭厄运,"汉歌燕市"那种盛况一去不返,留给后人的只是久远的往事回忆罢了。诗人由画及实,借古论今,在今昔对比中,把强烈的义愤掷给当权者。

有些题咏山水画的作品,还表现了作者的山林之志。如《奉先刘少府新画山水障歌》,诗人面对刘少府宅中那幅绝妙的山水画障,萌动了遁迹山林的念头:"吾独胡为在泥滓?青鞋布袜从此始。"在《观李固请司马弟山水图三首》中,又表示要超离尘世:"此生随万物,何处出尘氛?"如何认识他这种山林之想?考察杜甫的一生,不管是困居长安,还是流离巴楚,不管是在朝为官,还是在野为民,始终没有放弃对国家民族的关切,即便在生命的最后一刻,即便是在命运之神给他唯留的一条漂泊于急风恶浪的破船上,他仍旧深情地忧虑着多难的祖国:"战血流依旧,军声动至今。"(《风疾舟中伏枕书怀三十六韵奉呈湖南亲友》)他的山林之志,实际上是他的夙愿——"致君尧舜上,再使风俗淳"(《奉赠韦左丞丈二十二韵》)的反拨式表现,是因报国无路而产生的一种对昏庸朝廷的愤懑心情的反映,可以说,在这种刹那间闪现的消极出世的言辞背面,是储藏着极大的积极入世的热情的。

三、独特的审美追求

杜甫一生接触的绘画,为数定然不少,当时绘画的题材也是多种多样。但从他的全部题画咏画诗来看,对于题咏的对象却是经过一番选择的。他反复题咏的是骏马、猛禽、劲松,至于山水,也都是雄奇、动荡的。这无疑是与他的抱负、性格、心境紧相关联的。这些雄奇、刚健之物与诗人的内心世界相互呼应,他从这些物象中看到了自己的精神力量,看到了与自己的精神和创造性的生活相联系的东西,于是产生了审美感受,形成了选材上的这一鲜明特征。反过来看,这类作品也为我们认识杜甫的精神、性格,提供了生动的材料。

此外，杜甫还每每在这类作品中申述艺术之道和审美追求，对后人良多启迪。

其一，在创作规律上，提出"艺术心态自由"的主张，他说："十日画一水，五日画一石。能事不受相促迫，王宰始肯留真迹。"（《戏题王宰画山水图歌》）这是说，创作是个人的精神活动，是灵感触发的过程，而灵感的触发有赖于心态的自由，不得接受外界压力和干扰。这里道破了艺术创作的一条重要规律，对那些"应制文学"和"遵命文学"给予了彻底的否定，因为"应制"与"遵命"而写出的作品，是在外界压力（权势压力、命意压力、衣食压力、时间压力）下产生的，难以触发灵感，所以它是难以成为艺术的。杜甫自觉地遵循这种艺术之道，一生未作"应制诗"，保障心灵活动的充分自由，所以他的作品充满了真情至性。而且，他还为有的作家屈于生活压力，以笔墨换钱的做法表示了惋惜。例如，画家曹霸在安史之乱中流落到成都，为衣食所困，只好为庸俗之辈画像，杜甫叹道："将军画善盖有神，偶逢佳士亦写真。即今漂泊干戈际，屡貌寻常行路人。途穷反遭俗眼白，世上未有如公贫。"（《丹青引》）为"佳士"画像，是出于自心之爱，画出来自然是艺术品；为"寻常行路人"画像，是出于衣食之需，是生活"促迫"的结果，画出来的东西何谈艺术？当然，杜甫对曹霸的晚年遭遇有着深厚的同情，我们在理解其同情的言辞里面，还是可以悟到其中含有的惋惜成分的。

其二，杜甫在艺术上提出"瘦硬"为美的观点，这在当时社会以"丰腴"为美的审美趣味新潮中，可谓逆潮而动。盛唐时期，颜真卿的书法，韩幹的画马，张萱《捣练图》所画之仕女，乃至以丰腴获宠的杨玉环，等等，反映了当时人们的审美趋向。杜甫则坚持己见，他批评画家韩幹说："幹惟画肉不画骨，忍使骅骝气凋丧。"（《丹青引》）他认为肉多则气丧，骨硬则神生，韩幹所画的这些肉马是不足称道的。对于书法艺术，他同样主张"瘦硬"为美："书贵瘦硬方通神。"（《李潮八分小篆歌》）在诗歌艺术上，虽未明确提出这种观点，但是我们读他全部作品，确能感到一种"瘦硬"的作风，而找不到追求"丰腴"的痕迹。例如，他笔下的"胡马"是"锋棱瘦骨成""竹批双耳峻"（《房兵曹胡马》），笔下的"天狗"是"性刚简而清瘦"（《天狗赋》），笔下的山也多是尖峭、铁硬的，"峡形藏堂隍，壁色立精铁"(《铁堂峡》),"两行秦树直,万点蜀山尖"(《送张十二参军赴蜀州因呈杨五侍御》),"赤甲白盐俱刺天"(《夔州歌十绝句》其四),等等,表现了独特的审美趣味。究其成因,气质、性格、精神因素固然重要,也与他特殊的人生道路有密切关系。盛唐诗人大多处在浪漫的精神天地间,如同一个人的青春时代充满了幻想,高视阔步,纵酒酣歌,以理想主义的眼光看待世界;而杜甫虽然身历开元盛世,但由于长期困居和战乱的影响,使他具有一副迥异众人的深邃而锐利的现实主义的眼光。这种眼光执意从虚中求实,从表中看里,厌弃浮华,注重实力,表现在艺术审美上就是对"瘦硬"的标举和追求了。

第七章　杜诗的用典艺术

一、杜诗"无一字无来处"说之心理解析

自从宋人黄庭坚提出杜诗"无一字无来处"之后，杜诗被看成了一部学问诗。从这个角度来诠释杜诗的特征与成就，是宋人在当时的政治环境下为自己的诗歌寻找出路而苦心思索出来的。

作为一个诗人，自然要对诗的优劣提出标准。而这个标准的选择与提出，又不能不考虑政治环境的许可度和个人的实际能力。宋代的政治环境没有唐代那样宽松。赵宋王朝一方面给予文人优厚的生活待遇，使他们对朝廷感恩戴德；一方面又制造文字狱，苏轼就是因为写了不满朝政的诗而被投入监狱险遭杀身之祸的。这实在让名望还不如他的文人们出了一身冷汗。看一看舒适的书斋，想一想龌龊的牢房，他们还能情愿像杜甫那样揭露社会的黑暗吗？且莫说书斋生活使他们无法了解社会民生，即便是对民间疾苦偶有所见，即如钱锺书所说的"偶尔向人生现实居高临远地眺望一番"[1]，又哪有胆量写诗予以反映呢？于是，他们不敢标举杜诗批判现实这个灵魂旗帜，而仅将杜诗的用典一途指为康庄大道。这情况正如宋人洪迈所说："唐人歌诗，其于先世及当时事，直辞咏寄，略无避隐。至宫禁嬖昵，非外间所应知者，皆反复极言，而上之人亦不以为罪……今之诗人不敢尔也。"[2] 洪迈的话真够坦诚！"上之人"不怪罪，诗人们才敢下笔，这才有唐诗的辉煌，才有杜诗的深刻；"今之诗人不敢"，拿起笔来便畏首

---

[1] 钱锺书《宋诗选注》，人民文学出版社，1979年，第18页。
[2] 洪迈《容斋随笔》，中国世界语出版社，1995年，第152页。

畏尾，哪里还能写出深刻的现实主义诗篇？黄庭坚在《书王知载朐山杂咏后》中说道："诗者，人之性情也，非强谏诤于庭，怨忿诟于道，怒邻骂座之为也。""其发为讪谤侵凌，引颈以承戈，披襟而受矢，以快一朝之忿者，人皆以为诗之祸，是失诗之旨，非诗之过也。"[1]黄庭坚认为那些"强谏诤于庭""怨忿诟于道"的干预现实的作品是有失"诗之旨"的，诗是写闲"性情"的。这显然是与杜诗的精神背道而驰。他之所以反对以诗来干预现实，就是害怕招"祸"，从他描绘的"引颈以承戈"（伸着脖子等刀砍）、"披襟而受矢"（敞开衣襟等箭射）的情况来看，宋代文人在心理上承受的政治压力是非常之大的。

如果说黄庭坚等人果真看不到杜诗的深刻处，那是埋没了他们的社会良知。应该说，看到是看到了，但就是不准备仿效之。此中苦味，不难体谅。但是作为诗人，又是不会甘心承认我辈之诗不如唐人的。于是，好诗的"标准"想出来了——"词意高胜，要从学问中来尔"[2]（黄庭坚《论作诗文》），"老杜作诗，退之作文，无一字无来处"[3]（黄庭坚《答洪驹父书》）。不但提出了标准，而且找出了标杆。应该说，黄庭坚在这一点上是聪明的。第一，以杜甫作标杆，是利用了当时社会尊杜崇杜的风气，而且杜诗的部分作品在用典上确实比较多；第二，以用典多作为好诗的标准，最适合于书斋创作，身边的书山真是有无穷的矿藏。正是因为有这些妙处，所以江西诗派的理论在两宋深受欢迎。其后，元明清三个王朝，文字狱愈加严酷，处于这种政治环境的人们，要想当个诗人，就不能不以江西诗派的理论作为强心剂和上马石。这就是该派理论绵延不绝的根本原因。

在注释杜诗方面，也充分贯彻和发扬着这种理论，宋代就已出现了以伪造典故著称的所谓《东坡老杜故事》，能找到出处的就找，找不到出处的就编造。到清代仇兆鳌的《杜诗详注》，在贯彻江西诗派理论上可谓登峰造极，事典挖净了，就挖空心思地给杜诗的词语找"出处"，管它与诗意相干不相干，只要字面相类就是"娘家"！注典的庸俗化，令人啼笑

---

[1]刘琳等点校《黄庭坚全集》（第二册），四川大学出版社，2001年，第666页。
[2]王运熙《中国文学批评通史》，上海古籍出版社，1996年，第208页。
[3]王运熙《中国文学批评通史》，上海古籍出版社，1996年，第209页。

皆非，连"无食无儿一妇人"（《又呈吴郎》）这种通俗的诗句也要找出处，而且找了三处，仇氏注释说："贾谊《新书》：大禹曰：'民无食也，则我弗能使也。'《晋书》：皇天无知，邓伯道无儿。宋玉《神女赋》：见一妇人。"[1] 很难想象，杜甫的这句诗是由于他读过了《新书》《晋书》《神女赋》之后，才把"无食""无儿""一妇人"三个词语组合而成的。这可真是除了不停地翻书本子，否则连一句平常的人话都说不出来了，到了这个地步，还有可能是个诗人吗？做学问的人虽然不知道诗是如何写出来的，但他也应该知道日常说话用语是不必从书本上来的。他这样做，无非是要显示个人读书多罢了。他这一显示不要紧，却把杜甫搞成一个除了埋头书本子，别的啥也不懂，甚至连说平常话都非常困难的家伙，这哪里还是杜甫！

所谓"无一字无来处"，如果从使用既成词语的角度来看，这句话并无错误，同时也毫无意义。一个诗人，如果他不自行造字，不滥造词语，那他所用之字、所用词语就必定绝大多数是见于前代典籍的。又岂止杜甫是如此？就是被苏轼惋惜"诗料"太少的孟浩然的诗作，其实也是"无一字无来处"的。笔者还就想较这个真，且以《望洞庭湖赠张丞相》诗为例，试按该派作法为之作注。

八月湖水平，涵虚混太清。①
气蒸云梦泽，波撼岳阳城。②
欲济无舟楫，端居耻圣明。③
坐观垂钓者，徒有羡鱼情。④

【注】①八月：《尚书·舜典》："八月西巡守。"湖水：《山海经·东山记》："湖水出焉，东流注于食水。"平：《庄子·内篇》："平者，水停之盛也。"涵：《诗经·小雅》："乱之初生，僭始既涵。"虚：《周易·上经》："君子尚消息盈虚。"太清：《抱朴子·对俗》："行则逍遥太清。"②气蒸：《三家注史记·东书》："地气蒸合，阴阳交会。"云梦泽：《汉书·卷二十八上》："云梦泽在南，荆州薮。"波：《尚书·禹贡》："余波

---

[1] 仇兆鳌《杜诗详注》，中华书局，1979年，第1762页。

入于流沙。"撼:《论衡·治期篇》:"撼动形体。"岳阳:《汉书·卷二十八上》:"既修太原,至于岳阳。"③欲济:《后汉书·卷三十下》:"将欲济江海也。"无舟楫:《后汉书·卷二》:"若涉渊水,而无舟楫。"端居:《晋书·卷九十四》:"晚节亦不复钓,端居荜门。"圣明:《汉书·卷四十九》:"利施后世,名称圣明。"④坐观:《后汉书·卷六十五》:"坐观郡将,已数十年矣。"垂钓:《晋书·卷二十四》:"或垂钓以申其道。"徒有:《后汉书·卷一下》:"非徒有豫养导择之劳。"羡鱼:《淮南子·说林训》:"临河而羡鱼,不如归家织网。"

以上,是按着江西理论和仇兆鳌的注释法给孟诗寻找出处。你能说孟浩然的诗不是"无一字无来处"?可是,这样做又有什么意义呢?除了显示注家读书多,于解诗则是毫无意义的。笔者以为,判断诗中是否用典,是不能以字面上相类为依据的,关键要看这个词语是否与诗人的抒情有密切的关系:如有,就是在用典;没有,就不是在用典。孟浩然这首诗,只有"羡鱼"是用典,别的只是字面上相类,于抒情并无关系。由此可知,黄庭坚以"无一字无来处"独尊杜诗,是没有依据的。他用"无一字无来处"作为好诗的标准,是可笑的,荒唐的。

元稹《酬孝甫见赠十首》其二写道:"杜甫天材颇绝伦,每寻诗卷似情亲。怜渠直道当时语,不著心源傍古人。"所谓"当时语",应有两层含义:一是指杜甫用当时的书面语和口语、俗语写诗,而不用古人的语言;二是指杜甫以时事为题材写诗,而不是从古代文献中找话题。用"当时语"写身边事,这样的作品自然会让人感到"情亲"。元稹于杜甫死后九年出生,他对杜诗使用"当时语"的这种判断,应该说是权威的。在这里,元稹指出的是杜诗在语言和题材上的特点,而不是说全部杜诗绝对不用语典和事典。

郭绍虞先生说道:"大抵唐代作家较多纯粹之诗人,而宋之诗家多为文人学士……所以宋人不免以才学为诗,以议论为诗。"[1]中国古代诗人可以分为两大类:一类是抒写性情的诗人,是纯粹的诗人;一类是显露学问

---

[1] 郭绍虞《沧浪诗话校释》,人民文学出版社,1998年,第145页。

的诗人，是学士诗人。纯粹的诗人也会在某些诗中使用典故，但那是抒情的需要。因为典故都包含着一段人物故事，诗人用简短的语言媒介将其点到，这个人物故事就会按着诗人的意图显示出它的某个侧面来，从而成为诗人抒情表意的工具，从实现抒情的效果来看，这无疑是个很便捷的方法。学士诗人则不同，他们写诗多是为了显示学问，于是拼尽全力剜搜生僻典故，搞得饾饤满纸，让读者堕入五里雾中，在读者惶惑莫解的目光中，他们得到了一丝快意。张戒曾批评以用事为工的做法"乃诗人中一害，使后生只知用事押韵之为诗，而不知咏物之为工，言志之为本也，风雅自此扫地矣"[1]。这种批评是正确的、深刻的。诗的质性是抒情言志，用典不过是抒情言志的手段，把用典多少作为衡量诗歌优劣的标准，就是以手段代替目的，是舍本逐末，当然是十分错误的。清人方南堂嘲笑那种无情可抒而只知道用典的作者，说他们"本无用意处，徒取经史字面，铺张满纸，是侏儒自丑其短，而固高冠巍屦，绿衣红裳，其恶状愈可憎也"[2]。这段议论堪称精彩。黄庭坚在作诗上是"无一字无来处"的，他的诗又如何呢？清人赵翼对他作过评论："山谷则书卷比坡更多数倍，几于无一字无来历，然专以选材疙料为主，宁不工而不肯不典，宁不切而不肯不奥，故往往意为词累，而性情反为所掩。"[3]性情既为典故所掩盖，则诗歌的抒情言志的质性也就被断送了。

本章拟对杜诗的用典艺术作些探讨，目的之一是清除江西诗派给杜甫涂抹的滑稽油彩，还杜诗本来面目；目的之二是从杜甫用典的艺术实践中，获得某些启迪。

二、杜甫用典与否，依抒情表意的需要而定

杜甫使用典故，是本着抒情的需要的。有些时候，情感的抒发不需要

---

[1] 吴文治《宋诗话全编》，江苏古籍出版社，1998年，第3237页。
[2] 郭绍虞《清诗话续编·辍锻录》，上海古籍出版社，1983年，第1937页。
[3] 赵翼《瓯北诗话》，人民文学出版社，1963年，第168页。

使用典故，则绝对不用。像《春望》所写：

> 国破山河在，城春草木深。
> 感时花溅泪，恨别鸟惊心。
> 烽火连三月，家书抵万金。
> 白头搔更短，浑欲不胜簪。

眼前景，身边事，心中情，自然挥洒，已臻其妙，又何必需求助于古人？又如《月夜》所写：

> 今夜鄜州月，闺中只独看。
> 遥怜小儿女，未解忆长安。
> 香雾云鬟湿，清辉玉臂寒。
> 何时倚虚幌，双照泪痕干？

望月思亲，虽然是古来已有，但是如此深沉的内心独白，如此独特的生活经历，又有哪个古人古事可供比拟？其他如《闻官军收河南河北》《登高》等名篇，以及那些精致的草堂田园诗，通篇不用一个事典，感情表达得浓郁、顺畅、自然，《闻官军收河南河北》竟连一个语典也没让仇兆鳌找出来。考察杜甫的用心，他认为在不需要用典就能把感情表达出来的时候，就决不用典。因为他知道，典故固然能够有助于情感的表达，同时它对于不知此典的人来说也能构成障碍，所以在保证完成抒情的前提下，尽量不设置这种人为的障碍。

有些时候，情感比较曲折、复杂，直言难以述尽；或对社会、人生的事理进行议论，发表意见，正言难以阐明；或为人物立传，评价传主一生功绩，在这种情况下，使用典故就是情势所需的了。杜甫的一些长篇五古、排律，如《北征》《八哀诗》《夔府书怀四十韵》《秋日夔府咏怀奉寄郑监李宾客一百韵》《壮游》等大型的叙事性、议论性的作品，则大量使用历史掌故和传说。此外，还大量地使用经书、史书、子书语典，据金启华先生统计，杜诗使用《诗经》《尚书》《礼》《易》《春秋左氏传》《论语》的语典多达180处；使用《史记》《汉书》《后汉书》《三国志》《晋书》《宋书》《南史》等史书语典43处；使用《老子》《庄子》《关尹子》《荀子》《尹子》《韩非子》《列子》《吕氏春秋》《淮南子》《法言》《牟子》《抱朴子》《颜氏家训》《文中子》等各家句意55处；至于化用前代诗人的诗句，如屈原、宋玉、曹操、曹丕、曹植、孔融、蔡琰、王粲、刘桢、应玚、陈琳、嵇康、阮籍、傅玄、裴秀、陆机、潘岳、潘尼、张载、张协、左思、孙楚、刘琨、郭璞、卢谌、孙绰、殷仲文、陶渊明、谢灵运、谢惠连、谢瞻、谢庄、颜延之、鲍照、王融、谢朓、沈约、江淹、吴均、任昉、王训、梁武帝、梁简文帝、梁元帝、阴铿、沈炯、王褒、何逊、江总、庾信，以及初唐诗人虞世南、"沈宋"、"四杰"等，竟有571处。[1] 杜甫在这类诗中如此频繁地使用这些事典和语典，是情势使然，如不以古比今，如不使用前人语句、化用前人诗句，便不能把自己或他人复杂的生活经历和个人复杂的思想感受准确地表达出来。

比如，他用王粲登楼作赋的故事比拟自己漂泊异地、思念故乡的境况，用匡衡抗疏的故事比拟自己因疏救房琯而遭受打击的经历，用苏武握节来比拟郑虔的操守，用董卓燃脐来比拟安禄山的结局，这些，都因借助于古人古事的烘托与映射而收到了良好的表意抒情效果。

又如，在《八哀诗·赠左仆射郑国公严公武》这首为严武立传的诗中，他用了10个历史人物故事，从不同角度对传主进行类比。"匡汲俄宠辱"，匡衡、汲黯两个人都是汉代名臣，以直言进谏著称于世，又都因此而遭到君主的疏远；严武曾任京兆少尹，在肃宗打击玄宗旧臣之际，被贬为巴州刺史，不久，又迁东川节度使、成都尹、剑南节度使，故云"俄宠辱"。使用这二人的典故，不但写出了严武的直臣风范，而且写出他官职沉浮之变化。"尚书无履声"，是用汉代郑崇的故事，郑崇做尚书的时候，经常趿拉着鞋子来进谏，以致皇帝听到那"趿拉趿拉"的声音就知道是他来了。严武做剑南节度使的时候，兼任检校吏部尚书，但由于身在成都，不能履行进谏的职责，故云"无履声"。"卫霍竟哀荣"，是以汉代名将卫青、霍去病比严武，说严武像卫、霍一样生死都令人慨叹。"诸葛蜀人爱，文翁儒化成"，说严武像诸葛亮一样被蜀地百姓热爱，又像汉代的文翁倡导儒教，化育民俗，这是从文治的角度表彰严武的功德。"颜回竟短折，贾

---

[1] 金启华《杜甫诗论丛》，上海古籍出版社，1985年，第234页。

谊徒忠贞。"颜回是孔子学生，以贤著称，32岁病死；贾谊是汉文帝的名臣，33岁身亡。严武40岁病死，故以颜回、贾谊比之，而且，用贤士、名臣比严武，十分确切。"怅望龙骧茔"，是以王濬的坟茔比严武的坟茔。王濬是晋代大将，拜龙骧将军，伐吴有功，死后葬在柏谷山。严武抗击吐蕃，战功显赫，二者有相同之处。试想，假如不用这些历史人物作比，是难以把严武的生平、履历、功绩以及道德精神述说清楚的，也难以表达自己对严武的崇敬之情。

杜甫的这种做法，与钟嵘批评的大明、泰始诗人用典泛滥，致使"文章殆同书抄"[1]的做法，与王夫之批评的苏轼、黄庭坚"除却书本子则更无诗"[2]的做法，完全是两回事。明人胡应麟说得好："大篇长律，非此何以成章！"[3]清人乔亿说："《诗品》曰：'吟咏性情，亦何贵于用事？'愚谓性情有难以直抒者，非假事陈词则不可。"[4]二人所论，都是强调用典是在抒情写意之所必需的时候。

综上所述，可以看出杜甫在用典与否的问题上，处理方法是明智的，他既不拒绝使用典故，也不滥用。在一些短小的诗篇里少用或不用典故，而在一些长篇诗中则用典较多。用与不用，要看抒情表意的需要而定。这表明，他是把典故看作抒情表意的工具，是以主人的姿态俯临和驾驭典故，而不是以奴才姿态把典故高高地举过头顶，向人炫耀自己的家珍。这种态度，可为千古诗人垂范。

毋庸讳言，杜甫青年时困居长安期间，所写的一些投赠诗中也用了不少的典故，这其中有向对方显示学问的意思。为了走入仕途，请求他人援引，就不能不在诗中大量使用古人古事，以显示学问渊博。这类的诗作是不足称道的，它们在杜诗中也不占重要地位，是作者年轻时期诗歌创作尚未成熟的表现。

---

[1] 何文焕《历代诗话·诗品》，中华书局，1981年，第4页。
[2] 王夫之等《清诗话·姜斋诗话》，上海古籍出版社，1999年，第17页。
[3] 胡应麟《诗薮》，上海古籍出版社，1958年，第64页。
[4] 郭绍虞《清诗话续编·剑溪说诗》，上海古籍出版社，1983年，第1099页。

三、杜诗的用典技巧

（一）使用熟典

杜诗所用的典故，都是常见的事典和语典。这是他的以情主典的创作思想的产物。用典既是为了抒情，则典故就应是常见的，如果使用僻典就会淹没情感，使人不知所云。而以诗卖弄学问的人，不用僻典也达不到目的。

古代文论家对作诗使用僻典多有批判。清人黄子云说："自汉以迄中唐，诗家引用典故，多本之于经、传、《史》、《汉》，事事灼然易晓。下逮温、李，力不能运清真之气，又度无以取胜，专搜汉、唐诸秘书，括其事之冷寂而罕见者，不论其义之当与否，擒剥填缀于诗中，以夸耀己之学问渊博。俗眼被其炫惑，皆为之卷舌伸眉，咄咄嗟赏，师承惟恐或后。呼！二人志虑若此，其品操又安用考厥平生而后知其邪僻哉？"[1]黄子云对于温庭筠、李商隐以僻典入诗的做法十分反感，认为这是夸耀学问的伎俩，并与品德操行联系起来，对后世之"俗眼"亦加以深刻的讽刺。袁枚也反对以僻典入诗，说道："用一僻典，如请生客。"[2]

清人钱泳《履园谭诗》记载了这样一件事："有某孝廉，作诗善用僻典，尤通释氏之书，故所作甚多，无一篇晓畅者。一日，示余二诗，余口嗫不能读，谥谓人曰：'记得小时诵李、杜诗，似乎首首明白。'闻者大笑。始悟诗文一道，用意要深切，立辞要浅显，不可取僻书释典，夹杂其中。"[3]钱泳反对以僻典入诗，因为僻典使诗意不能"晓畅"；而且认为李、杜之诗不用僻典，故"首首明白"。这个判断是正确的。

杜诗用典多是些常见的典故，即便偶有阙闻，也能查阅经史子集，找到出处。诸如虞舜调琴、大禹疏河、文王获熊、仲尼伤麟、许由瓢饮、原宪居贫、专诸行刺、太伯让贤、勾践枕戈、秦皇渡浙、相如涤器、扬雄投阁、严光垂钓、郑谷耕岩、王粲登楼、贾谊伤时、萧曹拱御、耿贾扶王、

---

[1] 王夫之等《清诗话·野鸿诗的》，上海古籍出版社，1999年，第857页。
[2] 王夫之等《清诗话·续诗品》，上海古籍出版社，1999年，第1030页。
[3] 王夫之等《清诗话·履园谭诗》，上海古籍出版社，1999年，第873页。

管宁皂帽、江总锦袍、蒋诩三径、张翰鲈鱼、严遵卖卜、阮籍穷途、匡衡抗疏、刘向传经、汲黯匡君、廉颇出将、文翁化俗、李广命蹇、苏武握节、董卓燃脐、庞公高蹈、诸葛济时、山简习池、陶潜东篱、志公锡杖、葛洪丹砂等等。对于具有一定文化水平的读者来说,这些历史掌故和传说并不构成阅读障碍。

(二)活用典故

杜诗用典十分灵活,正用、反用、明用、暗用等等,无所不备。最能显示其灵活性的,主要表现在对某一典故的"正反兼而用之"和"就其一侧而用之"这两个方面。

清人李重华说:"凡引一古人,用一故事,俱是比。"[1]用古人古事入诗,目的在于比今人今事。杜甫用典的灵活性,首先表现为对同一典故的时而正用,时而反用。例如,他使用阮籍穷途的典故,《晋书·阮籍传》载:"时率意独驾,不由径路,车迹所穷,辄恸哭而返。"杜甫困居长安期间,曾作投赠诗《敬赠郑谏议十韵》,诗中说:"君见途穷哭,宜忧阮步兵。"以阮籍穷途恸哭,来比自己生路的艰辛,这是正面使用这个典故。其后,漂泊的岁月磨炼了他的性格,他便以铮铮傲骨面对惨淡的人生,说道:"齿落未是无心人,舌存耻作穷途哭。"(《暮秋枉裴道州手札率尔遣兴寄递呈苏涣侍御》)明白表示以哭穷途为耻辱,这便是对典故的"反其意而用之"了。大历五年(770)深秋,贫病交加的杜甫感到生命将到尽头,急着要回故乡去,却又没有旅费,在向湖南亲友筹集资金的诗中说道:"途穷那免哭,身老不禁愁。"(《暮秋将归秦留别湖南幕府亲友》)则又是正面使用这个典故了。又如,他使用张翰的典故,《晋书·张翰传》载:"翰因见秋风起,乃思吴中菰菜、莼羹、鲈鱼脍,曰:'人生贵得适志,何能羁宦数千里以要名爵乎?'遂命驾而归。"杜甫在《洗兵马》诗中写道"东走无复忆鲈鱼",是说当时官军包围了邺城,形势大好,官吏们不再为了避难而隐居(安史之乱发生后,不少官吏逃到了江南),这是反用张翰的典故。而在《严中丞枉驾见过》诗中说道:"扁舟不独如张翰,皂帽还

---

[1] 王夫之等《清诗话·贞一斋诗说》,上海古籍出版社,1999年,第930页。

应似管宁。"则是正面使用张翰的典故，说自己不只像张翰那样辞官归隐，还应像管宁那样召而不就。由此可以看出，杜甫能够根据不同时期的境况和心情，对典故正反兼用，又能恰到好处，说明他具有对典故的高度驾驭的能力。

　　杜甫灵活用典，还表现为不拘泥典故的全貌，能够根据抒情表意的需要，仅取典故的某个侧面。使用古人古事是为了比今人今事，既然是比，也就只能是在某一点上有相似之处，而不可能去苛求两者完全相同。世界上没有完全相同的两片树叶，更不会有古今完全相同的人事。从这一点看来，比喻确实是蹩脚的。但是，如果不是愚昧而固执的人，对于比喻存在的合理性则不会否定。

　　王粲的故事是杜甫在诗中多次使用的。据《汉书·王粲传》载，王粲是汉代文学家，才学称富，中原战乱中，南迁荆州，客居他乡达15年之久，所作《登楼赋》抒发乡土之思，影响很大。对于王粲的故事，杜甫每每取其某个侧面来比自己。如，"群盗哀王粲"（《春日江村五首》其五），是取用王粲因军阀战乱而离乡的事，来比自己为避安史之乱而漂泊他乡，这是取其漂泊的原因这个方面；"王粲不归秦"（《赠王二十四侍御契四十韵》），是取用王粲滞留荆州达15年这个侧面，来比自己漂泊时间之久；"应同王粲宅，留井岘山前"（《一室》），是取用王粲留居襄阳的这个侧面，来比自己归老祖籍的愿望（杜甫的祖籍在襄阳）。如此，取其一个侧面而用之，借以表现个人生活的某种经历和感受，效果显得很鲜明。

　　又如，他使用司马相如的典故，在《醉时歌》中说"相如逸才亲涤器"，这是取司马相如多才而贫困的这一生活侧面，来比自己在长安的艰难处境。在《投赠哥舒开府翰二十韵》中说道："壮节初题柱。"据《成都记》载：司马相如出外谋求官职，过升仙桥时，在桥柱上题字："不乘驷马车，不复过此桥。"杜甫借用司马相如的这一侧面，来比自己年轻时的远大政治理想。在《酬高使君相赠》中说道："赋或似相如。"这是取司马相如的文学才能以自比。在《同元使君春陵行》中说"我多长卿病"，则是取司马相如患糖尿病以自比了，杜甫客居成都期间得了糖尿病。

　　扬雄的一些生活侧面也常被杜甫引入诗中，有时他取用扬雄的擅长作赋来自比，如"扬雄更有《河东赋》，唯待吹嘘送上天"（《赠献纳使起居田舍人澄》),"赋料扬雄敌"(《奉赠韦左丞丈二十二韵》)。有时则取用扬雄作《太玄》被人嘲笑的故事以自危:"真怯笑扬雄。"(《奉寄河南韦尹丈人》)《汉书》记载,刘歆读罢《太玄》,对扬雄说:"空自苦!今学者有禄利,然尚不能明《易》,又如《玄》何?吾恐后人用覆酱瓿也。"杜甫用扬雄这个生活侧面,说他真怕自己的著作被人盖了酱坛子。有时他取用扬雄被搜捕而跳阁的事,来表达自古文人多命蹇的感慨:"子云识字终投阁。"(《醉时歌》)有时则取用扬雄淡泊名利来赞美友人:"子云清自守,今日起为官。"(《送杨六判官使西蕃》)《汉书·扬雄传》载:"(雄)清静亡为,少嗜欲,不汲汲于富贵,不戚戚于贫贱。"

　　沈德潜说道:"实事贵用之使活,熟语贵用之使新,语如己出,无斧凿痕,斯不受古人束缚。"[1]根据一时一地的抒情表意的需要,取典故的某一侧面来作比,这是杜甫用典灵活性的表现,这种做法给抒情表意带来很大的方便。

(三)不露痕迹

　　用典与写实密合无垠,用典而不使人觉得是在用典,即便不知道典故也不妨碍理解诗句,知道典故的读者则能更品情味,这是用典的妙境,向来为诗论家所崇尚。清人袁枚说道:"用典如水中着盐,但知盐味,不见盐质。"[2]方东树说道:"大家用事,若不知其用事者,此其妙也。"[3]徐增也说:"或有故事赴于笔下,即用之不见痕迹,方是作者。"[4]杜诗的某些用典达到了这种境界。例如《题张氏隐居二首》:

其　一

春山无伴独相求,伐木丁丁山更幽。
涧道余寒历冰雪,石门斜日到林丘。
不贪夜识金银气,远害朝看麋鹿游。

---

[1] 王夫之等《清诗话·说诗晬语》,上海古籍出版社,1999年,第524页。
[2] 袁枚《随园诗话》,人民文学出版社,1998年,第235页。
[3] 方东树《昭昧詹言》,人民文学出版社,1961年,第238页。
[4] 王夫之等《清诗话·而庵诗话》,上海古籍出版社,1999年,第429页。

乘兴杳然迷出处,对君疑是泛虚舟。

诗的前四句写前往张氏隐居途中的见闻,后四句写张氏的良好品德。第二句使用《诗经·小雅·伐木》"伐木丁丁,鸟鸣嘤嘤","嘤其鸣矣,求其友声"的语典(伐木丁丁)和诗意(求其友声),并取用王籍《入若耶溪》"鸟鸣山更幽"的意境。仇兆鳌《杜诗详注》:"《小序》:《伐木》,燕朋友故旧也。"杜甫使用此典,与全诗的意境相吻合,妙在能把典故与寻友途中所见的景物不着痕迹地结合起来,使人乍读之时,以为只写实景,回味之际,便觉情韵深长,在欣赏山中幽景的同时,品味着友朋聚会的兴味。如此用典,真可谓"但知盐味,不见盐质"了。对于不知用典的人来说,也不妨碍其对幽静山林的审美。

其 二

之子时相见,邀人晚兴留。
霁潭鳣发发,春草鹿呦呦。
杜酒偏劳劝,张梨不外求。
前村山路险,归醉每无愁。

诗的颔联"霁潭鳣发发,春草鹿呦呦"是对张氏隐居环境的描写,却也使用了《诗经》的语典。《诗经·卫风·硕人》:"施罛濊濊,鳣鲔发发。"是写在水中撒网捕鱼,鳣鲔入网后,发出"泼泼"的击水声。杜诗通过"鳣发发"三个字使用此典,暗写主人捕鲜鱼以办晚宴的事,这从颈联可以看出。对于不知道此典的人来说,也无妨碍,可以作为傍晚景色来欣赏,因为每当夕阳照水的时候,水中的鱼就要跳出水面。我生在水乡,对鱼的这种习性是熟知的。也就是说,杜甫善于把用典与写实密切结合起来,做到天衣无缝。"春草"这句出自《诗经·小雅·鹿鸣》:"呦呦鹿鸣,食野之苹。我有嘉宾,鼓瑟吹笙。"由此,"鹿鸣"就成了宴会宾朋的象征。此句不但写出张氏生活环境的幽美,而且通过用典赞美了张氏待客的盛情。对于不知道此典的人来说,这句所写的春草鹿鸣祥和景物也具有很高的审美价值。

杜甫在川北流浪期间曾自叹身世:"甫也南北人。"(《谒文公上方》)粗知杜甫生平遭际的人都会认为这是写实之笔,因为杜甫一生南北漂泊。但此句也是用了典故的。《礼记·檀弓上》记载孔子为他的父母立坟头的事,按古代的做法,是应该"墓而不坟"的,就是只有墓地,不能起坟头。但孔子说:"今丘也,东西南北之人也,不可以弗识也。"考虑到自己四处奔波的情况,不能不在墓地立个坟头作为标记,以免日后不知道墓地在哪里。孔子为推行他的儒家学说,曾周游列国,确实是个东西南北之人。杜甫思想以儒家为主,他使用这个典故,等于把自己与孔子看为同类,表明对儒学创始人的认同。每当他上路奔波,眼前就会出现孔子的形影:"贤有不黔突,圣有不暖席。况我饥愚人,焉能尚安宅?"(《发同谷县》)想到孔子四处奔波,坐不暖席,则自己的漂泊流离也就不必抱怨了。可知,"甫也南北人",是蕴含着丰富的思想感情的,难得的是,用典于叙写身世之中是如此不露痕迹。

　　清人朱庭珍说道:"大抵用典之法,在融化剪裁,运古语若己出,毫无费力之痕……如鬼斧神工,不可思议,而一归于天然,斯大方家手笔矣。杜陵句云:'美人细意熨贴平,裁缝灭尽针线迹。'放翁云:'天机云锦用在我,剪裁妙处非刀尺。'皆个中精诣也,学者详之。"[1] 杜甫这两句诗原是赞美裁缝技艺的精绝,缝出的衣服上看不见针脚,朱庭珍借它来形容用典的天然无痕,是十分精到的。笔者以为,用它来表述杜诗用典的造诣,是当之无愧的。

---

[1] 郭绍虞《清诗话续编·筱园诗话》,上海古籍出版社,1983年,第2333页。

第八章　杜诗的炼字艺术

古人论及诗文作法，于炼字一节亦颇为重视。刘勰说："篇之彪炳，章无疵也；章之明靡，句无玷也；句之清英，字不妄也。"[1]所谓"字不妄"，即要求字不乱用。刘勰认为用字的善否，直接关系到全篇诗文的优劣。所以他又说："缀字属篇，必须练择。"[2]宋人强幼安《唐子西文录》说："诗在与人商论，深求其疵而去之，等闲一字放过则不可。""作诗自有稳当字，第思之未到耳。"[3]元人吴师道说："大凡诗一字未佳未稳，必有一字可代，思之当自得耳。"[4]明人谢榛则用人到市场买帽子为喻——"一一试之，必有个恰好者"，来说明炼字的道理。[5]清人王士禛说："炼字炼句之法，与篇法并重，学者不可不知，于此可悟三昧。"[6]钱澄之则不但强调炼字的重要，而且提出炼字应在"确""典""显""响"方面下功夫："情事必求其真，词义必期其确，而所争只在一字之间。此一字确矣而不典，典矣而不显，显矣而不响，皆非吾意之所许也。"[7]这些言论，说明古人对于构成诗文基本语言单位的高度重视。

在炼字的艺术上，古代诗论家几乎一致称赞杜甫的功力。宋人孙奕

---

[1] 周振甫《文心雕龙注释》，人民文学出版社，1981年，第375页。
[2] 周振甫《文心雕龙注释》，人民文学出版社，1981年，第421页。
[3] 何文焕《历代诗话·唐子西文录》，中华书局，1981年，第445页。
[4] 丁福保《历代诗话续编·吴礼部诗话》，中华书局，1983年，第617页。
[5] 丁福保《历代诗话续编·四溟诗话》，中华书局，1983年，第1214页。
[6] 王士禛《带经堂诗话》，人民文学出版社，1998年，第77页。
[7] 钱澄之《田间文集》，黄山书社，1998年，第147页。

说:"诗人嘲弄万象,每句必须炼字。子美工巧尤多。"[1]叶梦得说:"诗人以一字为工,世固知之。惟老杜变化开阖,出奇无穷,殆不可以形迹捕。"[2]欧阳修说:"陈公时偶得杜集旧本,文多脱误,至《送蔡都尉》诗云'身轻一鸟',其下脱一字。陈公因与数客各用一字补之,或云'疾',或云'落',或云'起',或云'下',莫能定。其后得一善本,乃是'身轻一鸟过'。陈公叹服,以为虽一字,诸君亦不能到也。"[3]清人吴乔说:"盛唐人之用字,实有后人难及处……子美之'石出倒听枫叶下,橹摇背指菊花开',亦然。而'野航恰受两三人','旭日散鸡豚','受'字、'散'字,更非他字可易,甚不费力。"[4]等等,不胜枚举。

的确如此,杜甫精心致力于炼字,务使出语惊人,"语不惊人死不休"(《江上值水如海势聊短述》)。笔者以为,杜甫的炼字艺术,概括说来,表现为三个方面的特色:一是锤炼平易之字,以平易之字蕴藏深厚的生活和情感内容;二是锤炼活字,使笔下的天地万物(有生命的、无生命的)均具有感知,具有生机;三是锤炼虚字,增大信息含量,造成文势劲健之美。本章拟就这三个方面,论述杜诗的艺术成就。

一、浅字蕴深,内涵丰厚

杜甫强调作诗要出语"惊人",但他所锤炼的惊人之语,却既非秾华,又非险怪,而每每是平易之词。在这种平易之词中,则蕴含着极为丰富的内容。也就是说,他的炼字,不是在于锤炼字面,而是在于锤炼蕴意。如何选用浅易之语以表现丰富的内容,是杜甫"意匠惨淡经营"(《丹青引》)的运思过程,是"语不惊人死不休"的真正内涵。杜诗无论叙事写人,还是写景状物,处处都能表现出这个方面的造诣。

---

[1]吴文治《宋诗话全编》,江苏古籍出版社,1998年,第6002页。
[2]何文焕《历代诗话·石林诗话》,中华书局,1981年,第420页。
[3]何文焕《历代诗话·六一诗话》,中华书局,1981年,第266页。
[4]郭绍虞《清诗话续编·围炉诗话》,上海古籍出版社,1983年,第506页。

（一）以浅字叙事写人

且看《石壕吏》的前四句："暮投石壕村，有吏夜捉人。老翁逾墙走，老妇出看门。"首句"投"字，极通俗而又极富内蕴。"投"意为投奔，见出急遽奔赴之情状，写出行路人害怕夜晚的心情。为什么害怕夜晚呢？因为时局动乱，当时官军败于邺城，向西溃散，正是兵荒马乱之际。所以这个"投"字，已把战乱的时代、狼狈的生活显示无遗。同时，也为下文描写差吏深夜捉人制造了气氛。次句，写"捉人"是在夜间，这个"夜"字，也具有丰富的潜台词。为什么白天不来捉人？白天，人们为了躲避差吏，都跑到野地里藏起来了。但是到了夜里总得回家睡觉，于是那差吏就来个深夜掏窝。所以这个"夜"字，既翻检出百姓们白天逃避抓丁的苦情，又写出差吏的狡猾。第三句"老翁逾墙走"，这个"逾"字，更是蕴含深刻。"逾"意是翻越，见出老翁翻墙动作之果断和敏捷。以一老翁的年迈之身，何以会有如此麻利的行动？是什么原因让他果断逃跑？答案只能是在此之前已经有不少老人被深夜掏窝了。正是他人的惨痛教训，促使他当机立断，并极大地激发出生命的活力。所以使用了这个"逾"字，就排除了此次深夜捉人的偶然性、个别性，而使之具有了普遍性、一般性，从而极大地深化了作品的主题。第四句"老妇出看门"，"看门"，意为了解、询问门外发生的事情。其实，来者何人，有何贵干，老妇是很清楚的。老翁的出逃，她也知道，而且很可能就是她出的主意（这从下文她向差吏报告家中人口时隐瞒老翁一节，可以看得出来）。可知，"看门"二字意在写出老妇故意装糊涂，拖时间，她慢声赘语地询问门外何人、所来何事，是想拖住差吏。因为她清楚，如果总是不应声，闭门不开，那差吏就会生起疑心，有可能导致老头逃跑失败。"看门"二字何其通俗，而用在这里又何其生色。这就是杜甫炼字的本领。显而易见，他的炼字是以炼意为终极目的的。

又如《羌村三首》，写阔别经年，妻儿们乍见杜甫归来的心情，不说"喜"，而说"怪"，"妻孥怪我在"，这个"怪"字也是极有生活感受的深度的。"怪"在这里是惊疑的意思，它揭示出妻儿们对杜甫的生还感到惊讶、意外和疑惑——眼前的来者，究竟是活人还是鬼魂呢？而她们之所以会有这样的心情，正是基于战乱造成人口大量死亡的现实。即如杜甫在刚刚结束的"北征"途中所见的惨象,"靡靡逾阡陌,人烟眇萧瑟。所遇多被伤,呻吟更流血",亦可见出一斑。据《资治通鉴》载,安史之乱爆发的前一年,全国的人口为 52880488 人,到战乱结束,人口仅剩 1690 余万。所以,这个"怪"字,虽是描写妻儿们的神态,却也极有深度地概括了安史之乱时期人命危浅的惨痛现实。由此亦可知晓,杜诗的"诗史"精神,并不单纯表现于那些以国事为题材的作品,由于杜甫忧国至诚,国家的时局感受无时不在心中,致使那些描写家庭私事的作品也具有"诗史"特征。至于"夜阑更秉烛,相对如梦寐"的"更"字、"对"字,写出惊定还疑乃至夜不成寐,更是入木三分地表现出生还的侥幸和时代的悲哀。

《遭田父泥饮美严中丞》也是一首叙事诗,诗中写草堂附近的一户农家,儿子被成都尹严武从军营中放还务农,户主老汉十分高兴,邀请杜甫在家中饮酒,从早晨一直饮到月亮升起,仍然缠住不放。作者成功地刻画了一位豪爽、率直的老农形象,究其原因,亦深得炼字之功。诗中有几处描写老农动作之粗豪,显然是经过认真锤炼的,如:"回头指大男"的"指"字,写出动作的粗大;"叫妇开大瓶"的"叫"字,写出呼唤之率直;"盆中为我取"的"取"字(取,用自己的筷子夹菜),写出待客的殷切和举动的村野;"高声索果栗"的"高"字、"索"字,写出嗓门的洪大;"欲起时被肘"的"肘"字(肘,掣肘,拽住胳膊肘),写出留客方式的粗豪;"仍嗔问升斗"的"嗔"字,写出不满的声口。这些动词、形容词的选炼和使用,直使老农的形象呼之欲出。仇兆鳌《杜诗详注》引郝敬的话说:"此诗情景意象,妙解入神。口所不能传者,宛转笔端,如虚谷答响,字字停匀。野老留客,与田家朴直之致,无不生活(笔者注:生动活泼)。昔人称其为诗史,正使班马记事,未必如此亲切。千百世下,读者无不绝倒。"之所以能使野老朴直的性格"生活"起来,至今仍令读者"绝倒",与作者精于炼字是分不开的。

(二)以浅字写景状物

宋人范温说:"好句要须好字……工部又有所喜用字,如'修竹不受暑''野航恰受两三人''吹面受和风''轻燕受风斜','受'字皆入妙。老坡尤爱'轻燕受风斜',以谓燕迎风低飞,乍前乍却,非'受'字不能形容也。"[1] 范温所举的诗句，皆因"受"字而各传其景物（事物）之特征。"修竹不受暑"，写出竹林的凉爽；"野航恰受两三人"，写出农家船只的狭小；"吹面受和风"，写出春风的柔暖宜人；"轻燕受风斜"，正如苏轼所说，写出燕子迎风而飞的忽进忽退的姿态。应该说，这些"受"字，都是作者临事遇物、细心揣摩而成的，倒不是出于他的"喜用"。

　　杜甫写山水壮景，颇具雄浑气象，这与他的精心炼字是分不开的。如写泰山，则是"造化钟神秀，阴阳割昏晓"（《望岳》）。"钟"字、"割"字，真是惊人之笔。"钟"是聚集的意思，这个字囊括了泰山的万千神秀景象；"割"是分割的意思，说泰山能把时间分开，山的阳面是早晨，阴面是黄昏。我们知道，地球在同一时间里，它的正反两面才有晨昏之分。而杜甫说泰山在同一时间里就能分割出晨昏，则泰山之高大磅礴，可想而知。又如写洞庭湖，则云"吴楚东南坼，乾坤日夜浮"（《登岳阳楼》）。"坼"字、"浮"字，极尽洞庭湖的博大浩渺。"坼"字写洞庭湖把吴楚大地分割为东南两处，"浮"字写长天和大地都随着洞庭波浪而浮动。这是何等遒劲的笔墨！又如写江水暴涨的声势："大声吹地转，高浪蹴天浮。"（《江涨》）"蹴"，是用脚踢，极生动地写出水浪之高之怒，令人为之眼眩。又如写瞿塘峡的江水湍急："众水会涪万，瞿塘争一门。"（《长江二首》其一）"争"字写出瞿塘峡谷险窄，受阻的江水汹涌而至、争夺夔门而流的情状，十分精彩。

　　杜甫刻画小景、小物，亦能通过炼字而使其神态毕现。他对自己的这种能力是相当自负的："老去诗篇浑漫与，春来花鸟莫深愁。"（《江上值水如海势聊短述》）认为自己的状物之功力，足以搜刮万物的神髓。这不是夸张，且看他的创作实践。例如，他写春雨，则云"随风潜入夜，润物细无声"。"潜""细"二字，写出"雨丝绵绵，悄临人间"的景象，准确地揭示了春雨特征，是其他季节的雨水所不具备的。又如"寒风疏草木，旭日散鸡豚"（《刈稻了咏怀》），"散"字尤妙，写出鸡豚为饥饿所驱，出窝之后，便急煎煎四处散去，各自觅食了。此时收稻已毕，田间自有遗穗，所以"散"字所状，自有着落。若用"放""出"等字，则失之泛泛，既不

---

[1] 吴文治《宋诗话全编·潜溪诗眼》，江苏古籍出版社，1998年，第1249页。

形象，又不切实。又如"红入桃花嫩，青归柳叶新"(《奉酬李都督表丈早春作》)，用"入""归"二字，把红、青颜色写成动态，不仅是从无到有，而且是从外到内——不说红色是由桃花生出来的，不说青色是柳叶生出来的，而说红色、青色是由外部归入其中的，这样写，就颇富情趣，而且紧扣题目"早春"二字，把桃花初开和柳叶新生这瞬间的景物征象表现出来，写出春归大地的盎然生机。

从上述所举诗例来看，杜甫所锤炼的文字，有一个共同点，就是皆为浅显常见之字，如"投""夜""逾""看""怪""指""叫""取""高""索""肘""噀""受""钟""割""坼""浮""蹴""争""潜""细""散""入""归"等，他是以平易之字来包孕深厚的内容或刻画事物的神态，而绝不以艰深险僻的文字使诗意入玄，让人摸不着头脑。这是他的现实主义创作精神的体现，也是他的炼字艺术功力超卓的体现。清人沈德潜说："古人不废炼字法，然以意胜而不以字胜，故能平字见奇，常字见险，陈字见新，朴字见色。近人挟以斗胜者，难字而已。"[1] 贺裳也说："作诗虽贵句烹字炼，至入险僻，则亦可憎。"[2] 沈、贺二人反对使用"难"字、"险僻"字，沈氏还要求"意胜"，也就是要求在平易字中蕴藏深厚的内容，这与杜甫的做法正相吻合。

二、活字起死，形象生动

我们把"形象生动"作为文学艺术的审美标准，"生动"就是让所写的人物、事物具有生机，具有生命力，具有动态的美感。清人李调元说："作诗须用活字，使天地人物，一入笔下，俱活泼泼如蠕动，方妙。"[3] 这就是要求以活字入诗。以活字描写人和动物，比较容易处理。如果是描写死物、静物，或者是某种概念，就难以写出它的动态，至若"形象生动"，就更为艰难。在这个艺术难点上，杜甫为人们作出了榜样。在他的诗中，

---

[1] 王夫之等《清诗话·说诗晬语》，上海古籍出版社，1999年，第549页。
[2] 郭绍虞《清诗话续编·载酒园诗话》，上海古籍出版社，1983年，第233页。
[3] 郭绍虞《清诗话续编·雨村诗话》，上海古籍出版社，1983年，第1528页。

死物、静物乃至概念，多呈动态，而且常常具有知觉和情感。他在锤炼活字上，表现出惊人的艺术功力。

（一）死物见活

山水、日月、星辰等物，本是无知无感的死物，杜甫则善于选炼活字，使它们具有生命的活力。例如写山，则云"远岫争辅佐，千岩自崩奔"（《木皮岭》）。"崩奔"，写出群山的奔腾之势，"争辅佐"则不但写出木皮岭与群山的主次关系，而且把群山写得有知有感。

又如"群山万壑赴荆门，生长明妃尚有村"（《咏怀古迹五首》其三）。一个"赴"字，写出群山的奔赴之状，而它们之所以要奔赴荆门，是因为那里有王昭君出生的村庄，这样一来，山不但能动，而且有了人的情感。

又如"赤甲白盐俱刺天"（《夔州歌十绝句》其四），"刺"字写出山的强劲动势，有力地表现了山的高耸、尖峭。

又如"远送从此别，青山空复情。几时杯重把？昨夜月同行"（《奉济驿重送严郑公四韵》）。写青山有情，欲遮严武的去路；明月不舍，一路照明送行。无知之物，都有了与杜甫相同的情感。

又如"山河扶绣户，日月近雕梁"（《冬日洛城北谒玄元皇帝庙》）。"扶"是扶持，"近"是贴近，两个字把山河、日月写活，写出它们对老君庙的尊仰与亲情，从而把山、河、太阳、月亮、老君庙这五种互不关联的事物拢成亲密的团体，巧妙地抒发了作者对老君的敬重。

又如"四更山吐月，残夜水明楼"（《月》），本是写月亮从山凹之处升起，却炼出一个"吐"字，此字一出，则山立即具备了人的形体、姿态和行为。

雨水自是无知之物，而杜甫说"好雨知时节，当春乃发生"（《春夜喜雨》），把春雨写得有知有感，而且有行动，有作为。

又如"七星在北户，河汉声西流"（《同诸公登慈恩寺塔》），河汉，指天上的银河，在人们的感觉上，它本来是僵死不动的，而用一"流"字写出它的动态，又用一"声"字写出它的水流声响。如此等等，堪称起死回生之笔。

（二）静物见动

比如绘画上的动物、植物、山水，杜甫也能通过锤炼活字，写出它们的动势，很有生气。

写画鹰，则云"素练风霜起""㧐身思狡兔"（《画鹰》），"起"字化静为动，说画鹰在白绢上卷起了风霜，有力地表现出鹰的猛鸷、肃杀。"㧐"字、"思"字，由外到内，刻画出雄鹰凌厉的攻击之势。

写画鹘，则云"飒爽动秋骨""人寰可超越"（《画鹘行》），"动"字生色，说画鹘那遒劲的骨骼在抖动，这是展翅高飞之前的习惯动作，从而为画鹘积蓄了强大的动势，为其超越人寰的高飞张本。

写画马，则云"鬃尾萧梢朔风起""卓立天骨森开张"（《天育骠图歌》）。说骏马的尾巴一甩，朔风呼啸而起；它卓然而立，巨大骨架森然伸张。"起"字、"开张"二字，使画马由外到内充满了跃动的力量。

其他如写画角鹰，则云"观者贪愁掣壁飞"（《姜楚公画角鹰歌》），写画松，则云"偃盖反走虬龙形"（《题李尊师松树障子歌》），写画山水，则云"高浪垂翻屋，崩崖欲压床"（《观李固请司马弟山水图三首》其三），等等，都能化静为动，让画面上的形象充满生机。

（三）抽象概念人格化

就是说，对于那些没有具体形态的概念，杜甫也能尽力锤炼活字，使其具有人的感知、人的行为。如"客睡何曾着？秋天不肯明"（《客夜》）。"肯"与"不肯"是人类的心理行为，这里却用来描述"秋天"这个抽象的概念，说它执意拖延时间，不肯放明，从而深刻地写出作者于长夜之中苦盼天明的心情。

又如"几年逢熟食，万里逼清明"（《熟食日示宗文宗武》）。清明是二十四节气之一，古时候，作客他乡的人对节气的变化十分敏感，常常由此而生发漂泊与迟暮之情。该诗的尾联"汝曹催我老，回首泪纵横"，以及同时所作的《又示两儿》的首句"令节成吾老"，就是明证。一个"逼"字，写出清明节的苦苦逼人之势，深刻地写出作者对节令的感受。而"清明"仅仅是个节气，是个概念，作者用个"逼"字将其人格化，遂使他的感受变得非常浓烈。这是"遇"字、"近"字所不能代替的，比较前句的

"逢"字,也可以看出"逼"字的表现力度和美学高度。

又如"社稷缠妖气,干戈送老儒"(《舟出江陵南浦奉寄郑少尹审》)。干戈,指战乱;老儒,杜甫自称。用一"送"字,写出干戈的"行为",则是苦笑带泪地写出作者躲避战乱的惨淡平生。

清人冒春荣说:"下字须清、活、响,与一篇之意、一句之意相通……隔关写景之句,其字宜精工,宜神奇,宜飞动,宜变化,宜峻峭,宜飘逸,每每有似真非真、似假非假、若有若无、若彼若此之意,斯为得之。"[1] 冒氏的这种审美观点,正好道出了杜甫在写景状物上的炼字之工。杜甫用飞动、精工、神奇、变化的文字,来状写死物、静物乃至抽象的概念,使其能够动起来,活起来,甚至赋予其知觉和情感,遂使所写之事物具有似真非真、似假非假、若有若无、若彼若此的艺术品格,虽空灵而不虚浮,虽实在而不呆板,从而把作者的情感表现得风流倜傥、摇曳多姿。

三、虚字见实,笔力劲健

清人李重华道:"匠门先生云:'诗中用实字要融艳,用虚字要健练。'此最诗家秘诀,于七律尤须吃紧记著。"[2] 贺贻孙也说:"下虚字难在有力。"[3] 以上二家都强调了使用虚字必须做到劲健有力,这是中肯之见。所谓"虚字",今称文言虚词,包括副词、介词、连词、助词、叹词、代词,这类词的意义都比较抽象,所以在诗中出现后,往往会减弱诗歌所要求的意象密度。清人朱庭珍对宋人诗歌提出批评,就是从这个角度,他说:"宋人七律句中好用虚字,每流滑弱,南渡后尤甚。"如何方能使诗句不流于"滑弱"?他提出了很好的见解:"用虚字者,能庄重精当,使虚字如实字,则运虚为实,句自老成。"[4] 所谓"运虚为实",就是要让所用的虚词兼有实词的意义。可以说,杜甫在"运虚为实"上做得极为成功,他所

---

[1] 郭绍虞《清诗话续编·葚原诗说》,上海古籍出版社,1983年,第1589页。
[2] 王夫之等《清诗话·贞一斋诗说》,上海古籍出版社,1999年,第933页。
[3] 郭绍虞《清诗话续编·诗筏》,上海古籍出版社,1983年,第140页。
[4] 郭绍虞《清诗话续编·筱园诗话》,上海古籍出版社,1983年,第2375页。

选炼的虚词多兼有实词的意义,而且成为抒发感情的用力之处。且看如下诗例:

"映阶碧草自春色,隔叶黄鹂空好音。"(《蜀相》)这两句是描写诸葛亮祠堂的景色,意思是说遮覆台阶的碧草徒自弄其秀丽的春色,树叶间的黄鹂徒然发出美好的声音。言外之意,是说自己本为凭吊蜀相而来,故对这里的美景无心欣赏。"自"与"空"皆为副词,但是,显然它们都兼有动词的意义,"自"实为"自弄","空"实为"空作"。而且,作者无心赏景的情感表达,又是完全凭借这两个字的;如果写成"映阶碧草弄春色,隔叶黄鹂鸣好音",则是有心赏景的心情表达了。这真可谓典型的"运虚为实"。

又如"故国犹兵马,他乡亦鼓鼙"(《出郭》)。这两句是感叹战乱一波未平一波又起,故乡仍被叛军占领,成都一带又敲响了备战的鼓鼙。"犹""亦"虽为副词,却兼有动词的意义。而且,二者前后照应,写出了战乱时间的持久和地域的绵延,作者的深沉感叹正是由它们传达出来的,因而显得劲健有力、庄重老成。

又如"蚁浮仍腊味,鸥泛已春声"(《正月三日归溪上有作简院内诸公》)。蚁浮,指未经过滤的浊酒,酒于腊月酿造,故称"腊味"。两句是说浊酒仍具腊月的香味,而水中的鸥鸟已经唱出春天的歌声。"仍"实为"仍具","已"实为"已作",都兼具动词的意义。而且,"已"字呼应"仍"字,表达出作者对季节变换的警觉和对时光飞驰的叹惋,与该诗的尾联"白头趋幕府,深觉负平生"所表现的岁月蹉跎之感相吻合。诵读这样的诗句,颇觉爽快异常,如食哀家之梨。

又如"卷帘唯白水,隐几亦青山"(《闷》)。诗写郁闷心情,是说卷起门帘,只能见到一片白水;伏倚几案,也只看到数座青山而已。白水、青山,沉寂无言,面对此物,心闷可想而知。"唯""亦"二字同样具有动词意义,两相关照,写出景物的单调乏味,作者的心情亦由此传达。

其他如"我行已水滨,我仆犹木末"(《北征》)之"已"字、"犹"字;"江山故宅空文藻,云雨荒台岂梦思"(《咏怀古迹五首》其二)之"空"字、"岂"字;"秋窗犹曙色,落木更天风"(《客亭》)之"犹"字、"更"字;"古墙犹竹色,虚阁自松声"(《滕王亭子二首》其二)之"犹"字、

"自"字;"入天犹石色,穿水忽云根"(《瞿塘两崖》)之"犹"字、"忽"字;"买薪犹白帝,鸣橹已沙头"(《送王十六判官》)之"犹"字、"已"字,等等,都属于"运虚为实",虚词实用。

清人冒春荣认为:"诗中以虚字为筋节脉络,承接呼应之间,有当用处,有不当用处。不当用而用则句不健,当用而不用则意不醒。"[1]从上面所引诗例来看,作者所选炼的虚字,都是表情达意的关键之所在,它们在句中确乎起着"筋节脉络"的作用,正是由于当用而用,所以不但使诗意醒豁明了,而且使诗句劲健有力。这是一条宝贵的选用虚字的经验。

明人胡应麟说:"盛唐句法浑涵如两汉之诗,不可以一字求。至老杜而后,句中有奇字为眼,才有此句法,便不浑涵。昔人谓石之有眼为研之一病,余亦谓句中有眼为诗之一病。"[2]胡氏这段话有两处毛病:其一,认为杜甫炼字尚"奇",也就是追求用字奇诡。这显然与杜甫的创作实际未能切合,如上所述,杜甫无论炼实字还是炼虚字,都以浅易为本,他那充沛的思想感情,他那急于公之于众的生活感受,决定了他不会用"奇"字造成表达的障碍。其二,胡氏把诗句的浑涵与字的锤炼如水火般地对立起来,是为偏见。笔者认为,诗句的浑涵之美,并不取决于不锤炼字面,而是取决于意境的高远、气韵的生动,有了这种精神内核,虽不锤炼字面,亦不失其浑涵之美。同样,有了这种精神内核,虽锤炼字面,亦不失其浑涵之美。譬如伟岸丈夫,神气充盈,虽不修边幅,不饰眉目,亦英气动人。但是,同是伟岸丈夫,倘若修其边幅而使其整肃,饰其眉目而凸其神采,又如何不更加英气动人?至于有些诗人的作品,精神内核空虚,专在字面上讨奇诡,这样的"炼字"是应该摒弃的,由这样的"炼字"而成的诗句,自然会让人感到不浑涵。杜诗思想内容之博大精深,气韵之豪壮生动,自是公论,无须赘述。在这个基础上,加以精心的炼字,如本文前面所述,通过锤炼浅字而以浅蕴深,通过锤炼活字而起死回生,通过锤炼虚字而强化感情,这些做法,不但没有减弱浑涵之美,反倒如锦上添花。只要我们回味一下"三吏""三别"《自京赴奉先县咏怀五百字》《北征》《登

---

[1] 郭绍虞《清诗话续编·葚原诗说》,上海古籍出版社,1983年,第1582页。
[2] 胡应麟《诗薮》,中华书局上海编辑所,1958年,第88页。

高》《秋兴八首》等在炼字方面表现突出的作品所具有的浑涵之美,就可以知道胡氏对杜甫的批评是完全站不住脚的。至于用"石眼"(砚台的漏洞)比喻"诗眼",更是牵强类比,不着边际。谢榛说:"子美诗'仰蜂粘落絮,行蚁上枯梨','芹泥随燕觜,花蕊上蜂须','翡翠鸣衣桁,蜻蜓立钓丝','鱼吹细浪摇歌扇,燕蹴飞花落舞筵',诸联绮丽,颇宗陈隋,然句工气浑,不失为大家。"[1]他用"句工气浑"来概括杜诗,是恰当的。诗句精工,而又气势浑涵,也说明了锤炼文字与诗句浑涵并非水火不容,在大诗人的笔下,二者是可以统一的。

杜诗的炼字艺术,对后代诗人影响很大。韩愈、孟郊、李贺、贾岛等诗人,皆以炼字著称,并形成独特的风格。韩愈在用字上的争奇斗险,孟郊的"横空盘硬语",李贺的呕心沥血,贾岛的"二句三年得,一吟双泪流"以及广为流传的"推敲"故事,还有宋代"江西诗派"的"点铁成金"主张,等等,说明了这种影响的巨大和深远。但是,由于这些诗人的作品都程度不同地存在着精神内核不够充盈的缺陷,所以给人一种只在字面上用心思的感觉。如果胡应麟批评的是这些人,那倒情有可原。不过,话又说回来,这些诗人作品的不浑涵,主要还是由于他们的内气不够充实,思想感情不够郁勃造成的,而不能归咎于炼字。

---

[1] 谢榛《谢榛全集·四溟诗话》,齐鲁书社,2000年,第789页。

第九章　杜诗的句法艺术

杜甫很注意诗歌的句法艺术。他曾虚心地向高适求教，问"佳句法如何"，而那些因句法得当而形成的佳句，又是他平生的刻苦追求。所谓"为人性僻耽佳句，语不惊人死不休"，即表现了他对句法艺术的痴心与至诚。

所谓句法，依萧涤非的界定，"是指一句诗的组织法或结构法而言"[1]。句法主要包括句式、词的省略、词序错位等三个方面的内容。本章拟从这三个方面，对杜诗的句法艺术作出研究。

一、句式错综，韵律和谐

这里所说的"句式"，是指诗句的意义节奏，是就诗句的语法结构而言的。应该看到，诗句的意义节奏与韵律节奏是不完全一致的。中国古典诗歌的韵律节奏，以每两个音节作为一个节奏单位，就四言诗来说，是2—2型的；就五言诗来说，是2—2—1型的；就七言诗来说，是2—2—2—1型的。所谓韵律节奏，是指诵读时声音的自然停顿，只有作这样的停顿，才能和谐入耳。所以，一般来说，作者总是力求让诗句的意义节奏与韵律节奏相一致，使人读起来既声音入耳，又能在理解诗意上也顺畅无阻。但是，从创作实践来考虑，处处让诗句的意义节奏与韵律节奏相一致，比较困难。究其原因，其一是由于表意的复杂性，诗人为了准确地状

---

[1]《杜甫研究论文集》（第3辑），中华书局，1963年，第251页。

写事物之间的各种关系，为了抒写曲折的情思，很难将句子的意义节奏与韵律节奏统一起来。其二是因为随着汉语词汇的增加，多音节的词汇亦大量出现，特别是一些地名词，如"神女峰""黄鹤楼""瞿塘峡""洞庭湖"等等，这些地名词出现在句首，就无法再保障意义节奏与韵律节奏的一致；而唐人又特别喜欢遣地名入诗，因为使用地名具有拓展诗境、张大气象以及强化抒情等多方面的效用。其三，是出于艺术美学的考虑，在一首诗中，如果各句的意义节奏均与韵律节奏一致，诗意固然因此而明达，但也会造成句势的平板，缺乏摇曳动荡之姿。于是，如何使句式错综变化，在不妨碍表意的前提下，使某些诗句的意义节奏突破韵律节奏，便成为诗人们思考的问题。杜甫在这个问题上付出了巨大的努力并取得了显著成果。他在诗句的意义节奏上进行了多方探索，在五言常式"2—2—1"和七言常式"2—2—2—1"之外，又形成了各种各样的句式，试述如下：

（一）五言诗的句式

1. 2—1—2式，例如：

"浮云—连—海岱，平野—入—青徐"（《登兖州城楼》）。
"清笳—去—宫阙，翠盖—出—关山"（《洛阳》）。
"圆荷—浮—小叶，细麦—落—轻花"（《为农》）。
"烟尘—犯—雪岭，鼓角—动—江城"（《岁暮》）。
"山河—扶—绣户，日月—近—雕梁"（《冬日洛城北谒玄元皇帝庙》）。

2. 1—1—3式，例如：

"江—通—神女馆，地—隔—望乡台"（《遣愁》）。
"国—带—烟尘色，兵—张—虎豹符"（《别苏溪》）。
"犬—迎—曾宿客，鸦—护—落巢儿"（《重过何氏五首》其二）。
"星—落—皇姑渚，秋—辞—白帝城"（《季秋苏五弟缨江楼夜宴崔十三评事韦少府侄三首》其一）。
"风—送—蛟龙匣，天—长—骠骑营"（《哭严仆射归榇》）。按：蛟龙匣，指严武灵柩；长，意谓长存爱意。

3. 1—3—1式，例如：

"星—临万户—动，月—傍九霄—多"（《春宿左省》）。

"眼—复几时—暗？耳—从前月—聋"(《耳聋》)。

"露—从今夜—白，月—是故乡—明"(《月夜忆舍弟》)。

"法—自儒家—有，心—从弱岁—疲"(《偶题》)。

"竹—覆青城—合，江—从灌口—来"(《野望因过常少仙》)。按：青城、灌口，皆为地名。

4. 1—4式，例如：

"紫—收岷岭芋，白—种陆池莲"(《秋日夔府咏怀奉寄郑监李宾客一百韵》)。按：两句的意思是说，紫色的东西，是收获于岷岭的芋头；白色的东西，是种植于陆池的莲藕。

"青—惜峰峦过，黄—知橘柚来"(《放船》)。按：青、黄分别指峰峦、橘柚，以颜色代物；惜、知，皆为作者的心理行为。

"碧—知湖外草，红—见海东云"(《晴二首》其一)。按：知、见，皆为作者的行为。

"寺—忆曾游处，桥—怜再渡时"(《后游》)。按：忆、怜，皆为作者的行为。

"老—被樊笼役，贫—嗟出入劳"(《赴青城县出成都寄陶王二少尹》)。按：老，指年老；樊笼，指羁旅生活。

5. 4—1式，例如：

"登俎黄柑—重，支床锦石—圆"(《季秋江村》)。按：登俎、支床，分别为黄柑、锦石的定语。

"红入桃花—嫩，青归柳叶—新"(《奉酬李都督表丈早春作》)。

"两行秦树—直，万点蜀山—尖"(《送张十二参军赴蜀州因呈杨五侍御》)。

"只作披衣—惯，常从漉酒—生"(《漫成二首》其一)。按：吴瞻泰《杜诗提要》引顾宸语曰：此二句为上四下一句法。吴氏认为二句"犹云惯作披衣行径亦可，常从漉酒过活亦可"。

"风连西极—动，月过北庭—寒"(《秦州杂诗二十首》其十九)。按：前句言西风之猛烈，后句言月光之寒冷。北庭，唐朝藩镇名，属陇右道。

6. 3—2式，例如：

"把君诗—过日，念此别—惊神"(《赠别郑炼赴襄阳》)。

"且将棋—度日,应用酒—为年"(《寄岳州贾司马六丈巴州严八使君两阁老五十韵》)。

"司隶章—初睹,南阳气—已新"(《自京窜至凤翔喜达行在所三首》其二)。按:司隶章,汉朝官仪服饰制度,这里比喻唐室中兴。

"神女峰—娟妙,昭君宅—有无"(《大历三年春白帝城放船出瞿塘峡久居夔府将适江陵漂泊有诗凡四十韵》)。

"夜郎溪—日暖,白帝峡—风寒"(《十月一日》)。

在以上六种句式中,"3—2""1—4"句式在行文上最难处理,因为这两种句式的意义节奏与韵律节奏冲突较大,而诵读时又必须遵循韵律节奏,所以如果处理失当,很容易造成音与义的隔膜。但是,我们诵读上述例句时,并未感到这种隔膜。这就是杜甫的高明之处。

(二)七言诗的句式

1. 1—6式,例如:

"昼—引老妻乘小艇,晴—看稚子浴清江"(《进艇》)。

"鱼—知丙穴由来美,酒—忆郫筒不用酤"(《将赴成都草堂途中有作先寄严郑公五首》其一)。按:两句言成都一带物产丰美。丙穴、郫,均为地名。

"盘—剥白鸦谷口栗,饭—煮青泥坊底芹"(《崔氏东山草堂》)。按:两句言崔氏设宴款待之殷切。白鸦谷、青泥坊,皆为地名。

2. 2—5式,例如:

"晓漏—追趋青琐闼,晴窗—点检白云篇"(《赠献纳使起居田舍人澄》)。按:"晓漏",言时间;晴窗,言处所。

"心折—此时无一寸,路迷—何处是三秦"(《冬至》)。

"艰难—苦恨繁霜鬓,潦倒—新停浊酒杯"(《登高》)。按:前句是说,岁月艰难,正需少壮方可度越,而己身已老,故苦恨(即深恨)之。前二字是因,后五字是果。后句是说,心情颓唐,正需以酒消愁,却又因身体多病而停杯,则愁苦之情更深一层。

"春水—船如天上坐,老年—花似雾中看"(《小寒食舟中作》)。按:"春水",是对环境的限定,春天水汽迷蒙,故坐船如同浮在天上。"老年",

是对年龄的限定，老年视力不佳，故看花如同身在雾中。

"兵戈—不见老莱衣"（《送韩十四江东省觐》）。按：此句意谓由于战乱的困扰，难以见到像老莱子那样的孝亲之情。

3. 3—4式，例如：

"棋局动—随幽涧竹，袈裟忆—上泛湖船"（《因许八奉寄江宁旻上人》）。

"渔人网—集澄潭下，估客船—随返照来"（《野老》）。

"献纳司—存雨露边"（《赠献纳使起居田舍人澄》）。按：献纳司，官署名，又称献纳院，掌管臣民奏文之事。

4. 5—2式，例如：

"且看欲尽花—经眼，莫厌伤多酒—入唇"（《曲江二首》其一）。按：伤多，意为"过多"。

"永夜角声悲—自语，中天月色好—谁看"（《宿府》）。

"杖藜叹世者—谁子"（《白帝城最高楼》）。

从以上诗例可以看出，这些句式的运用，突破了五言"2—2—1"和七言"2—2—2—1"韵律节奏的局限，给表意抒情带来极大的便利；同时，我们在按着韵律节奏诵读这些诗句的时候，并不感到句意的晦涩，也就是说，这些句式并未破坏诗歌的韵律之美，即便是"1—4"式、"3—2"式、"3—4"式这些与韵律节奏矛盾较大的句式，也同样具有这种长处。这就是杜甫的绝妙之处。相比之下，孟郊的"藏千寻布水，出十八高僧"（《怀南岳隐士二首》其一），虽也用的"1—4"句式，但其意义节奏与韵律节奏的冲突，已经达到不可调和的地步，也就是说，当我们按着韵律节奏（2—2—1）来诵读的时候，这两句就完全不成话了。有人认为，孟郊的这种做法是创新，笔者以为这不是创新，而是对诗的破坏。因为这种做法完全否定了诗的韵律，使诗的质性遭到异化。如果说孟郊的句式是来源于杜甫，那也只是在形式上的机械模仿，而未能学到杜甫那种"变而不离其宗"的精神。应该指出，孟郊诗中的这种句式是十分罕见的，其绝大多数句式仍保持着意义节奏与韵律节奏的大体一致性，而没有使二者冲突到不可调和的地步。

二、词语省略，蕴涵扩大

同其他文学品类相比，诗的语言要求高度精练，尤其是近体诗，每句五言、七言，每篇四句、八句，在如此短小的篇幅里表达丰富而深刻的思想情感，势必要省略掉一些词语。而省略之后，又不会影响诗意的厚度和表达的清晰度，这确实是一大难事。由此说来，优秀的诗人都是语言大师，乃中肯的论断。杜甫在其诗歌创作中，精心探究语言的省略技巧，他的诗作语略而意明，词省而意丰。使人深刻地感受到诗歌语言的鲜明特色。研究他的词语省略规律，可为解读旧体诗歌提供便利，也可为今人创作旧体诗提供语言的使用技巧。归纳杜诗的省略技法，具体说来主要有"以副代动""无谓语句"和"省略介词"三个方面。

（一）以副代动

杜诗中有些句子保留了修饰动词的副词，却把动词省略了。作者的目的是通过这个副词去显示被省略的动词的意向，而副词本身又在发挥它的表意功能。所以，这是用一词而兼表二意，可谓一箭双雕之举。例如：

1. "故国犹兵马，他乡亦鼓鼙"（《出郭》）。按："犹""亦"二字，即修饰被省略动词的副词，被省略的动词是什么，虽说不能确指，但其意向是清楚的。并且，这两个副词具有很强的抒情作用，它们前后呼应，表达出对战乱一波未平、一波又起的浩叹。

2. "蚁浮仍腊味，鸥泛已春声"（《正月三日归溪上有作简院内诸公》）。按：蚁浮指酒。"仍""已"二字为副词，它们所修饰的动词被省略了，但动词的意向是明确的。酒的腊味仍存，而水鸥已发出春声，两个副词前后关照，表达出作者对时光匆促的慨叹。

3. "卷帘唯白水，隐几亦青山"（《闷》）。按：卷帘所见，唯有白水；伏案远望，也仅是青山而已。"唯""亦"二字，不仅显示出动词的意向，而且写出因风物单调而产生的烦闷心情。

4. "古墙犹竹色，虚阁自松声"（《滕王亭子二首》其二）。按：此二句以景物凭吊滕王李元婴，意谓古墙上依旧辉映着当年的竹色，空阁里徒然回荡着松涛的声响。"犹"字写出物是人非之叹,"自"字写出环境的清冷,亦露今昔之感。

5．"秋窗犹曙色,落木更天风"(《客亭》)。按:此诗接《客夜》而写,《客夜》写盼天明,故此诗首句用一"犹",表示已然。"更"意为又加,秋天树叶飘落,现在又吹起大风,则其零落之状可想。

6．"将军犹汗马,天子尚戎衣"(《伤秋》)。按:"犹""尚"二字,其义皆为仍然,且具有动词意向,表达了多战乱频仍的慨叹。

其他如"老年常道路,迟日复山川"(《行次古城店泛江作不揆鄙拙奉呈江陵幕府诸公》),"入天犹石色,穿水忽云根"(《瞿塘两崖》),"巫山犹锦树,南国且黄鹂"(《复愁十二首》其十),"买薪犹白帝,鸣橹已沙头"(《送王十六判官》),等等,这些副词不但具有指示动作意向的作用,而且极富情感色彩,作者使用它们,或表现漂泊的感慨,或表现惜别的浓情,或慨叹战乱持久、时光匆促,或描绘对他乡风物的诧异,或抒写对奇险山河的惊叹,都取得了满意的效果。同时,由于这些副词的运用而使诗句高度精练,充分显示了诗歌语言的特征,给读者以极大的艺术审美享受。

(二) 无谓语句

上面谈的是虽省略动词,但动词的意向却因副词的存在而并未消失;而无谓语句,是整个句子既不出现动词,也不出现指示动作意向的副词,全句只由若干名词或名词性词组组成,通过名词或名词性词组之间的意义连接来构成某种境界。这种组句之法,能使所构的物象之间的关系具有很大的弹性,因而最能引发人的想象力,使人虽经百读而仍然能够产生新的审美感受。杜甫在描绘他登上白帝城所见景物时说"江城含变态,一上一回新"(《上白帝城二首》其一),读杜甫这类无谓语句时也有这样的感受。例如:

1．"烟火军中幕,牛羊岭上村"(《秦州杂诗二十首》其十)。
2．"渭北春天树,江东日暮云"(《春日忆李白》)。
3．"细草微风岸,危樯独夜舟"(《旅夜书怀》)。
4．"乾坤万里眼,时序百年心"(《春日江村五首》其一)。
5．"酒肆人间世,琴台日暮云"(《琴台》)。

6."身世双蓬鬓,乾坤一草亭"(《暮春题瀼西新赁草屋五首》其三)。
7."涧水空山道,柴门老树村"(《忆幼子》)。
8."白水渔竿客,清秋鹤发翁"(《遣闷奉呈严公二十韵》)。
9."白榜千家邑,清秋万估船"(《白盐山》)。
10."日月笼中鸟,乾坤水上萍"(《衡州送李大夫七丈赴广州》)。

以上所举各例,均为无谓语句。各句中的名词或名词性词组所代表的物象,均无动态或存在状态的显示,它们之间更没有施动与受动的区别。它们在语法中是独立的、自由的,但又不是一盘散沙,而是暗中遵循着作者的表达意图。由于物象的独立和自由,读者可以根据各自的生活体验去连接它们之间的关系,而且可以在不同的时间里多次进行新的连接。由于它们不是一盘散沙,所以,尽管读者可以因人、因时、因地对它们的关系进行连接,但又总是跳不出作者的表达意图。

如例1,"烟火军中幕,牛羊岭上村",两句分写军与民。在作者设计的画面上,"烟火"与"军中幕(营帐)"是各自独立的两个事物,烟火的升腾情况,营房的分布情况,烟火在何处升腾,等等,全由读者的想象去完成。"牛羊"与"岭上村"是何关系,诗中也没限定,是牛羊出村呢,还是归村呢,或是在村的附近散牧呢,也交由读者通过想象去完成,而且答案会有多种。从这一点来看,用现代语译这样的诗句,是有缺陷的,因为一经翻译,必定要加入谓语,把"牛羊"与"岭上村"的关系确定下来,结果是只能出现一种关系情状,如王力在《汉语诗律学》中,把这两句译为:"烟火冲寒,隐约见军中之幕;牛羊归晚,依稀认岭上之村。"[1]这就把作者留给读者的广阔的想象天地大大缩小了。但是,读者尽管有丰富的想象力,也终究越不过作者的构象意图。你可以把"烟火"想象为军营内做饭的烟火,也可以想象为戍楼上报警的烟火,也可以想象为在校场演练时烧起的烟火,但无论是何种烟火,它都含有熏灼、急迫的情调,这就与军营的氛围相吻合,从而感受到军人的生活特征。同样,你可以把"牛羊"想象为出村或归村或正在散牧,但无论如何,牛羊这种物象总是具有悠闲、从容的情调,这就与岭上村庄的氛围相吻合,从而感受到农家的生活

---

[1]王力《汉语诗律学》,上海教育出版社,1979年,第262页。

特征。你虽能驰骋想象力,不断地对这军民的生活图景作出新的解读,但始终改变不了对军人紧迫生活、对农家悠闲生活的总体感受。这正是由于作者准确地选择了物象并进行物象组合的结果。"烟火"之与"军中幕","牛羊"之与"岭上村",物象之间具有内在的情调上的联系,它们虽然在诗句中是各自独立的,而在情调、气氛上却是相通的。这样的句子,既能给读者留下广阔的想象余地,又能保持情调的稳定性。这种创作技巧,值得认真借鉴。

(三)省略介词

这是说杜诗中有些诗句只出现介词短语中的名词或名词性词组或其他形式的词组。

其中表示时间、处所、方向的介词在杜诗中一般都作了省略,如:"暮投石壕村,有吏夜捉人"(《石壕吏》),"朝扣富儿门,暮随肥马尘"(《奉赠韦左丞丈二十二韵》),"日出寒山外,江流宿雾中"(《客亭》),"草根吟不稳,床下意相亲"(《促织》),"春日垂霜鬓,天隅把绣衣"(《送何侍御归朝》),等等。这类表示时间、处所、方向的介词被省略之后,一般不会对读者理解诗意产生大的影响,故不多述。容易影响理解诗意的是如下这些介词的省略。

其一,表示原因的介词被省略。例如:

"群盗哀王粲,中年召贾生"(《春日江村五首》其五)。乍一看难免生疑,群盗为何哀怜王粲? 原来,前句的意思是说"因群盗作乱而使得王粲哀叹"。王粲是汉末文学家,17岁时,因中原战乱而南往荆州,依附刘表,曾作《登楼赋》以抒思乡之哀情。所以,"群盗"不可能是主语,它是"哀"的缘由。由于省略了介词"因",使得它貌似主语而已。不过,只要细心推敲,这并不难理解。

"世情只益睡,盗贼敢忘忧"(《村雨》)。此诗为杜甫供职严武幕府期间告假回草堂时所作。"世情",指幕府中复杂的人事关系,杜甫不堪其扰,所以说"只益睡",一睡了之,不再想它。下句笔锋逆转,说因为盗贼尚在,自己不敢高枕无忧。

"感时花溅泪,恨别鸟惊心"(《春望》)。"花溅泪"是说"因花而溅泪",

"鸟惊心"是说"因鸟而惊心"。盖因作者看到花开，听到鸟鸣，想到人事竟不如花鸟，故而溅泪、惊心。

"竹皮寒旧翠，椒实雨新红"(《遣闷奉呈严公二十韵》)。这二句是说"竹皮因天寒而呈现暗绿色，椒实因雨水而变得新红"。

其二，表示目的的介词被省略。例如：

"浊酒寻陶令，丹砂访葛洪"(《奉寄河南韦尹丈人》)。这二句意谓：为了浊酒而去寻找陶令那样的嗜酒隐士，为了丹砂而去拜访葛洪那样的炼丹师。

"稻粱须就列，榛草即相迷"(《到村》)。这二句意谓：为了稻粱之谋必须去幕府供职，也就顾不了家，使得荒草迷路。前句的"稻粱"省略了介词。

其三，表示方式、方法的介词被省略。例如：

"画图省识春风面，环佩空归夜月魂"(《咏怀古迹五首》其三)。前句是说汉元帝凭借画像来辨认宫女的美貌。"画图"是"省识"的方法。

"邻舍烦书札，肩舆强老翁"(《王十五前阁会》)。"邻舍"是"烦"的方式，"肩舆"是"强"的方式。这二句意谓：通过邻舍烦致书信，使用肩舆强请老翁，是写王十五的盛情。

其四，表示叙述范围的介词被省略，如：

"形容吾较老，胆力尔谁过"(《湖中送敬十使君适广陵》)。这二句意谓：在容颜这方面，我比你衰老；在胆力这方面，有谁能够超过你？

"侍臣双宋玉，战策两穰苴"(《秋日荆南送石首薛明府辞满告别奉寄薛尚书颂德叙怀斐然之作三十韵》)。这二句是赞美薛明府的文武兼备之才。意谓：以文章而言，你双倍于宋玉的才华；以武略而言，你抵得上两个穰苴。穰苴，即司马穰苴，春秋时齐国名将。

以上论述了诗句中词语省略的三种主要方式：以副代动、无谓语句、省略介词。至于主语省略、连词省略、语气词省略等，篇幅所限，不再分列详论。

三、词序倒置，诗家语健

宋人蔡绦《西清诗话》载："王仲至钦臣能诗，短句尤秀绝。初试馆职，有诗云：'古木阴森白玉堂，长年来此试文章。日斜奏罢长杨赋，闲拂尘埃看画墙。'王文公见之，甚叹爱，为改为'奏赋长杨罢'，且云'诗家语如此乃健。'"[1]若依汉语语法而论，王仲至的原句为顺，而王安石将"赋"字提前，将"罢"字移后，词序颠倒，于汉语语法词序是不顺的。但是我们读过之后，感到确如王安石所说，这样安排词序能使诗句具有一种劲健之美。这种词序倒置的诗句，王安石称之为"诗家语"，是有其科学道理的。当代著名史学家范文澜谈其治学之道，有两句诗写得好："板凳要坐十年冷，文章不写一句空。"如果按现代汉语语法顺序排列词语，那就是"要坐十年冷板凳，不写一句空文章"了。意思未变，但读来味道觉浅。由于进行了词序倒置，把原为宾语的"板凳""文章"二词的位置提前，让它们成为受事主语，又将原为定语的"冷""空"加以后置，使之成为补语，从而产生了一种劲健有力的文势，颇有情韵地表达了治学精神。可知，词序倒置是可以把俗常话变成"诗家语"的。杜诗虽多数是按正常的词序组构的句子，但词序倒置的现象也较为常见。有些倒置是为了协调平仄，有些是为了对仗的稳妥，更多的则是为了获得劲健的美感，加强表达效果。大体说来，主要有以下几种类型：

（一）宾语的定语提到谓语之前

这种情况出现较多，例如：

"和亲知计拙，公主漫无归"（《警急》）。前句，"和亲"是"计"的定语，顺过来是"知和亲之计拙"。把定语提前，增强了批判力量。

"仙醴来浮蚁，奇毛或赐鹰"（《赠特进汝阳王二十二韵》）。后句，"奇毛"是"鹰"的定语，顺过来是"或赐奇毛之鹰"。奇毛，羽毛奇绝，见鹰之猛健。把定语提前，突出了鹰的特征。

"烂漫通经术，光芒刷羽仪"（《同豆卢峰贻主客李员外贤子棐知字

---

[1] 吴文治《宋诗话全编》，江苏古籍出版社，1998年，第2492页。

韵》)。"烂漫"是"经术"的定语,意为复杂繁多。"光芒"是"羽仪"的定语,"刷羽仪",指禽鸟用嘴整刷羽毛,以便奋飞。二句顺过来是"通烂漫之经术,刷光芒之羽仪"。把定语提前,加强了表达效果。

(二)宾语的中心词提到谓语之前

这种情况也不少见,例如:

"致君唐虞际,淳朴忆大庭"(《同元使君舂陵行》)。后句应是"忆大庭之淳朴"。大庭,传说中的神农氏的别称,神农氏的时代民风淳朴。

"诸家忆所历,一饭迹便扫"(《雨过苏端》)。前句应是"忆所历之诸家"。

"萍泛无休日,桃阴想旧蹊"(《奉赠太常张卿垍二十韵》)。后句应是"想旧蹊之桃阴"。旧蹊,旧路,代指故乡。

(三)状语移到谓语之后

例如:

"来往皆茅屋,淹留为稻畦"(《自瀼西荆扉且移居东屯茅屋四首》其二)。后句属此,应是"为稻畦而淹留"。

"盘出高门行白玉,菜传纤手送青丝"(《立春》)。"出高门"应是"自高门出","传纤手"应是"以纤手传"。"高门""纤手"皆为状语后置。

"画省香炉违伏枕,山楼粉堞隐悲笳"(《秋兴八首》其二)。"违伏枕"应是"因伏枕而违",全句的意思是说因为卧病而未能到画省(画省即尚书省,杜甫此时任检校工部员外郎,隶属尚书省)去供职。

(四)主谓倒置

例如:

"盈盈当雪杏,艳艳待春梅"(《早花》)。应是"当雪杏盈盈,待春梅艳艳",把谓语提前,突出了花的色泽、姿态。

"夺马悲公主,登车泣贵嫔"(《伤春五首》其四)。这两句写吐蕃进攻长安,皇亲外逃的混乱情景。"悲公主"应是"公主悲","泣贵嫔"应是"贵嫔泣"。

"香稻啄余鹦鹉粒，碧梧栖老凤凰枝"（《秋兴八首》其八）。这二句回顾大唐盛世景象，言香稻之粒富足，鹦鹉亦啄食不尽；碧梧枝干壮伟，凤凰亦栖而变老。"啄余鹦鹉"作为"粒"的修饰语，是主谓倒置，应是"鹦鹉啄余"；"栖老凤凰"作为"枝"的修饰语，也可看作是主谓倒置，即"凤凰栖老"。王力将此二句解为"鹦鹉啄余香稻粒，凤凰栖老碧梧枝"[1]，把鹦鹉、凤凰看作两句的主语，则未能表现盛唐气象（香稻富足，碧梧壮伟），恐非作者原意。

（五）双谓语分置于主语两侧

例如：

"色好梨胜颊，穰多栗过拳"（《秋日夔府咏怀奉寄郑监李宾客一百韵》）。应是"梨色好而胜颊，栗穰多而过拳"。

"暗飞萤自照，水宿鸟相呼"（《倦夜》）。应是"萤暗飞而自照，鸟水宿而相呼"。

其他还有述宾倒置等情况，因出现较少，不再论述。

上述五种词序倒置的出现，推原作者的用意，除适应声律、对仗的要求之外，主要还是为了保证诗的韵律节奏和劲健之美。这些词序倒置的句子，给杜诗的语句增添了韵味。

当然，本文所论及的句式、省略、倒置，并非杜诗所独有，这些句法上的艺术成就，是杜甫认真总结前人的研究成果并且与同代诗人共同探索而取得的。但杜甫无疑是句法艺术的集大成者，后代学者研究汉语诗律或唐诗的语言艺术，多以杜诗为例，即很雄辩地说明了这一点。

---

[1] 王力《汉语诗律学》，上海教育出版社，1979年，第256页。

第十章　杜甫律诗章法研究

据浦起龙《读杜心解》统计，杜甫平生留诗1458首，其中五律625首，七律113首（不包括古今论者所谓"拗体七律"），律诗约占其全部诗篇的一半。而且，其五律、七律作品，无论思想价值和艺术造诣，均处于律诗的巅峰地位，这是绝大多数文学史家的共识。例如，元人方回说："老杜七言律诗一百五十余首。唐人粗能及之者仅数公，而皆欠悲壮。"[1]明人胡应麟说："五言律体……唯工部诸作，气象巍峨，规模宏远，当其神来境诣，错综幻化，不可端倪，千古以还，一人而已。"[2]杨慎说："七言律……惟少陵独多……其雄壮铿锵，过于一时。"[3]王嗣奭说："少陵七言律在盛唐诸公中为最多，能于规矩绳墨中错以古调，如生龙活虎，不可把捉，自可雄视百代。即太白不能及也。"[4]卢世㴶说："五言律，至盛唐诸家而声音之道极矣，然未有富如子美者。"[5]沈德潜说："五言律……杜子美独辟畦径，寓纵横排奡于整密中，故应包涵一切。"[6]又说："杜诗近体，气局阔大，使事典切，而人所不可及处，尤在错综任意，寓变化于严整之中，斯足凌铄千古。"[7]纪昀说："杜公七律，雄压三唐。"[8]

---

[1] 李庆甲《瀛奎律髓汇评》，上海古籍出版社，1986年，第1071页。
[2] 吴文治《明诗话全编》，江苏古籍出版社，2000年，第5484页。
[3] 吴文治《明诗话全编》，江苏古籍出版社，2000年，第2607页。
[4] 吴文治《明诗话全编》，江苏古籍出版社，2000年，第6649页。
[5] 卢世㴶《杜诗胥抄余论》一卷，崇祯七年（1634）刻本，第16页。
[6] 王夫之等《清诗话·说诗晬语》，上海古籍出版社，1999年，第538页。
[7] 沈德潜《唐诗别裁集》，中华书局，1975年，第150页。
[8] 李庆甲《瀛奎律髓汇评》，上海古籍出版社，1986年，第1071页。

诸家赞评，不能一一列举。杜甫的五律、七律被视为"过于一时"，"雄压三唐"，"雄视百代"，"凌轹千古"，成为后世诗人创作的典范，自有其创作思想、创作题材、创作风格以及创作技巧等多方面的原因可供探讨，本章拟就其章法一事，做些初步的研究。清人管世铭说，杜诗"句法、字法、章法，无美不备，无奇不臻，横绝古今，莫能两大"[1]。可见，杜诗的章法，已被前人瞩目。所谓章法，是指诗歌布局谋篇的法则。具体说来，是指常用的几种笔墨——写景、记事、议论、抒情在诗中的布局。前人对杜甫近体诗的笔墨布局已经有所省察，胡应麟曾说："作诗不过情景二端，如五言律体，前起后结，中四句，二言景，二言情，此通例也……老杜诸篇，虽中联言景不少，大率以情间之。"[2] 胡氏所说的就是杜诗的章法，但是尚令人感到粗糙。杜甫律诗的章法，大体可分为两种格局，一种是以每联为一个意段的"四节式"，一种是以四句为一个意段的"二节式"。下面结合作品试对这两种章法格局进行研讨。

一、"四节式"的章法

先来一读杜甫年轻时写的五律《登兖州城楼》，在杜诗的编年本上，这是他所写的第一首五律，全诗如下：

> 东郡趋庭日，南楼纵目初。
> 浮云连海岱，平野入青徐。
> 孤嶂秦碑在，荒城鲁殿余。
> 从来多古意，临眺独踌躇。

首联的笔墨为记事，是就题面的内容下笔，交代"登兖州城楼"的背景等事，这就是古人所说的"点题"。点题的主要任务是交代自身所在的地点及所临的时令之类，为下面的笔墨张本。颔联是写登临之所见，是写

---

[1] 郭绍虞《清诗话续编·读雪山房唐诗序例》，上海古籍出版社，1983年，第1553页。
[2] 吴文治《明诗话全编》，江苏古籍出版社，2000年，第5489页。

景的笔墨,"浮云"是写上景,"平野"是写下景,"海岱""青徐",极写空间之阔大,意在反衬生命个体之孤微。胡应麟所说杜诗"中联言景不少,大率以情间之",说的就是这种景中之情。颈联的笔墨转入人事,"秦碑""鲁殿"展示了久远的历史,意在表现时间的永恒,反衬出个体生命之短暂。总体来看,中间两联写的是宇宙意识,即宇宙广远而永恒,人生渺小而匆促。尾联两句,一句议论,一句记事,乃是综合一篇之意,说自己心中素来多存古人的宇宙意识,今日登临所见,触发了这种意识,故不禁惆怅而徘徊。"踌躇"为一行为细节,富有情感内蕴,余音不止。由此看来,此诗的章法为"点题→写景→言事→结情"。

这种格局,就是笔者所说的"四节式"。从杜甫所作的律诗来看,多数是采用的这种章法,尤其是那些登临和咏怀之作。且看他在成都写的《登楼》:

> 花近高楼伤客心,万方多难此登临。
> 锦江春色来天地,玉垒浮云变古今。
> 北极朝廷终不改,西山寇盗莫相侵。
> 可怜后主还祠庙,日暮聊为《梁甫吟》。

首联二句拈出"楼""登"二字,是为点题,又交代登临的时代背景——"万方多难",以及登楼的心情——"伤心"。颔联描写登楼所见的景物:锦江水携带着春色铺天盖地而来,玉垒山的浮云自古至今变幻不停。对于这两句景物的感情蕴涵,古今论者多未能察,每每孤立视之,赞其取景"宏阔"(王嗣奭语),或曰"宏丽奇幻"(周敬语),或曰"壮丽不板"(《瀛奎律髓汇评》引无名氏语),只有方回独会诗心,他说:"锦江、玉垒一联,景中寓情;后联却明说破,道理如此,岂徒摹写江山而已哉!"[1]方回认为此联不徒摹写江山,而是景中寓情,这是正确的。至于感情内容,其实在首联中就已说破了,且看"花近高楼伤客心"这句,明言见到鲜花而伤怀。为何如此情绪反常?这是老杜情感沉郁的表现。是由于自然界的美好春色与人世间的"万方多难"呈现出强烈的反差,引起他心

---

[1] 李庆甲《瀛奎律髓汇评》,上海古籍出版社,1986年,第28页。

理的失衡，痛感人事不如草木，草木尚有春来日。那么，既然一树新花入目就已感到不堪，何况是"锦江春色来天地"呢，这铺天盖地的春色，实在是在描写自己那铺天盖地的愁思啊。这就是杜诗的"沉郁"所在——他的深沉的情思不仅表现在沉重的题材上，即便在他人看来是娱情的乐景，也能在其中寄寓愁情。至于"玉垒浮云变古今"，也不是止于摹写景物，也是在以写景的笔墨而言情。玉垒山在四川都江堰市西北，自玉垒山西望，即是吐蕃的领地，而吐蕃与唐王朝长期以来战战和和，作者写此诗的时候，正值吐蕃举兵入寇，故作者以变幻不定的浮云暗示时局动荡之慨。总观此联，"锦江"句承接首句，写忧思，"玉垒"句承接次句，写多难，然而在笔墨上毕竟是以景物出之。颈联则是转入人事，说大唐王朝基业稳固如北极之星，西山的寇盗（指吐蕃）也就不必兴兵徒劳。此联为警告吐蕃之语，却也点明了"万方多难"的所指，交代了看见春色而"伤心"的原因。尾联宕开一笔，写国事虽艰而自己报国之心犹存。先以登楼所见的后主祠堂为据，说像刘禅这样的昏庸君主尚且享有祠庙，受人祭祀，足见人民对汉家帝业的尊仰，更何况我大唐顺乎民意，人心归向，基业是永不可破的。既如此，我则应该像诸葛亮那样，吟诵一曲《梁甫吟》，以表济世之怀。全篇的章法仍是"点题→写景→言事→结情"。

再看他晚期所作的《登岳阳楼》：

昔闻洞庭水，今上岳阳楼。
吴楚东南坼，乾坤日夜浮。
亲朋无一字，老病有孤舟。
戎马关山北，凭轩涕泗流。

首联仍是点题之笔，岳阳楼在洞庭湖边，"昔闻"与"今上"相呼应，写出得偿夙愿的心情。颔联写登楼所见的洞庭景象，景中亦寓情感。前句写湖水空阔无边，意在以空阔之境反衬一己身世之孤微，与颈联的内容为表里；后句写湖水动荡之势，意在揭示内心对国家时局的感受，与尾联所写的"戎马关山北"为表里。可知杜诗笔墨虽异，其相互之间有着血肉相连的关系。颈联转入人事，诉说自己的孤微身世：亲朋音断，老病无依。为颔联的景物描写"点睛"。尾联身兼二任，"戎马"句为颔联的景物"点睛","凭轩"句以一个"涕泗流"的细节行为,总括一篇之情感,为个人的身世和国家的战乱而伤怀。全诗的章法同样是"点题→写景→言事→结情"。其他如《春望》《登高》等登临之作,大多是这种章法,不再列举。

杜甫还写了不少咏怀之作,这些作品虽无登临之举,却也大多采用"四节式"的章法格局。例如,他在长安做左拾遗时写的《春宿左省》:

> 花隐掖垣暮,啾啾栖鸟过。
> 星临万户动,月傍九霄多。
> 不寝听金钥,因风想玉珂。
> 明朝有封事,数问夜如何。

诗写春夜在左省(即门下省)值班的勤政精神。首联点题,"花""鸟"暗写"春"字,"暮""栖"暗写"宿"字,"掖垣"即门下省的代称。颔联写值班时所见的夜景,写星则言"临"言"动",写月则言"傍"言"多",可见其观察细致,正见其毫无倦意,忠于职守,写景中寓有情在。颈联言事,说自己睡不着觉,静听着开宫门的钥匙声响,风吹铃动,也以为是百官骑马上朝摇响的玉珂声。尾联揭示出一篇之情感缘由,是由于明日早朝要递上密封的奏章,故而一夜未曾合眼,频频询问夜时几何。此诗的章法也是"点题→写景→言事→结情"。

又如,他在川北流浪时写的《客夜》:

> 客睡何曾著?秋天不肯明。
> 入帘残月影,高枕远江声。
> 计拙无衣食,途穷仗友生。
> 老妻书数纸,应悉未归情。

诗写客中作客的艰辛。首联点题,首句点出"客"字,次句点出"夜"字,而且交代夜不成寐,为下文张本。颔联写景,写残月之光射入门帘,远江之声翻于枕畔,景物中暗含着作者的视觉和听觉活动,见出不眠的情状,可知景中寓有情思。颈联言事,诉说生计艰难,穷途末路,揭示夜不成寐的原因。尾联以"未归情"作结,所谓"未归情",指的是客中作客的苦情,作者此时流浪川北,而妻子儿女尚在成都草堂,家属生涯，实堪忧虑。可见，此诗章法也是"点题→写景→言事→结情"。

又如，他在离蜀途中写的《旅夜书怀》：

> 细草微风岸，危樯独夜舟。
> 星垂平野阔，月涌大江流。
> 名岂文章著？官应老病休。
> 飘飘何所似？天地一沙鸥。

首联仍是点题，交代书怀的地点——"岸"，书怀的时间——"夜"。颔联便是写景，"平野""大江"，极写空间之阔大，意在反衬自身之孤微，景中深藏感慨。颈联转入人事，慨叹自己文坛无名，仕途寂寞，是以议论的笔墨正面诉说身世的孤微，揭示颔联的景物蕴藏。尾联以天地间一只微小的漂泊不定的沙鸥自喻，来总括一篇的身世之慨。看其章法，也是"点题→写景→言事→结情"。

在登临、咏怀这类作品的布局谋篇中，杜甫为我们提供了三点宝贵的经验：一是中间两联采用写景与言事的笔墨布局，这样做的好处，是赋兼比兴，意味隽永。清人冒春荣说："中二联或写景，或叙事，或述意，三者以虚实分之，景为实，事意为虚，有前实后虚、前虚后实法。凡作诗不写景而专叙事与述意，是有赋而无比兴，既乏生动之致，意味亦不渊永，结构虽工，未足贵也。"[1] 二是写景与言事（即颔联与颈联）在情感上要血肉相连，写景是情感的侧面烘托，言事是情感的正面揭示，写景与言事二者在抒情上是互为表里的关系。眼前景，心中事，名二而实一。正如金圣叹所说："诗至五六虽转，然遂尽脱三四，唐之律诗无是也。"[2] 的确如此，五、六两句虽然转笔不再写景，而要言事，但言事不可"尽脱三四"，也就是说，要沿着三、四两句写景的感情蕴涵来言事。金氏又说："作诗至五六，笑则始尽其乐，哭则始尽其哀。"[3] 这就是说，五、六两句言事，要把三、四两句景中的情感正面地、直接地显示出来，做到"尽乐""尽哀"。

---

[1] 郭绍虞《清诗话续编·葚原诗说》，上海古籍出版社，1983年，第1573页。
[2]《金圣叹选批唐诗六百首》，北京出版社，1989年，第29页。
[3]《金圣叹选批唐诗六百首》，北京出版社，1989年，第29页。

三是尾联多以细节行为结情,如《登岳阳楼》的"凭轩涕泗流",《登楼》的"日暮聊为《梁甫吟》",《登兖州城楼》的"临眺独踌躇",以及《春望》的"白头搔更短,浑欲不胜簪",《登高》的"潦倒新停浊酒杯",《春宿左省》的"数问夜如何",等等。停杯,搔首,踌躇,吟诗,流涕,这些细节行为都具有确定的情感指向和丰富的情感蕴藏,能够引人想象,产生言尽意远的效果,比起直言结情要好得多。

二、"二节式"的章法

所谓"二节式",是指以四句为一个意段把诗分作前后两节。这种章法多用于咏物律诗。杜甫写了不少咏物作品,在这类作品中,每每使用"二节式"的布局,前节的笔墨重在描写物的形态特征,后节的笔墨重在由此及彼的联想。用这种格局写出的作品不仅逼真地再现了物的形态和精神,而且寄托了作者的思想志向或审美情趣。且看作者早年写的《房兵曹胡马》:

> 胡马大宛名,锋棱瘦骨成。
> 竹批双耳峻,风入四蹄轻。
> 所向无空阔,真堪托死生。
> 骁腾有如此,万里可横行。

前四句是就胡马的形与神角度下笔,写它的产地,它的坚挺骨架,它的短小而尖锐的双耳,它的轻快如风的四蹄。这些描写,都是作者眼前所见的。后四句则由眼前所见转入想象,说它所向之地,不存在漫长的里程,即所谓瞬息千里,人们在危难之际可以生命相托。有了这样的骏马,可以驰骋沙场,建立功勋。很明显,后四句写的并非实际目击,而是作者由此时到彼时、由此地到彼地的想象。由于作者没有局限于眼前所见,而是在时空上做出极大的扩展,所以能够生动地揭示出骏马的精神性格。同时,又因为有前四句的实笔刻画,才使得后四句的想象不至于架空。所以说,此诗的笔墨布局是实描与虚拟的结合,实与虚相互映发,成功地展现了骏马的风采。清人查慎行盛赞此诗的章法,说道:"前半只说骨相,后半并及性情,何等章法!"[1]纪昀则对后四句的想象之辞大加赞赏,说道:"后四句撒手游行,不局于题,妙!仍是题所应有,如此乃可以咏物。"[2]"撒手游行"四字,形象地表述了杜甫咏物能超越时空限制的笔墨特征。

又如,《月》诗云:

> 天上秋期近,人间月影清。
> 入河蟾不没,捣药兔长生。
> 只益丹心苦,能添白发明。
> 干戈知满地,休照国西营。

此诗亦分为前后两节。前节四句是就月亮本身来写,写中秋来临月光清亮,写蟾蜍入河而不没,写神兔捣药而长生,都是在强调月光的皎洁。后节四句则由月及人,由月亮转而写自己于月光下的感受,说如此明亮的月光会撩动思亲之情(此时作者身陷贼中,与家人远隔),只能增添内心的痛苦和头上的白发;而且,时当战乱,"国西营"(即长安西部的凤翔,是肃宗的临时政府所在地)中的士兵也会因为月光的明亮而增添思乡的愁怀,所以劝告月亮不要去照那里的营房。在中国人的传统文化积淀中,月亮已成为思亲的媒介,所以作者的感慨是出之有据的。那么,后四句所写,虽然离开了月亮本身,却也是题中应有之义。这种由此及彼的写法,也就是纪昀所说的"撒手游行"。

再如《病马》一诗所写:

> 乘尔亦已久,天寒关塞深。
> 尘中老尽力,岁晚病伤心。
> 毛骨岂殊众?驯良犹至今。
> 物微意不浅,感动一沉吟。

---

[1] 张载华辑《初白庵诗评》,卷上,民国间上海六艺书局石印本。
[2] 李庆甲《瀛奎律髓汇评》,上海古籍出版社,1986年,第1152页。

前节四句，写马辛劳日久，身老多病，奔走于关塞、尘中，瑟缩于天寒、岁末之月，总之，是就马的外在"表现"下笔。后四句则由外及内，写马的"驯良"品格，写它的厚待主人的"不浅"之"意"，致使主人不禁为之感动而沉吟，这就在更深的层面上揭示出马的精神境界。就客观角度来说，马是否具有这种精神境界，有待于科学家去研究；但就作者的主观审美角度来说，则马可以具有这样的品格。咏物之作不是自然科学的论文，作者的用意在于咏物而托意，他是借助于咏马而进行人生的审美活动，也就是通过赞美这匹病马的外在表现和内在品格，来歌颂一种朴素、坚毅、忠厚的人生境界。这种境界就是老杜的精神境界，故能体之于物，达之于辞。

再如《花鸭》一诗所写：

> 花鸭无泥滓，阶前每缓行。
> 羽毛知独立，黑白太分明。
> 不觉群心妒，休牵众眼惊。
> 稻粱沾汝在，作意莫先鸣。

前节四句，写花鸭自身洁净，举步闲雅，羽毛不群，黑白分明，是就花鸭本身的特征下笔的。后节四句，却由花鸭转而写到俗物群小，说花鸭形貌和品格招致了"群心妒"，引发了"众眼惊"，并且告诫花鸭好自为之，莫要"先鸣"，以免遭到不测。作者的立意出人意表，是在借咏花鸭的处境以慨叹政治环境的险恶或世俗的污浊。在"花鸭"的题面下，出此立意，实属难得。

由以上分析可知，"二节式"的章法格局，前节在于描绘物象，后节在于寄托情志，物象是引发情志的缘由，情志是谋篇立意之所在。杜甫咏物律诗的章法多属于此。

本文只是探讨了杜甫律诗"四节式"和"二节式"两种章法格局，在题材上也只是涉及登临、抒怀、咏物，个人精力所限，未能顾及全部。然而，通过对作品的解析，我们似乎能够认识到近体诗的章法的存在及其意义了。

袁枚在《随园诗话》中说："今作诗，有意要人知有学问，有章法，有师承，于是真意少而繁文多。"[1]笔者以为，故意在诗中卖弄学问，显示师承，而不注重抒写真情实感，这自然是作诗的邪路，但诗的章法却不能不顾。诗无章法，犹如语无伦次、行无路径。尤其是对于初学写诗的作者来说，认识和掌握一定的章法，还是十分必要的。另外，章法的运用也不一定就会造成创作的雷同。章法只提供路数和门径，诗意却能因人而异（模仿或抄袭者除外）。同一种章法可以写出不同感受的诗歌来。笔者不揣浅陋，曾经使用杜甫登临诗的"四节式"章法，写出七律《登山海关城楼》，诗云：

> 城上危楼连海山，高秋大气满襟前。
> 云横西北金龙远，浪蹴东南雪豹旋。
> 圣土永辞姜女泪，长风犹唱魏王篇。
> 笔山墨海催诗兴，欲揽青天作画笺。

首联点题，颔联写景，颈联言事，尾联结情。论章法与杜诗无异，论诗意则杜集无之。故笔者以为章法实在是不可否定的，它对于我这初学写诗的人来说，有如夜路之灯，寸步不可失之。或许在以后的文坛上能够出现无章无法的大诗人，到那时笔者则诚心作出反省。

---

[1]袁枚《随园诗话》，人民文学出版社，1998年，第223页。

第十一章 杜诗"流水对"艺术探讨

一、"流水对"名称的产生过程

"流水对"这个名称产生得较晚。《文心雕龙·丽辞》仅列出四种对仗形式，旧题隋文帝《诗格》列出八种对仗形式，初唐上官仪提出"六对""八对"，都没有这个名目。日本僧人空海《文镜秘府论》虽然把对仗归纳为29种，却仍然没有"流水对"的名目。《文镜秘府论》讲述的是六朝至初盛唐关于诗歌的体制、声韵、对偶方面理论的，而"流水对"在初唐诗坛上已然出现，例如：

忽见黄花吐，方知素节回。

（王绩《九月九日赠崔使君善为》）

不堪玄鬓影，来对《白头吟》。

（骆宾王《在狱咏蝉》）

愁见三秋水，分为两地泉。

（沈佺期《陇头水》）

灵迹才辞周柱下，祥氛已入函关中。

（宋之问《函谷关》）

大约是这种对仗过于特殊，没能引起日本僧人的注意。
中唐人王叡在所著《炙毂子诗格》中，提出"两句一意体"，举例"如何百年内，不见一人闲"，说这两句作为对仗，只说了一个意思，是

"血脉相连"[1]的关系。这是对"流水对"的最早的理论归纳,但他所举的诗例不够典型。"流水对"首先得对仗,须具备对仗的基本条件,这联出句的"内"字与对句的"闲"字,词性不同,故非严格意义上的对仗。经查,这两句诗出自戴叔伦的《别友人》。戴叔伦是中唐诗人,在他以前,精致的"流水对"已经大量出现了。

南宋初年,葛立方在《韵语阳秋》中提到了这种对仗形式,将其称为"十字格",他说:"梅圣俞五字律诗,于对联中十字作一意处甚多。如《碧澜亭》诗云:'危楼喧晚鼓,惊鹭起寒汀。'……诗家谓之'十字格',今人用此格者殊少也。老杜亦时有此格,《放船》诗云:'直愁骑马滑,故作泛舟回。'"[2]葛立方所说的"十字格",就其所举诗例来看,多数是五言律诗的"流水对"。

其后,南宋末年严羽在《沧浪诗话》中,进而提出"十四字对"[3]这个概念,指的就是七言律诗的"流水对"。

明朝人胡震亨对前人的说法加以概括,在《唐音癸签》中写道:"谓两句只一意也,盖流水对耳。"[4]至此,"流水对"的概念算是确立下来。大概是由于"流水对"这一称谓更能形象地揭示此种对仗的质性特征,所以就被后人广泛地使用起来。例如,晚清许印芳就曾使用这个概念,对杜诗的"流水对"特征进行描述:"少陵妙手,惯用流水对法,侧卸而下,更不板滞。"[5]

由上述引文可知:第一,前人对"流水对"的认识,或认为"两句只一意",或认为两句诗所写的两种事物(或行为)具有紧密的内在联系,如引文所举的"危楼喧晚鼓,惊鹭起寒汀",两种事物即为因果关系。应该说,这两种认识大体概括了"流水对"的种类范畴。第二,从葛立方到许印芳,历代诗论家都已注意到,杜甫是大量使用"流水对"的诗人。那么可以说,在"流水对"这一概念的产生过程中,杜诗起了重大作用。我

---

[1] 王运熙等《中国文学批评通史》,上海古籍出版社,1996年,第745页。
[2] 何文焕《历代诗话》,中华书局,1981年,第485页。
[3] 郭绍虞《沧浪诗话校释》,人民文学出版社,1998年,第74页。
[4] 胡震亨《唐音癸签》,上海古籍出版社,1981年,第31页。
[5] 李庆甲《瀛奎律髓汇评》,上海古籍出版社,1986年,第1115页。

受到启发,对杜诗使用"流水对"的情况,进行了较为全面的考察与研究,从杜甫1457首诗中检索出200多副"流水对",对它们进行比较,加以分类,并对其生成原因进行初步探讨。

我认为,前人对"流水对"的定义是不够科学的,"两句只一意"这种说法,用来表述"合掌"也是可以的,而"合掌"是诗家之大忌,与"流水对"完全不是一回事。科学的说法应该是:一个意思由一联的两个诗句连贯而下地表达出来(这里所说的"句"只是形式上的分行,而非语法意义上的),从语法意义上说,构成"流水对"的两个形式上的诗句,可以是个单句,也可以是个复句。"流水对"是一种特殊的对仗形式,与一般的"对举式"的对仗有所不同。"对举式"的对仗,出句与对句各自表达一个完整的意思,谁也不依赖于谁,例如"青山横北郭,白水绕东城"(李白《送友人》),而"流水对"是出句和对句结合起来才能表达一个完整的意思,是在表达意思的流程中呈现出对仗的关系,因此它具有流动美。打个比方,我们把"对举式"的对仗比喻为一对纸剪的鸳鸯,脑瓜对着脑瓜地往窗户上一贴,它当然也具有匀齐美,不过这种美是凝固的。"流水对"则是一对活的鸳鸯,它们在河水中脑瓜对着脑瓜地浮游着,因此它具有动态美。杜甫就是制造这种动态美对仗的大师。

下面,我们对杜诗"流水对"的精微艺术作些探讨。

二、杜诗"流水对"之类型研究

杜诗"流水对"可分为两类,即单句形式的"流水对"和复句形式的"流水对"。

(一)单句形式的"流水对"

所谓单句形式的"流水对",就是把一个单句拆成两个部分,让这两个部分相对应的词词性相同,关键位置的声调对应相反。杜诗中这样的"流水对"出现了26副。如果再作细致的考察,就可以发现,由于对单句的"拆法"不同,这样的"流水对"也呈现出多种面目。杜甫在处理上主要有三种"拆法"：

其一，把宾语拆开，使之分属于出句和对句，具体做法是把其中的"主语"部分留给出句，而把剩下的部分作为对句，例如：

犹闻蜀父老，不忘舜讴歌。

（《怀锦水居止二首》其一）

这本是一个省略了主语的单句，意思是"（我）还听说蜀地的父老们念念不忘舜所作的《南风》歌"。主语是诗人自己，被省略了，谓语是"犹闻"，宾语是"蜀父老不忘舜讴歌"。作者把宾语拆开，把"蜀父老"留给出句，而把"不忘舜讴歌"作为对句。我们看，出句和对句，相对应的词，词性是相同的：犹、不，都是副词；闻、忘，都是动词；蜀、舜，都是名词；父老、讴歌，都是名词，"讴歌"是指舜作的《南风歌》。再看声调，出句与对句关键位置的字声调是对应相反的。总之，既对仗稳妥，又在意思上连成一脉，真像流水一样没有间隔。杜诗中属于这种情况的"流水对"很多，例如：

远闻房太尉，归葬陆浑山。

（《承闻故房相公灵榇自阆州启殡归葬东都有作二首》其一）

房太尉就是房琯，曾经做过宰相，被唐肃宗排斥，贬为阆州刺史，死在阆州，死后被追赠为太尉。几年以后，他的家属把灵柩由阆州迁回故土，即河南的陆浑山。杜甫在客居云安的时候听到这个消息，写诗怀念他。这个单句的意思是"遥传房太尉的灵柩要归葬于故乡陆浑山"。主语是杜甫，被省略了，"远闻"是谓语，"房太尉归葬陆浑山"是宾语。把宾语的主语部分"房太尉"留给出句，而把剩下的部分作为对句。出句和对句呈现为对仗的关系：远、归，是形容词对动词，古代这两种词是可以构成对仗的；闻、葬，是动词相对；房太尉、陆浑山，是名词相对。再从声调上来看，关键位置的字在声调上完全相反。出句与对句在表达意思的过程中呈现出工整的对仗。再如：

忽闻哀痛诏，又下圣明朝。

（《收京三首》其二）

"哀痛诏",是皇帝下达的罪己诏书。在唐代,每逢遇到重大的天灾人祸,事后,皇帝要向国人下达自我检讨性质的诏书。至德二载(757)十一月,长安光复以后,肃宗下达了哀痛诏,这个事被身在羌村的杜甫听到了,写了《收京三首》。"忽闻哀痛诏,又下圣明朝"意思是说:(我)忽然听到哀痛诏书又从圣明的朝廷下达了。这个单句的主语是"我"(杜甫),被省略了,谓语是"闻",宾语是"哀痛诏又下圣明朝"。宾语被拆开,宾语的主语留给出句,剩下的部分作为对句。从声调上来看,关键位置的字在声调上完全相反。出句与对句构成了对仗的关系。

以上是第一种拆法。

其二,把单句从中间拆开,把主语部分作为出句,把谓语(或不出现谓语)和谓语后面的成分作为对句,以构成相互对仗的形式。这样的对仗也能造成语意的连续不断。杜诗中有几处是属于这样的"流水对",如:

> 海内知名士,云端各异方。
>
> (《寄彭州高三十五使君适虢州岑二十七长使参三十韵》)

这是杜甫客居秦州(今甘肃天水)时写的一首长诗,当时,杜甫已经没了官职,高适被贬为彭州刺史,岑参被贬为虢州长使,京都名士,风流云散,这个单句表达的就是这个意思。"海内知名士"是单句的主语,把它作为出句,"云端各异方"是单句的谓语,把它作为对句,出句与对句呈现为对仗的关系。从词性上看,海内、云端,是名词相对;"各",这里是"各居"的意思,具有动词性质,所以可以和"知"相对;名士、异方,是名词相对。从声调来看,相对应的字声调相反。又如:

> 众流归海意,万国奉君心。
>
> (《长江二首》其二)

这个单句意思是说,众流归海的理义,启示着万方奉君的心志。这是由物理而联想到人伦,是杜甫忠君思想的体现。单句的主语"众流归海意"被作为出句,单句的宾语被作为对句,两者呈现出对仗的关系。无论词性和声调都符合对仗的要求。其他如:

江汉思归客，乾坤一腐儒。

（《江汉》）

今日江南老，他时渭北童。

（《社日两篇》其二）

都是这种拆法。

其三，把单句谓语的修饰成分（一般多为时间状语）拆出，让它作为出句，而把单句的主谓宾部分作为对句。杜诗中不乏这样的"流水对"，例如：

自从收帝里，谁复总戎机？

（《遣愤》）

"收帝里"，指广德元年（763）十月，郭子仪驱逐吐蕃，收复了长安。但是，京都收复以后，代宗却让宦官鱼朝恩总领禁军，主掌兵权，与其父肃宗同出一辙，宦官掌握兵权曾导致当年邺城战役的失败，所以杜甫非常愤怒，他在这个单句中斥责了代宗的做法："自从收复了长安之后，是谁在主掌着军机大政？"显然，出句是这个单句谓语的修饰语，是时间状语。出句与对句构成了对仗的关系。首先从词性上来看，谁，是代词，是代指宦官鱼朝恩，"自"在本句的衣义上是介词，但是因为它还有代词的意义，此处为词性借用，与"谁"字构成对仗，这种对仗称为"借义对"；收、总，都是动词；帝里、戎机，都是名词。从平仄声调来看，也完全符合对仗的要求。又如：

自失论文友，空知卖酒垆。

（《赠高式颜》）

高式颜是高适的侄子，"论文友"指高适，"卖酒垆"指酒馆。杜甫说，自从失去好友高适，终日以酒浇愁。"自失论文友"是时间状语，用来作出句。出句和对句构成了对仗关系。

（二）复句形式的"流水对"

杜诗中多数的"流水对"是以复句的形式出现的，初步统计有159副。作为复句的两个分句——出句与对句，又呈现出各种各样的语法关系，主要有顺承关系、因果关系、假设关系、递进关系、转折关系五种。下面分别予以介绍。

其一，顺承关系的"流水对"。出句与对句按或时间或空间或逻辑事理上的顺序，写出连续的行为或相关的情况，给人以流动的、顺畅的感受。这种对仗与"对举式"的对仗（如"白日依山尽，黄河入海流"，"竹喧归浣女，莲动下渔舟"）有所不同，它是有序的，出句与对句不得调换位置；而"对举式"的对仗是无序的，位置是可以颠倒的。且看以下诗例：

几年春草歇，今日暮途穷。

（《投赠哥舒开府翰二十韵》）

昔闻洞庭水，今上岳阳楼。

（《登岳阳楼》）

壮年学书剑，他日委泥沙。

（《暮春题瀼西新赁草屋五首》其四）

夜醉长沙酒，晓行湘水春。

（《发潭州》）

一秋常苦雨，今日始无云。

（《留别贾严二阁老两院补阙》）

高秋总馈贫人食，来岁还舒满眼花。

（《题桃树》）

九月深秋，桃子成熟，桃树馈赠穷人以食物；来年春季，桃儿盛开，供人欣赏。

以上这几联为时间上的顺承。下面几例是空间上的顺承：

两行秦树直，万点蜀山尖。

（《送张十二参军赴蜀州因呈杨五侍御》）

张参军由长安前往蜀地，杜甫写诗为他送行，这一联是按张氏行经路线——由秦入蜀写来，是空间上的顺承。

青惜峰峦过，黄知橘柚来。

（《放船》）

杜甫乘船顺流而下，观看江边的景象，但见一片青山从眼前滑过，没来得及欣赏，觉得可惜。叹息之间，又有黄色的橘柚来到眼前。这是空间上的顺承。

伏枕云安县，迁居白帝城。

（《移居夔州作》）

杜甫晚年，离开成都草堂，乘船沿着长江东下，因糖尿病加重，暂且在云安县住下来，稍好之后，继续东行，又因病情加剧，留居在白帝城。这是空间上的顺承。

下面几例是逻辑事理上的顺承：

死去凭谁报？归来始自怜。

（《自京窜至凤翔喜达行在所》其三）

杜甫从叛军控制的长安逃出来，路上时刻都可能被叛军捉住杀掉，死了连个报信的人都没有。现在他幸运地逃到了肃宗政府所在地——凤翔，痛定思痛，不免自我怜惜。这是逻辑事理上的顺承。

朝野欢娱后，乾坤震荡中。

（《寄贺兰铦》）

"朝野欢娱"是指安史之乱爆发以前，唐王朝君臣纸醉金迷、醉生梦死；"乾坤震荡"，指安史之乱爆发。这是逻辑事理上的顺承。

由于杜甫热衷于记事，无论是叙事诗还是抒情诗，总有跨越时空的记事笔墨，而顺承关系的"流水对"正好适合表现此类内容，所以他的诗中这种对仗频繁出现，据笔者初步统计，有69副之多。

其二，因果关系的"流水对"。这种对仗，出句写出心理、行为或事态产生的原因，对句写出心理、行为或事态本身。例如：

修竹不受暑，交流空涌波。

（《陪李北海宴历下亭》）

杜甫年轻时游历齐鲁，陪北海太守李邕在历下亭中宴饮，亭子周围是高大的竹林。这一联意思是说，由于修长的竹林无比清爽，致使交流的河水徒然涌波送凉。前一个分句写原因，后一分句写结果。又如：

兵戈犹在眼，儒术岂谋身？

（《独酌成诗》）

战乱年月，朝廷重用的是武人，故儒者谋身无术。前一分句是因，后一分句是果。又如：

杂虏横戈数，功臣甲第高。

（《收京三首》其三）

杂虏，指的是安史叛军。横戈，意思是发动战争。数，意思是频繁。甲第，指华丽的住宅。杜甫慨叹：由于安史叛军频繁作乱，唐朝的功臣们都享受了优厚的待遇，等于说发了国难财。又如：

无钱居帝里，尽室在边疆。

（《寄彭州高三十五使君适虢州岑二十七长史参三十韵》）

帝里，指京都长安。当时，杜甫举家来到秦州，就是今天的甘肃天水市。安史之乱期间，唐王朝的疆域缩小，秦州已经是边疆了。

竹叶于人既无分，菊花从此不须开。

（《九日五首》其一）

九日，指重阳节，是饮酒赏菊的节日。竹叶，是酒名，杜甫身体多病,不能饮酒。这一联的意思是说,既然酒于我没有缘分,菊花从此就不必开了。开了我也无心欣赏,是牢骚话。

其三,递进关系的"流水对"。这种对仗,对句表述的意思比出句推进一层,由小到大,由浅入深。例如:

已近苦寒月,况经长别心!

(《捣衣》)

诗写一个妇女为她守边多年的丈夫缝制寒衣,前一分句写她所受的肌肤之苦,后一分句写她内心的痛苦,由表及里,由浅入深。又如:

正是炎天阔,那堪野馆疏?

(《寄李十四员外布十二韵》)

按诗写李布行路之艰辛,前一分句写气候恶劣,后一分句写人烟稀少,意思更进一层。又如:

对月那无酒?登楼况有江。

(《季秋苏五弟缨江楼夜宴崔十三评事韦少府侄三首》其二)

诗写夜宴的快乐,不但对月有酒可饮,而且登楼有江景可赏。又如:

不但时人惜,只应吾道穷。

(《奉汉中王手札报韦侍御萧尊师亡》)

这是一首悼亡之作,悼念好朋友韦侍御、萧尊师。杜甫认为,他们的亡故,不但使时人痛惜,更让自己感到穷途末路。对句将悲情推进一层。又如:

扁舟不独如张翰,皂帽还应似管宁。

(《严中丞枉驾见过》)

杜甫客居成都草堂期间,他的朋友严武任剑南节度使、成都尹。严武到草堂邀请杜甫去军幕中任职,杜甫写诗拒绝。两个分句各用了典故。张翰,晋人,曾在洛阳做官,后来弃官归隐,杜甫情况与之近似,他也是自我罢掉官职的人。管宁,三国魏人,避世隐居,朝廷征召而不赴。杜甫当时受严武招聘,心不愿往,所以用管宁来类比。"扁舟""皂帽",都是隐居者的表征之物。这一联意思是说,我不仅像张翰那样辞官归隐,还要像管宁那样终生不去做官。对句比之出句更进一层。

其四,假设关系的"流水对"。这种对仗,出句提出一种假设,对句写出结果。例如:

不成诛执法,焉得变危机?

(《伤春五首》其三)

执法,指宦官程元振。吐蕃进攻长安,程元振扣押情报,致使长安沦陷。杜甫主张杀掉这个害虫。这一联的意思是说,如果不能除掉程元振,又怎能改变国家的危机?如果能除掉程元振,国家就可以解除危机。出句是假设,对句是结果。又如:

刺规多谏诤,端拱自光辉。

(《送卢十四弟侍御护韦尚书灵榇归上都二十四韵》)

这联的意思是说,只要皇帝能虚心听取臣子的批评,就可以轻易地导致国家昌盛。端拱,就是端坐、拱手,轻易的意思。出句是假设,对句是结果。又如:

纵被微云掩,终能永夜清。

(《天河》)

诗写天河,意思是说天河即使被微云遮掩,也终究能够长夜清澄。出句是假设,对句是结果。又如:

若无青嶂月,愁杀白头人。

(《月三首》其一)

诗写对青山明月的依恋。意思是说如果没有青山明月,就会愁死自己这个白头之人。又如:

> 但使闾阎还揖让,敢论松竹久荒芜?
>
> (《将赴成都草堂途中有作先寄严郑公五首》其一)

严武离开成都前往京都,剑南兵马使徐知道在成都作乱,杜甫一家流浪于川北。一年以后,严武再次来成都任职,邀请杜甫回归草堂。"闾阎还揖让",是说民风依旧淳朴;"松竹",代指草堂。这联的意思是说,假如战乱之后成都的民风依旧淳朴的话,那我就不以草堂荒芜为说辞,高高兴兴地回到那里。

其五,转折关系的"流水对"。这种对仗,对句没有顺着出句的意思去说,而是发生了逆转,这一点与上述诸种对仗有所不同,但是对句与出句仍然是"流水"的关系,只不过是"顺流"与"逆流"的区别罢了。杜诗中大量存在着这样的对仗。例如:

> 碧涧虽多雨,秋沙亦少泥。
>
> (《到村》)

出句"碧涧多雨"是说气候不好,对句"秋沙少泥"是说道路好走。对句是对出句的境况与情感的转折。又如:

> 欲陈济世策,已老尚书郎。
>
> (《暮春题瀼西新赁草屋五首》其五)

尚书郎,是杜甫自称,此时杜甫的官职为检校工部员外郎。这联的意思是想为国家献策、出力,却深感年华已老,力不从心了。对句转折了出句的意思。又如:

> 老去才虽尽,秋来兴甚长。
>
> (《寄彭州高三十五使君适虢州岑二十七长史参三十韵》)

老去,是说年纪老了,人老才尽,但兴致高绝。对句转折了出句的境况和情绪。又如:

> 本卖文为活,翻令室倒悬。
>
> (《闻斛斯六官未归》)

斛斯六官，就是斛斯融，杜甫在成都草堂居住时，他是邻居。他擅长写碑文，靠润笔钱养家。这个人行为浪荡，到外地去讨要碑文笔资，一去多日不归，致使家属生活无依。又如：

穷愁但有骨，群盗尚如毛。

（《王阆州筵奉酬十一舅惜别之作》）

但有骨，是说只剩下一把骨头，极言身体消瘦，生活贫穷。群盗，指吐蕃入侵者、唐朝叛将仆固怀恩等。出句说穷愁已经到了极点，对句说战争却仍在继续。又如：

即防远客虽多事，便插疏篱却甚真。

（《又呈吴郎》）

杜甫晚年客居夔州，因事迁到东屯居住，就把原来的住处瀼西草屋交给吴郎居住，写诗嘱咐他应该善待西邻的穷苦老妇。远客，指吴郎。瀼西草屋门前有几棵枣树，杜甫居住期间，每当八月枣子成熟，西邻的穷苦老妇就来打枣充饥，杜甫未加制止。现在要离开这里了，杜甫担心吴郎会阻止老妇打枣，就写诗对他婉言相告。这联的意思是说，老妇提防你这位生人虽属于多事，但是你如果在两家之间插上篱笆，她就会当真以为你不让她来打枣了。言外之意是说，连篱笆你也别插。又如：

药裹关心诗总废，花枝照眼句还成。

（《酬郭十五判官》）

药裹，就是药囊，装草药的口袋。杜甫多病，所以关心药物，为此而耽搁作诗，这是出句。对句是说然而每当看见佳景，仍有诗句写成。对句转折了出句的意思。

三、杜甫多用"流水对"之原因解析

杜诗中为什么会出现这样多的"流水对"？这个问题应该从"流水对"的独特表意功效和杜甫的生活状态、思想、审美情趣诸方面进行解释。刘勰在《文心雕龙·丽辞》中解释对仗的生成原因，认为这是作家受自然界万物形体和谐匀称特征的启示和影响："造化赋形，支体必双。神理为用，事不孤立。"对仗是文学对自然形态的模仿，是天人合一的哲学理念的体现，是中国人对于和谐美、匀齐美的追求。从先秦的《诗经》《易经》到六朝的诗文，对仗现象广泛见于篇什，但对仗的形式大体停留在"正对""反对"上（刘勰所列的另外两种对仗"言对"与"事对"，是从内容的角度说的）。而无论是"正对"还是"反对"，两句的关系都是并列的。久而久之，这样的对仗就让人感到呆板、凝滞，它虽然具有匀齐美，却缺乏生命的活力。于是，如何在动态中实现匀齐美，让凝固的双峰对峙变成流动的前波后浪，让纸剪的鸳鸯化作戏水的情侣，就成了某些诗人探索的课题。"流水对"的出现就是这一课题的研究成果。杜甫显然是这一课题的主研人之一。他说"晚节渐于诗律细"，诗律，除了声律、韵律，对仗也是重要方面。许印芳说："少陵妙手，惯用流水对法，侧卸而下，更不板滞。""不板滞"，说的就是这种对仗的独特表意功效；"惯用"，已说出杜甫长于此道；而用"妙手"来解释成因，终嫌泛泛。我认为，杜甫多用"流水对"，其原因有三：

其一是他的生活状态影响所致。杜甫一生流离漂泊，居无定所，正如他所说的"一岁四行役"，"支离东北风尘际，漂泊西南天地间"，"甫也南北人"，一部杜诗勾勒的是诗人辗转不息的足迹。这样的生活状态，势必影响到诗人的心态。他的心态也是流离不定的，所谓"忧愤心飞扬"（《壮游》），"驱驰魏阙心"（《晴二首》其二），就是对这种心态的描绘。在这种心态下进行律诗的对仗创作，必然会排斥那种静止的、凝固的对仗形式，而去追求这种具有动感的"流水对"。王维的律诗很少有"流水对"，其名联如"大漠孤烟直，长河落日圆"，"明月松间照，清泉石上流"，"渡头余落日，墟里上孤烟"，"江流天地外，山色有无中"，出句与对句中的物象皆为对举的、并列的关系，语法意义上就是两句话。这种现象其实也是诗

人生活和心态的反映，王维的生活基本是安定的，其心态是宁静的，"晚年惟好静，万事不关心"，诗中少有"流水对"自在情理之中。

其二，杜诗多用"流水对"，与诗人的创作思想相关联。杜甫是个开创写"社会问题诗"的诗人[1]，与王维、孟浩然等歌唱自然的诗人不同，他虽也写过一些田园山水诗，但多数诗作是关注国家民族存亡、民生疾苦的，对于政治、军事、经济、吏治、民生等诸多方面投入了精深的思考。反映社会问题，表达对国事的见解，当然要比描绘自然风光来得复杂，以往的单纯并列关系的对仗就显得苍白无力了，而具有"顺承""因果""递进""假设""转折"效能的对仗，就显得得心应手。"伏枕云安县，迁居白帝城"，顺承写来，足迹历历。"兵戈犹在眼，儒术岂谋身"，前写因后写果，揭示出战乱给儒学造成的灾难。"已近苦寒月，况经长别心"，由肌肤之寒递进到离别之苦，深刻地写出捣衣思妇的悲哀。"不成诛执法，焉得变危机"，若不杀掉宦官程元振，便不能改变危机的局势，言辞果决，而又流转成对。"杂种虽高垒，长驱甚建瓴"，既写出叛军的实力和负隅顽抗，又断言其必然灭亡的命运。凡此种种，足以说明"流水对"在反映复杂的社会问题时的独特效能。作为"社会问题诗"的诗人，杜甫也只有探索这种独特的对仗形式，才能完成使命，须知他的五律、七律和排律约占了全部诗歌的一半。

其三，杜诗多用"流水对"，还与诗人的审美情趣有重要关系。关于杜甫的审美情趣，学界已充分地注意到了他以"瘦硬"为美的方面。我以为，以"飞动"为美，是杜甫审美情趣的另一个重要方面。这可以从以下几个角度得到证实：

首先，杜甫在一些诗论作品中，每每以"飞腾""流动"之类的言辞或形象，来赞美诗人或诗作。"前辈飞腾入，余波绮丽为"(《偶题》)，"前辈"这句是表彰建安、黄初时期的诗人，说他们的诗歌有飞腾之势。他又曾以"江河万古流"(《戏为六绝句》其二)这种波荡奔腾的形象称美"四杰"。他赞美张九龄的文章为"波涛良史笔"(《八哀诗·故右仆射相国曲江张公九龄》)，他颂扬郑谏议的诗歌为"波澜独老成"(《敬赠郑谏议十韵》)，他

---

[1] 胡适《白话文学史》，东方出版社，1996年，第236页。

赞扬高适、岑参的诗作是"意惬关飞动，篇终接混茫"(《寄彭州高三十五使君适虢州岑二十七长史参三十韵》)，他批评诗坛时辈的纤巧作风说"或看翡翠兰苕上，未掣鲸鱼碧海中"(《戏为六绝句》其四)。

其次，从杜诗中所赞美的物象来看，大多具有飞动的特征。写骏马，便是"风入四蹄轻""万里可横行"(《房兵曹胡马》)；写健鹘，便是"斗上捩孤影，嗷哮来九天"(《义鹘行》)。就连那些画面上的静止之物，也要揭示其跃动之势，写画鹘则是"飒爽动秋骨"(《画鹘行》)，写画鹰则是"素练风霜起"(《画鹰》)，写画马则是"四蹄雷雹，一日天地"(《画马赞》)，写人物画像则是"褒公鄂公毛发动，英姿飒爽来酣战"(《丹青引》)。至于奔腾的江河，则频频现于纸面，如"月涌大江流"、"长风驾高浪，浩浩自太古"，"众水会涪万，瞿塘争一门"，"潇湘共海浮"，等等。而性本静止的山峦，在杜甫的笔下也常常出现奔腾之势：如写木皮岭周围的群山，则说"远岫争辅佐，千岩自崩奔"(《木皮岭》)，写青阳峡山壁的悬石，则说"碛西五里石，奋怒向我落"(《青阳峡》)，写三峡两岸的山峦，则说"群山万壑赴荆门"(《咏怀古迹五首》其三)，等等。视静而觉动，把死物写活，使其具有生命力，足以见出杜甫的审美情趣。在此种情趣支配下，他难以满足那种板滞的、凝固的对仗形式，而采用活泼的、富于流动感的"流水对"，自是最佳的选择。

在中国诗歌体式的发展史上，律诗的定型与成熟将诗歌的形式艺术推到了巅峰。同时，它在声律、韵律、对仗方面的严酷要求，所形成的板滞格局，也给它的命运带来了一定的危机。面对律诗的优长与危机并存的形势，杜甫一方面通过个人的辛勤创作，高度地展现了律诗的艺术优势，另一方面又不断探索解除危机的途径。他写了一批称为"吴体"的律诗，这些诗不拘平仄，突破了声律的规定；在对仗的处理上，则以大量的"流水对"取代刻板的"并列对"。这些，都表现出杜甫关注律诗发展前途的良苦用心。杜甫之后的诗人们，在创作中注意使用"流水对"，取得了一定的成就，例如，元稹的《遣悲怀》"唯将终夜长开眼，报答平生未展眉"，白居易的《李白墓》"可怜荒陇穷泉骨，曾有惊天动地文"，陈陶《陇西行》"可怜无定河边骨，犹是春闺梦里人"，等等，只是由于生活、思想、审美情趣以及创作才能有差别，他们的"流水对"艺术成就均不及杜甫。

第十二章　杜诗"当句对"艺术探讨

一、"当句对"的首创和定名

"当句对"的概念，实有广狭二义。广义的"当句对"，是指对仗的两句，凡本句中出现两个语法结构相同的词或词组构成对偶，即可称谓。《文镜秘府论》提出29种对仗形式，第20种即为"当句对"，且举"薰歇烬灭，光沉响绝"为例。宋人洪迈亦持此论，他在《容斋随笔》中说："唐人诗文，或于一句中自成对偶，谓之当句对。"并举例杜诗"小院回廊春寂寂，浴凫飞鹭晚悠悠"，"清江锦石伤心丽，嫩蕊浓花满目斑"，等等。洪迈认为"小院"对"回廊"，"浴凫"对"飞鹭"，"清江"对"锦石"，"嫩蕊"对"浓花"，就是"当句对"[1]。这样的"当句对"颇为常见，故而称之为广义的。早在初唐，就有不少诗篇出现了这样的对仗，例如李峤《太平公主山亭侍宴应制》"碧树青岑云外耸，朱楼画阁水中开"，即以"碧树"对"青岑"，"朱楼"对"画阁"。

狭义的"当句对"，是指对仗的两句每句中不但出现语法结构相同的词或词组，而且这两个词或词组须有一个字重复。钱锺书先生即持此论。他在《谈艺录》中说道："《自巴陵入通城呈道纯》云：'野水自添田水满，晴鸠却唤雨鸠归。'天社注引欧公诗。按《瓯北诗话》卷十二论香山《寄韬光》诗，以为此种句法脱胎右丞之'城上青山如屋里，东家流水入西邻。'窃谓未的。此体创于少陵，而名定于义山。少陵《闻官军收两河》云：'即从巴峡穿巫峡，便下襄阳向洛阳'；《曲江对酒》云：'桃花细逐杨

---

[1] 洪迈《容斋随笔》，中国世界语出版社，1995年，第159页。

花落，黄鸟时兼白鸟飞'；《白帝》云：'戎马不如归马逸，千家今有百家存'。义山《杜工部蜀中离席》云：'座中醉客延醒客，江上晴云杂雨云'；《春日寄怀》云：'纵使有花兼有月，可堪无酒又无人'；又七律一首题曰《当句有对》，中一联云'池光不定花光乱，日气初涵露气干'。"[1]这段话中，有三点值得注意：

其一，否定了"野水自添田水满，晴鸠却唤雨鸠归"脱胎于"城上青山如屋里，东家流水入西邻"的说法。盖因为前者"野水"与"田水"，"晴鸠"与"雨鸠"，均有一字相重，而后者无之。这说明钱先生特别强调一字相重是为"当句对"的特征。

其二，所引杜诗三例，义山诗三例，均为有一字相重者。

其三，钱先生认为此体"名定于义山"，就是指李商隐《当句有对》这个诗题来说的，而且，从他引录该诗一联"池光不定花光乱，日气初涵露气干"来看，他是认为只有相对的词或词组有一字相重者，才是属于"当句对"的。

钱先生对"当句对"的重新界定，无疑是一大贡献，笔者十分赞同。这样来界定"当句对"，就显得十分严格，特征鲜明。比较来看，广义的"当句对"就显得泛漫，几乎处处可见，人人能写。

但有两点须予更正：

其一，钱先生说"此体创于少陵"，实则不然。《全唐诗》沈佺期卷中有《喜赦》一诗，就已出现了这种"当句对"，诗云：

去岁投荒客，今春肆眚归。
律通幽谷暖，盆举太阳辉。
喜气迎冤气，青衣报白衣。
还将合浦叶，俱向洛城飞。

此诗颔联即为钱先生所界定的那种"当句对"。沈氏是初唐诗人，约生于656年，卒于715年。杜甫读过沈氏的诗作，对这位诗坛前辈评价较高，称道"沈宋欻联翩"（《秋日夔府咏怀奉寄郑监李宾客一百韵》）。元稹

---

[1] 钱锺书《谈艺录》，中华书局，1987年，第11页。

说杜诗"上薄风雅,下该沈宋"[1],说明杜甫对沈氏的诗歌艺术是尽备了的。另外,与沈氏同时而稍早的武则天,也使用过这种"当句对",如《赠胡天师》[2]云:

> 高人叶高志,山服往山家。
> 迢迢间风月,去去隔烟霞。
> 碧岫窥玄洞,玉灶炼丹砂。
> 今日星津上,延首望灵槎。

此诗首联亦为钱先生所界定的那种"当句对",另有武氏《从驾幸少林寺》,这首十韵的五言排律,有一联为"金轮转金地,香阁曳香衣",也是使用"当句对"的形式。武则天生于624年,卒于705年,比沈氏年长32岁。沈氏依附二张,武则天死后,二张被诛,沈氏亦遭远流驩州,旋即召还。驩州治所在今越南荣市,《喜赦》诗中所说的"合浦",即今广西的合浦县,当时用合浦以为代称。如果此说无误,那就可以断定武氏所用的"当句对"又在沈氏之前。再往前看,南朝梁诗人何逊《咏春风》云:"可闻不可见,能重复能轻。镜前飘落粉,琴上响余声。"首联即是这种形式的"当句对"。

钱先生认为当句对"创于少陵",这种观点可能是受杨慎的影响。仇兆鳌《杜诗详注》引杨慎《丹铅录》云:"梅圣俞'南陇鸟过北陇叫,高田水入低田流',黄山谷'野水自添田水满,晴鸠却唤雨鸠来',李若水'近村得雨远村同,上圳波流下圳通',其句法皆自杜来。"[3] 杨慎是明代很有影响的学者,读书之富,令人崇仰。但是任何人也不可能把典籍都读遍的,而且人的记忆也有极限,出现失误,在所难免。这提醒后人宜慎重对待前人的论言。

其二,钱先生说此体"定名于义山",似亦不妥。中唐诗僧皎然(720—800?)在所著《诗议》中,就已经提出"当句对"的形式,该

---

[1] 仇兆鳌《杜诗详注》,中华书局,1979年,第223页。
[2] (日) 弘法大师撰、王利器《文镜秘府论校注》,中国社会科学出版社,1983年,第225页。
[3] 仇兆鳌《杜诗详注》,中华书局,1979年,第450页。

书云:"诗有八种对:一曰邻近,二曰交络,三曰当句……"[1]而李商隐(813—858)为晚唐诗人,他晚于皎然半个多世纪。如前所述,"当句对"早在梁朝诗人何逊的诗中就已出现,经初唐、盛唐诸家在创作中不断使用,到中唐皎然作出理性总结并予以定名,应是正常之事。李商隐的诗题"当句有对",只是取用皎然的成说而已。

名家也难免有误,失误不妨其为名家,无误的名家尚未见到。

本章拟就狭义的"当句对"范畴,对杜诗中的此种对仗艺术作些探讨。

二、杜诗"当句对"的艺术风采

"当句对"虽非杜甫所首创,但他却是把五律的"当句对"形式引入七律"当句对"的第一人,从而丰富了七律的对仗形式。对于这种新的对仗形式,他在创作中采取了谨慎的态度,除非酝酿得十分成熟,一般不轻易使用。在他的诗集中,仅见八处这样的"当句对",即:

1. 桃花细逐杨花落,黄鸟时兼白鸟飞。(《曲江对酒》)
2. 即从巴峡穿巫峡,便下襄阳向洛阳。(《闻官军收河南河北》)
3. 朱樱此日垂朱实,郭外谁家负郭田?(《惠义寺园送辛员外》)
4. 戎马不如归马逸,千家今有百家存。(《白帝》)
5. 南京久客耕南亩,北望伤神坐北窗。(《进艇》)
6. 自去自来梁上燕,相亲相近水中鸥。(《江村》)
7. 此日此时人共得,一谈一笑俗相看。(《人日二首》其二)
8. 一重一掩吾肺腑,山鸟山花吾友于。(《岳麓山道林二寺行》)

这八例中,前七例是出自七律或七绝作品,第八例是出自七古作品(此联出句和对句重复使用了"吾"字,尚非严格意义上的对仗)。同杜甫大量创作七言近体诗的情况相比,"当句对"的数量是显得少了点。倘若探究原因,这应是杜甫刻意追求对仗艺术的表现。

---

[1](日)弘法大师撰、王利器《文镜秘府论校注》,中国社会科学出版社,1983年,第225页。

"当句对"的特征既然是在本句中的词或词组须有一个字相重,那就有可能出现两种结果:如果处理得好,则能够强化某种意念,且能造成词句流转,从而有利于抒发情感;反之,则可能失之油滑,或是失之造作。像梅圣俞的"南陇鸟过北陇叫,高田水入低田流",就有油滑和造作之失。何谓"南陇鸟"?鸟还分什么"南陇"的、"北陇"的吗?逻辑不通。这是为了对仗而强硬重复,可谓造作之至。至于"高田水"流入"低田",这本是常识,何须道哉?这样的对仗自然会让人感到轻浮、油滑。杜诗的"当句对"则不然,无论写景、状物、叙事、议论,都显示出精深的造诣。主要表现为以下几点:

其一,不雕不凿,自然天成。且看第一例,"桃花细逐杨花落,黄鸟时兼白鸟飞"。桃花、杨花、黄鸟、白鸟,皆为眼前之物,信手拈来,加以细摩动态,组构成绚丽的春光图,形态、颜色、声音、香气俱在其中,令人想象无穷,流连难舍。汪灏《树人堂读杜诗》云:"'桃花'二语,开后世无限叠字句,然细玩之,真是难学。公盖只用四样飞舞空中物,上不粘天,下不粘地,所以不嫌重笨。"[1]不嫌重笨,主要还是由于不雕凿造作,不违背物性,顺乎自然,故能得其天趣。

又如,"即从巴峡穿巫峡,便下襄阳向洛阳",此联出自七律《闻官军收河南河北》。该诗写于广德元年(763)春,杜甫当时流寓梓州(今四川三台),听到安史之乱被彻底平息的惊天喜讯,长期漂泊的杜甫欣喜若狂,恨不得生出双翼,飞归故乡。这一联即表现了他的如箭的归心。巴峡,指巴县(今属重庆)以东长江江面的石洞峡、铜锣峡、明月峡,即《华阳国志·巴志》所称的巴郡三峡。杜甫当时所在的梓州,就在涪江岸边,涪江南流至合川,与嘉陵江汇合,至重庆而汇入长江。杜甫设计回乡路线,先乘船沿涪江南下,至重庆后再沿长江东行,故须经过巴峡,再往东走,就进入了巫峡。出了巫峡,改行旱路,向北奔向襄阳,再向北行即抵达洛阳。为何要提经过襄阳呢?这可不是为了要与"洛阳"构成"当句对"而硬凑一个含有"阳"字的地名,杜甫的祖籍就是襄阳,他的曾祖杜依艺,因做巩县令,遂迁居巩县。心性好古怀旧的他,自然不会忘记祖居之地,

---

[1]汪灏《树人堂读杜诗》,道光十二年刻本,卷六,第六页。

所以这个襄阳城是必须要路过一游的。如此说来，走水路，则必经巴峡、巫峡，走旱路，则必经襄阳以达洛阳。天造地设的这四个地名，各有一字相重呈两两对应之式，似乎是已等待许久，要为杜甫结构"当句对"时所用。而在杜甫，正足以说明他制作"当句对"是巧合自然、合情入理的。

再如，"南京久客耕南亩，北望伤神坐北窗"。南京，指成都，杜甫在成都西郊建成草堂，居住有年，故有久客南京之叹。南亩，古人用以指称农田，由于南坡向阳，于作物生长有利，所以古人多在向阳的南坡开垦田地。"南亩"一词并非杜甫故意制造，以成全其"当句对"，而是取用于现成词语。早在先秦，这个词就已经出现了，《诗经·小雅·大田》有"俶载南亩，播厥百谷"。直到唐代，这个词仍被使用，如杜牧《阿房宫赋》："使负栋之柱，多于南亩之农夫。"可见，"南亩"之对"南京"，实为天然巧合。下句凭临"北窗"而"北望"，亦属自然，盖因故乡的方位在北。又因客"久"而致神"伤"，上下两句相互关联，意脉十分流畅。

其二，不事游词，为情而设。如第三例，全诗为："朱樱此日垂朱实，郭外谁家负郭田？万里相逢贪握手，高才仰望足离筵。"杜甫与辛员外在万里之外的他乡偶然相逢，仰望高才的愿望得以满足，固然是好事，然而相逢之筵即是离别之席，故生出无限感慨。前两句描写春光绚丽，是在于造成景物与人事的强烈反差，在美景的对比下，更显出人事的可悲，则景物越美，离愁越深。依循这条规律，杜甫对景物施以浓墨重彩，使其大红大绿。"朱樱"是指樱桃树，"朱实"是指红熟的樱桃果实，重复了一个"朱"字，便加重了颜色的深度；而"郭外"自是碧草青青的郊野，"郭田"更是青禾茂聚之处，"郭外"与"郭田"重而述之，便凸显出一派葱翠盎然的田园风光，从而深挚而含蓄地抒发了他的离愁别绪。可见，这样的"当句对"是为了抒情而设的。

第四例"戎马不如归马逸，千家今有百家存"。这组"当句对"凸显了乱世之象，前句写乱世之物，后句写乱世之人。作者将"戎马"（出征的马）与"归马"（归田的马）作精神状态上的对比，"戎马"迟回不前，"归马"则泼蹄纵逸，深刻地反映了战乱频仍的时代特征。而昔者"千家"之镇，今仅"百家"之存，从居"家"的数量变化上落笔，更是触目惊心地写出战争对人类的摧残。这样的"当句对"，不仅不会使人感到文字的堆叠,反而受到强烈的心灵刺激,与作者的情绪发生共振。

其三,声音流转,和谐入耳。由于"当句对"的每句之中都有一字相重,所以在字音的推敲上就需尤加用力,务必使它流转顺畅,避免拗口,写成绕口令。汉字的发音规律,同声母或同韵母的字连着出现,就有可能发生拗口,诸如"妈妈赶马,马慢妈妈骂马;妞妞牵牛,牛拧妞妞拧牛","吃葡萄不吐葡萄皮,不吃葡萄倒吐葡萄皮",之所以难读,就是这个原因。黄山谷的"野水自添田水满,晴鸠却唤雨鸠归",诵读这样的句子,我们就感到很吃力,大有口舌跟不上趟的遗憾,可以说得上是一句绕口令了。李商隐的"池光不定花光乱,日气初涵露气干",也在一定程度上具有这种缺憾。相比之下,我们诵读杜诗的这八例"当句对",无论是上面分析中提到的五例,还是"自去自来梁上燕,相亲相近水中鸥","此日此时人共得,一谈一笑俗相看","一重一掩吾肺腑,山鸟山花吾友于",都感到非常顺口,这自然是杜甫精心敲炼字音的结果。

第十三章　杜诗"借对"艺术探讨

一、"借对"的界说及起始

"借对"是近体诗对仗的一种特殊形式。这个概念最先见于南宋人严羽的《沧浪诗话》，该书云："有借对。孟浩然'厨人具鸡黍，稚子摘杨梅'，太白'水舂云母碓，风扫石楠花'，少陵'竹叶于人既无分，菊花从此不须开'是也。"[1] 但早在中唐，诗僧皎然在所著《诗议》中，就已提出"假对"的对仗形式，该书云："诗有八种对：一曰邻近，二曰交络，三曰当句，四曰含境，五曰背体，六曰偏对，七曰假对，八曰双虚实对。"[2] 中唐时来中国留学的日本僧人遍照金刚（弘法大师）在所著的《文镜秘府论》中，提出29种对仗，"假对"即是其中的一种。再往前看，生活在初唐后期的元兢，在所著《诗髓脑》中，提出8种对仗的新形式[3]，其中的"字对"和"声对"，实即道出了后世称为"借对"的两种形式："借义对"和"借音对"。与元兢同时的李峤，在所著《评诗格》中，也提出"字对"和"声对"这两种对仗形式[4]。就现有的资料来看，元、李二人当是这一对仗形式的最早提出者。

---

[1] 郭绍虞《沧浪诗话校释》，人民文学出版社，1961年，第74页。
[2]（日）弘法大师撰、王利器《文镜秘府论校注》，中国社会科学出版社，1983年，第225页、第252页、第253页。
[3]（日）弘法大师撰、王利器《文镜秘府论校注》，中国社会科学出版社，1983年，第225页、第252页、第253页。
[4]（日）弘法大师撰、王利器《文镜秘府论校注》，中国社会科学出版社，1983年，第225页、第252页、第253页。

《文镜秘府论》解释"字对"说:"或曰:字对者,若桂楫、荷戈,'荷'是负义,以其字草名,故以'桂'为对;不用义对,但取字为对也。或曰:字对者,谓义别字对是。诗曰:'山椒架寒雾,池筱韵凉飙。''山椒',即山顶也;'池筱',傍池竹也:此义别字对。"[1]这两种"或曰",无论是"不用义对,但取字为对"也罢,还是"谓义别字对"也罢,于表述上都不很清楚。还是王力先生说得好,他不用"借字"而用"借义"的说法:"一个词有两个以上的意义,诗人在诗中用的是甲义,但是同时借用它的乙义或丙义来与另一词相对。"[2]这样的高度抽象而周密的理性界定,把古人想说而没有说清的意思说得明明白白,用它来解释"桂楫""荷戈",那就是诗人在表意上使用"荷"的甲义——"肩负",同时又借用它的乙义——作为植物的"荷",来与"桂"相对,而不是所谓的"不用义对",实为借义而对。

《文镜秘府论》解释"声对"说:"或曰:声对者,若晓路、秋霜,'路'是道路,与'霜'非对,以其与'露'同声故。或曰:声对者,谓字义俱别,声作对是也。诗曰:'彤驺初惊路,白简未含霜。''路'是途路,声即与'露'同,故将以对'霜'。"[3]解释得还清楚。王力先生把这种对仗称为"借音"[4]。也就是使用谐音的办法,来造成对仗。

初唐后期诗人李峤、元兢,既然已在理论上归纳出借对的形式和特征,那就说明最迟在初唐,这种对仗就已经出现在创作实践中。如骆宾王《秋日送尹大赴京》:"竹叶离樽满,桃花别路长。"[5]"竹叶"一词,从诗中的内容上看是酒名,从对仗上看则是借其植物之义与"桃花"相对。又如宋之问《缑山庙》:"徒闻沧海变,不见白云归。"[6]则是以"苍"谐"沧"

---

[1]（日）弘法大师撰、王利器《文镜秘府论校注》,中国社会科学出版社,1983年,第225页、第252页、第253页。
[2]王力《古代汉语》,中华书局,1978年,第1456页。
[3]（日）弘法大师撰、王利器《文镜秘府论校注》,中国社会科学出版社,1983年,第225页、第252页、第253页。
[4]王力《汉语诗律学》,上海教育出版社,1979年,第169页、第170页。
[5]《全唐诗》,中华书局,1999年,第843页、第636页。
[6]《全唐诗》,中华书局,1999年,第843页、第636页。

之音,从而与"白"相对。经过初唐诗人的创作实践和理论探索,到盛唐时期,这种对仗形式已常见于诗人们的笔下。杜甫诗中的"借义对"和"借音对"更是多见。笔者对此作过初步的统计,有40余处之多。下面,先对这些对仗句例进行类型研究。

二、杜诗"借对"之类型研究

杜诗中的"借对"也表现为"借义对"和"借音对"两大类型,而每一种类型又可分为若干子类,现对例句分析、归纳如下:

(一)借义对

杜诗中的借义对,涉及内容广泛,形式类别多样,有人伦类的、数目类的、植物类的、动物类的、天文类的、时令类的,还有人名地名类的、代名类的、颜色类的,随手取用,表现出作者敏捷的才思。

1. 借义而构成人伦类的对仗。

例(1)"荒村建子月,独树老夫家。"(《草堂即事》)建子月,即夏历十一月。古时正月为建寅月,二月为建卯月,三月为建辰月,四月为建巳月,五月为建午月,六月为建未月,七月为建申月,八月为建酉月,九月为建戌月,十月为建亥月,十一月为建子月,十二月为建丑月。"建子"是以夏历十一月为岁首的历法。《新唐书·肃宗纪》:上元二年(761)九月,诏去"上元"号,称元年,以十一月为岁首,故称"建子月"。诗中的"子",从内容上看是指十二地支的第一位,作者借用它所具有的"儿女"之义,与"夫"构成人伦类的对仗,显得十分工整。

例(2)"漫作潜夫论,虚传幼妇碑。"(《偶题》)此联以谦辞自许。《潜夫论》是东汉王符所著的论文集,文中多讥时弊。杜甫也写了很多抨击时政的作品,故以王符自比。幼妇碑,即汉末邯郸淳所写的曹娥碑。《世说新语·捷悟》:蔡邕见到邯郸淳写的曹娥碑,便在碑后题"黄绢幼妇,外孙齑臼"八个字。后来曹操和杨修领悟到,"黄绢"是色丝,寓一"绝"字;"幼妇"是少女,寓一"妙"字;"外孙"是女之子,寓一"好"字;

“齑臼”（盛有辛辣味食物的器具）是“受辛”，寓一“辞”字（“辤”是辞的异体字）。合起来是“绝妙好辞”，以赞美曹娥碑。杜诗中的“潜夫”之“夫”，借义为“夫妇”之“夫”，从而与“幼妇”之“妇”构成人伦类的对仗。

例（3）“飘零为客久，衰老羡君还。”（《涪江泛舟送韦班归京》）“君”为代名词，是对韦班的敬称。但“君”字还有“君臣”之“君”的意义，此处借用其义，与“客”构成人伦方面的对仗。

2. 借义而构成数目类的对仗。

例（4）“酒债寻常行处有，人生七十古来稀。”（《曲江二首》其二）诗中的“寻常”，从内容上看是“平平常常”之义，即欠债很多，习以为常，不觉得有压力。但这个词还有数目意义，古代以八尺为一寻，以两寻为一常。诗人就借用这个词的数目意义，与“七十”构成数目类的对仗。

例（5）“岐王宅里寻常见，崔九堂前几度闻。”（《江南逢李龟年》）此例借义同上。

3. 借义而构成植物类的对仗。

例（6）“竹叶于人既无分，菊花从此不须开！”（《九日五首》其一）“九日”即重阳节，古代习俗，此日登高、饮酒、赏菊。杜甫多病，不得饮酒，故曰酒于己没有缘分，既然如此，菊花也就不须再开，是为牢骚之语。“竹叶”，从内容上看，是指酒名（“竹叶青”酒），但它还有作为植物方面的意义，作者此处借用此义，来与“菊花”构成植物类的对仗。需要说明的是，上句的“分”，读去声，是名词，下句的“开”是动词。一般说来，动词是不能与名词构成对仗的，但是，因为它们的前面分别是“无”和“不”，都是否定词，“无”和“不”因此可以构成对仗，于是，它们的后续词也就可以被看作是能够对仗的了。周振甫先生《诗词例话》说：“杜甫《九日》诗中‘既无分’对‘不须开’，这个‘分’是‘本分’之‘分’，同‘分散’之‘分’是一个字，和‘开’相对。”[1]这段话说得有问题，“本分”的“分”读去声，是名词，“分散”的“分”读平声，是动词（在“平水韵”中属“十二文”），怎能说是“一个字”呢？如果把

---

[1] 周振甫《诗词例话》，中国青年出版社，1979年，第305页。

"分"字视为动词,它就要读为平声,这又与声律不合,因为律诗的奇数句最后一个字只能是仄声(首句入韵者除外)。

例(7)"崖蜜松花熟,山杯竹叶新。"(《送惠二归故居》)"崖蜜",即野蜂蜜,野蜂采集松花在崖上筑窝酿蜜,故称。此处的"竹叶",从内容上看,也是指酒名,作者借用它的植物上的意义,而与"松花"构成对仗。

例(8)"行李淹吾舅,诛茅问老翁。"(《巫峡敝庐奉赠侍御四舅别之澧朗》)"行李"即行旅的意思,"诛茅"是说铲除茅草以定居,"老翁",杜甫自称。二句的意思是,长途行旅的我舅淹留于此,询问我的定居景况如何。"行李"是动词,是行旅之义,与现代汉语的"行李"词性不同,但"李"字还具有作为李树的意义,作者借用此义,与下句的"茅"字构成植物类的对仗。(一说,"李"与"茅"为姓氏对,亦通)

4. 借义而构成动物类的对仗。

例(9)"蚁浮仍腊味,鸥泛已春声。"(《正月三日归溪上有作简院内诸公》)"蚁浮"指未经过滤的浊酒酒面上漂浮的细末;酒于腊月里酿造,故称"腊味"。此处借用"蚁"字的"虫蚁"之义,与"鸥"构成动物类的对仗。

例(10)"樽蚁添相续,沙鸥并一双。"(《季秋苏五弟缨江楼夜宴崔十三评事韦少府侄三首》其二)此例借义同上。

例(11)"正月喧莺末,兹辰放鹢初。"(《将别巫峡赠南卿兄瀼西果园四十亩》)此联写即将离开夔州乘船东下的时令。巫峡气暖,故正月已是莺歌的末期。"放鹢"就是开船,古时在船头画鹢鸟之形,以镇水怪,后以"鹢"指称船。这里借用"鹢"的本义,与"莺"构成动物类的对仗。

5. 借义而构成时令类的对仗。

例(12)"养子风尘际,来时道路长。"(《双燕》)此联咏燕。"养子"就是育雏,但"子"又是十二时辰之一,古时把一昼夜分为十二个时辰用十二地支表示,夜十一时至次日凌晨一时为子时。作者借用这个意义,与下句的"时"构成时令类的对仗。

例(13)"子云清自守,今日起为官。"(《送杨六判官使西蕃》)"子云",即汉代文学家扬雄,这里用以比拟杨六。此处,借用"子"字所具有的时辰意义,与"今"相对,又借用"云"字所具有的"云雾"之义,与

"日"字构成天文对时令的邻对。

6. 借义而构成天文类的对仗。

例（14）"素琴将暇日，白首望霜天。"（《季秋江村》）"暇日"的"日"是时令词，但它还具有"太阳"之义，作者借用这个意义，与"天"字构成天文类的对仗。

例（15）"短褐风霜入，还丹日月迟。"（《冬日有怀李白》）"日月"，从诗的内容上看，是时令词，"岁月"之义，此处借用它所具有的"太阳""月亮"之义，与"风霜"构成天文类的对仗。

7. 借义而构成人名、地名的工对。

例（16）"爱酒晋山简，能诗何水曹。"（《北邻》）杜甫的北邻是个退休的县令，为人旷达，爱酒能诗，杜甫用晋代"惟酒是耽"的山简、南朝梁诗人何逊来比拟他。言山简则直呼其名，言何逊则以官职称之"何水曹"（何逊曾任尚书水部郎），这是借官名中的"水"字，与人名中的"山"字构成工对。一般说来，人名、官名、地名之间相对，也算稳妥，但如果在名称中出现了同一小类名词（天文、地理、时令等）相对，那就更显工整，更加生色。

例（17）"非寻戴安道，似向习家池。"（《从驿次草堂复至东屯茅屋二首》其一）《世说新语·任诞》载：王子猷在雪夜里，忽然思念起好友戴安道（戴逵，字安道），于是乘船前往叩访，来到门前，访兴已失，则掉头而返[1]。杜甫此行是归庐，而不是访友，故有"非寻"之语。又《晋书·山简传》载：习家池，乃晋代襄阳名胜之地，晋人山简镇守襄阳，喜好游乐，经常骑马前往取醉。杜甫此处以"习家池"美称其茅屋。"习家池"对"戴安道"，地名对人名，也算稳妥，但由于地名中的"池"与人名中的"道"，同属于地理类的名词，所以显得十分工整。

8. 借义而构成代名类的对仗。

例（18）"饮子频通汗，怀君想报珠。"（《寄韦有夏郎中》，注：应作"韦夏有"）古人称汤药为"饮子"，韦有夏寄给杜甫一些柴胡，杜甫煎汤喝了，频频出汗，药效颇佳，故感恩于对方。此处借用"子"所具有的代

---

[1] 刘义庆《世说新语》，岳麓书社，1989年，第189页。

名之义,与"君"(代称韦氏)构成代名类的对仗。

9. 借义而构成颜色类的对仗。

例(19)"本无丹灶术,那免白头翁?"(《陪章留后侍御宴南楼》)"丹灶"就是道教的炼丹炉,杜甫说自己没有炼丹的方术,炼不成丹药,所以不能驻颜。"丹灶"的"丹"字,从内容上看是指丹药,但它又具有"红色"的意义,作者借此意义,来与下句的"白"字构成颜色类的对仗。

(二)借音对

诗在古代,或歌唱,或吟诵,总之是要见于声音的,这一点不同于今日的默读。于是,诗人们就起用谐音的方式,通过声音来构成对仗。王力先生认为,"借音多见于颜色对,至于其他的对仗,就不大显明了"[1]。其实,杜诗中的"借音对"固然见于颜色类的对仗较多,但见于其他类的对仗也还是有的。

1. 借音而构成颜色类的对仗。

例(1)"野鹤清晨出,山精白日藏。"(《陪郑广文游何将军山林十首》其七)"清晨"的"清"字与"青"谐音,此处借这种谐音,与下句的"白"字构成颜色类的对仗。

例(2)"白榜千家邑,清秋万舶船。"(《白盐山》)借音方法与上例相同。

例(3)"白水渔竿客,清秋鹤发翁。"(《遣闷奉呈严公二十韵》)借音方法同上。

例(4)"白露团甘子,清晨散马蹄。"(《白露》)借音方法同上。"甘"即柑,首句言柑子上沾满白色的露水珠。

例(5)"白首中原上,清秋大海隅。"(《哭台州郑司户苏少监》)借音方法同上。"白首"句哭苏,"清秋"句哭郑。

例(6)"衣裳判白露,鞍马信清秋。"(《舍弟观归蓝田迎新妇送示二首》其二)借音方法同上。"判",甘愿。

例(7)"沧海先迎日,银河倒列星。"(《不离西阁二首》其二)"沧海"

---

[1] 王力《汉语诗律学》,上海教育出版社,1979年,第169页、第170页。

的"沧"字与"苍"谐音,借用这种谐音,与下句的"银"(白)字构成颜色类的对仗。

例(8)"直怕巫山雨,真伤白帝秋。"(《更题》)"巫山"之"巫"字与"乌"(黑)谐音,此处借这种谐音,与下句的"白"字构成颜色类的对仗。

例(9)"稍下巫山峡,犹衔白帝城。"(《八月十五夜月二首》其二)借音方法同上。"下""衔",言月亮西沉。

例(10)"未为珠履客,已是白头翁。"(《投赠哥舒开府翰二十韵》)"珠履客",楚国春申君有众多门客,才能高的,穿缀有珍珠的鞋子,以示尊贵。后以"珠履客"称受到重用的人。此处,借"珠"与"朱"(红)的谐音,与"白"构成颜色类的对仗。

例(11)"马骄珠汗落,胡舞白题斜。"(《秦州杂诗二十首》其三)"白题",古代匈奴人所戴的毡笠。借音方法同上。

例(12)"天河元自白,江浦向来澄。"(《江边星月二首》其一)"澄"字与"橙"(黄)字谐音,从而与"白"构成颜色类的对仗。

例(13)"云薄翠微寺,天清皇子陂。"(《重过何氏五首》其二)翠微寺,在终南山上;皇子陂,在长安城南。"皇子"之"皇"与"黄"谐音,从而与"翠微"之"翠"构成颜色类的对仗。

例(14)"故山迷白阁,秋水忆皇陂。"(《偶题》)白阁,即白阁峰,终南山峰名;皇陂,即皇子陂。谐音方法同上。

例(15)"鸿宝宁全秘?丹梯庶可凌。"(《赠特进汝阳王二十二韵》)此诗为请求汝阳王李琎援引,以进入仕途,并非要走修仙之路,旧注"鸿宝",指淮南王刘安所著言神仙事之《内书》,不确,此处当是泛称珍贵的书籍。"丹梯",指宫殿的红色台阶。谢灵运《拟魏太子邺中集诗八首·阮瑀》:"躧步陵丹梯,并坐侍君子。"黄节注:"丹梯,丹墀也。"此处,"鸿宝"之"鸿"与"红"谐音,从而与"丹"字构成颜色类的对仗。

例(16)"紫诰鸾回纸,清朝燕贺人。"(《奉贺阳城郡王太夫人恩命加邓国太夫人》)"清"与"青"谐音,与"紫"构成颜色类的对仗。

例(17)"事殊迎代邸,喜异赏朱虚。"(《赠李八秘书别三十韵》)汉高祖刘邦之子刘恒封代王,所居之处称"代邸"。陈平、周勃等人杀诸吕,废少帝,迎代王于代邸,入未央宫称帝。后因以"代邸"指入嗣帝位的藩王旧邸。此言肃宗称帝非由继统嗣位,与刘恒不同。朱虚,古县名,故址在今山东临朐县东南。汉初,吕后封刘章为朱虚侯。吕后死,刘章与陈平等人杀诸吕,以功封王。李秘书必为宗室之子,又曾扈从肃宗入京,却未得重用,故曰与刘章不同。此处,以"代"谐音"黛"(黑),与"朱"构成颜色类的对仗。

例(18)"清笳去宫阙,翠盖出关山。"(《洛阳》)此处,以"清"谐音"青",与"翠"构成颜色类的对仗。

2. 借音而构成动物类的对仗。

例(19)"枸杞因吾有,鸡栖奈汝何?"(《恶树》)枸杞,落叶灌木,果实可入药,有滋补作用,为杜甫所种。鸡栖,又名皂荚树,是贱劣的树木,长得很快,砍伐不迭。此处,以"枸杞"之"枸"与"狗"谐音,构成动物类的对仗。

例(20)"鸣鞭走送怜渔父,洗盏开尝对马军。"(《谢严中丞送青城山道士乳酒一瓶》)借"渔父"之"渔"与"鱼"谐音,与"马"构成动物类的对仗。

例(21)"白水渔竿客,清秋鹤发翁。"(《遣闷奉呈严公二十韵》)借"渔"与"鱼"谐音,与"鹤"构成动物类的对仗。

3. 借音而构成人伦上的对仗。

例(22)"次第寻书札,呼儿检赠诗。"(《哭李常侍峄二首》其二)"次第"之"第"与"兄弟"之"弟"谐音,从而与"儿"构成人伦上的对仗。

例(23)"骥子春犹隔,莺歌暖正繁。"(《忆幼子》)骥子,大名宗武,是杜甫的小儿子,聪慧好学,为杜甫所爱。时杜甫被叛军拘押在长安,故闻莺歌而思及之。此处,借"莺歌"之"歌"与"哥"谐音,从而与"子"构成人伦上的对仗。

4. 借音而构成其他类的对仗。

例(24)"峣关险路今虚远,禹凿寒江正稳流。"(《舍弟观赴蓝田取妻子到江陵喜寄三首》其一)峣关,即蓝田关,杜观取妻子南下的必经之地。此处,借"峣关"之"峣"与"尧舜"之"尧"谐音,从而与"禹"构成人名上的对仗。

例（25）"生理何颜面？忧端且岁时。"（《得舍弟消息二首》其二）此诗为杜甫带家属躲避叛军，到达羌村时作。意谓生计如此艰难，我还有何脸面活在世上？纷纭的愁绪已纠缠了将近一年。此处，借"生理"的"理"与"里外"的"里"谐音，从而与"忧端"的"端"构成方位上的对仗。

三、杜诗"借对"之艺术鉴赏

近体诗为何要有对仗的要求？实施对仗的意义何在？笔者以为这应该在形式艺术的美学范畴内思考答案，而不必在思想感情的深化上多加解说。如果把对仗视为深化思想感情的必要条件，这无疑会导致低估外国文学成就之失误，因为对仗是汉语特有的修辞现象；也会导致低估大量中国古体诗存在意义的错误，因为在律诗出现之前及其以后，那些不讲对仗的古体诗，确有不少的优秀篇章。就以杜甫而论，其代表作《北征》《自京赴奉先县咏怀五百字》"三吏""三别"等，都是不讲对仗的古体诗。这是一个方面。另一个方面，我们也不必以是否深化了思想感情，去判断对仗的优劣或存在的意义。对仗并不是诗歌的质性特征，它不同于押韵，押韵倒是与诗俱来的。有人把对仗称为"形式主义"，这也大可不必，因为对仗就是在形式艺术上玩弄的"把戏"，它的意义只在于实现诗歌形式的匀齐美、和谐美，尤其是"借对"这种对仗形式。

杜甫在"借对"艺术的追求上，可谓用心良苦，前面征引的大量例句说明了这一点。分析和鉴赏这些例句，可以使我们对这种特殊的对仗形式加深认识，它在所有的对仗种类中确实显得风标特立，称得上是对仗艺术园林里的一朵奇花。杜诗的"借对"主要表现为以下几个方面的长处：

1. 通过借义，把本来不成对仗的句子构成了对仗。如"借义对"例（18）。"饮子频通汗，怀君想报珠"，杜甫所说的"饮子"就是柴胡，是个中药名词。《汉语大词典》"饮子"条解释道："指不规定时间、剂量饮服的中药汤剂。"而"怀君"则是动宾词组，二者本来是不能构成对仗的。但由于作为名词"饮子"的词缀"子"字，具有多义性，作者便借用它所具有的代名之义,与"君"构成代名类的对仗。同时,又借用"饮"字所具有的动词意义,与"怀"字相对。这样一来,不但绕过了"饮子"与"怀君"的词性问题,而且对得十分工整。又如"借义对"例(8),"行李淹吾舅,诛茅问老翁","行李",即行旅,是动词,而"诛茅"是动宾结构,也是不能成对的。但作者借用了"李"字的植物意义,让它与"茅"成对,在形式上把"行李"也作为动宾结构来看待,居然构成了工对。再如"借义对"例(12),"养子风尘际,来时道路长","养子"是动宾词组,"来时"是偏正词组,也是不能成对的,作者借用"子"的时辰意义,让它与"时"相对,竟实现了工对的效果。又如"借义对"例(13),"子云清自守,今日起为官",以人名"子云"对时间词"今日",十分勉强,但仔细考察,它们竟是工对。这也是因为作者使用了借对的方式而取得的效果。"子云"的"子",因具有表示时辰的意义,故作者借用此义,与下句的"今"字构成时令类的对仗。而且,"云"与"日"又构成天文与时令的邻对,形式上也近于工整。罗大经《鹤林玉露》曰:"叶石林云:杜工部诗,对偶至严;而《送杨六判官》云'子云清自守,今日起为官',独不相对。切意'今日'字当是'令尹'字,传写之讹耳。余谓不然。此联之工,正为假'云'对'日',两句一意,乃诗家活法。若作'令尹'字,则索然无神,夫人能道之矣。且送杨姓人,故用子云为切题,岂应又泛然用一'令尹'耶?"[1] 叶石林,即南宋人叶梦得。宋人不解唐诗之妙,喜好修改唐诗,每以"传写之讹"为托词。今按,此联是顺承关系的流水对,两句皆就一人言之,前句言往,后句言今。叶梦得不解其意,故以"令尹"代替"今日",以官名对人名,以为稳妥,从而把生动活泼的流水对变成了板滞的并列对,这固然可笑,而罗大经仅看到"云"与"日"构成的邻对,忽略了"子"与"今"构成时令类的工对,也是未能全面洞察杜甫的匠心。

2. 通过借音,使已经成对的句子锦上添花,也就是把宽对变成了工对。如"借音对"例(22),"次第寻书札,呼儿检赠诗",杜甫听到李常侍突然亡故的消息,十分悲伤,为了寄托哀思,他依次打开箱子,寻找李

---

[1] 吴文治《宋诗话全编》,江苏古籍出版社,1998年,第7649页。

常侍生前的来信，又招呼儿子帮助搜检赠诗。"次第"，义为依次，按着次序，是动宾结构，"呼儿"也是动宾结构，但作者不用"依次"与"呼儿"相对，而是用了"次第"一词，就是因为"第"字能与"弟"发生谐音，使听者由这种谐音而生发对"弟"的联想，从而与"儿"构成人伦类的对仗，这就由宽对一跃而成为工对了，让人感到对仗之工整，句子之匀称，形式之赏心悦目。王夫之说："对偶有极巧者，亦是偶然凑手。如'金吾''玉漏'，'寻常''七十'之类，初不以此碍于理趣，求巧则适足取笑而已。贾岛诗'高人烧药罢，下马此林间'，以'下马'对'高人'，噫！是何言欤？"[1]他认为工巧的对仗是来于偶然，不期而遇；有意求巧，则适足取笑，还举出贾岛的诗作证。今按，贾岛的这两句诗不是对仗的关系，"烧药罢"与"此林间"，词性不成对。举例不当，难以佐证。王夫之强调对仗的工巧而又自然，这不能算错，但是他认为巧对都是"偶然凑手"，都是不经意而得到的，这就不能说是经验之谈、甘苦之论。就拿上述杜诗的这个例子来看，是出于"偶然凑手"呢，还是"有意求巧"呢？笔者认为是后者。作者不用"依次"而用"次第"，其有意通过谐音以构成工对，是很清楚的。杜诗中大量出现的颜色类的借音对，如以"清"对"白"，以"沧"对"白"，以"巫"对"白"，以"珠"对"白"，以"皇"对"白"，以"澄"对"白"，以"皇"对"翠"，以"沧"对"银"，以"代"对"朱"，以"鸿"对"丹"，以"清"对"翠"，也都是有意求巧的，如"借音对"例（13），"云薄翠微寺，天清皇子陂"，翠微寺、皇子陂，均非何将军园林中的景物，是作者取用园林外的景物以作为对何氏园林的衬托。假如它们是园林中的景物，倒还可以认为是作者躲闪不开，只能如此，或是不经意而成。但是作为外景陪衬，作者可选的景物实在太多，想那何氏园林，地处长安城南的韦曲一带，东西南北，佳景如云，作者却独独选取了"翠微寺""皇子陂"，考察个中原因，这除了要使用谐音以构成颜色类的工对，从而突出外景的壮美之外，实在难有别的解释。在古人的心目中，实现工对，一般说来有三条途径，一条是同一小类名词（天文、地理、时令、人伦等14个小类）相对，一条是数目词相对，一条是颜色

---

[1] 王夫之等《清诗话》，上海古籍出版社，1999年，第14页。

词相对。应该说,这三条途径,杜甫走得都很自觉。追求对仗的工整,是杜甫创作律诗在艺术形式上的用力之处,在颜色类的对仗上,如能直接用颜色词相对的就直接用,不能直接相对的就尽量使用借音对。由于当今少有吟诵诗歌的习惯(主要是默读),人们缺乏对诗歌声音的直接感受,对谐音所产生的艺术效果亦少认识,故对于谐音之说,每每不能接受,或认为是诗人一厢情愿,或认为是后人强为之说。

3. 妙趣横生,喜剧效果。无论是"借义"还是"借音",总归是"借",本身必是不足,才去"借";"借"而居然成"对","对"而竟能成"工",便有妙趣从中生出。这种妙趣能产生喜剧的效果,给人愉悦的享受,足以满足人们的鉴赏心理需求。因为是"借",所以不像直接对仗那样一目了然,读者起初并不觉得它是对仗,甚至怀疑作者的失误或低能。如"借义对"例(4),"酒债寻常行处有,人生七十古来稀",初读此句,难免生疑:这也算得上是对仗吗?可这两句处在律诗的颔联位置上,按格律要求是应该对仗的。于是苦心思索,继而恍然大悟。正如刘明华先生所说,借对具有"让观众(读者)纳闷片刻之后拍案叫绝,击节称善"[1]的艺术魅力。这种"山重水复疑无路,柳暗花明又一村"的魅力和快感,是其他形式的对仗难能产生的。又如"借音对"例(19),"枸杞因吾有,鸡栖奈汝何",初读此联,只晓得"枸杞"对"鸡栖"是两种树木名相对,已觉其工整。再三吟味,便能觉察老杜于此处还另设了一道菜肴:"枸"谐音"狗",与"鸡"相对,"杞"谐音"起",与"栖"相对,于是就有"狗起身了,鸡入窝了"这种意外之味。此味诙谐风趣,使人忍俊不禁,笑口大开。这首诗是写作者修整房前屋后林木的,情调悠闲,则这种意外之味,是有助于情调氛围的制造的。可以想见,老杜在构思以"枸杞"对"鸡栖"时,他的心情是何等快慰!老杜也在设想后代人读到此联时所获得的快感。如果我们对此麻木不仁,无动于衷,那该是多么尴尬的事!

杜甫的"借对"艺术主要表现为以上三个方面。可以看出,无论是借义还是借音,目的都是在于求得对仗的工整。因此可以说,借对是对实现

---

[1] 刘明华《杜诗修辞艺术》,中州古籍出版社,1991年,第27页。

工对的执着追求。诗人绞尽脑汁，搜索枯肠，作出来工对，意在体现近体诗所特有的形式美。虽说这种由句子匀称而造成的形式美对于深化思想感情并无直接意义，但是它的艺术价值是不能抹杀的。

第十四章　杜甫对近体诗声律之建构

杜甫对近体诗声律的建构，主要表现在三个方面：一是探索出一种新型的五言拗救句式，形成了一种新的"变格律句"；二是创制了一种新型的七言拗救句式，即后人所说的"丁卯句法"；三是使七律这种诗体得以成熟。本章对以上三个方面的成就加以讨论。

一、杜甫对五言近体诗拗救句式的新探索

到杜甫生活的时代，五言律诗的四种基本律句和七言律诗的四种基本律句，早已经过前代诗人的探索而定型。于是，探索基本律句之外的"变格律句"（也就是拗救而形成的律句），就成了杜甫和同时代的诗人们注意的问题。诗人们在创作实践中认识到，在一首近体诗中，完全使用基本律句，会在表意上受到很大局限。如何在保证近体诗句音乐美的前提下，探索出新的律句形式，以便最大程度地解脱表意的束缚，是至为重要的工作。杜甫在诗歌创作上是具有开拓精神的。在他的近体诗中，可以看到他对"变格律句"的探索情况。

五言律诗的四种基本律句形式如下（○表示平声，●表示仄声，△表示平可仄，▲表示仄可平）：

△○○●●；
▲●●○○；
▲●○○●；

○○●●○。

这四种律句形式可称为正格律句（即基本律句）。经过诗人们的努力探索，即对拗句进行补救，从而又形成了几种律句的变格形式，可以称为"变格律句"，它们是：

1. 正格律句△○○●●，可变为○○●○●，或○○●●●；

2. 正格律句▲●○○●，可变为▲●△●●，或▲●●○●，拗救的办法是这种变格的对句须为△○○●○；

3. 正格律句○○●●○，可变为△○○●○。

由拗救而形成的变格律句，给诗人的创作带来很大的方便。从唐人创作的五言近体诗来看，完全用正格律句写出来的较少，多数诗篇是由正格律句加变格律句组成的。那么，如何在创作实践中进一步研讨声律，探索新的变格形式，从而给诗人以更大的格律回旋的天地，就是很有意义的课题了。杜甫在这个方面是付出了一番心血，并取得了重要成果的。

本文仅论述杜甫探索新型变格律句形式之一种。

汉语诗律学家王力先生在所著《汉语诗律学》《古代汉语》中，论及律句拗救问题时，指出：五言近体诗的正格律句△○○●●可变为○○●○●，第三字拗，第四字救。又特别提醒人们"注意"，说这样拗救的句子，"第一字必须是平声"[1]。王力先生没有注意到，杜甫在这个问题上曾作过特别的探索，就是在创作实践中，当这种拗救的句子（○○●○●）"第一字"不是"平声"的时候，则把它的对句第一字的可平可仄的声调务必作成一个平声，即把▲●●○○变成○●●○○。例如：

宋公旧池馆，零落首阳阿。
枉道只从入，吟诗许更过？
淹留问耆老，寂寞向山河。
更识将军树，悲风日暮多。

（《过宋员外之问旧庄》）

---

[1] 王力《古代汉语》，中华书局，1995年，第1449页。

此诗首句的声调为●○●○●,是对变格律句○○●○●更作变化而成的,即第一字应平而仄,形成了"拗中之拗"。杜甫的补救方法是在对句上作想,对句的声调是▲●●○○,第一字的声调本来是可仄可平的,但在此时,杜甫则把第一字调成一个平声("零落"的"零"字为平声字),使对句的声调呈现为○●●○○,以此来弥补首句第一字的平声之缺。这样一来,就能使一联中具有足够的平声字,保证了诗的美音效果。又如:

> 幽意忽不惬,归期无奈何。
> 出门流水住,回首白云多。
> 自笑灯前舞,谁怜醉后歌?
> 只应与朋好,风雨亦来过。

(《陪郑广文游何将军山林十首》其十)

此诗尾联出句的声调为●○●○●,第一字应平而仄,形成了"拗中之拗",杜甫在对句上对它进行补救,即把对句的第一字调成了平声,使对句的声调为○●●○○("过"字,中古时平仄两读,此处读平声)。又如:

> 窈窕清禁闼,罢朝归不同。
> 君随丞相后,我往日华东。
> 冉冉柳枝碧,娟娟花蕊红。
> 故人得佳句,犹赠白头翁。

(《奉答岑参补阙见赠》)

此诗尾联出句的声调亦为●○●○●("得"字是进入今天普通话平声的中古入声字),第一字应平而仄,形成了"拗中之拗",补救的办法也是将它的对句第一字调成一个平声("犹赠"的"犹"字为平声字),让对句的声调呈现为○●●○○("白"字是进入今天普通话平声的中古入声字)。再如:

> 束薪已零落，瓠叶转萧疏。
> 幸结白花了，宁辞青蔓除？
> 秋虫声不去，暮雀意何如？
> 寒事今牢落，人生亦有初。
>
> （《除架》）

此诗首联出句的声调亦为●○●○●，为弥补第一字平声之缺，在对句第一字上调成平声字（"瓠叶"之"瓠"字为平声字），让对句的声调呈现为○●●○○。再如：

> 故人亦流落，高义动乾坤。
> 何日通燕塞？相看老蜀门。
> 东行应暂别，北望苦销魂。
> 凛凛悲秋意，非君谁与论？
>
> （《送裴五赴东川》）

此诗首联出句的声调亦为●○●○●，对句的声调为○●●○○。再如：

> 奔峭背赤甲，断崖当白盐。
> 客居愧迁次，春色渐多添。
> 花亚欲移竹，鸟窥新卷帘。
> 衰年不敢恨，胜概欲相兼。
>
> （《入宅三首》其一）

> 宋玉归州宅，云通白帝城。
> 吾人淹老病，旅食岂才名？
> 峡口风常急，江流气不平。
> 只应与儿子，飘转任浮生。
>
> （《入宅三首》其三）

组诗"其一"之颔联"客居愧迁次，春色渐多添"，其平仄格式亦为●○●○●，○●●○○；"其三"之尾联"只应与儿子，飘转任浮生"，其平仄格式亦为●○●○●，○●●○○。其他如：

> 壮年学书剑，他日委泥沙。
> 事主非无禄，浮生即有涯。
> 高斋依药饵，绝域改春华。
> 丧乱丹心破，王臣未一家。

(《暮春题瀼西新赁草屋五首》其四)

此诗首联的平仄格式亦为●○●○●，○●●○○（"学"字是进入今天普通话平声的中古入声字）。

> 只应踏初雪，骑马发荆州。
> 直怕巫山雨，真伤白帝秋。
> 群公苍玉佩，天子翠云裘。
> 同舍晨趋侍，胡为淹此留？

(《更题》)

此诗首联的平仄格式亦为●○●○●，○●●○○（"发"字是进入今天普通话平声的中古入声字）。

> 昔闻洞庭水，今上岳阳楼。
> 吴楚东南坼，乾坤日夜浮。
> 亲朋无一字，老病有孤舟。
> 戎马关山北，凭轩涕泗流。

(《登岳阳楼》)

此诗首联的平仄格式亦为●○●○●，○●●○○（"昔"字是进入今天普通话平声的中古入声字）。

以上所引的十首杜诗，皆为五律，可以看出，杜甫在使用○○●○●这种变格律句时，其第一字均非平声，实际呈现为●○●○●的声调形式，同时，对句的第一字皆为平声，呈现为○●●○○的声调形式。笔者虽未能对杜诗作出全面的调查，但这十首诗例已足能说明杜甫在创作实践中对拗救形式的有意探索。

应予指出的是，此种拗救形式的探索，并非始于杜甫，与杜甫同时而稍前的孟浩然（689—740），已表现出对此种拗救形式的考虑，只是涉事不深，全集中仅有两例。一例是《过故人庄》："故人具鸡黍，邀我至田家。绿树村边合，青山郭外斜。开轩面场圃，把酒话桑麻。待到重阳日，还来就菊花。"此诗首联的平仄声调即为●○●○●，○●●○○。另一例是《田家元日》："昨夜斗回北，今朝岁起东。我年已强仕，无禄尚忧农。桑野就耕父，荷锄随牧童。田家占气候，共说此年丰。"此诗颔联的平仄声调亦为●○●○●，○●●○○。杜甫对孟浩然是十分钦佩的，在《解闷十二首》其六写道："复忆襄阳孟浩然，清诗句句尽堪传。"可见，他对孟氏之诗是非常熟悉的，对于孟氏的拗救尝试自然也能予以关注。可以说，杜甫是从孟氏诗中受到启发，进而对此种拗救形式进行潜心的研讨，在创作实践中频繁地运用。

还须一提的是，由于杜诗对后世诗人影响巨大，他所探索的这种拗救形式，也受到了后世诗人的关注，在创作实践中予以采用。例如，曾把杜诗一卷烧成灰末、掺入饭中吃下的中唐诗人张籍，在一些诗篇中就使用了这种拗救句式。如《宿临江驿》：

楚驿南渡口，夜深来客稀。
月明见潮上，江静觉鸥飞。
旅宿今已远，此行殊未归。
离家久无信，又听捣寒衣。

诗的颔联声调即为●○●○●，○●●○○（"觉"字是进入今天普通话平声的中古入声字）。又如《泾州塞》：

行到泾州塞，唯闻羌戍鼙。
道边古双堠，犹记向安西。

诗的尾联声调亦为●○●○●，○●●○○。直到晚唐，这种变格律句仍被诗人们采用。例如，贾岛、赵嘏等人就在诗中使用这种句式。贾岛《寄山友长孙栖峤》写道：

此时气萧飒，琴院可应关。
鹤似君无事，风吹雨遍山。
松生青石上，泉落白云间。
有径连高顶，心期相与还。

诗的首联声调即为●○●○●，○●●○○。赵嘏《东归道中二首》其二：

未明唤僮仆，江上忆残春。
风雨落花夜，山川驱马人。
星星一镜发，草草百年身。
此日念前事，沧洲情更亲。

此诗首联的平仄声调也是●○●○●，○●●○○（"仆"字是进入今天普通话平声的中古入声字）。

平仄相间的律句形式，既给近体诗带来音乐美感，同时也给诗人表达思想感受带来约束。一般的诗作者只会被动地服从声律模式，往往削足适履，扭曲思想感受。杜甫的态度不是这样，他不是被动地接受，而是在表意为主的思想指导下，通过对声律的精心研讨，寻绎出新的变格律句，既方便了表情达意，又维护了近体诗的音乐特质，而且为后代诗人提供了莫大的便利，这实在是功在千秋之举。

二、杜甫实为"丁卯句法"之创制者

方回在所编《瀛奎律髓》中说："今江湖学诗者，喜许浑'水声东去市朝变，山势北来宫殿高'，'湘潭云尽暮山出，巴蜀雪消春水来'，以为'丁卯句法'。殊不知始于老杜，如'负盐出井此溪女，打鼓发船何郡郎'，'宠光蕙叶与多碧，点注桃花舒小红'之类是也。"[1] 晚唐诗人许浑的诗集为《丁卯集》，方回所说的"丁卯句法"，是指在《丁卯集》中许浑喜用

---

[1] 李庆甲《瀛奎律髓汇评》，上海古籍出版社，1986年，第1107页。

的一种特殊的平仄句式，从他列举的诗句来看，是指"△○▲●●○●，▲●△○○●○"这种句式。

经过初盛唐诗人的认真探索，七律的四种律句已经形成，它们是：①▲●△○○●●；②△○▲●●○●；③△○▲●○○○句；④▲●○○●●○。这是构成七言近体诗的基本句式。但是，在创作实践中，诗人们发现，完全用这四种律句来结构成篇，在表达思想感情上要受到很大的限制，应该在保证句子声调之美的前提下，允许某些字位的声调发生变化，这些不按常规声调使用的字，称为"拗字"；某处出现了"拗字"，就需要变化其他位置的字的声调来进行补救，这叫作"拗救"。那么，哪些位置的字可以变换声调，变换之后又在哪些地方给予补救，这就需要在围绕实现句子的音乐美这一根本问题上进行精心细致的敲吟。经过艰辛的探索，唐代诗人们取得了成果，他们对于上面列出的四种律句，除了"△○▲●●○○"无法变动之外，其他三种律句都有了相应的"变格律句"。所谓"丁卯句法"，就是其中的一种。这种句式的特点是前句第五字应平而仄，出现了"拗字"，后句第五字变仄为平，以为"拗救"。这样一来，就一联来说，保证了足够的平声字，使诗句的音乐性不被破坏。显然，这是要付出大量的"敲吟"工夫的。

方回称这种句式"始于老杜"，究竟如何？笔者对杜甫的151首七律体诗（其中116首是格律严整的七律，另外35首则有失对、失粘或非律句的情况）进行了逐句的调查，发现方回所列举的"负盐出井此溪女，打鼓发船何郡郎"出自杜诗《十二月一日三首》其二，"宠光蕙叶与多碧，点注桃花舒小红"出自《江雨有怀郑典设》。除了这两例之外，还有多例，如"未闻细柳散金甲，肠断秦川流浊泾"（《即事》），"映阶碧草自春色，隔叶黄鹂空好音"（《蜀相》），"楚妃堂上色殊众，海鹤阶前鸣向人"（《寄常征君》）等，共计18例。

为了弄清这种"变格律句"的首创者，笔者对清本《全唐诗》中存诗一卷以上的初、盛唐诗人所作的七律（指粘对规则严整的作品）和七律体诗（指七言八行，有失对、失粘问题的作品），逐首进行这种"变格律句"的使用调查，所调查的诗人及其作品情况如下：

（一）初唐前期

陈子良（575—632）1首七律体诗：《于塞北春日思归》，未使用这种"变格律句"。

杨师道（？—647）1首七律体诗：《咏马》，未见使用这种"变格律句"。

李世民（599—649）1首七律体诗：《饯中书侍郎来济》，未见使用这种"变格律句"。

上官仪（608？—664）1首七律体诗：《咏画障》，未见使用这种"变格律句"。

许敬宗（592—672）2首七律体诗：《奉和圣制送来济应制》《七夕赋咏成篇》，未见使用这种"变格律句"。

沈叔安（？—？）1首七律体诗：《七夕赋咏成篇》，亦未使用。

何仲宣（？—？）1首七律体诗：《七夕赋咏成篇》，亦未使用。

（二）初唐后期

武则天（624—705）1首七律体诗《石淙》，未见使用这种"变格律句"。

苏味道（648—705）1首七律：《嵩山石淙侍宴应制》，未见使用这种"变格律句"。

崔融（653—706）1首七律：《嵩山石淙侍宴应制》，未见使用。

杜审言（645？—708）2首七律：《守岁侍宴应制》《大酺》。1首七律体诗：《春日京中有怀》。均未见使用。

郑愔（？—710）2首七律：《人日重宴大明宫恩赐彩缕人胜应制》《奉和春日幸望春宫》，未见使用。

刘宪（？—711）4首七律体诗：《奉和立春日内出彩花树应制》《奉和春日幸望春宫应制》《奉和幸安乐公主山庄应制》《兴庆池侍宴应制》。唯《奉和幸安乐公主山庄应制》颈联"庭莎作荐舞行出，浦树相将歌棹回"属于这种"变格律句"。

李适（663—711）5首七律：《人日宴大明宫恩赐彩缕人胜应制》《奉和春日幸望春宫应制》《奉和立春游苑迎春》《帝幸兴庆池戏竞渡应制》《侍宴

安乐公主庄应制》，未见使用。

宋之问（656？—713？）3首七律：《和赵员外桂阳桥遇佳人》《函谷关》《奉和春初幸太平公主南庄应制》。2首七律体诗：《钱中书侍郎来济》《三阳宫侍宴应制得幽字》。均未见使用。

李峤（645—714）4首七律：《石淙》《人日侍宴大明宫恩赐彩缕人胜应制》《奉和初春幸太平公主南庄应制》《太平公主山亭侍宴应制》，未见使用。

徐彦伯（？—714）1首七律：《奉和兴庆池戏竞渡应制》。1首七律体诗：《石淙》。均未见使用。

沈佺期（656？—715？）12首七律：《奉和立春游苑迎春》《人日重宴大明宫赐彩缕人胜应制》《奉和春初幸太平公主南庄应制》《奉和春日幸望春宫应制》《侍宴安乐公主新宅应制》《兴庆池侍宴应制》《从幸香山寺应制》《嵩山石淙侍宴应制》《古意呈补阙乔知之》《遥同杜员外审言过岭》《和上巳连寒食有怀京洛》《陪幸太平公主南庄诗》。2首七律体诗：《龙池篇》《守岁应制》。均未见使用。

赵彦昭（？—？）1首七律：《奉和幸安乐公主山庄应制》。2首七律体诗：《人日侍宴大明宫应制》《奉和初春幸太平公主南庄应制》。均未见使用。

（三）盛唐时期

李乂（657—716）6首七律：《奉和初春幸太平公主南庄应制》《兴庆池侍宴应制》《侍宴安乐公主山庄应制》《奉和春日幸望春宫应制》《人日重宴大明宫恩赐彩缕人胜应制》《享龙池乐第八章》，未见使用。

崔日用（673—722）4首七律：《奉和立春游苑迎春应制》《奉和圣制春日幸望春宫应制》《奉和人日重宴大明宫恩赐彩缕人胜应制》《奉和圣制龙池篇》，未见使用。

苏颋（670—727）13首七律：《奉和初春幸太平公主南庄应制》《奉和春日幸望春宫应制》《人日重宴大明宫恩赐彩缕人胜应制》《侍宴安乐公主山庄应制》《兴庆池侍宴应制》《广达楼下夜侍酺宴应制》《龙池乐章》《扈从鄠杜间奉呈刑部尚书舅崔黄门马常侍》《景龙观送裴士曹》《春晚紫微省直

寄内》《赠彭州权别驾》《寒食宴于中舍别驾兄弟宅》《九月九日望蜀台》。未见使用。

张说（667—730）10首七律：《奉和圣制春日幸望春宫应制》《侍宴隆庆池应制》《奉和圣制春日出苑应制》《三月三日诏宴定昆池宫庄赋得筵字》《舞马千秋万岁乐府词三首》《同赵侍御巴陵早春作》《澧湖山寺》《幽州新岁作》。2首七律体诗：《扈从温泉宫献诗》《先天应令》。均未见使用。

武平一（？—？）2首七律：《兴庆池侍宴应制》《奉和立春内出彩花树应制》，未见使用。

崔曙（？—739）1首七律：《九日登望仙台呈刘明府容》，未见使用。

张九龄（678—740）1首七律：《奉和圣制早发三乡山行》。1首七律体诗：《奉和圣制龙池篇》。未见使用。

孟浩然（689—740）4首七律：《登安阳城楼》《登万岁楼》《除夜有怀》《春情》，未见使用。

祖咏（699—746？）1首七律：《望蓟门》，未见使用。

李颀（690？—754？）7首七律：《寄司勋卢员外》《寄綦毋三》《送魏万之京》《送李回》《宿莹公禅房闻梵》《题璿公山池》《题卢五旧居》。未见使用。

崔颢（704—754）2首七律：《黄鹤楼》《行经华阴》，未见使用。

綦毋潜（692？—755？）1首七律：《经陆补阙隐居》，未见使用。

王昌龄（698—757）2首七律：《九日登高》《万岁楼》，未见使用。

孙逖（696—761）2首七律：《和上巳连寒食有怀京洛》《和左司张员外自洛使入京中路先赴长安逢立春日赠韦侍御等诸公》，未见使用。

王维（700—761）9首七律：《奉和圣制从蓬莱向兴庆阁道中留春雨中春望之作应制》《大同殿柱产玉芝龙池上有庆云神光照殿百官共睹圣恩便赐宴乐敢书即事》《敕赐百官樱桃》《敕借岐王九成宫避暑应教》《酬郭给事》《既蒙宥罪旋复拜官伏感圣恩窃书鄙意兼奉简新除使君等诸公》《送杨少府贬郴州》《早秋山中作》《听百舌鸟》。11首七律体诗：《和贾舍人早朝大明宫之作》《和太常韦主簿五郎温汤寓目之作》《苑舍人能书梵字兼达梵音皆曲尽其妙戏为之赠》《重酬苑郎中》《出塞》《送方尊师归嵩山》《过乘如禅师萧居士嵩丘兰若》《春日与裴迪过新昌里访吕逸人不遇》《酌酒与裴迪》《辋川别业》《积雨辋川庄作》。唯《辋川别业》颔联"雨中草色绿堪染,水上桃花红欲然"属于这种"变格律句"。

李白(701—762)2首七律:《送贺监归四明应制》《题雍丘崔明府丹灶》。5首七律体诗:《别中都明府兄》《赠郭将军》《寄崔侍御》《登金陵凤凰台》《题东溪公幽居》,均未见使用。

卢象(？—763？)1首七律:《驾幸温泉》,未见使用。

高适(700—765)5首七律:《送李少府贬峡中王少府贬长沙》《同陈留崔司户早春宴蓬池》《金城北楼》《同颜六少府旅宦秋中之作》《重阳》。2首七律体诗:《东平别前卫县李寀少府》《夜别韦司士得城字》。唯《重阳》颔联"百年将半仕三已,五亩就荒天一涯"属于这种"变格律句"。

岑参(715—770)4首七律:《奉和中书舍人贾至早朝大明宫》《和祠部王员外雪后早朝即事》《首春渭西郊行呈蓝田张二主簿》《酬畅当嵩山寻麻道士见寄》。7首七律体诗:《奉和相公发益昌》《秋夕读书幽兴献兵部李侍郎》《使君席夜送严河南赴长水》《暮春虢州东亭送李司马归扶风别庐》《九日使君席奉饯卫中丞赴长水》《西掖省即事》《赴嘉州过城固县寻永安超禅师房》。未见使用。

以上为笔者查阅的自唐初至杜甫之前,在《全唐诗》存诗一卷以上的诗人创作七律和七律体诗的情况,共计诗人38位,诗158首(其中七律109首,七律体诗49首)。使用这种"变格律句"共计3例。第一例是初唐后期诗人刘宪的《奉和幸安乐公主山庄应制》颈联"庭莎作荐舞行出,浦树相将歌棹回",第二例是盛唐诗人王维的《辋川别业》颔联"雨中草色绿堪染,水上桃花红欲然",第三例是高适的《重阳》颔联"百年将半仕三已,五亩就荒天一涯"。刘宪所作的4首皆为七律体诗,并无一首粘对合律的七律作品,粘对规则尚且不沾边际,则探求"变格律句"是不可能的。可以认为,他的这例"变格律句"是属于无意为之而偶合。至于王维、高适,虽说各有一例,且时间居前(王维《辋川别业》当在天宝年间作,高适《重阳》云"百年将半",可知当作于750年前夕),但仅有一例是不足以证明其探索这种"变格律句"的行为的。而杜甫则不然,他的诗中有18例这种"变格律句";而且,从时间角度来看,这些"变格律句"的使用集中在晚年。按古今杜诗编年的基本说法,杜甫的《蜀相》作于上元元年（760），《十二月一日三首》作于永泰元年（765），《寄常征君》作于大历元年（766），《江雨有怀郑典设》作于大历二年（767），《即事》作于大历二年。这个时间表说明，杜甫探索这种"变格律句"，是在他罢掉官职并结束"三年奔走"之后，在成都和夔州较为安定的岁月里进行的。他在夔州说"晚节渐于诗律细"（《遣闷戏呈路十九曹长》），对于他来说，这个"细"字显然不是指如何遵从"正格律句"来写作，因为他在青壮年时期就已经创作了大量的按"正格律句"写的七律作品，而且有许多是优秀作品。仔细体会他所说的"细"字，应是指他晚年时期，在"正格律句"之外，精心敲吟"变格律句"，在保证音乐效果的前提下，力争为七律的句式多作一些开辟生新的工作，这既可以在一定程度上克服"正格律句"仅有四种的呆板格局，也能为他人的创作带来便利。事实上，杜甫的努力出现了效果，中唐以后的诗人们在创作中广泛地使用了这种"变格律句"，许浑是其中最为突出的一个。

三、七律成熟于杜甫

学术界认为，五律先成熟而后定型，七律则先定型而后成熟，这是事实。但七律定型于何人之手，又成熟于何人之手，古今论者似未详察。

为了科学地把握我国古典诗歌体式的发展历程，这确是一个不可不认真辩明的问题。明代胡应麟说"七律滥觞于沈宋"[1]，当代游国恩等主编的《中国文学史》说七律"到杜审言已完全合格"。杜审言生年较沈佺期、宋之问稍早，所以该书接着说："沈宋在诗律上的贡献，并不在他们自己制定一套格律，而在于从前人和当代人应用形式格律的各种实践经验中，把已经成熟的形式，肯定下来，最后完成律诗'回忌声病，约句准篇'的任务。"[2] 这段话除了提出七律"到杜审言已完全合格"的观点，仍将七律的定型归功于沈宋。笔者认为，该书提出的这两种观点均值得商榷。

---

[1] 胡应麟《诗薮》，上海古籍出版社，1958年，第83页。
[2] 游国恩《中国文学史》（第二册），人民文学出版社，1963年，第23页。

第一，七律"到杜审言已完全合格"之说，与杜审言的创作实践不符。查《全唐诗》卷六十二，见收杜审言所作七言八行体诗共3首，其中《守岁侍宴应制》《大酺》2首确已合乎七律的规格，而《春日京中有怀》却有失粘之误。原诗为：

> 今年游寓独游秦，愁思看春不当春。
> 上林苑里花徒发，细柳营前叶漫新。
> 公子南桥应尽兴，将军西第几留宾。
> 寄语洛城风日道，明年春色倍还人。

此诗从使用律句和中间两联使用对仗的情况来看，作者是想写成一首七律，但因第三句与第二句失粘，导致了中间四句的平仄格式的紊乱。依首句所用平起平收的句式，全诗的平仄格式应为：

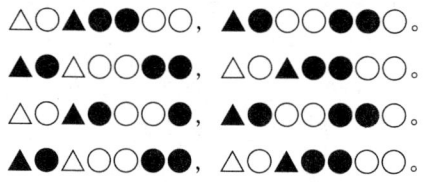

将此平仄格式与原诗对照，可知原诗中间两联的声调完全失误了。其因盖出于对邻联相粘的规则未能准确把握。这就说明，七律的"粘"的规则，在杜审言的心目中，尚处于模棱恍惚的状态。故而时或用之，时或弃之。因此，不能说七律在杜审言笔下"已完全合格"。

第二，"七律定型于沈宋"之说，亦与沈宋二人的创作实践不符。所谓定型，自然是说在使用律句，使用对仗，以及在"粘对"方面，能以固定的形式规则体现于所作的每首诗中。今查沈宋二人的全部七言八行体诗，可以断言，"定型"之功，并非属于他们。《全唐诗》卷五十二、五十三，收宋之问所作七言八行体诗共5首，其中《奉和春初幸太平公主南庄应制》《和赵员外桂阳桥遇佳人》《函谷关》3首完全合乎七律规则，另外2首均有失粘之处。如《饯中书侍郎来济》：

> 暧暧去尘昏灞岸，飞飞轻盖指河梁。

云峰衣结千重叶，雪岫花开几树妆。
深悲黄鹤孤舟远，独对青山别路长。
却将分手沾襟泪，还用持添离席觞。

此诗颈联与颔联失粘，因而导致五、六两句的平仄格式失误。依首句仄起仄收的句式，全诗的平仄格式应为：

▲●△○○●●，△○▲●●○○。
△○▲●○○●，▲●○○●●○。
▲●△○○●●，△○▲●●○○。
△○▲●○○●，▲●○○●●○。

而原诗的五、六两句却使用"平平仄仄平平仄，仄仄平平仄仄平"的律句，与格律要求大相悖离。又如《三阳宫侍宴应制得幽字》：

离宫秘苑胜瀛洲，别有仙人洞壑幽。
岩边树色含风冷，石上泉声带雨秋。
鸟向歌筵来度曲，云依帐殿结为楼。
微臣昔忝方明御，今日还陪八骏游。

此诗颔联与首联失粘，从第三句起直到最后一句，平仄句式完全失误。依首句平起平收式，全诗的平仄格式应为：

△○▲●●○○，▲●○○●●○。
▲●△○○●●，△○▲●●○○。
△○▲●○○●，▲●○○●●○。
▲●△○○●●，△○▲●●○○。

八句诗竟有六句未合格律，虽然作者使用的都是律句，并于中间两联使用了对仗，也难称其为七言律诗。既然宋之问5首诗中有2首失律，岂可享有为七律定型之名？

至于沈佺期，失误率较宋之问低一些。《全唐诗》卷九十六，存其所作七言八行体诗共14首，其中《奉和立春游苑迎春》《人日重宴大明宫赐彩缕人胜应制》《奉和春初幸太平公主南庄应制》《奉和春日幸望春宫应制》《侍宴安乐公主新宅应制》《兴庆池侍宴应制》《从幸香山寺应制》《嵩山石淙侍宴应制》《古意呈补阙乔知之》《遥同杜员外审言过岭》《和上巳连寒食有怀京洛》《陪幸太平公主南庄诗》，这12首合乎七律规格，而《龙池篇》《守岁应制》2首亦有失粘之误。《龙池篇》云：

龙池跃龙龙已飞，龙德先天天不违。
池开天汉分黄道，龙向天门入紫微。
邸第楼台多气色，君王凫雁有光辉。
为报寰中百川水，来朝此地莫东归。

此诗首句第四字应仄而平，第六字应平而仄，已不是律句。而且，颔联与首联失粘，致使中间四句平仄失误。即：将本应为"▲●△○○●●，△○▲●●○。△○▲●●○●，▲○○●●○"误作"○○○●●●●，○●○●●●○。●●○○●●，○○○●●○○"了。《守岁应制》云：

南渡轻冰解渭桥，东方树色起招摇。
天子迎春取今夜，王公献寿用明朝。
殿上灯人争烈火，宫中伥子乱驱妖。
宜将岁酒调神药，圣祚千春万国朝。

此诗颔联与首联失粘，致使三、四两句平仄失律，将本应为"△○▲●○○●，▲●○○●●○"误作"○●○○●●●，○○●●●○○"。综上所述，可知沈宋二人于"对"的规则尚能正确运用，而于"粘"的规则尚未能清晰了然，故而不能说他们立有七律定型之功。

今查初唐著名诗人所写七律，唯李峤、李适在格律上无毫发之失。李峤，字巨山，赵州赞皇（今属河北）人，20岁中进士，在高宗、武后、中宗三朝为官，官至中书令。他是初唐后期影响巨大的诗人，与杜审言、崔融、苏味道并称"文章四友"。《全唐诗》收录其诗209首，仅咏物诗就有120首，受到时人的尊仰。《全唐诗》卷六十一，收其所作七言八行体诗共

4首，即《人日侍宴大明宫恩赐彩缕人胜应制》《奉和初春幸太平公主南庄应制》《太平公主山亭侍宴应制》《石淙》。这4首诗，不仅皆用律句，对仗工整，而且于"粘对"规则上无一失误。现抄录如下：

凤城景色已含韶，人日风光倍觉饶。
桂吐半轮迎此夜，莫开七叶应今朝。
鱼猜水冻行犹涩，莺喜春熙弄欲娇。
愧奉登高摇彩翰，欣逢御气上丹霄。

（《人日侍宴大明宫恩赐彩缕人胜应制》）

主家山第接云开，天子春游动地来。
羽骑参差花外转，霓旌摇曳日边回。
还将石溜调琴曲，更取峰霞入酒杯。
鸾辂已辞乌鹊渚，箫声犹绕凤皇台。

（《奉和初春幸太平公主南庄应制》）

黄金瑞榜绛河隈，白玉仙舆紫禁来。
碧树青岑云外耸，朱楼画阁水中开。
龙舟下瞰鲛人室，羽节高临凤女台。
遽惜欢娱歌吹晚，挥戈更却曜灵回。

（《太平公主山亭侍宴应制》）

羽盖龙旗下绝冥，兰除薜幄坐云扃。
鸟和百籁疑调管，花发千岩似画屏。
金灶浮烟朝漠漠，石床寒水夜泠泠。
自然碧洞窥仙境，何必丹丘是福庭？

（《石淙》）

李峤与杜审言生于同时而卒于其后5年，较之沈宋二人则早生十几年而卒于同时（宋之问卒于713年，李峤卒于714年，沈佺期卒于715年）。总之，他们都属于初唐诗坛的著名诗人。从创作实践上看，李峤作七律4首，合格率为100%；杜审言3首中有1首失律，合格率为67%；宋之问

5首中有2首失律，合格率为60%；沈佺期14首中有2首失律，合格率为86%。这个统计数字说明，在初唐时期，对于七律之"粘"的规则，多数诗人处于若即若离的迷蒙状态，清晰认识者仅有李峤等极少数诗人而已。至于诗人李适，虽有5首严整七律，但由于他比李峤晚生18年，而且存诗不多（《全唐诗》仅录17首），诗名远不及李峤。由此可以得出结论：七律规则之定型，既非杜审言，又非沈宋，而是李峤。

李峤所作的4首七律，有3首标明了写作时间，《石淙》诗是武周久视元年（700）五月十九日，侍从武则天游石淙山所作。《奉和初春幸太平公主南庄应制》题下原注曰"景龙三年二月十一日"，《太平公主山亭侍宴应制》题下原注曰"景龙三年八月十三日。"景龙，是唐中宗年号，景龙三年即709年。按一般说法，从唐初到玄宗开元初年（713）为初唐，则可知七律之定型实为初唐后期。七律定型数年后，进入盛唐，盛唐诗人对七律"粘对"规则的运用呈现复杂状态，一部分诗人严守格律，一部分诗人则仍是若即若离（只重"对"而疏于"粘"）。严守格律者，主要有苏颋、孟浩然、李颀、王昌龄、杜甫等。重"对"疏"粘"者，主要有张说、张九龄、王维、李白、高适、岑参等。具体情况如下：

苏颋共作七律13首，即《奉和初春幸太平公主南庄应制》《奉和春日幸望春宫应制》《人日重宴大明宫恩赐彩缕人胜应制》《侍宴安乐公主山庄应制》《兴庆池侍宴应制》《广达楼下夜侍酺宴应制》《龙池乐章》《扈从鄂杜间奉呈刑部尚书舅崔黄门马常侍》《景龙观送裴士曹》《春晚紫微省直寄内》《赠彭州权别驾》《寒食宴于中舍别驾兄弟宅》《九月九日望蜀台》。这13首七律，皆恪守"粘对"规则，无一处失误，较之仅有4首七律的李峤，无疑又向前推进一步。

孟浩然，共作七律4首，即《登安阳城楼》《登万岁楼》《除夜有怀》《春情》，亦无一处失粘。唯《登安阳城楼》第二句"江涨开成南雍州"，"雍"字应仄而平，盖因用地名所致。孟氏所作七律，摆脱了初唐以来七律限于应制及应酬题材，用以抒写个人生活感受，亦是一大进步。

李颀，共作七律7首，即《寄司勋卢员外》《寄綦毋三》《送魏万之京》《送李回》《宿莹公禅房闻梵》《题璿公山池》《题卢五旧居》。七首诗中无一处失粘。唯《题璿公山池》首句"远公遁迹庐山岑"，"庐"字应仄而平，亦是因用地名所致。

王昌龄，共作七律2首，即《九日登高》与《万岁楼》。

崔颢，共作七律2首，即《黄鹤楼》和《行经华阴》。《全唐诗》所载《黄鹤楼》，原诗为："昔人已乘白云去，此地空余黄鹤楼。黄鹤一去不复返，白云千载空悠悠。晴川历历汉阳树，春草萋萋鹦鹉洲。日暮乡关何处是，烟波江上使人愁。"全诗粘对和律，唯首句"乘"字应仄而平。至于"空悠悠"虽有"三平调"之嫌，实为救上句仄声字过多之弊，唯其如此，此联声调方显和谐。

与上述恪守格律者相异，盛唐诗人中于"粘对"规则未能严格把握者，有以下诸人：

张说，10首合律，2首失粘。合律者有《奉和圣制春日幸望春宫应制》《侍宴隆庆池应制》《奉和圣制春日出苑应制》《三月三日诏宴定昆池宫庄赋得筵字》《舞马千秋万岁乐府词三首》《同赵侍御巴陵早春作》《澧湖山寺》《幽州新岁作》。失粘者是《扈从温泉宫献诗》《先天应令》。

张九龄，1首合律，即《奉和圣制早发三乡山行》；1首失粘，即《奉和圣制龙池篇》。

王维，9首合律，11首失粘。合律者是《奉和圣制从蓬莱向兴庆阁道中留春雨中春望之作应制》《大同殿柱产玉芝龙池上有庆云神光照殿百官共睹圣恩便赐宴乐敢书即事》《敕赐百官樱桃》《敕借岐王九成宫避暑应教》《酬郭给事》《既蒙宥罪旋复拜官伏感圣恩窃书鄙意兼奉简新除使君等诸公》《送杨少府贬郴州》《早秋山中作》《听百舌鸟》。失粘者是《和贾舍人早朝大明宫之作》《苑舍人能书梵字兼达梵音皆曲尽其妙戏为之赠》《重酬苑郎中》《出塞》《送方尊师归嵩山》《和太常韦主簿五郎温汤寓目之作》《过乘如禅师萧居士嵩丘兰若》《春日与裴迪过新昌里访吕逸人不遇》《酌酒与裴迪》《辋川别业》《积雨辋川庄作》。王维所作，失律多于合律，可见其于七律"粘对"规则未能了然心中。明人胡应麟说："盛唐七言律称王李。"[1] 明人王世贞《艺苑卮言》引李于鳞的话说："七言律体，诸家所难，王维、

---

[1] 胡应麟《诗薮》，上海古籍出版社，1958年，第82页。

李颀具臻其妙。"[1]今人叶君远《中国古代文体丛书·诗》一书中亦持这种观点,并说:"七言律诗至王、李之时完全成熟了。"[2]上述诸家之论,显然存有偏颇,其言李颀之七律造诣,固当,而言王维云云,则与创作实践不符。

李白,2首合律,5首失粘。合律者是《送贺监归四明应制》《题雍丘崔明府丹灶》。失粘者是《别中都明府兄》《赠郭将军》《寄崔侍御》《登金陵凤凰台》《题东溪公幽居》。

高适,5首合律,2首失粘。合律者是《送李少府贬峡中王少府贬长沙》《同陈留崔司户早春宴蓬池》《金城北楼》《同颜六少府旅宦秋中之作》《重阳》。失粘者是《东平别前卫县李寀少府》《夜别韦司士得城字》。

岑参,4首合律,7首失粘。合律者是《奉和中书舍人贾至早朝大明宫》《和祠部王员外雪后早朝即事》《首春渭西郊行呈蓝田张二主簿》《酬畅当嵩山寻麻道士见寄》。失粘者是《奉和相公发益昌》《秋夕读书幽兴献兵部李侍郎》《使君席夜送严河南赴长水》《暮春虢州东亭送李司马归扶风别庐》《九日使君席奉饯卫中丞赴长水》《西掖省即事》《赴嘉州过城固县寻永安超禅师房》。(上述诸诗,因篇幅所限未能一一引证原文,乞请研究诗律的专家去详核。)

如果把盛唐七律同初唐七律的创作情况加以比较,可以看出以下三方面的进步:(一)盛唐著名诗人写作七律的人数大大增加,作品数量也大大增加,这说明七律的体式日趋为人们所重视。(二)盛唐时期,恪守七律"粘对"规则的诗人比例也明显增加。(三)初唐诗人作七律,题材皆为应制或应酬;而盛唐时期则开始有人用此诗体表达个人生活感受,如孟浩然、崔颢、李白等,虽说这些作品的内容较之其后的杜甫七律仍有较大差距,但毕竟为这种诗体注入了一些生命气息,为其走向广阔的社会人生迈出了第一步。由此可以得出结论:从盛唐初期的苏颋到后期的岑参,是七律的发展时期,这个时期无论对七律规则的认识和七律题材内容的扩展,都明显呈现前进势态,为七律在杜甫手中的完全成熟,打下了坚实的

---

[1] 丁福保《历代诗话续编》,中华书局,1983年,第1005页。
[2] 叶君远《中国文体丛书·诗》,人民文学出版社,1994年,第136页。

基础。

　　七律最终成熟于杜甫。"成熟"的标志有二：一是杜甫创作了数量惊人的完全符合七言律诗规则的诗篇；二是七律的体制已在杜甫手中彻底冲出了应制、应酬的狭窄藩篱，能像其他诗体那样反映广阔的社会生活。杜甫一生所留的严整七律共116首（不包括古今论者所谓"拗体七律"；这个数字依据仇兆鳌《杜诗详注》所收作品统计而得），相当于初、盛唐诸家所作严整七律的总和。这些作品是：《题张氏隐居二首》（其一）、《赠田九判官梁丘》、《赠献纳使起居田舍人澄》、《送郑十八虔贬台州司户伤其临老陷贼之故阙为面别情见于诗》、《腊日》、《奉和贾至舍人早朝大明宫》、《紫宸殿退朝口号》、《曲江陪郑八丈南史饮》、《曲江二首》、《曲江对酒》、《曲江对雨》、《因许八奉寄江宁旻上人》、《题郑县亭子》（此诗首句"郑县"之"县"应平而仄，是用地名故，不能视为平仄失律）、《九日蓝田崔氏庄》、《至日遣兴奉寄北省旧阁老两院故人二首》、《堂成》、《蜀相》、《狂夫》、《江村》、《野老》、《南邻》、《恨别》、《和裴迪登蜀州东亭送客逢早梅相忆见寄》、《暮登四安寺钟楼寄裴十迪》、《客至》、《宾至》、《江上值水如海势聊短述》、《进艇》、《寄杜位》、《送韩十四江东省觐》、《王十七侍御抡许携酒至草堂奉寄此诗便请邀高三十五使君同到》、《陪李七司马皂江上观造竹桥即日成往来之人免冬寒入水聊题短简李公》、《野望》、《奉酬严公寄题野亭之作》、《严中丞枉驾见过》、《野人送朱樱》、《秋尽》、《野望》、《闻官军收河南河北》、《送路六侍御入朝》、《涪城县香积寺官阁》、《又送》、《送王十五判官扶侍还黔中》、《滕王亭子二首》（其一）、《玉台观二首》（其一）、《章梓州橘亭饯成都窦少尹》、《将赴荆南寄别李剑州》、《奉寄别马巴州》、《奉待严大夫》、《将赴成都草堂途中有作先寄严郑公五首》（前四首）、《题桃树》、《奉寄高常侍》、《登楼》、《院中晚晴怀西郭茅舍》、《宿府》、《十二月一日三首》（其三）、《寄常征君》、《示獠奴阿段》、《峡中览物》、《雨不绝》、《返照》、《白帝》（此诗第二句"白帝"之"帝"应平而仄，盖用地名所致，不得视为失律）、《黄草》（此诗第二句"赤甲"之"甲"应平而仄，盖用地名所致，而于第五字补之平声）、《诸将五首》、《夜》、《吹笛》、《秋兴八首》、《咏怀古迹五首》（其一、其三、其四、其五）、《阁夜》、《小至》、《奉送蜀州柏二别驾将中丞命赴江陵起居卫尚书太夫人因示从弟行军司马位》、《见王监兵马使说近山有白黑二鹰罗者久取竟未能得王以为毛骨有异他鹰恐腊后春生骞飞避暖劲翮思秋之甚眇不可见请余赋诗二首》、《崔评事弟许相迎不到应虑老夫见泥雨怯出必愆佳期走笔戏简》、《遣闷戏呈路十九曹长》、《七月一日题终明府水楼二首》(其一)、《送李八秘书赴杜相公幕》、《又呈吴郎》、《九日五首》(其一)、《登高》、《即事》、《冬至》、《舍弟观赴蓝田取妻子到江陵喜寄三首》、《人日二首》(其二)、《宇文晁崔彧重泛郑监前湖》、《多病执热奉怀李尚书》、《江陵节度使阳城郡王新楼成王请严侍御判官赋七字句同作》、《又作此奉卫王》、《公安送韦二少府匡赞》、《留别公安太易沙门》、《酬郭十五判官》、《小寒食舟中作》、《燕子来舟中作》、《赠韦七赞善》、《长沙送李十一衔》。这些七律作品，除几首因使用地名人名等专用名词而导致平仄失律外，余皆声律严谨，粘对合则，足以说明七律的规格已经成熟。

  此外，还有 35 首七言八行体诗，这些诗有的虽用律句组成但却失粘，有的则或多或少未能使用律句。笔者认为，这些诗虽具七律的句数和对仗形式，亦不能视为正体律诗。它们的出现，并不意味着杜甫对七律规则的含糊，实在是由于作者为了表达的需要而作此安排。正如杜甫在《愁》诗题下所注"强戏为吴体"，说明他有意使用吴地民歌的拗句，虽借用七律的句数和对仗的形式，却并非是在写正体七律。这首《愁》诗为：

> 江草日日唤愁生，巫峡泠泠非世情。
> 盘涡鹭浴底心性，独树花发自分明。
> 十年戎马暗南国，异域宾客老孤城。
> 渭水秦山得见否，人今罢病虎纵横。

此诗依首句第二字为仄声末字为平声，其平仄格式应为：

▲○○●●○，△○▲●○○。
△○▲●○○●，▲○○●●○。
▲●△○○●，△○▲●●○。
△○▲●○●，▲○○●●○。

全诗中唯有第八句是律句，余皆为拗句，且无补救，近体诗的声律已然失尽，故不能归入正体七律之列。后代论者看重其中间两联使用对仗，将这类诗称为"拗体七律"，即将其视为七律的一个分支。对于中间两联没有使用对仗的七言八行体诗则完全排除于七律之外。例如杜甫《秋风二首》，杜诗分体注本如浦起龙《读杜心解》就是如此。该书收录杜诗七律151首，包括了正体七律和拗体七律。这151首七律成为古代多数论者的共识。

　　说七律在杜甫手中成熟，理由之二，是因为杜甫七律已然彻底冲破了应制、应酬的狭窄藩篱，能够像其他诗体那样广阔而深刻地反映社会现实，具备了蓬勃的生命伟力，一如区区婴儿成长为卓卓壮夫。杜甫用它表达对国事的忧怀（如《登楼》《阁夜》《野老》等），表达漂泊流离的感慨（如《宿府》《野望》《登高》等），表达对苦难人民的关切（如《白帝》《又呈吴郎》等），表达田园生活的乐趣（如《堂成》《江村》《进艇》等），或用以议论时政（如《诸将五首》《黄草》等），或用以怀古伤今（如《蜀相》《咏怀古迹》等），或用以思乡忆弟（如《恨别》《舍弟观赴蓝田取妻子到江陵喜寄三首》等），或用以描绘山川风物（如《峡中览物》《涪城县香积寺官阁》等）。在多数作品中，上述内容每每相互交织成篇，构成深阔的意境，创造出诗人瞩目江山、忧悯国民的艺术形象，千载之下，光辉不减。诚然，杜甫也像初盛唐其他诗人那样用七律写了送往迎来的作品，但已经基本消除了泛泛应酬的性质，每每于其中表达乱离之情与身世之慨，字里行间跳动着时代的脉搏，如《送郑十八虔贬台州司户伤其临老陷贼之故阙为面别情见于诗》《曲江陪郑八丈南史饮》《因许八奉寄江宁旻上人》《送韩十四江东省觐》《送路六侍御入朝》《奉待严大夫》《公安送韦二少府匡赞》等。七律至此，可谓真正走上诗道之正轨。

　　从中国诗体发展上来看，七言诗晚于五言诗出现，故七律的成熟亦当晚于五律。本文所论七律的定型、发展与成熟，是以《全唐诗》所录的初、盛唐著名诗人的作品（而非古人论言）为依据，经过逐篇推敲格律及数字统计，理出其轨迹，概括如下：

　　（一）七律定型于李峤，而非沈宋；

　　（二）李颀、王维时七律尚未成熟，仅是七律的发展时期；

　　（三）七律成熟于杜甫。

第十五章 杜诗景语研究

杜甫长于记事,已为学界共识。自晚唐孟棨在《本事诗》中提出杜诗"诗史"之说,历代学人皆以之作为杜诗的一大特征。光焰所覆,每每忽略杜诗的其他长处,例如杜甫的精于写景。杜甫是描写景物的高手,其写景艺术之功力,主要有三点:一是他具有多种笔墨,笔下的景物种类万千,各具面貌,异彩纷呈;二是精于体物,能描绘出不同景物的特征,做到搜刮精髓,传其神韵,有巧夺天工之妙;三是他能够通过不同的景物描写传达出不同心情,手法上情景相融与情景相悖并用,故其景语成为认识杜甫某时心情的绝好媒介。笔者通读杜诗全集,将其景物诗、纪行诗和其他诗中出现的景物描写统称为景语。对其景语作出研究,或许能够开辟杜诗研究的一方天地。

一、景物多样,异彩纷呈

大体说来,诗人由于各自的性格不同,导致对景物的审美取向不同;或者由于笔力所限,不善于描写某类景物,于是造成诗中景物的单一性。杜甫却能巨细兼擅,动静皆能,险夷并存,明暗俱备。既能展现高山大川之雄阔,又能描摹花蕊蜂须之细微;既能展现天风海雨之动荡,又能描摹月下花间之静谧;既能展现圆荷细麦之平和,又能描摹虎卧蛟腾之险怪;既能展现晴空玉宇之明朗,又能描摹夜雨深林之幽暗:真正做到了如陆机所说"笼天地于形内,挫万物于笔端"。[1]一部杜诗为人们再现了大自然的方方面面,写出了我们想看而不能尽看的大千世界。笔者将杜诗景语类型归纳为八种,有壮阔之景、细微之景、动荡之景、静谧之景、平和之景、险怪之景、明丽之景、幽暗之景,可谓千差万别,异彩纷呈。

先看其壮阔之景。杜甫手中有一支如椽巨笔,用于表现巨大的空间景物和悠久的时间景物。写泰山则曰"岱宗夫如何,齐鲁青未了。造化钟神秀,阴阳割昏晓"(《望岳》),说泰山的青色传出了齐鲁大地,它那巨大的身躯分割了时间,阳面是早晨,阴面是黄昏,同一座山竟然处于两个不同的时间段,这使我们联想到地球,东半球是晨,西半球是昏。如此下笔,其高大可想而知。写洞庭湖则曰"吴楚东南坼,乾坤日夜浮"(《登岳阳楼》),说湖水把吴、楚两地分隔在东、南两面,整个乾坤日日夜夜都随着湖波而浮动,如此大观,令人震撼。写嘉陵江则曰"长风驾高浪,浩浩自太古"(《龙门阁》),长风高浪浩浩荡荡从远古流来。杜甫的如椽之笔常用来描写高山、大川、巨浸、莽原、宇宙、日月、星辰、风云,如"山河扶绣户,日月近雕梁"(《冬日洛城北谒玄元皇帝庙》),"星垂平野阔,月涌大江流"(《旅夜书怀》),"天高云去尽,江迥月来迟"(《观作桥成月夜舟中有述还呈李司马》),"地平江动蜀,天阔树浮秦"(《奉和严中丞西城晚眺十韵》),"无风云出塞,不夜月临关"(《秦州杂诗二十首》其七),"江山有巴蜀,栋宇自齐梁"(《上兜率寺》),"云来气接巫峡长,月出寒通雪山白"(《古柏行》),"山连越嶲蟠三蜀,水散巴渝下五溪"(《野望》),等等,腕力之大,真能囊括天地。诚如萧涤非先生所说,杜诗特征是"一大二真"(黄建荣《萧涤非学术成就概述》[2]),"大"有二义,一曰景观大,二曰胸次大。

写壮阔之景固然是杜诗一大特征,但杜甫还能描写细微之景,小花小草,小鱼小鸟,自然界的细小之物经常出现在笔底。"圆荷浮小叶,细麦落轻花"(《为农》),"泥融飞燕子,沙暖睡鸳鸯"(《绝句二首》其一),"云掩初弦月,香传小树花"(《遣意二首》其二),"侵陵雪色还萱草,漏泄春光

---

[1] 萧统《文选》,上海古籍出版社,1979年,第764页。
[2] 《人文述林》第五辑,山东大学出版社,2000年,第288页。

有柳条"(《腊日》),"细雨鱼儿出,微风燕子斜"(《水槛遣心二首》其一),甚至连微观世界的昆虫如蟋蟀、萤火虫、蜜蜂、蚂蚁也能写到,"促织甚微细,哀音何动人"(《促织》),"却绕井栏添个个,偶经花蕊弄辉辉"(《见萤火》),"风轻粉蝶喜,花暖蜜蜂喧"(《敝庐遣兴奉寄严公》),"仰蜂粘落絮,行蚁上枯梨"(《独酌》)。更有甚者,连燕子嘴上的芹泥、蜜蜂须上的花粉都写到了,"芹泥随燕觜,花蕊上蜂须"(《徐步》),笔触如此细微,令人叹为观止。清人杨伦惊叹曰:"大手笔人偏善状此幽微之景!"[1]

杜甫既能写动荡之景也能写静谧之景。动荡之景写得气势豪壮,如天风海雨,令人目眩。例如,写长江秋景则曰"无边落木萧萧下,不尽长江滚滚来"(《登高》),仇兆鳌赞曰"雄壮高爽",并引胡应麟的评语称其"飞扬震动""力量万钧";[2]写锦江、玉垒则曰"锦江春色来天地,玉垒浮云变古今"(《登楼》);写夔州夜景则曰"五更鼓角声悲壮,三峡星河影动摇"(《阁夜》);写江水暴涨则曰"大声吹地转,高浪蹴天浮"(《江涨》);写夔门之险则曰"众水会涪万,瞿塘争一门"(《长江二首》其一)。与此相对,静谧之景则写得境界清幽,令人心恬神安。例如,写寺院之静则曰"花浓春寺静,竹细野池幽"(《上牛头寺》),"小院回廊春寂寂,浴凫飞鹭晚悠悠"(《涪城县香积寺官阁》);写村野之景则曰"扁舟轻袅缆,小径曲通村"(《绝句六首》其三);写夜景则曰"重露成涓滴,稀星乍有无"(《倦夜》),"沙头宿鹭联拳静,船尾跳鱼拨剌鸣"(《漫成一首》),"山虚风落石,楼静月侵门"(《西阁夜》)。露珠滴落的声响,鱼儿跳水的声响,风吹石落的声响,都是轻微的,这些轻微的声响被听到,令人感觉到夜的宁静,杨伦评"重露成涓滴,稀星乍有无"引邵注曰:"清景如见。"[3]

杜甫既能写平和之景也能写险怪之景。平和之景写得潇散自然,平淡和谐,如"杨柳枝枝弱,枇杷对对香"(《田舍》),"竹光团野色,舍影漾江流"(《屏迹三首》其三),"风含翠筱娟娟净,雨裛红蕖冉冉香"(《狂夫》),"自去自来梁上燕,相亲相近水中鸥"(《江村》),"江鹳巧当幽径浴,邻鸡

---

[1] 杨伦《杜诗镜铨》,上海古籍出版社,1998年,第350页。

[2] 仇兆鳌《杜诗详注》,中华书局,1979年,第1767页。

[3] 杨伦《杜诗镜铨》,上海古籍出版社,1998年,第657页。

还过短墙来"(《王十七侍御抡许携酒至草堂奉寄此诗便请邀高三十五使君同到》),一派和谐安乐的田园景象,不假修饰,如同素描。险怪之景则写得光怪陆离,读来令人屏息。例如他写铁堂峡谷之险恶,"峡形藏堂隍,壁色立精铁。径摩穿苍蟠,石与厚地裂"(《铁堂峡》),峡壁陡峭,色如精铁,向上看去,小径盘入苍穹,向下看去,裂缝深不见底。他写同谷县城之荒凉,"黄蒿古城云不开,白狐跳梁黄狐立"(《乾元中寓居同谷县作歌七首》其五),黑云遮天,黄蒿覆地,狐狸成群,已非人间。他写夜宿青溪驿的恐惧心情,"石根青枫林,猿鸟聚俦侣。月明游子静,畏虎不得语"(《宿青溪驿奉怀张员外十五兄之绪》)。他写夜宿荒山野店,有"山鬼吹灯灭"(《移居公安山馆》)之语,环境极其恐怖。他写瞿塘峡之险绝,"高江急峡雷霆斗,古木苍藤日月昏"(《白帝》),"峡坼云霾龙虎卧,江清日抱鼋鼍游"(《白帝城最高楼》),云雾笼罩的峡谷似有龙虎盘卧,日光照射的江中游动着鼋鱼和鳄鱼。王嗣奭评曰:"此诗真惊人语。"[1]

  杜诗中不乏明丽之景的描写,如"迟日江山丽,春风花草香"(《绝句二首》其一),"江碧鸟逾白,山青花欲燃"(《绝句二首》其二),"两个黄鹂鸣翠柳,一行白鹭上青天"(《绝句四首》其三),"盈盈当雪杏,艳艳待春梅"(《早花》)。这个不饶多说。需要强调的是他擅长描写幽暗之景,尤以描写夜景见长,杜诗全集仅题目中含有"夜""宵""月""宿"字的就有54首。夜景是难于描写的,盖因视力受拘,可视之物稀少,杜甫却能把夜境写得真实可感。例如《春夜喜雨》写雨夜,"野径云俱黑,江船火独明"。原野上空黑云下压,是正面下笔;江船上闪烁一点渔火,则是从反面下笔,以明显暗,显示出雨夜的阴黑。再如《旅夜书怀》写夜境,"星垂平野阔,月涌大江流"。看到星星低垂于远天,得知平野之开阔;看到水面上月光涌动,得知大江在奔流。如果不借助于星月的侧应,直接写平野开阔、大江奔流,那就不是写夜景,那就是白天所见了。萧涤非先生说杜诗"一大二真",这里的"真"字有二义,一曰情真,二曰景真。杜甫写夜景,常以星、月、灯火、萤火入诗,以反衬夜的幽暗,如"暗水流花径,春星带草堂"(《夜宴左氏庄》),"暗飞萤自照,水宿鸟相呼"(《倦

---

[1] 王嗣奭《杜臆》,上海古籍出版社,1983年,第242页。

夜》),"入帘残月影,高枕远江声"(《客夜》),"村春雨外急,邻火夜深明"(《村夜》),"飞星过水白,落月动沙虚"(《中宵》)。浦起龙评曰:二句"宵景动目。"[1] 赞其描写夜景逼真。

以上初步归纳杜诗景语八大类型,可以证实杜甫写景笔墨之多样,倘若认为杜甫仅以描写壮景取胜,是远远不够的。

二、体物精到,功夺造化

杜甫精于体物,曾说"老去诗篇浑漫与,春来花鸟莫深愁"(《江上值水如海势聊短述》),言其笔触所及,能揭示花鸟的精髓、灵魂,而使其惊悚生忧。考察杜诗的景语,可知并非虚夸之辞。杜甫描写某个具体景物,必精心思考这个景物特征,择其精要之处诉诸笔墨,而不做泛泛之语。巧夺造化之功是他的艺术追求,当时有位画家画出一幅鹘鸟图,将鹘鸟"飒爽动秋骨"的凌厉神韵表现得很完美,杜甫大加赞赏说:"乃知画师妙,巧刮造化窟。"(《画鹘行》)言其有巧夺天工之妙,这也是杜甫借题申发自己的匠心所在。

先以描写大山为例,杜甫前期写过两首《望岳》诗,分别写望东岳泰山和望西岳华山的观感。前者凸显的是泰山的高大雄伟:"岱宗夫如何,齐鲁青未了。造化钟神秀,阴阳割昏晓。荡胸生层云,决眦入归鸟。会当凌绝顶,一览众山小。"后者凸显的是华山的峭奥险峻:"西岳崚嶒竦处尊,诸峰罗立如儿孙。安得仙人九节杖,拄到玉女洗头盆。车箱入谷无归路,箭栝通天有一门。稍待秋风凉冷后,高寻白帝问真源。"用人体比喻山体,是强调山势的直立、陡峭;说车箱入谷就转不过头来,是形容山路的险窄。很明显,两诗描写的侧重点是不同的,一大一险,正是抓准了两山的特征所在。

再以写江水为例,杜甫由同谷县入蜀,走的是陈仓栈道,栈道之下是嘉陵江的上游,他在《龙门阁》诗中写道:"长风驾高浪,浩浩自太古。"

---

[1] 浦起龙《读杜心解》,中华书局,1961年,第502页。

仇兆鳌《杜诗详注》注释"龙门阁",引《一统志》:"在保宁府广元县嘉陵江上。"[1]据此可知,诗中所写的是嘉陵江上游景象:峡谷之中长风猛烈,江水巨浪奔腾,浩浩荡荡从远古流来。杜甫走在栈道上,俯瞰激流,不禁一阵阵眼眩,担心会掉进江中淹死:"百年不敢料,一坠那得取?"而在成都居住期间作《遣兴》诗描写锦江,却完全是另一种景象:"地卑荒野大,天远暮江迟。"这首诗的编年,诸家皆编入成都时期。成都地势平坦(地卑),原野辽阔,故锦江流动迟缓。杜甫写两江之水,一急一缓,面貌截然不同。绝非状山即"高耸",写水即"奔腾"的泛泛描述。

杜甫描写四时气象的景语也能做到笔墨传神,抓准特征。例如写春雨则曰"随风潜入夜,润物细无声"(《春夜喜雨》),一"潜"一"细",正是春雨的独特之处。写夏季风雨则曰"东南飘风动地至,江翻石走流云气"(《楠树为风雨所拔叹》),"飘风"即飓风,动地而来,江翻石走,声势猛烈。写秋雨则曰"阑风伏雨秋纷纷,四海八荒同一云"(《秋雨叹三首》其二),写出秋雨连绵、阴云广布的特征。仇兆鳌解曰:"阑风、伏雨,大抵是风过雨来之状,深秋时,往往有之。"[2]写冬雪也会因地而异,写长安冬雪则曰"乱云低薄暮,急雪舞回风"(《对雪》),写南方冬雪则曰"南雪不到地,青崖沾未消。微微向日薄,脉脉去人遥"(《又雪》),仇兆鳌解曰:"雪不到地,气暖故也。沾崖之雪,向日旋消,人每不见,故脉脉而遥。"[3]

一些描写鱼鸟类、昆虫之类的景语也能精细入微,传其神态。写秋蝉则曰"抱叶寒蝉静"(《秦州杂诗二十首》其四),一"静"字便写出秋蝉为寒气所侵、无复高鸣的枯寂情状。写萤火虫则曰"随风隔幔小,带雨傍林微"(《萤火》),"小"状其形体之渺,故只能"随风"而游,"微"写其光度之低,因是"带雨"而现。如此形态,即便不设诗题,也能猜个十有八九。"风轻粉蝶喜,花暖蜜蜂喧"(《敝庐遣兴奉寄严公》),"风轻""花暖"是互文,粉蝶舞翅,故云"喜",蜜蜂有声,故云"喧",一片盎然春意,有声有色。"门外鸬鹚去不来,沙头忽见眼相猜。自今已后知人意,一日须

---

[1] 仇兆鳌《杜诗详注》,中华书局,1979年,第715页。
[2] 仇兆鳌《杜诗详注》,中华书局,1979年,第218页。
[3] 仇兆鳌《杜诗详注》,中华书局,1979年,第1246页。

来一百回。"(《三绝句》其二）这只鸧鹚曾经出现在杜甫柴门之外,因受惊扰而飞走,后来杜甫在沙滩上遇到了它,只见它转动着猜疑的眼珠察看杜甫。"眼相猜"三字描写鸧鹚的警戒之心十分传神。鸧鹚是野鸟,故对人有猜忌之心,燕子就不同了,它筑巢于屋梁,与人亲近,"熟知茅斋绝低小,江上燕子故来频。衔泥点污琴书内,更接飞虫打著人"(《绝句漫兴九首》其三），杜甫用他那支灵巧的笔,把这小生灵写得如此可亲可爱。"江鹳巧当幽径浴,邻鸡还过短墙来"(《王十七侍御抡许携酒至草堂奉寄此诗便请邀高三十五使君同到》),鹳是野禽,怕人袭击,故洗浴选择幽径,鸡是家禽,知道邻居友善,故时常飞过墙头来做客,动物心性的差别在对比中得以显示。杜甫还在诗中揭示了动物以毛色作为隐身的手段:"竹高鸣翡翠,沙僻舞鹍鸡。"(《绝句六首》其一）翡翠是一种小鸟,羽毛翠绿;鹍鸡似鹤,羽毛黄白色。写翡翠在高竹上鸣叫,盖其毛色能与竹色相混;写鹍鸡在偏僻的沙滩上起舞,其毛色也能与沙滩颜色相混:如此便写出了动物的隐身之性。现代科学研究得知,在大自然中有些动物为了保护自己,其身体颜色与生活环境十分相近,用来隐蔽自己不被敌人发现,殊不知在一千多年前,杜甫通过仔细观察已经揭示出动物的这种性能。

至于描写不同花草的特征也能恰到好处。写丁香则曰"细叶带浮毛,疏花披素艳"(《江头五咏·丁香》),笔触细致入微,连叶片略带浮毛这个特征都已写到,丁香花朵素净而美丽,故以"素艳"形容之,此种笔墨绝不可移之于桃李。写竹则曰"雨洗娟娟净,风吹细细香"(《严郑公宅同咏竹》),竹子的香味是幽香,一般不易察觉,须借风传、细嗅方乃知之。杨慎评曰:"竹亦有香,人罕知之,杜诗'雨洗娟娟净,风吹细细香'……皆善于体物。"[1]善于体物就是善于观察和描摹事物。写柳絮则曰"轻轻柳絮点人衣"(《十二月一日三首》其三),"点"字写出柳絮小而圆的形状。"风含翠筱娟娟净,雨裹红蕖冉冉香"(《狂夫》),雨过风来,翠竹明净,红荷香味渐渐传来,仇兆鳌注云:"冉冉,渐至貌。"[2]写冬末的杏花、红梅则曰"盈盈当雪杏,艳艳待春梅"(《早花》)。"盈盈"写出杏花的晶莹、娇嫩,

---

[1] 仇兆鳌《杜诗详注》,中华书局,1979年,第1184页。
[2] 仇兆鳌《杜诗详注》,中华书局,1979年,第743页。

正是对雪而开的状态;梅花开得早,时值冬末,开得浓丽,故用"艳艳"二字状写之。同时开放的花,因种类不同而颜色姿态各异。

总之,天造万物,各具形态,各具神采,诗圣之笔,不止穷颜极态,且能追魂摄魄,与其说他秉承天赋,不如说他用心良苦,"颇学阴何苦用心"(《解闷十二首》其七)即是他的甘苦自道。

三、情景相融与情景相悖

诗歌的一个基本功能是用以抒情,但中西方诗人的抒情方式有所不同。西方诗人心里装着上帝,他们是向上帝陈诉个人的生活体验,故方式是直接道出;中国古代诗人心里装的是"天人合一"的理念,他们将自身融于自然界中,故每每借助自然景物以言情。宋人范晞文说:"景无情不发,情无景不生。"[1] 清人王夫之说:"情景名为二,而实不可离,神于诗者妙合无垠。巧者则有情中景,景中情。"[2] 近人王国维说得更简捷:"一切景语皆情语也。"[3] 解释诗中情感,沿着诗中情语去体会,大致不会出现偏差。

杜诗中的景语同样与情感有着密切的关系。不过,需要认真对待的是,其景与情的关系较为复杂,有时候景与情是相融的关系,有时候则是相悖的关系。

杜甫有些诗篇呈现为景语与感情相融的关系,在这些作品中,景物阔大则情怀阔大,景物平和则情绪平和,景物沉寂则心情寂寞,景物险恶则心情恶劣。例如他年轻时写的《望岳》,以高大雄伟的泰山景象融合着自己伟大的抱负、开阔的胸襟。在《自京赴奉先县咏怀五百字》中描写隆冬的冰雪道路、过桥时的惊险场面,融合着自己十年困居长安的苦情。其后遭受贬谪来到华州,远望华山,写了又一首《望岳》,以华山之险峻融合着仕途坎坷的感受。辞官之后,在由秦州前往成都的路途中,写了二十四

---

[1] 吴文治《宋诗话全编·对床夜语》,江苏古籍出版社,1998年,第9289页。
[2] 王夫之等《清诗话·姜斋诗话》,江苏古籍出版社,1999年,第11页。
[3] 王国维《人间词话》,人民文学出版社,1998年,第225页。

首纪行诗,这些作品描写了沿途的险山恶水,其中融合着自己的身世之慨和乱世情怀,当时安史之乱尚未平息,那些面目狰狞的山水景象乃是艰危时局的影像。晚年客居夔州,遭逢军阀战争,当地民风恶劣,杜甫心情压抑,所写夔州风物多呈惊险怪异之状:"岁月蛇常见,风飙虎忽闻"(《南极》)、"入天犹石色,穿水忽云根"(《瞿塘两崖》)、"高江急峡雷霆斗,古木苍藤日月昏"(《白帝》)、"江天漠漠鸟双去,风雨时时龙一吟"(《滟滪》),皆取象惊险。王嗣奭评"峡坼云霾龙虎卧,江清日抱鼋鼍游"(《白帝城最高楼》)二句曰:"此诗真惊人语,总是以忧世苦心发之,以自消其块垒者。"[1]回顾杜甫后半生,只是在成都西郊草堂度过几年安定生活,漂泊的脚步得到暂时的栖止,心情逐渐平静下来,这个时期创作了大量田园诗歌,表现田园的宁静、平和以及风光的秀美成了主旋律。"暂止飞乌将数子,频来语燕定新巢"(《堂成》),便是杜甫借物以自喻。本文第一部分举证的平和景物诗例,即是这个时期的作品。

在另一部分景语中,景物与情感却呈现相悖的关系:景物是美好的,心情却是愁苦的。这种景语出现了人事与自然的抵触,在抵触中强化了情感的抒发。例如,长安沦陷之后,杜甫被叛军拘禁在城中,面对国都残破的现实,作《春望》诗写道:"国破山河在,城春草木深。感时花溅泪,恨别鸟惊心。"在一般情况下,春花、春鸟是怡人的景物,但此时它们出现在沦陷的国都里,作者不禁看之而溅泪,听之而惊心,自然界的美好不仅没有给他慰藉,反倒引发了人事不如花鸟的巨大伤感。此处的美景表面看来是对愁情的反动,实际上是对愁情的深化。正如清人王夫之所说:"以乐景写哀,以哀景写乐,一倍增其哀乐。"[2]再如,唐代宗广德元年(763)秋,吐蕃攻陷长安,代宗君臣弃城出逃,这年冬末,杜甫客居阆州,听到这个消息后忧心如焚,作《早花》诗写道:"西京安稳未?不见一人来。腊月巴江曲,山花已自开。盈盈当雪杏,艳艳待春梅。直苦风尘暗,谁忧客鬓催?"诗的首尾两联写君主蒙尘之难,中间两联则描写春花自顾开放,而且开得"盈盈""艳艳"。显然,作者并不是在欣赏春花,

---

[1] 王嗣奭《杜臆》,上海古籍出版社,1983年,第242页。
[2] 王夫之《清诗话·姜斋诗话》,江苏古籍出版社,1999年,第4页。

他是在以自然美景对照人间苦难，越是把山花写得艳丽就越能表达忧国情感之深，自然美景成了他抒发悲情的媒介。再如，唐代宗广德元年春，杜甫客居梓州，偶然与阔别四十年的少年好友相逢，然而对方公务在身，要立即奔赴朝廷，相逢喜酒竟是离别之宴，后会又不可预期，杜甫十分伤感，作《送路六侍御入朝》诗写道："童稚情亲四十年，中间消息两茫然。更为后会知何地，忽漫相逢是别筵。不分桃花红似锦，生憎柳絮白于绵。剑南春色还无赖，触忤愁人到酒边。"前四句感慨人生离多聚少，后四句描写剑南的美丽春色：桃花鲜艳，柳絮洁白，感情与景物形成鲜明的对立。作者斥责剑南春色无赖，说它在酒桌旁边忤逆人的离情别绪，那么这种美景对离愁就不构成淡化，而是大大地加重了离愁——在美丽的自然界面前，人生竟是如此狼狈！在许多时候，当他为生事愁苦不堪的时候，美景却出现在眼前："愁眼看霜露，寒城菊自花。"（《遣怀》）清人边连宝解曰："菊自花，犹言不管人愁也。"[1] "野寺残僧少，山园细路高。麝香眠石竹，鹦鹉啄金桃。"（《山寺》）边连宝《杜律启蒙》注引赵汸语："本写寺之荒凉，而以秦陇之物产点缀之，反极精丽。"[2] 这自然之美景凸显了人事之萧条。"眼见客愁愁不醒，无赖春色到江亭。即遣花开深造次，便觉莺语太丁宁。"（《绝句漫兴九首》其一）"深造次"是埋怨花开得太鲁莽，不懂人情；"太丁宁"是说黄莺叫声繁复，令人生厌。在许多作品中，杜甫每每把自己衰老的容颜与美丽的自然景色并举，"鬓毛垂领白，花蕊亚枝红"（《上巳日徐司录林园宴集》），"伊昔黄花酒，如今白发翁。追欢筋力异，望远岁时同"（《九日登梓州城》），"苦遭白发不相放，羞见黄花无数新"（《九日》），"旧采黄花剩，新梳白发微"（《九日诸人集于林》），"秋月仍圆夜，江村独老身"（《十七夜对月》），"转添愁伴客，更觉老随人。红入桃花嫩，青归柳叶新"（《奉酬李都督表丈早春作》），"日晚烟花乱，风生锦绣香。不须吹急管，衰老易悲伤"（《陪王使君晦日泛江就黄家亭子二首》其二），"悲歌鬓发白，远赴湘吴春"（《赠别贺兰铦》），"水花笑白首，春草随青袍"（《送重表侄王砅评事使南海》），"山花相映发，水鸟自孤飞。春日

---

[1] 边连宝《杜律启蒙》，齐鲁书社，2005年，第76页。
[2] 边连宝《杜律启蒙》，齐鲁书社，2005年，第74页。

垂霜鬓，天隅把绣衣"(《送何侍御归朝》，等等。这些诗作都将美好的景色与衰老的容颜并举，构成强烈反差，借以加重暮年之叹惋。

从抒情效果来考察，情景相悖要比情景相融更有力度。究其原因，是情景相悖显示了作者心理的反常。一般情况下，美好的景物是令人愉悦的，而此时却让他生厌，甚至敌视：《早花》诗中他责备春花自私，不通人情；《送路六侍御入朝》诗中他憎恨剑南春色，骂它"无赖"；《绝句漫兴九首》其一诗中他斥责花开鲁莽、莺声繁复……这种心理的反常就把他的愁情加深了一层。而情景相融显示的是主观对客观的认同，作者的心理呈现为正常状态。

无论是情景相融，还是情景相悖，都是源于作者心中"天人合一"的固有理念。情景相融反映的是对"天人合一"理念的赞许，情景相悖反映的是对"天人合一"理念的呼吁和坚守。

第十六章 "沉郁顿挫"内涵新解

　　杜甫诗歌风格因题材不同、生活处境不同、心态不同而呈现为多种面貌。但作为主体风格,人们仍是认准了"沉郁顿挫"。

　　"沉郁顿挫"原是杜甫在给唐玄宗的《进〈雕赋〉表》中对其诗文的概述,后代文论家认为这四个字能够表述杜诗的主体风格,遂成定论。对于"沉郁顿挫"的具体含义,历代文论家大都从内容方面解释"沉郁",从形式方面解释"顿挫"。笔者认为,"沉郁"与"顿挫"二者的内涵及成因,既都有内容层面的因素,也都有形式层面的因素。

　　对于"沉郁"的内涵所指,人们一般认为是杜诗的思想感情之沉厚、深沉、沉雄、沉着、浓郁、郁勃、忧郁、郁结,这些解释都与杜诗的基本内容相吻合。杜甫是先秦儒学的虔诚信奉者。他在诗中所执着表现的先秦儒家的思想精神,诸如忧患精神、人本精神、和合精神、乐道精神、笃行精神,这些,必定会使他的诗歌具有深厚、沉雄的性质;加上身经战乱,残破的山河、凋敝的民生与大唐盛世构成了强烈的对比,而诗人又拒绝对这种现实的认可,坚信盛世的复兴,于是,爱国主义、民族意识以及民胞物与的伟大情怀,又构成了战乱诗篇的主旋律,这些,也必定会使他的诗歌具有忧郁、郁勃的特征;同时,杜甫家世的血族悲剧以及幼年丧母的不幸经历、青年时期的坎坷仕途,由这些投在心灵上的阴影而形成的持重、忧郁的性格,又不能不使他的诗歌具有沉着、郁结的作风。

　　杜甫看问题总是比别人深入一层、慎重几分,这为他的诗歌带来思想深度和感情厚度。安史之乱爆发前夕,唐帝国的朝野上下沉浸在歌舞享乐之中,只有杜甫感到了国家危机的来临。天宝末年,好大喜功的唐玄宗频频发动开边战争。南诏国本来与唐王朝关系友好,因唐王朝的地方官吏张虔陀对其敲诈勒索，使其忍无可忍，才投靠吐蕃。杨国忠与鲜于仲通串通一气，兴兵讨伐南诏。对这场不义之战，杜甫作了严厉的抨击，在《兵车行》中写道："边庭流血成海水，武皇开边意未已。"指出开边战争对国力的巨大损害："君不闻汉家山东二百州，千村万落生荆杞。纵有健妇把锄犁，禾生陇亩无东西。"而同时代的诗人，如高适、储光羲辈，则为这场不义战争高声鼓噪。高适写《李云南征蛮诗》，说道："圣人赫斯怒，诏伐西南戎。肃穆庙堂上，深沉节制雄。遂令感激士，得建非常功。"[1]在高适看来，只要能建立军功就行，还管它什么正义非正义！储光羲《同诸公送李云南伐蛮》写道："雷霆随神兵，砰磕动穹苍。斩伐若草木，系缧同犬羊。"[2]为不义之师大吹大擂。这可谓"不比不知道，一比吓一跳"了，高、储之辈只知道迎合当权者的心思，不顾及战争的危害，杜甫却能以国家存亡为视点唱出反调。这就是他的作品的深度之所在，"沉郁"风格之表现。

杜甫由玄宗的频动开边战争而致使国力削弱、生活腐化而丧失民心、信任奸佞而导致乱政，预感动乱将要发生。他说："秦山忽破碎，泾渭不可求"，"回首叫虞舜，苍梧云正愁"（《同诸公登慈恩寺塔》），"群冰从西下"，"恐触天柱折"（《自京赴奉先县咏怀五百字》）。这种深沉的透视时局的目光，我们在同时期的其他诗人作品中尚未找到。京都收复之后，肃宗君臣喜笑颜开，以为大功告成，又是杜甫以冷静的头脑提出忠告："万方频送喜，无乃圣躬劳？"（《收京三首》其三）在肃宗打击玄宗旧臣、制造分裂时，杜甫忠于谏官的职守，为上书进谏而夜不成寐："明朝有封事，数问夜如何。"（《春宿左省》）而同是谏官的岑参却居处悠然，说什么"圣朝无阙事，自觉谏书稀"（《寄左省杜拾遗》）。在九节度重兵包围邺城、唐王朝的形势堪称大好、许多在战乱中退隐的人纷纷归朝大写特写《河清颂》的时候，又是杜甫提出警告，要肃宗君臣不得被胜利冲昏头脑："已喜皇威清海岱，常思仙仗过崆峒。三年笛里关山月，万国兵前草木风。"（《洗兵马》）这些忠警之辞，我们在其他诗人的篇章中也未曾发现。这就是杜诗的深刻之处，就是"沉郁"风格的具体表现和形成的原因。

---

[1]《全唐诗》（第3册），中华书局，1999年，第2209页。
[2]《全唐诗》（第2册），中华书局，1999年，第1398页。

笔者以为，仅从上述内容层面来解释"沉郁"的内涵及成因，是不够的，还应该从艺术形式的角度，对其进行考察。应该看到，杜甫在一些描绘山川景物或个人身世的作品中，每每采用"时空并驭"的手法，即在一个联语（一个押韵单元的两句诗）中，从时间和空间两个角度下笔，使诗境具有超常的广度、厚度与深度，这也是形成"沉郁"风格的因素。

杜甫在描写壮大的景物和感叹个人身世的联语中，经常使用"时空并驭"的手法。诸如，"江山有巴蜀，栋宇自齐梁"（《上兜率寺》）。前句以"巴蜀"写寺周"江山"之壮美，是从空间角度下笔；后句以"齐梁"写寺中"栋宇"之悠久，则是从时间角度下笔。又如，"长风驾高浪，浩浩自太古"（《龙门阁》）。前句以"长风""高浪"写嘉陵江的宏伟气势，是从空间角度下笔；后句以"太古"二字写嘉陵江的形成之久远，是从时间角度落墨。又如，"修纤无垠竹，嵌空太始雪"（《铁堂峡》）。前句以"无垠"二字写竹林的深广无际，是从空间角度下笔；后句以"太始"（即天地开辟的远古时代）二字写山巅积雪的久远，是从时间角度落墨。（"嵌空"二字，仇兆鳌注曰："玲珑貌。"并非状写空间景象。）其他如，"窗含西岭千秋雪，门泊东吴万里船"（《绝句四首》其三），"锦江春色来天地，玉垒浮云变古今"（《登楼》），"吴楚东南坼，乾坤日夜浮"（《登岳阳楼》），"建标天地阔，诣绝古今迷"（《奉赠太常张卿垍二十韵》），"天欲今朝雨，山归万古春"（《上白帝城二首》其一），等等，均是从空间和时间两个角度下笔。如果我们把上述联语同仅从空间角度下笔的联语相比较，比如"江流天地外，山色有无中"（王维《汉江临眺》），"山随平野尽，江入大荒流"（李白《渡荆门送别》），"气蒸云梦泽，波撼岳阳城"（孟浩然《临洞庭上张丞相》），"潮平两岸阔，风正一帆悬"（王湾《次北固山下》）等，应该说，这些联语所写的景物也很壮阔，但是比起上面所引杜诗的联语，我们总觉得它们缺了点什么。缺了点什么呢？缺了点深度感、厚度感。就作者所圈定的范畴来看，它们仅是现实的景物，而不是历史的景物；它们仅是空间的景物，而不是时间的景物。因而，它们虽然广大，却并不深厚。杜诗的雄厚之处，正在于既写了景物的空间状态，又写了景物的时间状态，以纵横交叉的笔墨展示出景物的雄伟现状和悠久历史。所以，这景物既是现实的，又是历史的；既有雄伟的身姿，又有丰厚的阅历。在它们的身上，既缠绕着天地的烟云,又披戴着历史的风尘。它们是从远古走来,气势磅礴地出现在我们的面前,足以让我们肃然起敬。

杜甫"时空并驭"的手法,还常用于表达漂泊岁月中的时局和身世感受。每每在一个联语中,兼出时、空两种意念。而且,经常使用"百年""万里""日月""乾坤"等词汇,极力扩展时、空的程度,造成悲壮深沉的诗境,塑造出白发老人面对天下烽烟的艺术形象。例如,"天下兵戈满,江边岁月长"(《送韦郎司直归成都》)。前句以"兵戈满"写战尘遍野的现实,是从空间角度写战乱的广延;后句以"岁月长"写客居日久,是从时间角度写战乱的持久。二句塑造出诗人关注天下烽烟、叹息漂泊于事无补的形象。又如,"乾坤万里眼,时序百年心"(《春日江村五首》其一)。二句意谓:乾坤疮痍,吸引着我的望眼;时序变更,总是牵动着我的心。前句从空间角度下笔,写忧国之情;后句从时间角度落墨,写迟暮之感。面对破碎乾坤而自叹迟暮,抒情形象颇为动人。又如,"漂荡云天阔,沉埋日月奔"(《赠比部萧郎中十兄》)。前句以"云天阔"写自身"漂荡"地域之广,下笔于空间角度;后句则以"日月奔"写自身"沉埋"时间之久,是从时间角度下笔。又如,"万里悲秋常作客,百年多病独登台"(《登高》)。前句以"万里"二字写故乡之远隔,是从空间角度落墨;后句以"百年"二字写一生之困况,是从时间角度落墨。又如,"几年逢熟食,万里逼清明"(《熟食日示宗文宗武》)。前句以"几年"二字写漂泊日久,是从时间角度落墨;后句以"万里"二字写故乡远隔,不能回乡为先人扫墓,是从空间角度下笔。其他如,"十年蹴鞠将雏远,万里秋千习俗同"(《清明二首》其二),"洛城一别四千里,胡骑长驱五六年"(《恨别》),"百年同弃物,万国尽穷途"(《舟出江陵南浦奉寄郑少尹审》),"长为万里客,有愧百年身"(《中夜》),"日月笼中鸟,乾坤水上萍"(《衡州送李大夫七丈赴广州》),等等,这样的联语还有很多,不能一一列举。总之,作者善于在一个联语中,把自身的形象放置于广大的空间与漫长的时间之坐标点上,通过时、空的交构,精确地概括自己终生漂泊的生涯以及对国家时局的感受。从塑造抒情形象的审美角度来考察,处在这样的坐标点上,抒情形象便具有了视通万里、思抚百年的特征。这个形象无疑是巨大的:它既具有广博的视野,又具有深邃的思维;既具有现实的高度,又具有历史的厚度。深沉的宇宙意识，强烈的时空感受，蕴含在其中。

我们的先人很早就具有了宇宙意识和时空感受。"宇宙"这个概念的产生就是个明证。什么是"宇宙"？《淮南子·齐俗训》解释说："往古来今谓之宙，四方上下谓之宇。"[1]这说明先人们已经把时间与空间紧密地联系起来了，而且已经表现出对二者的无限性有所认识。基于这种认识，古代的人们面对无垠的宇宙，频频发出个体生命之渺小之短促的叹息。晋朝人羊祜登临岘山，对同游者叹道："自有宇宙，便有此山，由来贤达胜士登此远望，如我与卿者多矣！皆湮灭无闻，使人悲伤。"（《晋书·羊祜传》）[2]羊祜的这段话，正是感慨江山之永在，人生之短暂。他所说的"宇宙"，显然是包括了空间和时间的。个体生命在无限的时空里所呈现的微小和瞬息之状，是他发出叹息的哲学依凭。晋人王羲之与会稽名士们同游兰亭，游乐之际，悲从中来，他"仰观宇宙之大，俯察品类之盛"，对比之下，感到了人生的匆促："人之相与，俯仰一世。"（《兰亭集序》）[3]谓于俯仰之间，个体生命便告终结。夸张之词，凸显出强烈的时空感受。李白与堂弟们在桃李园中夜宴，饮酒赋诗，作序言道："夫天地者，万物之逆旅，光阴者，百代之过客。而浮生若梦，为欢几何？"（《春夜宴从弟桃花园序》）[4]这也是在感叹天地之浩大，而人生之渺小；光阴之无限，而人命之匆邃。这些，都反映了当时人们的宇宙意识，其精神内核就是宇宙无限，人生短促。所以，它的感情基调是悲凉的。

杜甫大概是最先把宇宙意识和时空感受介入诗歌联语中的人。他诗中频频出现的"百年"之叹，当然也含有这种对个体生命自怜自惜的因素。但是，由于他视野中的"乾坤"每每是以国家、黎民为实质内容的，就是说，他关注的是国家的危亡、普天之下民生的苦难——这除了上面所引的"天下兵戈满""乾坤万里眼"之外，还有许多诗例可以证明，如"乾坤含疮痍"（《北征》），"血战乾坤赤"（《送灵州李判官》），"战伐乾坤破"（《送陵州路使君之任》），"乾坤尚风尘"（《赠别贺兰铦》），"乾坤尚虎狼"（《有感

---

[1]《诸子集成·淮南子》，上海书店出版社，1986年，第178页。
[2]《二十五史·晋书》，上海古籍出版社，1986年，第117页。
[3] 冯其庸《历代文选》，中国青年出版社，1962年，第335页。
[4] 詹锳《李白全集校注汇释集评》，百花文艺出版社，1996年，第4139页。

五首》其二),"天地日流血"(《岁暮》),等等。总之,由于他在联语中提出的空间范畴具有这种性质,这就使他的"百年"之叹大大地削弱了一己之私的内涵,而具有了"不眠忧战伐,无力正乾坤"(《宿江边阁》)的忧国忧民的高层涵义。比较羊祜、王羲之、李白等人的叹息,这显然是一种悲壮的浩叹。面对充满灾难的巨大乾坤,叹息个人生命的短促与渺小无力,是杜甫独有的全新的时空感受。从诗歌艺术的表现手法来看,这样的"时空并驭",出色地塑造出诗人的目接乾坤、心怅百年的巨大形象,这个抒情形象强烈地感动着中华儿女的心灵。

诚然,在上面所引的诗例中,有些联语中的"万里""乾坤"之类的空间词汇,并非指的"国家""天下",而是指自己漂泊空间之广大。作者在这些联语中,是感慨平生的漂泊生涯的。但是,只要我们想到他的终生漂泊正是由于战乱不止,即如他所反复明示的"乱后居难定"(《入宅三首》其二),"天下兵戈满,江边岁月长"(《送韦郎司直归成都》),"兵戈久索居"(《寄高三十五詹事》),"兵戈阻绝老江边"(《恨别》),就可以知道,在这种自叹身世的联语中,也是包含着对国家时局的感叹的。这些联语所塑造的白发老人在漫漫风尘中流离漂泊的形象,无疑是对战乱时代所作的一个侧面的艺术缩影,它蕴含着深厚的时代生活的内容,因而具有深宏的诗境。笔者以为,这也是杜诗"沉郁"风格的具体表现和形成的原因。

现在说到"顿挫"二字。学界对"顿挫"的解释,是仅从表现形式上着眼的。笔者以为,如此解释尚觉勉强、吃力。固然,我们对它的解释可以各抒己见,但是应该首先搞清杜甫本人使用这个词的时候对它的意义认定。笔者以为,杜甫所说的"顿挫",并非仅指表现手法,其中也是包含了作品的内容的。

先来看"顿挫"一词的出处。这个词最早见于陆机的《文赋》,陆机在谈到各种文体特征时说道:"铭博约而温润,箴顿挫而清壮。"唐人张铣注云:"箴所以刺前事之失者,故须抑折前人之心,使文清理壮也。顿挫,犹抑折也。"[1]张铣从"箴"这种文体的功能角度,来解释"顿挫"一词的含义,应该说是正确的。"箴"是规劝、告诫性的文字,刘勰《文心

---

[1] 李善等《六臣注文选》,浙江古籍出版社,1999年,第293页。

雕龙·铭箴》说："箴者，所以攻疾防患，喻针石也。"[1]既然是劝谏性的文字，当然要"刺前事之失"，而要做到"刺失"，就须"抑折前人之心"，因为他做出这种错事，是由于他的心思不正，所以必须"抑折"之。抑，就是压制、阻止；折，就是扭转而使之归正。"抑折前人之心"，就是说要对犯错误的人进行思想批判，借以警示时人。因此，张铣所说的"抑折"，就是"批判"的意思。这种批判性的文字，自然要思想清纯、有理有据，也就使"箴"这种文体具有"文清理壮"的特征。杜甫在其诗中几次提到陆机，如《醉歌行》中说"陆机二十作《文赋》"，可知他读过陆机的《文赋》。《昭明文选》收录了陆机的《文赋》，张铣等五臣注《文选》又是开元间完成的，此时杜甫正值青年，自应读过此书。后来，他又曾引导孩子背诵《文选》，并写诗告诫儿子要"熟精《文选》理"（《宗武生日》）。那么，他对于张铣所诠释的"顿挫"一词的意义是清楚的。由此看来，他把自己的诗文概括为"沉郁顿挫"，首先是指作品的内容而言的：既思想感情沉郁，又能讽刺规谏。

其次，还可以从"沉郁顿挫"一词的语境中寻绎答案。杜甫在《进〈雕赋〉表》中说道："臣之述作，虽不能鼓吹六经，先鸣数子，至于沉郁顿挫，随时敏捷，扬雄、枚皋之徒，庶可企及也。有臣如此，陛下其舍诸？"[2]文中提到扬雄、枚皋，说自己的诗文能够达到他们的水平。仔细品味这段话，会发现"沉郁顿挫"与"随时敏捷"是分别针对扬雄和枚皋讲的。"沉郁顿挫"说的是扬雄，"随时敏捷"说的是枚皋。枚皋性格诙谐，才思敏捷，武帝每有所感，就让他作赋，他能下笔成章，所以在汉代文坛上他的成果最多，但他并不以讽谏为创作的宗旨。由此可知，"随时敏捷"是指枚皋而言，而"沉郁顿挫"却不是说他。扬雄为人口吃，不能剧谈，作文也不能一挥而就，自然说不上"随时敏捷"，那么，留给他的只能是"沉郁顿挫"了。事实上，在汉代的赋家中，也是扬雄的作品最具讽谏和批判精神的。他的《羽猎赋》开篇就规谏皇帝应该生活节俭，对汉武帝"广开上林"的奢侈行为进行了批判，而且还申明写作此赋的目的——唯

---

[1] 范文澜《文心雕龙注》，人民文学出版社，1958年，第194页。
[2] 仇兆鳌《杜诗详注》，中华书局，1979年，第2172页。

恐"后世复修前好",也就是担心汉成帝走其乃祖的老路。其他如《甘泉赋》《长杨赋》等,都表现出鲜明的规谏和批判意识。扬雄对汉赋的大贡献就是把司马相如的讽谏为辅,变成讽谏为主。那么,杜甫在使用"沉郁顿挫"的概念来评价扬雄的时候,他的心里是装着张铣对"顿挫"一词的解释的。在他此时的心目中,"顿挫"就是"抑折",就是"抑折前人之心",就是批判前人的不良思想行为。他所说的"沉郁顿挫",就是指作品具有批判现实的内容,具有对君主和朝政的讽谏功能。杜甫说的这段话,是向玄宗的自荐之辞,说自己写作诗文既具有扬雄的思想深度,又具有枚皋的行文速度;既有质量,又有数量,这样的人才,皇帝是应该使用的。应该说,杜甫的措辞很严谨,又很有说服力。

重视文章的规谏功能,是太宗的贞观之治给杜甫心灵上留下的深刻烙印。他认为,太宗纳谏,臣子进谏,是贞观之治的生成原因:"端拱纳谏诤,和风日冲融"(《往在》),"磊落贞观事,致君朴直词"(《奉送魏六丈佑少府之交广》)。开元年间,吴兢作《贞观政要》献给玄宗,该书也是把太宗的勇于纳谏作为重要内容的。这些,都会对杜甫的文学观产生影响。众所周知,批判现实是一部杜诗的生命线。"致君尧舜上,再使风俗淳",是杜甫的政治理想,而要"致"、要"使",都是离不开规谏和批判的。杜甫一生无论居官在野,他所做的大事之一就在于此。且不说安史之乱发生以后杜甫的创作实践,就是在战乱发生之前,杜甫已在诗中实施了他的行动纲领。《进〈雕赋〉表》作于天宝十三载(754),杜甫43岁,他说已有诗文千余篇,虽说这些作品绝大多数没有传下来,但从流传下来的诗篇中已经看到其自觉而强烈的批判现实的精神,例如天宝十载(751)所作的《兵车行》、天宝十一载(752)所作的《送高三十五书记十五韵》、天宝末年所作的《前出塞九首》等作品对玄宗开边战争的批判,天宝十一载所作的《同诸公登慈恩寺塔》对国家动乱危机的忧虑,天宝十二载(753)所作的《丽人行》对杨国忠兄妹腐败生活的批判,等等。这些,就是杜甫自述的"沉郁顿挫"的内涵。

"顿挫"一词的本原意义是"抑折",后来又派生出新的意义。南朝宋人范晔作《后汉书》,在《孔融传赞》中说:"北海天逸,音情顿挫。"李贤注："顿挫，犹抑扬也。"[1]此后，"顿挫"一词就常被人用来指诗文、绘画、书法、舞蹈的跌宕起伏、回旋转折，意义由本原的内容范畴进入到形式范畴。应该说，杜诗的"顿挫"风格，既包含张铣所说的内容层面（抑折——批判）的意思，也包含着李贤所说的艺术层面的意思。当今学者对于杜诗"顿挫"风格从形式层面作出多种解释，或曰"表达方式的回旋纡折"，或曰"表现手法的沉着蕴藉"，或曰"形式上波澜老成"，或曰"声调、词句有停顿、转折"，这些说法均有道理，却都显得不够具体。

笔者以为，杜诗每于一句或两句之中，意思发生逆转，前后形成针锋相对之势，是造成"顿挫"的重要原因之一。且以《自京赴奉先县咏怀五百字》为例说明之。此诗开头写道："杜陵有布衣，老大意转拙。"一般说来，人的年纪变大，阅历增多，就会变得聪明、世故起来，可是老杜却恰恰相反，他说自己是越老越拙笨了。由"老大"而形成的期望值一下子竟变成了负数，于是，"老大"与"转拙"就构成了尖锐的矛盾，感情的波澜便随之而起。接下来写道："许身一何愚，窃比稷与契。"读了前句，我们还真以为他作出了什么不光彩的人生选择，读到后句才知道他心存稷契之志，于是，"愚"与"稷契"之志又构成了尖锐的矛盾，在这种矛盾中表达了愤世之情。接下来说："居然成濩落，白首甘契阔。"理想既然落空，按常理就应改道而行，但是他却说心甘情愿地困苦到老，前后两句意思又呈对立。"取笑同学翁，浩歌弥激烈。"前句说自己的稷契之志遭到了同学的嘲笑，后句则针锋相对地表达了个人的坚定立场。"以兹悟生理，独耻事干谒。"前句说，从"蝼蚁辈"小人那里，自己懂得了谋生的道理——要想衣食饱暖、飞黄腾达，就得投靠权门；后句却又说自己以"干谒"为耻辱，决不搞那一套邪门歪道。诸如此类，处处是对立，处处在撞击。读此诗篇，如同置身于群山之中，看不到一处平地；又如行舟于黄河的壶口，满眼是漩涡和激浪。读者的心不能不随之而频频起伏、频频颠簸。所以我说，杜诗的"顿挫"风格，首先来自相邻诗句的意思逆折。诚然，诗文作家都强调"文似看山不喜平"，注重诗文的波澜；但是像杜诗这样在一句或相邻的两句之中频频进行语意的猛烈撞击，却是罕见的。

---

[1]《二十五史·后汉书》，上海古籍出版社，1986年，第243页。

其次，杜诗的"顿挫"风格还来自他独特的取景抒情方式。杜甫言愁，较少取用哀景，更多的是取用丽景。他惯以丽景伴愁心，心越愁而景越丽，从而构成情与景的巨大冲突，在冲突中，感情表达获得了超常的力度。

在文学创作中，情与景的关系原是很复杂的。刘勰《文心雕龙·物色》篇说："春秋代序，阴阳惨舒。物色之动，心亦摇焉。"[1]这是讲的自然景物对作家情感的影响和作用。但是他只说阴沉的景物使人心情凄惨，阳和的景物使人心情舒畅，如此表述客观景物与主观情志的关系，就显得简单化了。事实上，人的主观情感对于客观景物的反应，并不像风吹草靡、石击浪生那样的被动。面对阴沉的景物，不一定就心情凄惨；面对阳和的景物，也不一定就心情舒畅。人的心情主要是生自他所经历的社会生活，是生活上的顺逆决定着他心情的性质。他怀着这种来自生活的情感，去接触客观景物，对客观景物的反应就不会是那样简单，而是呈现为复杂的状况。假如他的心情是舒畅的，他怀着这种心情接触了阴沉的景物，则景物不会对他产生影响，他对这样的景物是视而不见的；另一种情况，他怀着舒畅的心情接触了阳和的景物，则阳和的景物就会与他的心情发生共振，出现情与景融的现象，这时候往往会产生创作的冲动和灵感。假如他的心情是凄惨的，他怀着这种心情接触了阴沉的景物，也会产生情与景融的现象；另一种情况，他怀着这种凄惨的心情接触了阳和的景物，这时候，他对这景物就不是视而不见，而是由此产生严重的心理失衡，他会责怪这景物的不解人意，他会遗憾这景物不能与己同悲，他会感到自己竟然不如花草。假如他是个诗人，他就会把这阳和的丽景引入诗中，与自己的境况形成对比，以表达不平之心，或强化自己的不幸。如果他的凄惨心情是因为国事而产生的，或是因为友人的命运而产生的，他也会同样在丽景面前产生心理的失衡，会感到国事或友人的命运竟然不如花草。杜甫的引丽景入愁诗，以丽景伴愁情，就是在心理失衡的情况下作出的。例如《春望》一诗："国破山河在，城春草木深。感时花溅泪，恨别鸟惊心。烽火连三月，家书抵万金。白头搔更短，浑欲不胜簪。"诗写感念国家危亡和悬念家属

---

[1] 范文澜《文心雕龙注》，人民文学出版社，1958年，第693页。

性命的心情，这心情是凄惨的。这凄惨的心情是来自于国家的时局和家庭的不幸，而并非来自客观景物，但是客观景物即春天的丽景确实引起了作者心理的失衡。颔联引春天的"花""鸟"入诗，并且说：由于感念国家时局，所以看到花开而不禁苦泪迸溅；由于怨恨亲人离别，所以听到鸟鸣而感到阵阵心惊。杜甫因花而"溅泪"、因鸟而"惊心"，正是由于国事、家事与春色的不相协调而导致心理失衡的表现。作者的心理过程是：当他看到春入沦陷的长安，断壁残垣间，鲜花绽开笑脸，不禁感念国家的时局依然危重，花草尚有春来日，国事依旧严冬时；国事为重，花草为轻，然而国事尚且不如花草！心理的严重失衡，使他油然而溅泪。当他看到春天的鸟雀飞来飞去，一双双，一对对，欢鸣着，忙着筑巢，忙着育雏，这和乐的生活景象使他想起自己的家庭，而自己的家庭却是亲人远隔，妻子儿女无依无靠，生死难料。人啊，竟然不如鸟雀！也正是由于心理的失衡，他听到鸟鸣才心魂悸动。

　　如果要问，以丽景写愁心何以会有如此巨大的艺术力度？可以回答：是由于这种手法能够掀动起巨大的感情波澜。这是使用哀景所不能达到的效果。如果诗中引入哀景以衬托悲情，则情与景是顺应的关系，二者处于和谐的状态，是相互融合的，不发生主观与客观的冲突。作者对这景物是认同的，是不抵触的。此时的景与情，就如同西风吹拂东逝水，是顺畅的、平稳的。而引入丽景对愁怀，则情况完全不同。例如杜甫《早花》诗："西京安稳未？不见一人来。腊日巴江曲，山花已自开。盈盈当雪杏，艳艳待春梅。直苦风尘暗，谁忧客鬓催？"诗中写时局之忧，引入的是"山花""雪杏""春梅"这些丽景，这时候，作者的主观之情与景物呈现为对立的关系，情与景是不相融合的。作者对这景物是不认同的，是抵触的，他厌恨它的存在，于是感情就与景物发生了碰撞，在与景物的撞击中生发出力的逆折与回旋，激溅出轰隆巨响。景对于情已不再是西风对于东逝水，而是如同夔门江心的巨石对于湍急的江流，它要拦截江流，而江流正是由于它的对抗，才怒涛崩涌，才显示出巨大的力量。可以说，杜诗中设置这些丽景，其目的就是在设置众多的夔门巨石，作者是要让他的感情在冲撞对抗物中得到强化。这也就是王夫之说的"一倍增其哀乐"的原因所在，也是以乐衬哀手法的艺术力原之所在。应该说，杜诗的"顿挫"

风格的形成，与作者多用丽景写悲情的手法有密切的关系，这种手法造成情与景的尖锐矛盾，使情感在冲突中获得了力的逆折之势。假如作者一味地引入哀景，使情感在与景物和谐的状态中抒发，那么也许能够造成"沉郁"，却难以造成"顿挫"。

第十七章 论杜甫的文艺思想与实践

杜甫没有论文艺创作的专著，但在所作的诗文中却时或表达个人的见解。陈伯海先生主编的《历代唐诗论评选》，收录了杜甫的《戏为六绝句》《陈拾遗故宅》《春日忆李白》《奉赠韦左丞丈二十二韵》《敬赠郑谏议十韵》《江上值水如海势聊短述》《解闷十二首》《偶题》《遣闷戏呈路十九曹长》《同元使君舂陵行》诸作中涉及的诗论主张。除此之外，还有《桥陵诗三十韵因呈县内诸官》《寄高三十五书记》《承沈八丈东美除膳部员外郎阻雨未遂驰贺奉寄此诗》《宗武生日》《送覃二判官》《寄李十二白二十韵》《寄彭州高三十五使君适虢州岑二十七长史参三十韵》《赠毕四曜》《醉歌行》《咏怀古迹五首》（其二）等诗篇中，也表达出他的诗论见解或诗美追求。而且，又在《戏题王宰画山水图歌》《丹青引》《李潮八分小篆歌》《发潭州》等诗篇中，表达他对书法、绘画的审美取向。这些见解每每以片言只语的形式出现。从这些片言只语中把杜甫的文艺思想抽绎出来，以获得整体认识，是有意义的。杜甫的文艺思想涉及的文体有诗歌、书法、绘画等多个领域，涉及的内容则有作家的创作心态认识、审美主张、诗艺追求、作家的学养要求等许多方面。这些见解是精深的。本文拟结合他的创作实践，对他的文艺思想作出较为全面的总结。

一、反对外力干预，强调心态自由

"十日画一水，五日画一石。能事不受相促迫，王宰始肯留真迹。"四句诗是杜甫《戏题王宰画山水图歌》的开场白。王宰是盛唐时期的著名画家,善画蜀地山川。杜甫这四句诗意思是说:王宰在进行绘画创作时,十天才画出一条水,五天才画出一块石头;他只有在不受外力催促、逼迫的情况下,才肯于从事绘画活动。王宰绘画的速度如此之慢,绝不是用笔生疏,而是在精心构思,惨淡经营,务必使所画出的山水独具个性。你要是给他规定成品的时间,他就干脆不画了。仇兆鳌《杜诗详注》引吴门金氏的话说:"不受促迫,方得从容尽其能事,此见王宰品格,亦见主人知音。"笔者以为,这里固然能见出王宰品格,但重要的是杜甫揭示了"创作心态宽松自由"的艺术规律。艺术创作是一种精神活动,是灵感触发的过程。而灵感的触发有赖于环境的宽松、心态的自由,是拒绝接受外力干预的。作家在外力干预(权势干预、命意干预、衣食干预、时间干预)下,难以触发灵感,其作品难以成为真正的艺术。杜甫自觉地遵循这种艺术之道,一生未作"应制诗",保障心灵活动的充分自由,所以他的作品充满了真情至性。而且,他还为有的作家屈于生活压力,以笔墨换钱的做法表示了惋惜。例如,画家曹霸在安史之乱中流落到成都,为衣食所困,只好为庸俗之辈画像,杜甫叹道:"将军画善盖有神,偶逢佳士亦写真。即今漂泊干戈际,屡貌寻常行路人。途穷反遭俗眼白,世上未有如公贫。"(《丹青引》)为"佳士"画像,是出于自心之爱,画出来自然是艺术品;为"行路人"画像,是出于衣食之需,是生活"促迫"的结果,画出来的东西何谈艺术?当然,杜甫对曹霸的晚年遭遇有着深厚的同情,不过,我们在其同情的言辞里面,还是可以悟到其中含有的惋惜成分。古今的文艺作品以正反两个方面的大量例证,证明着杜甫这种见解的真理性质。那些屈于外界压力和干预的"应制文学""遵命艺术",或许能够取宠一时,却永远丧失了艺术生命。

黑格尔说:"自由是心灵的最高的定性。"[1]法国20世纪著名哲学家柏格森认为,实用性和功利性是阻隔主客体完全融合的帷幕,必须予以揭开。[2]中国当代文学理论界也十分明确地指出作家心态自由对于创作灵感的激发、优秀作品的完成之关键意义,如童庆炳主编的《文学理论要略》

---

[1] 黑格尔《美学》(第一卷),人民文学出版社,1958年,第120页。
[2] 张秉真等《西方文艺理论史》,中国人民大学出版社,1994年,第544页。

说:"文学创作常常需要作家进入自由的、无拘无束的、兴之所至的创作心境之中,在这种心境中,作家的创作活力才能充分地被调动起来。"[1] 根据现存的文献资料,应该说,是杜甫首先揭示出"创作心态宽松自由"这一艺术规律的。

二、追求气韵生动,提倡"瘦硬""雄劲"

气韵生动,是一切文艺作品的审美追求;皮相摹写,终归于神韵的丧失。杜甫提出以"瘦硬""雄劲"为美的主张,将"瘦硬""雄劲"作为导致气韵生动的途径。

首先,杜甫认为"瘦硬"风格的作品具有生动的气韵。他批评画家韩干的画马作品:"幹惟画肉不画骨,忍使骅骝气凋丧。"(《丹青引》)认为肉多则气丧,骨硬则神生,韩幹所画的这些肉马是不足称道的。对于书法艺术,他同样主张"瘦硬"为美,"书贵瘦硬方通神",所谓"瘦硬",就是笔锋如同"快剑长戟森相向"(《李潮八分小篆歌》)。他特别推崇初唐书法家褚遂良的书法,说"褚公书绝伦"(《发潭州》)。书法界公认褚遂良的书法风格"疏瘦婉畅,如铁线萦结"[2],显然,这也是因为褚遂良的书法风格符合他的审美取向。相反,他对于同时代的、以气度丰腴为特征的书法家颜真卿却一字未提。在诗歌艺术上,虽未明确提出这种观点,但是我们读他全部作品,确能感到一种"瘦硬"的作风,而找不到追求"丰腴"的痕迹。例如,他笔下的"胡马"是"锋棱瘦骨成","竹批双耳峻"(《房兵曹胡马》),笔下的"天狗"是"性刚简而清瘦"(《天狗赋》),笔下的山也多是尖峭、铁硬的,"峡形藏堂隍,壁色立精铁"(《铁堂峡》),"两行秦树直,万点蜀山尖"(《送张十二参军赴蜀州因呈杨五侍御》),"赤甲白盐俱刺天"(《夔州歌十绝句》其四),等等,这些物象均以瘦硬的气质显示出生动的气韵。盛唐时期,颜真卿的书法、韩幹的画马、张萱《捣练图》所画之仕

---

[1] 童庆炳《文学理论要略》,人民文学出版社,1995年,第120页。
[2]《莲池书院法帖》,河北美术出版社,1982年,第2页。

女，乃至以丰满获宠的杨玉环，等等，反映了当时的社会以"丰腴"为美的审美思潮。杜甫在艺术上提出"瘦硬"为美的观点，这对于当时的社会审美潮流来说，可谓逆流而动。

作品气势"雄劲"，也是杜甫的审美追求。"庾信文章老更成，凌云健笔意纵横"(《戏为六绝句》其一)，"凌云健笔"固然是对庾信晚年文章风格的赞美，但无疑也是杜甫的审美主张。他不满意当时文坛那些精雕细刻的小巧之作，说道："才力应难跨数公，凡今谁是出群雄？或看翡翠兰苕上，未掣鲸鱼碧海中。"(《戏为六绝句》其四)"数公"，指庾信、"四杰"。"翡翠兰苕"比喻虽精致而气势微弱的作品，"掣鲸碧海"比喻气势雄劲之作。杜甫推扬的是后者，认为能写这样作品的作者才是"出群雄"，可惜为数不多。本着这样的审美标准，他赞美李白"笔落惊风雨，诗成泣鬼神"(《寄李十二白二十韵》)，他赞美贾至的诗文，称其"雄笔映千古"(《别唐十五诫因寄礼部贾侍郎》)，他赞美侄子杜勤的文章气势"词源倒流三峡水，笔阵独扫千人军"(《醉歌行》)。杜勤诗坛无名，似不堪如此评价，只因遭逢科举落第，作为乃叔方才以此等好语安慰之，从中更能看出杜甫的审美取向。杜甫对于那些具有雄劲气势的动物和绘画，尤其喜欢歌咏之，对于雄鹰、劲鹘、老松、古柏，均以凌厉的笔触再现其飒爽英姿。写骏马则是"竹批双耳峻，风入四蹄轻。所向无空阔，真堪托死生"(《房兵曹胡马》)，"四蹄雷电，一日天地"(《画马赞》)，"是何意态雄且杰，鬃尾萧梢朔风起"(《天育骠图歌》)；写劲鹘则是"斗上捩孤影，嗷哮来九天"(《义鹘行》)，"长翮如刀剑，人寰可超越"(《画鹘行》)；写老松则是"阴崖却承霜雪干，偃盖反走虬龙形"(《题李尊师松树障子歌》)；写古柏则是"霜皮溜雨四十围，黛色参天二千尺"(《古柏行》)；至于雄伟的高山、奔腾的江河，更是屡见于笔端。杜甫的诗歌创作，实践了他的美学追求。

三、思想艺术并重，刻苦追求诗艺

杜甫说"别裁伪体亲《风》《雅》"(《戏为六绝句》其六)，这表明他是以《诗经》为正宗，继承《诗经》的美刺比兴传统，注重文学的批判现实功能；同时，对那些"伪体"，例如齐梁"宫体诗"及"上官体"之类的作品，要加以区别裁汰。关于这一点，杜甫有大量的干预政治、批判现实的作品为证，不再赘述。本节重点述论他对诗歌艺术的追求。

首先是对"佳句"的追求。他说："为人性僻耽佳句，语不惊人死不休。"（《江上值水如海势聊短述》）他特别关注李白诗中的佳句，说："李侯有佳句，往往似阴铿。"（《与李十二白同寻范十隐居》）他还向高适请教佳句的法式："美名人不及，佳句法如何？"（《寄高三十五书记》）他因岑参赠送佳句而自喜："故人得佳句，独赠白头翁。"（《奉答岑参补阙见赠》）晚年他客居夔州，作《秋日夔府咏怀奉寄郑监李宾客一百韵》，回顾一生遭际，其中就有"远游凌绝境，佳句染华笺"这样的自得之意，并且希望能够把这些佳句流传后世："词人取佳句，刻画竟谁传？"（《白盐山》）杜甫所追求的佳句，是那些用诗的语言深刻反映社会人生的警句、鲜明刻画自然生态的妙句。抒情诗虽说颇为注重意境的创造，但警句、妙句亦有其不可替代的意义，文学史上有不少诗人以一两句诗而知名，就是这个道理。杜甫对此刻苦追求，创作出大量的传世警句、妙句。前者如"朱门酒肉臭，路有冻死骨"，"感时花溅泪，恨别鸟惊心"，"无贵贱不悲，无富贫亦足"，"血战乾坤赤，氛迷日月黄"，"三年笛里关山月，万国兵前草木风"，"弟妹悲歌里，乾坤醉眼中"，"血埋诸将甲，骨断使臣鞍"，"身世双蓬鬓，乾坤一草亭"，"天意高难问，人情老易悲"，"丛菊两开他日泪，孤舟一系故园心"；后者如"山河扶绣户，日月近雕梁"，"造化钟神秀，阴阳隔昏晓"，"七星在北户，河汉声西流"，"无风云出塞，不夜月临关"，"风含翠筱娟娟净，雨裛红蕖冉冉香"，"随风潜入夜，润物细无声"，"野花留宝靥，蔓草见罗裙"，"入帘残月影，高枕远江声"，"星垂平野阔，月涌大江流"，"高江急峡雷霆斗，古木苍藤日月昏"，"江山有巴蜀，栋宇自齐梁"，"吴楚东南坼，乾坤日夜浮"，等等。此等警句、妙句，集情、理、景于一体，熔才、学、识于一炉，深刻精警，使人过目难忘。

其次是对诗律的追求。他说"晚节渐于诗律细"（《遣闷戏呈路十九曹长》），所言"诗律"，主要是指近体诗的声律、韵律、对仗、章法、句法、字法。诗律对于形成近体诗的音乐美、匀齐美具有重要的作用。杜甫流传下来的1400多首诗中，有近一半是近体诗，尤其是五律、七律，被后人称为典范之作。他特别强调诗律在促成诗美上的重要作用,说"律中鬼神惊"(《敬赠郑谏议十韵》),所谓"律中",就是符合格律要求。写近体诗的难度在于遣词达意必须符合格律规定,这如同在两脉高山之间的溪水上行船,一脉是表意的高山,一脉是格律的高山,触到哪脉山岩都要翻船的;而一旦遣词达意正好切中格律,就会产生巨大的美学效果,如杜甫所说,能使鬼神为之震惊。为此,他反复强调格律的运用。例如,他赞美初唐诗人沈佺期在诗律上的建树:"诗律群公问。"(《承沈八丈东美除膳部员外郎阻雨未遂驰贺奉寄此诗》)他赞美奉先县诸公诗歌的艺术造诣:"遣词必中律。"(《桥陵诗三十韵因呈县内诸官》)他赞美郑审、李之芳诗歌精于诗律:"律比昆仑竹。"(《秋日夔府咏怀奉寄郑监李宾客一百韵》)他教导儿子宗武作诗,也在诗律上给予强调:"觅句新知律。"(《又示宗武》)在杜甫的时代,五律已经定型和成熟,七律是则在杜甫手中定型和成熟的。在声律的探索上,他还创造了"仄平仄平仄,平仄仄平平"的五言律句变格形式,创造了"平平仄仄仄平仄,仄仄平平平仄平"(即"丁卯句法")的七言律句变格形式,丰富了近体诗律句的样式。[1] 在对仗的技巧上,他把"流水对""句中对""借对"等对仗形式推到了艺术的巅峰。[2] 在章法的建构上,他通过典范性的创作实践,确立了登临咏怀诗的"四节式"章法(点题—写景—言事—结情),确立了咏物诗的"二节式章法(描绘物象—寄托情志)。[3] 在句法和字法的建构上,同样取得辉煌的成就(详见笔者所著《杜诗艺谭》)。

四、注重学识修养,融会诸家之长

杜甫认为,加强学养是从事诗歌创作的必备条件,他自言创作体会:"读书破万卷,下笔如有神。"(《奉赠韦左丞丈二十二韵》)只有大量读书,

---

[1] 韩成武《杜诗艺谭》,河北教育出版社,2002年,第202页。
[2] 韩成武《杜诗艺谭》,河北教育出版社,2002年,第154页、174页、184页。
[3] 韩成武《杜诗艺谭》,河北教育出版社,2002年,第140页。

才能在写作时左右逢源，如有神助。他认为"男儿须读五车书"(《题柏学士茅屋》)。"身外满床书"(《汉川王大录事宅作》)，是他生活追求的目标。他平日是手不离卷的，"散乱床上书"(《溪涨》)是他的生活写照。"检书烧烛短"(《夜宴左氏庄》)，他常常读书到深夜。"客至罢琴书"(《过客相寻》)，"漫卷诗书喜欲狂"(《闻官军收河南河北》)，只有在客人来访或极度喜悦的时候，才肯于停止读书。即便是乘船漂泊的日子里，他也从未把书丢下，"群书满系船"(《秋日夔府咏怀奉寄郑监李宾客一百韵》)。为了培养后代继承诗人家声，在小儿宗武年方13岁时，他就开始教授学习《昭明文选》，而且要求孩子熟记、背诵，"续儿诵《文选》"(《水阁朝霁奉简云安严明府》)，还要求孩子"熟精《文选》理"(《宗武生日》)；宗武15岁时，他又进一步提出"应须饱经术"的要求，敦促孩子熟读儒家经典。可见，学识修养在他心目中的重要地位。这一点，还可以从他诗歌中使用语典、事典的丰富性，得到证实。他依靠深厚的学养，批评朝政之得失，品评时人的善恶，或为他人立传，或自述平生履历，抒情言志，显得那样得心应手。宋代的江西诗派，正是看准了老杜的这一点，打出"杜诗无一字无来历"的旗号作为标榜，为自己的诗歌创作开出一条生路。

在强调学养的同时，杜甫还强调虚心向前辈和当代诗人学习的重要性。"不薄今人爱古人，清词丽句必为邻。"(《戏为六绝句》其五)他喜爱古代诗人，也不鄙薄当代诗人，凡有清词丽句者，都愿意与之亲近，向他们学习。即便是对于南朝诗人，他也从不一概否定。陈子昂称"齐梁间诗，彩丽竞繁，而兴寄都绝"(《与东方左史虬〈修竹篇〉序》)，把南朝诗歌一笔抹杀，虽属斗争的需要，亦颇有矫枉过正之嫌。杜甫秉心公允，他说："作者皆殊列，名声岂浪垂？"(《偶题》)认为历代诗文作者之所以能够垂名于后世，必然有他的独到之处。为此，他不放弃任何可以学习的诗文，不排斥任何可以效法的诗人。从远处说来，他表示学习过屈原、宋玉，"迟迟恋屈宋"(《送覃二判官》)，"窃攀屈宋宜方驾"(《戏为六绝句》其五)，"摇落深知宋玉悲，风流儒雅亦吾师"(《咏怀古迹五首》其二)；他表示学习过李陵、苏武，"李陵苏武是吾师"(《解闷十二首》其五)；他学习扬雄的赋，学习曹植的诗，"赋料扬雄敌，诗看子建亲"(《奉赠韦左丞丈二十二韵》)。即便是被陈子昂否定的六朝诗人，他也十分认真地审视并吸取他们的长处:他学习阴铿、何逊的刻苦态度,"颇学阴何苦用心"(《解闷十二首》其七);他思慕陶潜、谢灵运田园山水诗的造诣,"焉得思如陶谢手,令渠述作与同游"(《江上值水如海势聊短述》);他称自己的诗继承了江淹、鲍照的风格,"流传江鲍体"(《赠毕四曜》)。对于初唐诗人如"四杰"、陈子昂、沈佺期、宋之问、郭震、杜审言等,他也给予高度的评价,并表示向他们学习。对于同时代的诗人,他赞扬李白"笔落惊风雨,诗成泣鬼神"(《寄李十二白二十韵》),"白也诗无敌,飘然思不群"(《春日忆李白》),他赞美高适、岑参"意惬关飞动,篇终接混茫"(《寄彭州高三十五使君适虢州岑二十七长史参三十韵》),他赞美王维"最传秀句寰区满"(《解闷十二首》其八),他赞美孟浩然"清诗句句尽堪传"(《解闷十二首》其六)。正是由于他广泛地学习了古今诗人的长处,才使自己成为"集大成"的诗人。正如中唐诗人元稹所说:"至于子美,盖所谓上薄风雅,下该沈宋,言夺苏李,气吞曹刘,掩颜谢之孤高,杂徐庾之流丽,尽得古今之体势,而兼文人之所独专矣。"[1]宋人秦观也认为:"然不集诸子之长,子美亦不能独至于斯也。"[2]这是一条宝贵的经验,是杜甫文艺思想的主要部分。

---

[1] 仇兆鳌《杜诗详注·附编》,中华书局,1979年,第2235页。
[2] 仇兆鳌《杜诗详注·诸家论杜》,中华书局,1979年,第2318页。

第十八章　杜甫在中国诗歌发展史上的十个创新之举

宋初诗人王禹偁说:"子美集开诗世界。"[1]此论宏观而且中肯。在中国古典诗歌的发展史上,杜甫是一位勇于创新的诗人,在诗歌的内容和诗歌的形式上都有诸多创新之举。这些创新之举并非昙花一现,而是引导后代诗人欣然而从,导致中国诗歌发生新变,具有开创诗歌新天地的重要意义。本章从十个方面对杜甫的创新之举作出概述。

一、在诗歌的内容方面,杜诗在唐代诗歌史上呈现出两大明显的转折——变先前诗歌以抒情为主转而成为以叙事为主,变先前诗歌的歌唱理想转而成为描写实际人生

从整部杜诗来看,主要是通过叙事的手段真实地记录了大唐王朝由盛变衰的历史过程,这是以前任何诗人都没能做到的。杜甫用诗歌记录重大的时局事件,被历史学家视为信史,如《悲陈陶》《悲青坂》《北征》《喜闻官军已临贼境二十韵》《收京三首》《洗兵马》《留花门》《塞芦子》《闻官军收河南河北》等等。这一点,各种文学史在论述杜诗的"诗史"内涵时都谈到了。但"诗史"的内涵还不止于此,还有以下四点:第一,他用诗歌书写断代国史。如《夔府书怀四十韵》,从安史之乱爆发写起,记录玄宗入蜀、肃宗即位于灵武以及官军与叛军的拼杀、国家和百姓陷入水深火热的情景;又记录肃宗收复两京,恢复宗庙,临终前召集宗臣入内,口授遗诏

---

[1]《全宋诗》第2册,北京大学出版社,1991年,第737页。

的情事；又记录安史之乱平息之后，代宗允许叛军将领镇守河北，导致了藩镇割据的局面；最后记录回纥、吐蕃的入侵。这首诗所记史实的时间跨度为 10 年，把其间的重大国事尽行记录。又如《忆昔二首》第一首，记录肃宗收复两京，其后由于信任宦官而致使邺城战役失利，代宗也由于信任宦官而导致京都被吐蕃攻陷；第二首，记录开元盛世的繁荣景象，以及安史之乱爆发后国家和百姓的悲惨情景。第二，他还用诗歌为故去的人物立传。如《八哀诗》，追怀名将王思礼、李光弼、严武，贤相张九龄，国士李琎、李邕、苏源明、郑虔的生平经历、功业、德行、才干等，所记的内容与史书相合，若论能传人物之精神风貌，则史书不敌。王嗣奭《杜臆》评《八哀诗》说："此八公传也，而以韵语纪之，乃老杜创格。"[1] 所谓"创格"，即开前人未有之体式。第三，杜甫还为生人立传。《投赠哥舒开府翰二十韵》，是为唐朝大将哥舒翰立传；《奉赠太常张卿垍二十韵》，是为玄宗女婿张垍立传；《寄李十二白二十韵》，是为李白立传，《唐诗诀》评此诗说："此二十韵竟可作太白小传。"第四，他还用诗歌记录个人和家庭的乱世遭遇，笔触细腻，连孩子脚上的泥垢、老伴凄苦的容颜，都如实地写出了，由此反映了人生的种种不幸和乱世的社会人情。

杜甫诗歌创作的记事意识，还表现在他对诗歌体式功能的突破性运用上。五绝、七绝、五律、七律这些体式，历来是用为言志抒情的，杜甫却用来记事。如，五律《即事》记录宁国公主惨淡回国，途经秦州之事；七律组诗《诸将五首》记录唐朝将领在平息安史之乱中的种种无能表现；七绝组诗《三绝句》记录渝州、开州两州刺史被杀之事；七绝组诗《喜闻盗贼总退口号五首》，记录入侵的吐蕃全部撤退之事；等等。改变诗歌体式的传统内容和功能，是个大胆的举动，也足以说明杜甫记事意识的强烈。

综上所述，杜甫的诗歌被后人称为"诗史"，是有其充分依据的。但"诗史"又绝不同于史书，它不是押韵的史书，史书只是梗概地记录历史事件，杜诗却展开了丰富而生动的历史画面；史书要求撰写者冷静客观，杜诗却在记录事件中表现出强烈的爱憎情感。杜诗的写实做法揭开了诗歌史上的新篇章，此后，诗人白居易、元稹、韩愈、张籍、王建、皮日休、

---

[1] 王嗣奭《杜臆》，上海古籍出版社，1983 年，第 235 页。

聂夷中、杜荀鹤,以及宋元明清众多诗人,效法杜甫,创作出大量的叙事性、纪实性作品。诗歌作为中国文学的先导,它在内容上的这种变化,对其他的文学样式的产生或发展,产生了连锁反应,从此以后,唐传奇、宋话本、元杂剧、明清小说,这些叙事文学成为中国文学的主流。从这个意义上说,杜诗的叙事性可谓中国文学的主流由抒情到叙事的转捩点。胡适先生认为,以安史之乱为分界,8世纪上半截与下半截是两个文学时代,开元、天宝是盛世,是太平世,故这个时代的文学只是"歌舞升平的文学","内容是浪漫的"、"浅薄"的。天宝末年大乱以后的社会是乱离的社会,故这个时代的文学是"呼号愁苦的文学","内容是写实的","这个时代的创始人与最伟大的代表是杜甫"。[1] 是为确论。

二、自命新题的乐府诗歌写作,创始于杜甫

乐府诗歌在汉代产生之后,就以它在内容上的写实性和语言上的通俗性获得了旺盛的生命力,使后代诗人对这种体式深感兴趣。同时,也正是这个原因,后代诗人对汉乐府的旧题目不敢变更,后代诗人或用旧题摹拟旧事,或用旧题写时事,每每出现文不对题的情况,直到盛唐仍没有改变,例如李白的乐府诗歌,仍旧是用汉乐府的旧题写现事。杜甫写乐府诗歌,则敢于摆脱乐府旧题,即如中唐诗人元稹所说:"近代惟诗人杜甫《悲陈陶》《哀江头》《兵车》《丽人》等,凡所歌行,率皆即事名篇,无有依傍。予少时与友人白乐天、李公垂辈谓是为当,遂不复拟赋古题。"[2] 根据所写之事而立题,使题目与内容合为一体,这无疑是个大胆的举动,这种举动绝不仅仅是一个设立题目的问题,说到底,是他的现实主义创作精神的体现。在杜甫创作的乐府诗歌中,除了《前出塞九首》《后出塞五首》《前苦寒行二首》《后苦寒行二首》《少年行》是采用汉乐府旧题(他在这里之所以采用旧题,也是因为内容与题意吻合),其余全是新题乐府。那么,

---

[1] 胡适《白话文学史》,东方出版社,1996年,第222—223页。
[2] 元稹《元稹集·乐府古题序》,中华书局,1982年,第255页。

这些自命新题的乐府诗歌该如何来判断呢？怎么断定它是乐府诗而不是一般的五古、七古呢？那就要看它是否具备了汉乐府的特征。汉乐府诗歌的特征主要有两个：一是写实性，即"缘事而发"；二是通俗性，即语言浅显易懂。由于汉乐府诗歌是配乐歌唱的，音乐是时间艺术，所以要求语言通俗晓畅，让人能够听得懂。杜甫的《悲陈陶》《哀江头》《兵车行》《丽人行》"三吏""三别"等，不但是"缘事而发"，具有写实性，而且语言通俗易懂，朗朗上口，与他所写的五律、七律相比，完全是另一套语言。"三月三日天气新，长安水边多丽人"（《丽人行》），"车辚辚，马萧萧，行人弓箭各在腰。耶娘妻子走相送，尘埃不见咸阳桥"（《兵车行》），语言通俗，音节流畅，诵读之际，有如唱歌的感觉。再对照他写的律诗，"岁暮阴阳催短景，天涯霜雪霁寒宵。五更鼓角声悲壮，三峡星河影动摇。野哭千家闻战伐，夷歌几处起渔樵。卧龙跃马终黄土，人事音书漫寂寥"（《阁夜》），则语言典雅，意象密集，只可慢诵，难以为歌。语言上的差别，显示着杜甫对汉乐府诗歌特征的清晰认识，也证明他确实是在创作着新题乐府。杜甫的这一创举，直接引导了中唐时期白居易、元稹等人的新题乐府的创作热潮。

三、首次把时局题材引入七律体式

七律这种诗歌体式，其诞生之初，本是表现宫廷生活、君臣活动内容的，初唐君主唐太宗、武则天、唐中宗都曾使用过这种诗体，君主作诗，群臣应制，相互唱和。如李峤、徐彦伯、沈佺期等应制武则天《石淙》而作的同题诗，李适、沈佺期、崔日用等应制中宗皇帝《立春日游苑迎春》而作的同题诗，皆内容空泛，寡情多彩。降及盛唐，开始用这种诗歌体式写友朋送别或个人的生活感受，如李颀《送魏万之京》、孟浩然《除夜有怀》、崔颢《黄鹤楼》、王维《积雨辋川庄作》、李白《登金陵凤凰台》、高适《重阳》、岑参《奉和中书舍人贾至早朝大明宫》，其间，祖咏《望蓟门》、高适《金城北楼》，写边塞景象和感受，诗境较为开阔。杜甫之前的七律内容大体如此，与同时期的五律相比，七律的内容显得十分单薄。这与七律的"出身"关系密切。到了杜甫,七律在表现题材内容上才真正获得了与五律平等的身份,突出标志就是杜甫把动乱的时局、沉郁的感受写入诗中。例如,《登楼》忧吐蕃之进犯,诗云:"花近高楼伤客心,万方多难此登临。锦江春色来天地,玉垒浮云变古今。北极朝廷终不改,西山寇盗莫相侵。可怜后主还祠庙,日暮聊为《梁甫吟》。"《登高》忧国运之衰微,诗云:"风急天高猿啸哀,渚清沙白鸟飞回。无边落木萧萧下,不尽长江滚滚来。万里悲秋常作客,百年多病独登台。艰难苦恨繁霜鬓,潦倒新停浊酒杯。"《诸将五首》则是对当时武将的救国无能进行讽刺批判。能把忧时的题材内容引入七律,以忧时取代颂圣,这实在是个破天荒的举动,表现出杜甫的超卓胆力。此外,杜甫还用七律写各种题材内容,议政、忧民、怀古、送别、山水、田园,以及个人漂泊流离的生涯。总之,无事不可写,无意不可入,七律在他的手中已经具备了蓬勃的生命力,一如区区婴儿成长为卓卓壮夫。

四、首次提出"创作心态自由论"

"十日画一水,五日画一石。能事不受相促迫,王宰始肯留真迹。"四句诗是杜甫《戏题王宰画山水图歌》的开场白。王宰是盛唐时期的著名画家,善画蜀地山川。杜甫这四句诗意思是说:王宰在进行绘画创作时,十天才画出一条水,五天才画出一块石头;他只有在不受外力催促、逼迫的情况下,才肯于从事绘画活动。王宰绘画的速度如此之慢,绝不是用笔生疏,而是在精心构思,惨淡经营,务必使所画出的山水独具个性。你要是给他规定成品的时间,他就干脆不画了。仇兆鳌《杜诗详注》引吴门金氏的话说:"不受促迫,方得从容尽其能事,此见王宰品格,亦见主人知音。"[1]笔者以为,这里固然能见出王宰品格,但重要的是杜甫揭示了"创作心态宽松自由"这一艺术规律。艺术创作是一种精神活动,是灵感触发的过程。而灵感的触发有赖于环境的宽松、心态的自由,是拒绝接受外力

---

[1] 仇兆鳌《杜诗详注》第2册,中华书局,1979年,第755页。

干预的。作家、艺术家在外力干预（权势干预、命意干预、衣食干预、时间干预）之下，难以触发灵感，其作品难以成为真正的艺术。杜甫自觉地遵循这种艺术之道，一生未作"应制诗"，保障心灵活动的充分自由，所以他的作品充满了真情至性。而且，他还为有的作家屈于生活压力，以笔墨换钱的做法表示了惋惜。例如，画家曹霸在安史之乱中流落到成都，为衣食所困，只好为庸俗之辈画像，杜甫叹道："将军画善盖有神，偶逢佳士亦写真。即今漂泊干戈际，屡貌寻常行路人。途穷反遭俗眼白，世上未有如公贫。"（《丹青引》）为"佳士"画像，是出于自心之爱，画出来自然是艺术品；为"行路人"画像，是出于衣食之需，是生活"促迫"的结果，画出来的东西何谈艺术？当然，杜甫对曹霸的晚年遭遇有着深厚的同情，不过，我们在其同情的言辞里面，还是可以悟到其中含有的惋惜成分的。古今的文艺作品以正反两个方面的大量例证，证明着杜甫这种见解的真理性质。那些屈于外界压力和干预的"应制文学""遵命艺术"，或许能够取宠一时，却永远丧失了艺术生命。

　　黑格尔说："自由是心灵的最高的定性。"[1]法国20世纪著名哲学家柏格森认为："实用性和功利性是阻隔主客体完全融合的帷幕，必须予以揭开。"[2]中国当代文学理论界也十分明确地指出作家心态自由对于创作灵感的激发、优秀作品的完成之关键意义，如童庆炳主编的《文学理论要略》说："文学创作常常需要作家进入自由的、无拘无束的、兴之所至的创作心境之中，在这种心境中，作家的创作活力才能充分地被调动起来。"[3]根据现存的文献资料，应该说，是杜甫首先揭示出"创作心态宽松自由"这一艺术规律的。

---

[1] 黑格尔《美学》第1卷，人民文学出版社，1958年，第120页。
[2] 张秉真等《西方文艺理论史》，中国人民大学出版社，1994年，第544页。
[3] 童庆炳《文学理论要略》，人民文学出版社，1995年，第120页。

五、逆时代审美潮流而动，提出"瘦硬"为美的审美主张

盛唐时期，颜真卿的书法，韩幹的画马，张萱《捣练图》所画之仕女，乃至以丰满获宠的杨玉环，等等，反映了当时的社会以"丰腴"为美的审美思潮。杜甫在艺术上提出"瘦硬"为美的观点，这对于当时的社会审美潮流来说，可谓逆流而动。

气韵生动，是一切文艺作品的审美追求；皮相摹写，终归于神韵的丧失。杜甫提出以"瘦硬""雄劲"为美的主张，将"瘦硬""雄劲"作为导致气韵生动的途径。

首先，杜甫认为"瘦硬"风格的作品具有生动的气韵。他批评画家韩幹的画马作品："幹惟画肉不画骨，忍使骅骝气凋丧。"（《丹青引》）认为肉多则气丧，骨硬则神生，韩幹所画的这些肉马是不足称道的。对于书法艺术，他同样主张"瘦硬"为美，"书贵瘦硬方通神"，所谓"瘦硬"，就是笔锋如同"快剑长戟森相向"（《李潮八分小篆歌》）。他特别推崇初唐书法家褚遂良的作品，说"褚公书绝伦"（《发潭州》）。书法界公认褚遂良的书法风格是"疏瘦婉畅，如铁线萦结"[1] 显然，这也是因为褚遂良的书法风格符合了杜甫的审美取向。相反，他对于同时代的、以气度丰腴为特征的书法家颜真卿却一字未提。在诗歌艺术上，他虽未明确提出这种观点，但是我们读他全部作品，确能感到一种"瘦硬"的作风，而找不到追求"丰腴"的痕迹。例如，他笔下的"胡马"是"锋棱瘦骨成"，"竹批双耳峻"（《房兵曹胡马》），笔下的"天狗"是"性刚简而清瘦"（《天狗赋》），笔下的山也多是尖峭、铁硬的，"峡形藏堂隍，壁色立精铁"（《铁堂峡》），"两行秦树直，万点蜀山尖"（《送张十二参军赴蜀州因呈杨五侍御》），"赤甲白盐俱刺天"（《夔州歌十绝句》其四），等等，这些物象均以瘦硬的气质显示出生动的气韵。

作品气势"雄劲"，也是杜甫的审美追求。"庾信文章老更成，凌云健笔意纵横"（《戏为六绝句》其一），"凌云健笔"固然是对庾信晚年文章风格的赞美，但无疑也是杜甫的审美主张。他不满意当时文坛那些精雕细刻

---

[1]《莲池书院法帖》，河北美术出版社，1982年，第2页。

的小巧之作,说道:"才力应难跨数公,凡今谁是出群雄?或看翡翠兰苕上,未掣鲸鱼碧海中。"(《戏为六绝句》其四)"数公",指庾信、"四杰"。"翡翠兰苕"比喻虽精致而气势微弱的作品,"掣鲸碧海"比喻气势雄劲之作。杜甫推扬的是后者,认为能写这样作品的作者才是"出群雄",可惜为数不多。本着这样的审美标准,他赞美李白"笔落惊风雨,诗成泣鬼神"(《寄李十二白二十韵》),他赞美贾至的诗文,称其"雄笔映千古"(《别唐十五诫因寄礼部贾侍郎》),他赞美侄子杜勤的文章气势"词源倒流三峡水,笔阵独扫千人军"(《醉歌行》)。杜勤诗坛无名,似不堪如此评价,只因科举落第,作为乃叔方才以此等好言语安慰之,从中更能看出杜甫的审美取向。杜甫对于那些具有雄劲气势的动物和绘画,尤其喜欢歌咏之,对于雄鹰、劲鹘、老松、古柏,均以凌厉的笔触再现其飒爽英姿。写骏马则是"竹批双耳峻,风入四蹄轻。所向无空阔,真堪托死生"(《房兵曹胡马》)、"四蹄雷电,一日天地"(《画马赞》),"是何意态雄且杰,鬃尾萧梢朔风起"(《天育骠图歌》);写劲鹘则是"斗上捩孤影,噭哮来九天"(《义鹘行》)、"长翮如刀剑,人寰可超越"(《画鹘行》);写老松则是"阴崖却承霜雪干,偃盖反走虬龙形"(《题李尊师松树障子歌》);写古柏则是"霜皮溜雨四十围,黛色参天二千尺"(《古柏行》);至于雄伟的山岳、奔腾的江河,更是屡见于笔端。杜甫的诗歌创作,实践了他的美学追求。

杜甫追求"瘦硬"的审美主张与实践,对后人也产生了影响。中唐诗人韩愈提倡"硬语盘空",李贺写诗崇尚"瘦硬""坚脆",晚唐诗人贾岛写诗崇尚"瘦硬",明显地实践着杜甫的审美主张。

六、首创以诗论诗的文论形式

在文学批评史上,杜甫首开以诗的形式来论述诗歌创作的先河。他在《戏为六绝句》中,提出若干诗歌创作的主张,如主张对前代诗歌艺术兼收并蓄,博采众长,对六朝诗歌一分为二,拒绝全盘否定,从而纠正了王勃、杨炯、陈子昂、李白等人在矫枉中出现的偏颇。又提倡"凌云健笔""碧海掣鲸"的诗风,同时,他又强调学习前人的"清词丽句",这对于建构唐代诗学是十分重要的。除了《戏为六绝句》，他还有《偶题》《解闷十二首》《遣闷戏呈路十九曹长》等，也谈到了诗歌创作的主张。以诗论诗的新形式，对后人影响很大，金代元好问《论诗三十首》就是继承的这种形式。后代人用这种形式论诗的，不可胜数。

七，首创典雅辉煌的长篇排律

排律又称长律，是律诗的延长，除了首尾两联不必对仗，中间有多少联都必须对仗，同其他诗体相比，这种诗体主要是考验作者对仗艺术的能力。元稹在《唐检校工部员外郎杜君墓系铭并序》中，有一段文字是评论杜甫排律艺术的，他说："铺陈终始，排比声韵，大或千言，次犹数百，辞气豪迈而风调清深，属对律切而脱弃凡近。"[1]清人浦起龙《读杜心解·发凡》说："千言、数百言长律，自杜而开，古今圣手无两。"[2]初唐时期，杜审言创作了五言排律《和李大夫嗣真奉使存抚河东》，共40韵，400字，传为诗坛盛事。杜甫继承乃祖遗风而发扬光大之，不仅写出《夔府书怀四十韵》《赠王二十四侍御契四十韵》这样的与其祖同长的排律，而且登峰造极，写出《秋日夔府咏怀奉寄郑监李宾客一百韵》的长律。这些长篇巨制，语言典雅，对仗整肃，学力深厚，情感深沉，思想博大精深，是诗歌艺术的辉煌殿宇，充分显示了杜甫的才、学、识。杜甫首开写作长律的风气，对后人的影响很大，中唐以后历代都有人作长达100韵乃至150韵的长律。可惜的是，作为文学艺术的长律，并不是靠句数多就能取胜的。后人的长律在思想、情感、语言艺术方面，与杜甫完全不在一个水平线上。浦起龙说杜甫的长律"古今圣手无两"，可谓中肯之论。

---

[1] 仇兆鳌《杜诗详注》第5册，中华书局，1979年，第2236页。
[2] 浦起龙《读杜心解·发凡》，中华书局，1961年，第9页。

八、首次把"当句对"这种特殊对仗形式引入七律作品

钱锺书先生在《谈艺录》中说道:"此体创于少陵,而名定于义山。少陵《闻官军收两河》云:'即从巴峡穿巫峡,便下襄阳向洛阳';《曲江对酒》云:'桃花细逐杨花落,黄鸟时兼白鸟飞';《白帝》云:'戎马不如归马逸,千家今有百家存'。义山《杜工部蜀中离席》云:'座中醉客延醒客,江上晴云杂雨云';《春日寄怀》云:'纵使有花兼有月,可堪无酒又无人';又七律一首题曰《当句有对》,中一联云'池光不定花光乱,日气初涵露气干'。"[1] 这段话中,有三点值得注意:一是钱先生认为只有本句中相对的词或词组有一字相重者,才是属于"当句对";二是他认为"当句对"这一对仗形式是杜甫所创;三是他认为"当句对"这个名称是李商隐确定的。

钱先生所认定的"当句对"是属于狭义的"当句对",现在就以狭义的"当句对"进行论说。钱先生说"此体创于少陵",实则不然。《全唐诗》沈佺期卷中有《喜赦》一诗,就已出现了这种"当句对",诗云:"去岁投荒客,今春肆眚归。律通幽谷暖,盆举太阳辉。喜气迎冤气,青衣报白衣。还将合浦叶,俱向洛城飞。"与沈氏同时而稍早的武则天,也使用过这种"当句对",如云:"高人叶高志,山服往山家。"(武则天《赠胡天师》)再往前看,南朝梁诗人何逊《咏春风》云:"可闻不可见,能重复能轻。镜前飘落粉,琴上响余声。"诗的首联就是这种形式的"当句对"。可见,钱先生说"当句对"始创于杜甫是不对的。此外,钱先生说"当句对"是李商隐定的名,这也不对。中唐诗僧皎然(720—800?)在所著《诗议》中,就已经提出"当句对"的形式,该书说:"诗有八种对:一曰邻近,二曰交络,三曰当句……"[2] 而李商隐(813—858)为晚唐诗人,他晚于皎然半个多世纪。如前所述,"当句对"早在梁朝诗人何逊的诗中就已出现,经初唐、盛唐诸家在创作中不断使用,到中唐皎然作出理性总结并予以定名,应是正常之事。李商隐的诗题"当句有对",只是取用皎然

---

[1] 钱锺书《谈艺录》,中华书局,1987年,第11页。

[2] (日)弘法大师撰、王利器《文镜秘府论校注》,中国社会科学出版社,1983年,第225页。

的成说而已。

笔者认为，"当句对"虽非杜甫所创，但他却是把五律的"当句对"形式引入七律"当句对"的第一人，从而丰富了七律的对仗形式。对于这种新的对仗形式，他在创作中采取了谨慎的态度，除非酝酿得十分成熟，一般不轻易使用。在他的诗集中，仅见八处这样的"当句对"，即：

1. 桃花细逐杨花落，黄鸟时兼白鸟飞。（《曲江对酒》）
2. 即从巴峡穿巫峡，便下襄阳向洛阳。（《闻官军收河南河北》）
3. 朱樱此日垂朱实，郭外谁家负郭田？（《惠义寺园送辛员外》）
4. 戎马不如归马逸，千家今有百家存。（《白帝》）
5. 南京久客耕南亩，北望伤神坐北窗。（《进艇》）
6. 自去自来梁上燕，相亲相近水中鸥。（《江村》）
7. 此日此时人共得，一谈一笑俗相看。（《人日二首》其二）
8. 一重一掩吾肺腑，山鸟山花吾友于。（《岳麓山道林二寺行》）

这八例中，前七例是出自七律或七绝作品，第八例是出自七古作品（此联出句和对句重复使用了"吾"字，尚非严格意义上的对仗）。同杜甫大量创作七言近体诗的情况相比，"当句对"的数量是显得少了点。倘若探究原因，这是杜甫刻意追求对仗艺术的表现。

"当句对"的特征既然是在本句中的词或词组须有一个字相重，那就有可能出现两种结果：如果处理得好，则能够强化某种意念，且能造成词句流转，从而有利于抒发情感；反之，则可能失之油滑，或是失之造作。杜甫制作"当句对"，无论写景、状物、叙事、议论，都显示出精深的造诣。主要表现为以下几点：其一，不雕不凿，自然天成；其二，不事游词，为情而设；其三，声音流转，和谐入耳。他把"当句对"成功地引入七律，对后人的影响也很大，元好问选编的《唐诗鼓吹》收录的中晚唐诗人七律作品中，常见这种对仗形式，宋代及以后的诗人也常用这种对仗形式。

除上述八点创新之外，杜甫还首创"丁卯句法"（见本书"第二十二章　杜甫七律体制研究"），并创制了一种新型的五言诗句拗救方式（见本书"第十四章　杜甫对近体诗声律之建构"）。

以上从十个方面对杜甫在中国诗歌发展史上的创新之举作出归纳，这个归纳也许还不够全面，有待于继续清理。但有此十点，也足以说明他在推动中国诗歌发展上的巨大贡献了。在中国诗歌发展史上作出如此巨大的贡献，也只有杜甫一人。

第十九章　杜甫绝句体制研究

一、杜甫绝句的格律体制

（一）绝句的起源与发展

绝句作为一种诗歌体式，其格式是每首四句，每句五言的称为五言绝句，每句七言的称为七言绝句，偶数句押韵（首句也可押韵），对仗可有可无。这种诗歌体式是怎样生成的，古人有两种不同看法，源于对"绝"字的不同认识。徐师曾《文体明辨序说》认为"绝"的意思是"截"，绝句是截取律诗而成："'绝'之为言'截'也，即律诗而截之也。故凡后两句对者是截前四句，前两句对者是截后四句，全篇皆对者是截中四句，皆不对者是截首尾四句。"[1]胡应麟《诗薮》对这种说法加以驳斥："绝句之义，迄无定说。谓截近体首尾或中二联者，恐不足凭。五言绝起两京，其时未有五言律，七言绝起'四杰'，其时未有七言律也。"[2]王夫之《姜斋诗话》也持此说："五言绝句自五言古诗来，七言绝句自歌行来，此二体本在律诗前；律诗从此出。"[3]这是以绝句产生的年代先于律诗为据，驳正"截律诗"说，理由充足。今按，"绝句"这个名称在唐前就已经出现了，徐陵《玉台新咏》收录的诗中就有《古绝句四首》，其一云："藁砧今何在？山上复有山。何当大刀头？破镜飞上天。"考察这四句，是依次暗含"夫""出""归还""半月"之义，每一句独立成义，不与他句相联属。以

---

[1] 徐师曾《文体明辨》，人民文学出版社，1962年，第108页。
[2] 胡应麟《诗薮》，上海古籍出版社，1958年，第105页。
[3] 王夫之等《清诗话》，上海古籍出版社，1999年，第19页。

此来考察"绝句"之义,"绝"就是"隔断""断绝"的意思。杨慎即持此种认识,他在《升庵诗话》中说:"绝句者,一句一绝也。起于《四时咏》'春水满四泽,夏云多奇峰。秋月扬明辉,冬岭秀孤松'是也。""杜诗'两个黄鹂鸣翠柳'实祖之。"[1]诗中分别描写四季景物,每句一景,各不相关。杨慎所举证的《四时咏》,见于逯钦立所编《先秦汉魏晋南北朝诗》陶渊明卷。是否为陶氏所作尚存争议,但它属于先唐之诗是无疑的。

由上所述可以得出结论:其一,"绝句"之名出自先唐;其二,"绝句"之作早于律诗。但那时候的绝句在字声上还处于自然状态,没有人工痕迹。

入唐以后,在杨炯等"四杰"、沈宋和杜审言等"文章四友"的相继努力下,将四声二元化,终于在初唐后期使五言律诗得以定型(见拙作《杜审言与五律、五排声律的定型——兼论初唐五律、五排声律的定型过程》,收入《杜甫新论》[2])。这是一场主要表现为声律的重大变革,通过协调字声平仄及确立粘对规则,强化了诗歌的音乐美。其影响所及,带动了绝句的律化进程,五言律绝逐渐形成。到杜甫生活的时代,五言律绝已经占到五言绝句的大部分比率,自然声态的五言绝句虽然还有不少(例如王维的辋川绝句),但已不居主流地位。

(二)杜甫绝句的声律体制

1. 五言绝句皆为声律严整的五言律绝,全部为首句仄收式,从而确定了五言律绝的常用格式。杜甫绝句共计135首,其中31首五言绝句皆为声律严整的五言律绝。其中,使用首句仄起仄收式的有25首,其篇目是:《即事》(百宝装腰带)、《绝句二首》其一(迟日江山丽)、其二(江碧鸟逾白)、《绝句六首》其一(日出篱东水)、其二(蔼蔼花蕊乱)、其三(凿井交棕叶)、其四(急雨捎溪足)、其五(舍下笋穿壁)、其六(江动月移石)、《绝句三首》其一(闻到巴山里)、其二(水槛温江口)、其三(漫道春来好)、《答郑十七郎一绝》(雨后过畦润)、《武侯庙》(遗庙丹青落),

---

[1] 丁福保《历代诗话续编》,中华书局,1983年,第852页。
[2] 韩成武《杜甫新论》,河北大学出版社,2007年,第248页。

《八阵图》(功盖三分国),《复愁十二首》其二(钓艇收缗尽)、其三(万国尚戎马)、其四(身觉省郎在)、其六(胡虏何曾盛)、其七(贞观铜牙弩)、其八(今日翔麟马)、其九(任转江淮粟)、其十(江上亦秋色)、其十一(每恨陶彭泽)、其十二(病减诗仍拙)。例如《即事》:

> 百宝装腰带,真珠络臂鞲。
> 笑时花近眼,舞罢锦缠头。

使用首句平起仄收式的有6首,其篇目是:《归雁》(东来千里客),《因崔五侍御寄高彭州一绝》(百年已过半)、《绝句》(江边踏青罢)、《王录事许修草堂资不到聊小诘》(为嗔王录事)、《复愁十二首》其一(人烟生出僻)、其五(金丝缕箭镞)。例如《归雁》:

> 东来千里客,乱定几年归?
> 肠断江城雁,高高向北飞。

五言律绝还有两种首句入韵的格式:首句仄起平收式、首句平起平收式。这两种平仄格式,唐代诗人也有使用,杜甫则一概不用,这与他写五言律诗使用平仄格式的情况一样。他的五言律诗共计625首,绝大多数作品使用首句不入韵的两种格式,使用首句入韵格式者仅有40首,仅占6%。这反映出他的主张:五言近体诗以首句不入韵格式为正格。王力先生《古代汉语》在谈到这个问题时说"五言律诗以首句不入韵为正轨"[1],"五言绝句以首句不入韵的仄起式最为常见"[2]。此说与杜甫的创作实践相吻合,在其31首五言绝句中,有25首是仄起式,占81%,这可说明杜甫在确定五言律绝的常用格式上起到了作用。

2. 与五言绝句相比较,杜甫的七言绝句在声律的运用上显得复杂。在所作104首七言绝句中,完全合乎声律者71首,半合律和完全不合声律者有33首,也就是说,有32%的作品不是七言律绝。试举几例,半合律者如《奉和严郑公军城早秋》:

---

[1] 王力《古代汉语》,中华书局,1978年,第1445页。
[2] 王力《古代汉语》,中华书局,1978年,第1451页。

秋风袅袅动高旌，玉帐分弓射虏营。
已收滴博云间戍，欲夺蓬婆雪外城。

此诗虽用律句写成，一联中出句与对句声调也能对立，但两联之间明显失粘。完全不合声律者如《绝句漫兴九首》其三、其八：

熟知茅斋绝低小，江上燕子故来频。
衔泥点污琴书内，更接飞虫打著人。

舍西柔桑叶可拈，江畔细麦复纤纤。
人生几何春已夏，不放香醪如蜜甜。

这两首绝句句子多数为非律句，而且失对、失粘。

那么，如何来解释这种现象？笔者认为，其原因是七言诗入律比五言诗来得晚，不妨以七言律诗声律的定型迟滞状况作为参照。当初唐末期五言律诗的声律已经定型的时候，七言律诗的声律斟酌才刚刚起步，到盛唐后期杜甫生活的时代，七言律诗也没有最后定型，表现为使用非律句、失对、失粘等情况。笔者对盛唐几位主要诗人所写的七言八行体诗作了调查，发现他们这类作品数量既少，而不完全合律的情况却普遍存在。例如：王维，9首合律，11首不完全合律；李白，2首合律，5首不完全合律；高适，5首合律，2首不完全合律；岑参，4首合律，7首不完全合律；杜甫，116首合律，35首不完全合律。七言律诗是中晚唐时期定型并繁荣的。施子愉先生曾对《全唐诗》中存诗一卷以上的诗人作品作出统计，结果显示：初盛唐的七律仅有372首，而中晚唐的七律竟多达5531首（见《东方杂志》第40卷第8号）。金朝元好问编选《唐诗鼓吹》，只选唐人七律，以中晚唐七律为主（初盛唐仅选15首，中晚唐则选582首），也反映了这种情况。既然在杜甫生活的时代七言律诗的声律尚未能定型，连带所及，七言绝句出现不合声律的现象就可以理解了。

（三）杜甫绝句的用韵体制

鉴于《唐韵》已经失传，南宋人刘渊编著的能够反映唐宋两代诗人用韵情况的《平水韵》也已失传，但《平水韵》的四声体系和106个韵部的设置对后代韵书影响巨大，直到清代，韵书的编撰仍旧遵循其框架。笔者以清人编撰的《诗韵合璧》为依据，对杜甫绝句用韵情况作出考察。结论如下：

1. 用韵严格。在135首绝句中，只有一首使用了两个韵部的韵字，其他都是一韵到底的。这首是《投简梓州幕府兼简韦十郎官》：

幕下郎官安隐无？从来不奉一行书。
固知贫病人须弃，能使韦郎迹也疏。

首句韵字"无"属于上平声"七虞"韵，二、四句的韵字"书""疏"属于上平声"六鱼"韵。杜甫此诗首句使用了邻韵，实开中晚唐诗人首句使用邻韵风气之先。王力先生在《汉语诗律学》中指出："首句使用邻韵的近体诗（包括律诗、绝句与排律）……此风始于盛唐，到中晚唐逐渐成为风气，到宋代更是变本加厉了。"[1]

2. 择韵广阔。下面是笔者对其使用韵部情况的调查结果：

上平声"一东"韵者6首，上平声"四支"韵者11首，上平声"五微"韵者5首，上平声"六鱼"韵者3首，上平声"七虞"韵者4首，上平声"八齐"韵者5首，上平声"十灰"韵者6首，上平声"十一真"韵者8首，上平声"十二文"韵者9首，上平声"十三元"韵者8首，上平声"十四寒"韵者5首，上平声"十五删"韵者1首。下平声"一先"韵者9首，下平声"二萧"韵者5首，下平声"四豪"韵者2首，下平声"五歌"韵者4首，下平声"六麻"韵者6首，下平声"七阳"韵者9首，下平声"八庚"韵者10首，下平声"九青"韵者2首，下平声"十蒸"韵者1首，下平声"十一尤"韵者9首，下平声"十二侵"韵者2首，下平声"十四盐"韵者2首。上声"四纸"韵者1首。入声"一屋"韵者1首，入声"二沃"韵者1首。

《诗韵合璧》继承平水韵设置了30个平声韵部，杜甫使用了其中24个韵部。

---

[1] 王力《汉语诗律学》，上海世纪出版集团，2002年，第73页。

3. 重用宽韵，少用窄韵，弃绝险韵。杜甫对韵部的选择是尽量使用宽韵，宽韵的韵字多，便于抒情表意。其中上平声"四支"韵，下平声"一先"韵、"七阳"韵、"八庚"韵、"十一尤"韵是宽韵，杜甫使用这四个韵部最多。而平水韵上平声"三江"韵、下平声"十五咸"韵这些险韵，字数极少，杜甫未予使用。由此可见，杜甫作诗押韵是以有利于抒情言志为目的，与那些使用窄韵甚至险韵以炫耀"才能"的人大相径庭。

4. 由上面统计可知，杜甫绝句用韵以押平声韵为正格，在135首作品中有132首押平声韵，占总数的98%，押仄声韵只有3首，仅占2%。

5. 对于首句是否入韵的问题，杜甫把五言绝句与七言绝句作出区别，五言绝句的首句一概不入韵，七言绝句的首句多数入韵。经查，在104首七言绝句中，首句入韵者76首，这与他处理五言律诗和七言律诗的首句用韵问题是同一个思路。王力先生在《古代汉语》中说："七言绝句以首句入韵的平起式最为常见。"[1] 经查，在首句入韵的76首中，平起式为34首，占45%，与王力先生的说法稍有距离。

（四）杜甫绝句的对仗体制

笔者经过逐篇辨析，在其135首绝句中，一联使用对仗者65首，两联使用对仗者24首，完全不用对仗者46首。其中五言绝句完全不用对仗者只有4首，七言绝句则多达42首。这反映出杜甫在对仗一事上对五言绝句与七言绝句的区别看待。

杜甫绝句中的对仗体现出严格的规矩，主要表现为：其一，一联中出句与对句相对应的字词性相同；其二，出句与对句相对应的节奏点位置的字声调相反；其三，没有出现"合掌"问题；其四，没有出现违背自然规律和生活常识的问题。

杜甫绝句对仗的种类多样，而以工对最为突出，例如：

泥融飞燕子，沙暖睡鸳鸯。

（《绝句二首》其一）

---

[1] 王力《古代汉语》，中华书局，1978年，第1451页。

江碧鸟逾白，山青花欲燃。

（《绝句二首》其二）

日出篱东水，云生舍北泥。

（《绝句六首》其一）

蔼蔼花蕊乱，飞飞蜂蝶多。

（《绝句六首》其二）

月生初学扇，云细不成衣。

（《复愁十二首》其二）

两个黄鹂鸣翠柳，一行白鹭上青天。

（《绝句四首》其三）

枫林橘树丹青合，复道重楼锦绣悬。

（《夔州歌十绝句》其四）

这些对仗皆工丽自然，词彩鲜明，具有很高的审美价值。

综上所述，杜甫绝句在声律、韵律、对仗三个方面，为绝句建立了严格的体制，使绝句这种诗体的格律得以定型。

二、杜甫绝句的题材内容

初盛唐诗人的绝句题材内容主要是写景、怀乡、送别、边塞、闺怨等，与先唐的绝句相比，领域有所扩展。其优秀篇什如卢照邻《曲池荷》："浮香绕曲岸，圆影覆华池。常恐秋风早，飘零君不知。"苏颋《汾上惊秋》："北风吹白云，万里渡河汾。心绪逢摇落，秋声不可闻。"王勃《山中》："长江悲已滞，万里念将归。况属高风晚，山山黄叶飞。"王维《送元二使安西》："渭城朝雨浥轻尘，客舍青青柳色新。劝君更尽一杯酒，西出阳关无故人。"王翰《凉州词》："葡萄美酒夜光杯，欲饮琵琶马上催。醉卧沙场君莫笑，古来征战几人回。"王昌龄《闺怨》："闺中少妇不知愁，春日凝妆上翠楼。忽见陌头杨柳色,悔教夫婿觅封侯。"等等。然而,若与杜甫绝句的题材内容相比较,则显得狭窄许多。

杜甫绝句的题材内容广阔而且深厚,凡纪实、怀古、诗论、政论、羁旅、山水、田园、边塞、讽喻、民俗、友情、求助等等,皆入诗中,其开拓意识十分明显。

(一)用绝句记录时事

例如《三绝句》其一云:"前年渝州杀刺史,今年开州杀刺史。群盗相随剧虎狼,食人更肯留妻子!"两州刺史被杀,未见史书记载,此诗可补史书之缺。其二云:"二十一家同入蜀,惟残一人出骆谷。自说二女啮臂时,回头却向秦云哭。"记录战乱岁月百姓大量死亡的现实。其三云:"殿前兵马虽骁雄,纵暴略与羌浑同。问道杀人汉水上,妇女多在官军中。"记录官军残害百姓的暴行。此皆史家眼光,具有史家所不能及处,更是其他诗人笔墨难到之处。

又如,唐代宗广德二年(764)秋季,杜甫受剑南节度使严武的邀请,到幕府中任参谋。作《奉和严郑公军城早秋》诗:"秋风袅袅动高旌,玉帐分弓射虏营。已收滴博云间戍,欲夺蓬婆雪外城。"记录了严武大战吐蕃取得胜利的事迹。滴博,即滴博岭,在维州;蓬婆,即大雪山。《旧唐书·严武传》载:"广德二年,破吐蕃七万余众,拔当狗城,十月,取盐川城。"[1]杜甫诗中所记与史书所载相互印证。

再如,唐代宗大历三年(768)春天,杜甫客居夔州,听到吐蕃全线溃退的喜讯,作《喜闻盗贼总退口号五首》,记录这一胜利,为之欢呼:"今春喜气满乾坤,南北东西拱至尊。大历三年调玉烛,玄元皇帝圣云孙。"《资治通鉴》卷二百二十四载,唐代宗大历二年(767)"冬,十月,戊寅,朔方节度使路嗣恭破吐蕃于灵州城下,斩首二千余级,吐蕃引去"[2]。清代学者仇兆鳌赞赏这组诗是"另辟手眼":"诗以绝句记事,原委

---

[1] 刘昫《旧唐书》,上海古籍出版社,1986年,第409页。
[2] 司马光《资治通鉴》,中华书局,1997年,第1827页。

详明,此唐绝句中,另辟手眼者。"[1]

用绝句记录时事,实开绝句题材之新领域。

(二)用绝句发表诗论

杜甫开创了以诗论诗的新方式。例如,他在组诗《戏为六绝句》中,提出了诗歌创作的若干主张:"庾信文章老更成,凌云健笔意纵横"(其一),提倡"凌云健笔",反对纤弱浮靡;"或看翡翠兰苕上,未掣鲸鱼碧海中"(其四),提倡"碧海掣鲸"的诗歌力度,对当时的诗风提出批评;"不薄今人爱古人,清词丽句必为邻"(其五),主张对前代诗歌艺术要兼收并蓄,博采众长,对六朝诗歌不能全盘否定,纠正了陈子昂、李白等人在矫枉中出现的偏颇。这些主张对盛唐诗风的形成无疑会产生积极的作用。

又如,在组诗《解闷十二首》中,有几首论及前代和同时代的诗人。"李陵苏武是吾师,孟子论文更不疑。一饭未曾留俗客,数篇今见古人诗。"(其五)有一种说法,李陵、苏武是汉代五言诗的开山之祖,诗风朴实刚劲;"孟子"指的是杜甫诗友孟云卿,此人以李陵、苏武为师,杜甫对其作出肯定,意在倡导朴实刚劲的诗风。"复忆襄阳孟浩然,清诗句句尽堪传。"(其六)孟浩然是当时著名田园山水诗人,其诗古朴自然,杜甫对他深为赏识,表明杜甫对古朴自然诗风的推扬。"不见高人王右丞,蓝田丘壑漫寒藤。最传秀句寰区满,未绝风流相国能。"(其八)蓝田丘壑,是指王维的蓝田山中别墅,环境幽僻。王维晚年半官半隐,长期生活在这里,写了很多山水诗,诗中多秀句,杜甫赞扬其秀句传遍天下,这反映出杜甫审美的另一个方面。组诗中还有一首是杜甫写自己作诗之刻苦的:"陶冶性灵存底物?新诗改罢自长吟。熟知二谢将能事,颇学阴何苦用心。"(其七)先说诗歌的功能:陶冶人的性灵。既然如此重要,那么作诗就得态度严肃认真,表现为不断修改诗句,还要长时间的吟咏,检查字音是否和谐,修正拗口的句子。二谢,是指南朝著名诗人谢灵运、谢朓,杜甫表示要好好学习他们的作诗技巧,还要努力学习南朝著名诗人阴铿、何逊的良苦用心。这四句诗可以看作是杜甫对自己一生从事诗歌创作的经验总结,

---

[1] 仇兆鳌《杜诗详注》,中华书局,1979年,第1860页。

对后代诗人具有启迪意义。

以绝句形式来论诗,对后代文论家产生了深远的影响。金朝元好问《论诗三十首》就是继承的这种形式,后代人采用这种形式来论诗的,不胜枚举。

(三)用绝句表达政见

在短小的篇幅里表达政治见解,是颇不容易的事,需要作者具有真知灼见和高度驾驭语言的能力。杜甫对此有精彩的表现。

他用绝句表达邻国之间应和睦相处,反对诉诸武力。在《喜闻盗贼总退口号五首》第二首写道:"赞普多教使入秦,数通和好止烟尘。朝廷忽用哥舒将,杀伐虚悲公主亲。"赞普即吐蕃王,哥舒指唐朝大将哥舒翰。杜甫回忆唐王朝与吐蕃交往的历史,早期采用和亲策略,两国之间和睦相处。但是到了玄宗晚年,这位好大喜功的天子频繁发动开边战争,派遣大将哥舒翰征讨吐蕃,天宝七载(748),哥舒翰攻夺石堡城,从此两国结下冤仇,以致在安史之乱结束后,吐蕃乘唐王朝国力衰微,一举攻下长安,京都惨遭蹂躏。组诗第四首写道:"勃律天西采玉河,坚昆碧碗最来多。旧随汉使千堆宝,少答胡王万匹罗。"勃律是唐王朝西面邻国,盛产玉石。坚昆也在唐王朝西部,与今吉尔吉斯斯坦国的吉尔吉斯民族同根同源,是一个民族,当时出产碧碗。杜甫回忆说:早年,唐王朝与这两个国家友好交往,异国的美玉、碧碗等千堆宝物跟随使者源源不绝地送给朝廷,唐朝天子也以万匹绫罗作为回报。然而这已经是过去的事了,今非昔比,一个"旧"字表达了沉重感慨。

在组诗《解闷十二首》中,杜甫围绕进贡荔枝之事写了四首,批判唐朝统治者劳民伤财、失去民心的愚蠢行径。"先帝贵妃今寂寞,荔枝还复入长安。炎方每续朱樱献,玉座应悲白露团。"(其九)朱樱即樱桃,玉座指玄宗的牌位,代指玄宗,白露团指荔枝。史载,杨贵妃爱吃荔枝,玄宗便命令地方驰马急送,致使伤害人马无数,而不以为虑,导致民怨沸腾。如今他们虽已死去,而继任者仍不以为训,不但要求继续进贡荔枝,还要进贡樱桃,则国家之危实可忧虑。浦起龙《读杜心解》说:"此章志旧贡未除也。诗情悠远,含有两意。荔枝为先朝所嗜,当兹续献,得无对'露团'而凄然乎？荔枝又祸乱所因，至此还来，得无抚'玉座'而惕然乎？盖两讽云。"[1]对招致祸乱的玄宗和不知引以为鉴的代宗双加讽刺，浦氏所言极是。

（四）用绝句概括唐王朝由盛转衰的剧烈变化

杜甫善于从自身或人物的身世变迁来反映国势的沉沦。例如《存殁口号二首》其二："郑公粉绘随长夜，曹霸丹青已白头。天下何曾有山水，人间不解重骅骝。"郑虔是盛唐著名山水画家，其诗、书、画曾被玄宗御笔题为"郑虔三绝"，在安史之乱后遭到远贬，死在台州，他的绘画也就从此灭绝。曹霸是盛唐著名鞍马画家，曾经给玄宗画过骏马，安史之乱后流落到成都，生活困顿，遭人白眼。他们的身世变化显示着唐王朝的衰落。杜甫晚年流落湖南，在长沙遇到了盛唐时名震京都的歌手李龟年，抚今追昔，感慨万端，作诗言道："岐王宅里寻常见，崔九堂前几度闻。正是江南好风景，落花时节又逢君。"（《江南逢李龟年》）"落花时节"蕴意深长，既暗示着个人年老困顿，也暗示着王朝的衰落。谁说短小的绝句不能表现重大的主题呢？

此外，他还用绝句表现田园生活，例如组诗《绝句六首》从六个侧面表现农村风光和农事劳动，笔触细致平和："凿井交棕叶，开渠断竹根。扁舟轻袅缆，小径曲通村。"（其三）他还用绝句描绘夔州江峡的险要："中巴之东巴东山，江水开辟流其间。白帝高为三峡镇，瞿塘险过百牢关。"（《夔州歌十绝句》其一）读来令人震撼。他还用绝句代替书信，向友人索要树苗和生活用品。落脚成都草堂以后，为了美化生活环境，他向附近的萧实县令索要桃树苗，向韦续县令索要绵竹苗，向何邕县尉索要桤树苗，向韦班县尉索要松树苗，还向韦班索要大邑县出产的瓷碗。这些绝句写得情致深长，对方读了会欣然应允。从杜甫后来所写的草堂周围景物来看，他的要求都得到了满足。

总之，绝句在杜甫手中已完全摆脱题材内容的限制，大可批评君主，小可当作借条，既可议论时政，又可谈论诗歌，几乎达到无事不可写，无

---

[1]浦起龙《读杜心解》，中华书局，1961年，第854页。

意不可入的地步。杜甫在绝句题材内容上的体制建设，为后代诗人打开一扇门，对后代诗人具有一定程度的影响，正如清人叶燮《原诗》中所说："杜七绝轮囷奇矫，不可名状，在杜集中另是一格。宋人大概学之，宋人七绝，大约学杜者什六七，学李商隐者什三四。"[1]

三、杜甫绝句的独特风貌

在唐代诗坛上，杜甫的绝句风貌别具一格，显得十分"不合群"。后人评论他的绝句，除了《虢国夫人》《赠花卿》《江南逢李龟年》几首，多数不予认可。明代高棅《唐诗品汇·叙论》说："五言绝句，众唐人是一样，少陵是一样。"[2] 明代王世贞《艺苑卮言》说："太白之七言律，子美之七言绝，皆变体，间为之可耳，不足多法也。"[3] 许学夷《诗源辨体》也认为杜甫绝句是"变体"[4]。清代管世铭《读雪山房唐诗序例》说："少陵绝句，《逢龟年》一首而外，皆不能工，正不必曲为之说。"[5]

那么，人们对于绝句的审美标准是什么？杜甫绝句的风貌与诸家所写到底有何不同？清人沈德潜《说诗晬语》中对写七绝的两大名家李白和王昌龄作品风格作出概括："七言绝句，以语近情遥、含吐不露为主。只眼前景、口头语，而有弦外音、味外味，使人神远。太白有焉。""王龙标绝句，深情幽怨，意旨微茫。"[6] 强调的是绝句作品的含蓄蕴藉。被人们所激赏的王昌龄的《长信秋词》(奉帚平明金殿开)、《出塞》(秦时明月汉时关)，李白的《早发白帝城》(朝辞白帝彩云间)、《送孟浩然之广陵》(故人西辞黄鹤楼) 等，确实具有这种弦外音、味外味。用这个审美标准来衡量杜甫绝句，可以看出他的大多数作品是不具备的，除了《虢国夫人》《赠花

---

[1] 王夫之等《清诗话》，上海古籍出版社，1999年，第610页。
[2] 高棅《唐诗品汇》，上海古籍出版社，1988年，第12页。
[3] 丁福保《历代诗话续编》，中华书局，1983年，第1006页。
[4] 许学夷《诗源辨体》，人民文学出版社，1987年，第220页。
[5] 郭绍虞《清诗话续编》，上海古籍出版社，1983年，第1562页。
[6] 王夫之等《清诗话》，上海古籍出版社，1999年，第542页。

卿》《江南逢李龟年》之外,其他作品的主旨是直露不隐的。而这与他所写的题材内容有直接关系,倘若他把那些政论、诗论也写得"含吐不露""意旨微茫",那就不可能把观点说清楚,也就达不到写作的目的。

唐人绝句多被乐师谱曲,"被之管弦",用于演唱。清人方成培《香研居词麈》中说:"唐人所歌,多五言七言绝句,必杂以散声,然后可被之管弦。如《阳关》诗必至三叠而后成音,此自然之理。"[1]王维《送元二使安西》是被谱曲传唱的,又名《渭城曲》,中唐诗人刘禹锡遭到贬谪,其友人何戡就曾唱这首歌为之送行:"旧人唯有何戡在,更与殷勤唱渭城。"(刘禹锡《与歌者何戡》)薛用弱《集异记》所载"旗亭画壁"的故事,记载王昌龄的《芙蓉楼送辛渐》《长信秋词》、高适的《哭单父梁九少府》、王之涣的《凉州词》被歌妓们演唱。这几首绝句能被谱曲,由歌妓向社会大众演唱,说明它们在题材内容上适应了民众的心理需求。而杜甫许多绝句的题材内容不适合在大庭广众中演唱。卢世㴶《紫房余论》评论杜甫绝句,说道:"子美恰与两公(王昌龄、李白)同时,又与太白同游,乃恣其倔强之性,颓然自放,独成一家。"[2]此说颇有见地。杜甫并非不清楚自己的绝句不入时调,他的倔强性格使他宁可作品不"被之管弦",宁可不付与歌妓之喉,也要坚守一家风貌。笔者曾经总结过杜甫在诗坛上十个创新之举(见《杜甫新论》[3]),诸如:在诗歌的内容上他敢于变他人的歌唱理想而转为表现社会人生;敢于逆时代重视"丰腴"的审美思潮,提出"瘦硬"为美;敢于抛弃乐府旧题,创作新题乐府;敢于用诗歌书写断代国史和人物传记;首次提出"创作心态自由论";等等。这些都表现出他是个旧框子框不住的诗人,唯其如此,才能够成为诗坛领袖继往开来,推动中国诗歌发生新变。

杜甫绝句未能合于时调,除了上述题材内容上的原因,还有表达形式上的原因。胡震亨《唐音癸签》引杨慎语:"少陵虽号大家,不能兼善,以拘于对偶,且汩于典故,乏性情尔。"[4]他认为杜甫绝句多用对仗,多用

---

[1] 唐圭璋《词话丛编》,中华书局,2005年,第3221页。
[2] 卢世㴶《紫房余论》,见《李太白全集》(王琦注本),中华书局,2011年,第1324页。
[3] 韩成武《杜甫新论》,河北大学出版社,2007年,第125页。
[4] 胡震亨《唐音癸签》,上海古籍出版社,1981年,第100页。

典故，致使成为另类。这是把杜甫绝句与其他诗人绝句对比之后得出的认识。考察李白、王昌龄等人的名篇，如《长信秋词》《出塞》《闺怨》《早发白帝城》《送孟浩然之广陵》《凉州词》等，两联均为散行，没有对仗，而且很少使用典故。而杜甫135首绝句中，一联使用对仗者65首，两联使用对仗者24首，完全不用对仗者仅46首，用典之处也属多见。区别的确是明显的。杨慎如此批评杜甫绝句的表达形式，也是把绝句作为"被之管弦"的音乐文学看待的。音乐是时间艺术，作为音乐文学的歌词，诉诸听众会有时间的限制，如果语言不够畅达，用典过多，会影响听众对歌词的理解。但是，如果不把绝句看作音乐文学，而是作为案头文学来看待的话，这个问题是不存在的。即如我们今天阅读杜甫的绝句，并没有因为它使用了对仗和典故而觉得有什么不好。

　　胡应麟在《诗薮》中批评杜甫用写律诗的语言写绝句："杜以律为绝，如'窗含西岭千秋雪，门泊东吴万里船'等句，本七言律壮语，而以为绝句，则断锦裂缯类也。"[1]认为绝句是短小诗体，不该使用壮语，这显然失之偏颇。试问：被人们激赏的王之涣《凉州词》"黄河远上白云间，一片孤城万仞山"何尝不是壮语？还有王昌龄的边塞之作《从军行七首》，诸如"青海长云暗雪山，孤城遥望玉门关"，"大漠风尘日色昏，红旗半卷出辕门"等句，又何尝不是壮语？

　　对于杜甫绝句也不乏肯定、赞美的声音。明人许学夷《诗源辨体》认为杜甫绝句"虽是变体，然其声调实为唐人《竹枝》先倡，须溪谓'放荡自然，足洗凡陋'是也"[2]。清人黄子云《野鸿诗的》中评论绝句时说："龙标、供奉，擅场一时，美则美矣，微嫌有窠臼"，"浣花深悉此弊，一扫而新之……少陵七绝，实从《三百篇》来，高驾王、李诸公多矣"[3]。清人李重华在《贞一斋诗说》中说："杜老七绝欲与诸家分道扬镳，故而别开异径，独其情怀最得诗人雅趣。"[4]清人仇兆鳌对于杜甫的绝句风范给予热情赞扬，他在《杜诗详注》中说："少陵绝句，多纵横跌宕，能以议论摅其

---

[1] 胡应麟《诗薮》，上海古籍出版社，1958年，第121页。
[2] 许学夷《诗源辨体》，人民文学出版社，1987年，第220页。
[3] 王夫之等《清诗话》，上海古籍出版社，1999年，第851页。
[4] 王夫之等《清诗话》，上海古籍出版社，1999年，第925页。

胸臆。气格才情，迥异常调，不徒以风韵姿致见长矣。"[1] 这些诗论家充分肯定了杜甫绝句的新变之功。

由上所述，不难认识杜甫绝句的独特风貌：改变了风韵姿致的常调，气格恣肆；不屑于委婉含蓄的正声，直抒胸臆；将广阔的题材内容引入绝句，使其身份尊贵；将律诗的格律和语言度入绝句，使其面貌持重。独树诗林之异帜，实开一代之新风。

---

[1] 仇兆鳌《杜诗详注》，中华书局，1979年，第902页。

第二十章　杜甫排律体制研究

杜甫的排律是其诗歌的重要组成部分，中唐著名诗人元稹在《唐检校工部员外郎杜君墓系铭并序》中，对杜甫排律给予高度的评价，称其"铺陈终始，排比声韵，大或千言，次犹数百，辞气豪迈而风调清深，属对律切而脱弃凡近"[1]。在中国诗歌发展史上，杜甫排律是排律体诗的巅峰，他把初唐时期诞生的这种诗体艺术推向极致，后代诗人亦不可企及。本文拟对杜甫排律的体制作出较为系统深入的研究，通过对作品的细致考察，总结其声律、韵律、对仗、结构等方面的特征。

自南朝齐永明年间起，沈约等人将"四声八病"理论度入诗歌创作，诗人们开始注重对诗句声调的研讨，创作出大量的禁忌声病、注重偶对的作品，号称"永明体"，排律体诗已具雏形。入唐以后，诗人们将四声二元化，加速了近体诗声律定型的进程，到初唐后期，在杜审言、沈佺期、宋之问等诗人的推动下，伴随五律格律的定型，五言排律的格律也渐趋成熟，创作出 121 首格律较为严密的排律体诗。[2] 但由于探索时间尚短，在声律、韵律、对仗等方面还留有进一步完善的空间；加之他们多是宫廷诗人，作品的题材内容尚未得到充分展开。历史将这个空间留给了后人，留给了杜甫。

笔者经过对杜诗逐篇逐句的鉴别，确定杜甫排律共计 129 首，其中五排 125 首，七排 4 首。清人浦起龙《读杜心解》认定杜甫排律共计 135

---

[1] 仇兆鳌《杜诗详注》，中华书局，1979 年，第 2236 页。
[2] 韩成武《杜甫新论》，河北大学出版社，2007 年，第 257 页。

首，其中五排127首，七排8首。[1]笔者认为浦氏裁定过于宽泛，他把自己也认为是"本属歌体，然亦可作拗体长排"，"可古可排"的几篇作品也归入排律。审视这几首诗，出现大量的非律句，失粘失对情况严重，与杜甫那些严整的排律相差甚远，实不可混为一谈。今举一例，以观面貌。杜甫《陪章留后惠义寺饯嘉州崔都督赴州》："中军待上客，令肃事有恒。前驱入宝地，祖帐飘金绳。南陌既留欢，兹山亦深登。清闻树杪磬，远谒云端僧。回策匪新崖，所攀仍旧藤。耳激洞门飙，目存寒谷冰。出尘阅轨躅，毕景遗炎蒸。永愿坐长夏，将衰栖大乘。羁旅惜宴会，艰难怀友朋。劳生共几何，离恨兼相仍。"此诗第2、4、6、8、20句皆非律句，第5、9、11、19句作为出句，却以平声字收尾，更不合规范，而且失粘颇多，虽含有几联对仗，也不能视为排律。今人林继中辑校《杜诗赵次公先后解辑校》亦未将此诗归入排律。[2]浦起龙还将4首不合排律规范的作品归入七排，更为失当。清人李重华在所著《贞一斋诗说》中说"七言排律，唐人断不多作，杜集止三四首"，因为这种诗体"最易流入唱本腔调，纵复精工，有乖风雅"[3]。笔者将这类被浦起龙归入排律的6首作品加以剔除，确定129首作为研究对象。本章所引杜诗均据仇兆鳌《杜诗详注》。

一、杜甫排律作品之声律

考察杜甫排律作品的声律情况，需从两个方面着眼：一是使用律句情况，包括正格律句和变格律句（经过拗救之后而形成的律句）；二是对于粘对规则的遵循情况。

1. 声律严格。杜甫排律作品，整体来看，绝大多数作品声律严格。因其所写题材内容和接受对象的不同，其声律情况亦稍有不同。例如他在困居长安期间写给尚书左丞韦济、汝阳王李琎、比部郎中萧某、翰林学士

---

[1] 浦起龙《读杜心解》，中华书局，1961年，第682—824页。
[2] 林继中《杜诗赵次公先后解辑校》，上海古籍出版社，1994年，第555页。
[3] 王夫之等《清诗话》，上海古籍出版社，1999年，第926页。

张垍、集贤院学士崔国辅和于休烈、谏议大夫郑审、京兆尹鲜于仲通、开府仪同三司哥舒翰、膳部员外郎沈东美、左丞相韦见素等人的12首投赠诗，所用皆为律句，且严守粘对规则，真正做到了"毫发无遗憾"。或有疑问，其所作《敬赠郑谏议十韵》中，有句"诸公厌祢衡"，"祢"是平声，而此处平仄规定须是仄声。此事不难解答，盖因唐人在诗中使用人名、地名、官名时，对其声调可做通融，这样的例子很多。仅举几例，李颀七律《题璿公山池》首联"远公遁迹庐山岑，开士幽居祇树林"，"庐"字处应仄而平；宋之问七律《函谷关》颔联"灵迹才辞周柱下，祥氛已入函关中"，"函"字处应仄而平；宋之问五排《下桂江龙目滩》"暝投苍梧郡，愁枕白云眠"，"梧"字处应仄而平；宋之问五排《别之望后独宿蓝田山庄》"尔寻北京路，予卧南山阿"，"南山"即终南山，是唐诗中常用地名，"南"字处应仄而平；李峤五律《豹》尾联"若令逢雨露，长隐南山幽"，这些都不能看作"三平调"之失误。那么要问，杜甫这些投赠诗何以如此声律整肃，那是因为这些诗是请求对方予以汲引入仕的，那就必须在格律上不出错误，否则就等于自毁其名。

在功利性的投赠诗之外，尚有个别作品出现声律失误现象，主要是以三平尾对三仄尾，三仄尾并非声病，而三平尾（又称三平调）确为声病，诚如王力先生所说，"三平调是古风的专用形式"[1]。杜甫这种失误是偶然的，集中出现在入蜀之前创作的《陪李北海宴历下亭》《桥陵诗三十韵因呈县内诸官》两首诗中。前者如"东藩驻皂盖，北渚凌清河"，"云山已发兴，玉佩仍当歌"，"蕴真惬所遇，落日将如何"；后者如"崇冈拥象设，沃野开天庭"（"拥"字古为上声），"瑞芝产庙柱，好鸟鸣岩扃"，"王刘美竹润，裴李春兰馨"，等等。以三平尾对三仄尾，是初唐律诗和排律作品中常见的，正如仇兆鳌所说是"依初唐排律"[2]，这里可以看作是杜甫有意重蹈旧迹。初唐时期声律尚未完善，杜甫这种倒退做法不可取，当然这是他偶然为之。

杜甫晚年曾说"晚节渐于诗律细"，的确如此，他入蜀之后所作的排

---

[1] 王力《古代汉语》（校订重排本），中华书局，1999年，第1531页。
[2] 仇兆鳌《杜诗详注》，中华书局，1979年，第39页。

律，无论长篇短制，均无声律失误，即便是他的长篇排律《秋日夔府咏怀奉寄郑监李宾客一百韵》，也无一句存在声律问题。

2. 重视拗救。一联中出句如果是拗句，则于对句救之。例如："绝域长夏晚，兹楼清宴同"(《陪章留后侍御宴南楼》)，"夏"字拗，"清"字救。"良会不复久，此生何太劳"(《王阆州筵奉酬十一舅惜别之作》)，"复"字拗，"何"字救。"颇谓秦晋匹，从来王谢郎"(《送大理封主簿五郎亲事不合却赴通州主簿前阆州贤子余与主簿平章郑氏女子垂欲纳采郑氏伯父京书至女子已许他族亲事遂停》)，"晋"字拗，"王"字救。"苔竹素所好，萍蓬无定居"(《将别巫峡赠南卿兄瀼西果园四十亩》)，"所"字拗，"无"字救。"鹿角真走险，狼头如跋胡"(《大历三年春白帝城放船出瞿塘峡久居夔府将适江陵漂泊有诗凡四十韵》)，"走"字拗，"如"字救。诗例颇多，无须尽举。

3. 五言律句大量出现三仄尾。三仄尾即后三字皆为仄声，杜甫未将其视为声病。例如："由来意气合，直取性情真"(《赠王二十四侍御契四十韵》)，"驱驰不可说，谈笑偶然同"(《寄司马山人十二韵》)，"蛟龙引子过，荷芰逐花低"(《到村》)，"萋萋露草碧，片片晚旗红"(《陪郑公秋晚北池临眺》)，"风轻粉蝶喜，花暖蜜蜂喧"(《敝庐遣兴奉寄严公》)，"泥留虎斗迹，月挂客愁村"(《东屯月夜》)。上引各联，出句皆为三仄尾，之所以不视为声病，笔者认为汉语诗歌是以两个音节为一个节奏，律句的特征是节奏点的声调平仄相反，"平平仄仄仄"的节奏点在第2、4两个音节上，平仄是相反的，所以这种句式仍然具有律句的音乐性。近年来，网络上教习近体诗声律者甚众，每以三仄尾视为声病，今以杜甫作品观之，此论可以休矣。

4. 杜甫排律作品严守粘对规则，所作129首诗无一联之间失对、两联之间失粘之误。

二、杜甫排律作品之韵律

本节考察杜甫排律作品押韵情况，从押韵规则和韵脚位置两个方面着眼。

（一）严格按照平水韵来押韵

笔者使用清代韵书《诗韵合璧》对杜诗进行用韵调查。由于《唐韵》已经失传，而反映唐宋两代人作诗押韵实际情况的《平水韵》虽也失传，但据其106韵的韵部体系仍旧被后代韵书所传承（后代韵书只是在原有韵字的基础上增加新的韵字）的情况，故可确定《诗韵合璧》能够作为调查杜诗押韵的文献依据。经过逐首调查，得出结论如下：

1. 杜甫排律使用平声韵，绝大多数作品一韵到底，出韵的仅有5首，且多出现在长篇排律中。出韵的5首如下：《奉赠鲜于京兆二十韵》使用上平声"十一真"韵，而其中"操持郢匠斤"这句，"斤"字属于邻韵上平声"十二文"韵；《寄岳州贾司马六丈巴州严八使君两阁老五十韵》，使用下平声"一先"韵，末句"志在必腾骞"的"骞"字属于上平声"十三元"韵；《赠王二十四侍御契四十韵》使用上平声"十一真"韵，其中"稍稍息劳筋"句的"筋"字、"田家敢忘勤"句的"勤"字属于邻韵"十二文"韵；《夔府书怀四十韵》使用上平声"四支"韵，其中"行人避蒺藜"句的"藜"字属于上平声"八齐"韵；《寒雨朝行视园树》使用上平声"七虞"韵，其中"篱边新色画屏舒"句的"舒"字属于邻韵"六鱼"韵。考虑杜甫的心思，是以准确表情达意为重，在无法于本韵部中找到适合的韵字的情况下使用邻韵。在129首排律中仅有5首存在出韵情况，而且仅有6个韵字出韵。经考察，杜甫排律作品共计1708韵（《送卢十四弟侍御护韦尚书灵榇归上都二十四韵》，实际是二十韵，朱鹤龄《杜工部诗集辑注》、杨伦《杜诗镜铨》、仇兆鳌《杜诗详注》、浦起龙《读杜心解》皆误传，唯有钱谦益《钱注杜诗》予以更正[1]），其出韵比例是很低的。

2. 近体诗押韵不允许重韵，杜甫排律绝大多数作品没有重复使用韵字，仅有5首诗存在个别韵字重复现象，但这些重复出现的韵字其词性、意义不同。具体情况如下：《秦州见敕目薛三据授司议郎毕四曜除监察与

---

[1] 钱谦益《钱注杜诗》，上海古籍出版社，1979年，第624页。

二子有故远喜迁官兼述索居凡三十韵》诗中，韵字出现两"萍"字，"浩荡逐流萍"，"谁定握青萍"，但两"萍"字意思不同，前者是指浮萍，而"青萍"是宝剑名称。《哭台州郑司户苏少监》诗中，韵字出现两"夫"字，"谷贵没潜夫"，"衔冤有是夫"，两"夫"字意思也不同，前者是名词，潜夫指隐士，后者是语助词，仇兆鳌注云："夫，音扶。"[1]《赠李八秘书别三十韵》诗中，韵字出现两"虚"字，"喜异赏朱虚"，"台榭楚宫虚"，两"虚"字意思也不同，前者是人名，指朱虚侯刘章，后者是形容词空虚。《哭王彭州抡》诗中，韵字出现两"朝"字，"宠辱自三朝"，"隐几接终朝"，两者读音不同，前者指朝代，后者指早晨。《寄刘峡州伯华使君四十韵》诗中，有三处韵字重出，"深水谒夷陵"，"战胜洗侵陵"，前者夷陵是地名，后者侵陵意思是侵犯；"纤毫欲自矜"，"张兵挠棘矜"，前者意思是夸耀，后者"棘矜"是名词，指戟柄；"群公价尽增"，"黄霸玺书增"，这两个"增"字意思相同。以上共7个韵字重出，而前6个重出的韵字意思不同，只是字面相同罢了，不能算重出，唯有"增"是重出的韵字。在1708个韵字中有一个韵字重出，虽说不能打满分，但也足以说明杜甫排律作品用韵的严格。

3. 使用韵部覆盖面广而又有所偏重。杜甫排律于30个平声韵中仅有上平声"三江""九佳""十五删"，下平声"十三覃""十四盐""十五咸"6个窄韵没有使用。而宽韵如上平声"四支"韵、"七虞"韵、"十一真"韵，下平声"一先"韵、"七阳"韵使用率高。使用宽韵有利于表情达意，这说明杜甫选韵作诗不以争奇斗险为能事。其长篇排律多用宽韵，如《秋日夔府咏怀奉寄郑监李宾客一百韵》使用下平声"一先"韵，《寄岳州贾司马六丈巴州严八使君两阁老五十韵》使用下平声"一先"韵，《夔府书怀四十韵》使用上平声"四支"韵，《大历三年春白帝城放船出瞿塘峡久居夔府将适江陵漂泊有诗凡四十韵》使用上平声"七虞"韵，《赠王二十四侍御契四十韵》用上平声"十一真"韵，使用这些宽韵为其表达复杂的思想情感提供了便利。

4. 使用韵字有相对稳定的韵字群。其129首排律作品总计为1708

---

[1] 仇兆鳌《杜诗详注》，中华书局，1979年，第1190页。

韵，而杜甫使用的韵字仅为790个（平水韵的平声韵字约为2800个），这说明杜甫对一些韵字是较多重复使用的。例如，其使用"十一真"韵（该部韵字150多个）的作品15首，共计228韵，而其使用该韵部的韵字仅为51个，韵字的平均使用率为每字4次以上。

5. 韵数灵活多样而皆为偶数，有六韵、八韵、十韵、十二韵、十四韵、十六韵、十八韵、二十韵、二十二韵、三十韵、三十六韵、四十韵、五十韵、一百韵之别，长短根据所写内容而定。杜甫排律的韵数皆为偶数，这是从他祖父杜审言那里继承的。初唐诗人写排律，韵数奇偶混杂，唯杜审言只用偶数。杜诗全集中有一首题为《送高三十五书记十五韵》，实为十六韵，但此诗不是排律。

（二）韵脚位置固定

偶数句押韵，五排绝大多数为首句不入韵格式，首句入韵者仅有2首，为《遣兴》《送大理封主簿五郎亲事不合却赴通州主簿前阆州贤子余与主簿平章郑氏女子垂欲纳采郑氏伯父京书至女子已许他族亲事遂停》。七排4首皆为首句入韵格式。这与他处理五律作品首句多不入韵、处理七律作品首句多入韵的思路是一致的。杜甫五律625首，首句入韵者仅为40首；其七律（包括拗体七律）151首，首句入韵者为115首。

三、杜甫排律作品之对仗

排律是对仗的艺术，使用对仗的能力如何决定作品的成败。排律的对仗要求，除首尾两联不必对仗，中间各联都须对仗。杜甫排律作品除有几首偶然失对，绝大多数对仗整饬。偶有失对的作品有《与李十二白同寻范十隐居》之"余亦东蒙客，怜君如弟兄"，"入门高兴发，侍立小童清"，《立秋雨院中有作》之"飞雨动华屋，萧萧梁栋秋"。笔者认为杜甫排律作品的对仗艺术有以下几点：

1. 杜甫五排除中间各联使用对仗以外，首联对仗亦属常见，在其125首五排中，有73首首联对仗。这与他的五律作品首联多用对仗为同一做法。而七排4首首联均未对仗，也与他处理七律首联多不用对仗做法相同。

2. 对仗种类多样，既有工对、宽对，也有流水对、借对、当句对等多种形式。尤其是大量使用流水对，有效地反映了复杂的社会问题，表达了个人的见解和感受。

3. 各联之间的句式（句子的意义节奏）、语法结构、对仗种类错落变化，形成了既具有匀齐之美又摇曳多姿的美学特征。

为具体说明上述各点，拟举一首中篇排律作品《寄彭州高三十五使君适虢州岑二十七长史参三十韵》为例作出分析，为便于表述，在每联前面加有序号。

(1) 故人何寂寞，今我独凄凉。
(2) 老去才难尽，秋来兴甚长。
(3) 物情尤可见，词客未能忘。
(4) 海内知名士，云端各异方。
(5) 高岑殊缓步，沈鲍得同行。
(6) 意惬关飞动，篇终接混茫。
(7) 举天悲富骆，近代惜卢王。
(8) 似尔官仍贵，前贤命可伤。
(9) 诸侯非弃掷，半刺已翱翔。
(10) 诗好几时见，书成无信将。
(11) 男儿行处是，客子斗身强。
(12) 羁旅推贤圣，沉绵抵咎殃。
(13) 三年犹疟疾，一鬼不销亡。
(14) 隔日搜脂髓，增寒抱雪霜。
(15) 徒然潜隙地，有靦屡鲜妆。
(16) 何太龙钟极，于今出处妨。
(17) 无钱居帝里，尽室在边疆。
(18) 刘表虽遗恨，庞公至死藏。
(19) 心微傍鱼鸟，肉瘦怯豺狼。

（20）陇草萧萧白，洮云片片黄。
（21）彭门剑阁外，虢略鼎湖旁。
（22）荆玉簪头冷，巴笺染翰光。
（23）乌麻蒸续晒，丹橘露应尝。
（24）岂异神仙宅，俱兼山水乡。
（25）竹斋烧药灶，花屿读书床。
（26）更得清新否，遥知对属忙。
（27）旧官宁改汉，淳俗本归唐。
（28）济世宜公等，安贫亦士常。
（29）蚩尤终戮辱，胡羯漫猖狂。
（30）会待妖氛静，论文暂裹粮。

首联使用了对仗，为人伦类的工对（我对人），句式（指句子的意义节奏，下同）为2—3式，句法为主—谓结构。

第2联为人事类的工对（兴对才），句式为2—1—2式，句法为状—主—谓结构。

第3联为宽对，句式为2—3式，句法为主—谓结构。

第4联为单句形式的流水对，两句实为一句，把主语部分作为出句，把剩余的状语、谓语、宾语作为对句，使之构成对仗。"各"的意思是"各居"，具有动词性质，故能与"知"相对。

第5联为当句对（沈、鲍对高、岑。人名依次为沈约、鲍照、高适、岑参），句式为2—1—2式，句法为主—谓—宾结构。

第6联为文学类的工对（篇对意），句式为2—1—2式，句法为主—谓—宾结构。

第7联为当句对（卢、王对富、骆。人名依次为卢照邻、王勃、富嘉谟、骆宾王），句式为2—1—2式，句法为状—谓—宾结构。

第8联为人伦类的工对（贤对尔），句式为3—2式，句法为主—谓结构。

第9联为人伦类的工对（半刺对诸侯），诸侯指高适，高适为彭州刺史，古人称刺史为诸侯。半刺指岑参，岑参为虢州长史，官阶在刺史之下。此联句式为 2—3 式,句法为主—谓结构。

第 10 联为文学类的工对(书对诗),句式为 1—1—3 式,句法为主—谓—补结构。

第 11 联为借对,借用"子"的另一义,与"儿"相对。两句的句式不同,出句为 2—2—1,对句为 2—1—2。出句为主—谓结构,对句为主—谓—宾结构。古人对仗,字面对上即可,不求出句与对句句法结构相同。

第 12 联为顺承关系的流水对,句式为 2—1—2 式,句法为状—谓—宾结构,羁旅是范围状语,沉绵为原因状语,两句意思是说,就羁旅之苦来说当首推孔圣,因长期患病而导致灾祸。

第 13 联为工对(数目对数目),句式为 2—3 式,出句句法为状—谓结构,对句句法为主—谓结构。

第 14 联为因果关系的流水对,出句为因,对句为果。句式为 2—1—2 式,句法为状—谓—宾结构。

第 15 联为宽对,句式为 2—1—2 式,句法为状—谓—宾结构。

第 16 联为宽对,句式为 2—2—1 式,句法为状—谓—补结构。

第 17 联为因果关系的流水对,句式 2—1—2 式,出句句法为状—谓—宾结构,对句为主—谓—宾结构。

第 18 联为人名类工对(庞公对刘表),句式为 2—3 式,句法为主—谓结构。

第 19 联为身体类兼鸟兽类的工对,句式为 2—1—2,句法为状—谓—宾,意思是"因心微而伴随鱼鸟,因肉瘦而害怕豺狼"。

第 20 联为颜色类工对,句式为 2—3 式,句法为主—谓结构。

第 21 联为地名类工对,句式为 2—3 式。句法为无谓语句。

第 22 联为宽对,句式为 4—1 式,句法为主—谓结构。

第 23 联为草木类工对,句式为 2—3 式,句法为主—谓结构。乌麻即胡麻,需九蒸九晒方可食用。露,沾上露水。

第 24 联为宽对,句式为 1—1—3 式,句法为状—谓—宾结构。

第 25 联为草木类兼器物类工对,句式为 2—3 式,句法为无谓语句。

第 26 联为宽对,句式为 2—2—1 式,句法为谓—宾—补结构。

第 27 联为朝代名工对,句式为 2—2—1 式,句法为主—谓—宾结构。

第 28 联为人伦类工对，句式为 2—1—2 式，句法为主—谓—宾结构。

第 29 联为人伦类工对，句式为 2—3 式，句法为主—谓结构。

第 30 联按规则不予对仗。

通过逐联分析，可以清楚地看到，对仗种类、句式、句法结构等方面呈现为多种样式。对仗种类有宽对、工对、流水对、借对、当句对，工对中又有草木、禽鸟、人伦、人事、地名、人名、身体、文学、颜色、数目等多种类型，流水对中有单句形式和复句形式，复句形式中又有顺承、因果两种类型。句式节奏和句法结构面目各异。

在组织安排上，采用错落交织的方法，使相同的对仗种类、句式、句法结构不出现在相邻的两联。这样做可以避免因大量使用对仗而造成的刻板、呆滞，使作品既有匀齐美又有灵动性。应该说，杜甫的排律作品已将对仗艺术推到极致。

四、杜甫排律作品之内容

初唐时期，排律作品内容狭窄，仅限于应制和酬赠，后来科举考试增加了写诗的考项（五言六韵），排律又多了一项用途。沈德潜说："唐初应制、赠送诸篇，王、杨、卢、骆、陈、杜、沈、宋、燕、许、曲江，并皆佳妙。少陵出而瑰奇鸿丽，一变故方，后此无能为役。"[1] 所谓"一变故方"，除了诗艺的提高、篇幅的剧增，也包括内容上的变化，有剔除，有继承，有开辟。具体来说，杜甫 129 首排律，不再有应制、应试的作品，而保留了酬赠的类别；其开辟之处尤为可观，在反映社会生活的深度和广度上可与其他诗体并驾，在书写国史以及为友人立传等方面，又是五律、七律所不能企及的。大体归纳，可分为以下几个方面：

（一）书写国史

如《夔府书怀四十韵》，从安史之乱爆发写起，记录玄宗入蜀、肃宗

---

[1] 沈德潜《说诗晬语》，人民文学出版社，1979 年，第 218 页。

即位于灵武，以及官军与叛军的拼杀、国家和百姓陷入水深火热的情景，又记录肃宗收复两京，恢复宗庙，临终前召集宗臣入内，口授遗诏的情事，又记录安史之乱平息之后，代宗允许叛军将领镇守河北，导致了藩镇割据的局面，最后记录回纥、吐蕃的入侵。这首诗所记史实的时间跨度为10年，将其间的重大国事尽行记录，充分发扬排律体式的铺陈长处以及个人擅长偶对之优势，确为诗坛之独步、排律之辉煌殿宇。此外，有些作品记录重大历史事件，如《喜闻官军已临贼境二十韵》，记录官军陈兵京都西郊，对城中叛军构成汤浇蚁穴之势，"鼎鱼犹假息，穴蚁欲何逃"！军威与诗情融为一体。又如《伤春五首》记录吐蕃攻陷长安，代宗君臣狼狈出逃，"夺马悲公主，登车泣贵嫔"，指出此番沦陷皆因代宗宠信宦官程元振，"不成诛执法，焉得变危机"。杜诗的"诗史"特征，于此可见一斑。或曰：国史自有史书叙述，何劳杜甫费墨？岂不知史书仅是史家客观记录，而杜诗却于记录之中注入浓重的国家兴衰之叹，诋毁"诗史"者可以休矣！

（二）友人类篇什

包括为友人立传、辩诬、悼亡。例如《寄李十二白二十韵》，是为李白立传，仇兆鳌《杜诗详注》引王嗣奭语："此诗分明为李白作传，其生平履历备矣。白才高而狂，人或疑其乏保身之哲，公故为之剖白。如'未负幽栖志，兼全宠辱身'及楚筵辞醴、梁狱上书数句，皆刻意辩明。"[1] 可知，赞李白之诗才、申李白之冤屈，乃是立传之宗旨。《寄张十二山人彪三十韵》是为张彪立传，仇兆鳌《杜诗详注》引王嗣奭语："山人以道术名，而公极称其孝，有关世教不浅。"[2] 这是以弘扬孝道为立传旨归。又如《郑驸马池台喜遇郑广文同饮》《题郑十八著作丈故居》二首要旨在于为郑虔大节辩诬，感慨忠直遭贬，与朝廷的决定大唱反调。《赠裴南部》是为南部县令裴氏辩护，浦起龙说："裴以清节蒙狱。公为此诗，一纸辨诬状

---

[1] 仇兆鳌《杜诗详注》，中华书局，1979年，第664页。
[2] 仇兆鳌《杜诗详注》，中华书局，1979年，第655页。

也。"[1] 悼念亡友之作写得痛心疾首，回肠荡气，有《哭台州郑司户苏少监》《哭王彭州抡》《哭李尚书》《哭韦大夫之晋》四首，足以看出杜甫对友情的珍重。

（三）家庭类篇什

有些排律记录家庭生活。战乱之前，有写给弟弟杜颖的一首排律，杜颖时任临邑主簿，遭遇黄河泛滥，诗中铺写洪涝灾情之重，鼓励杜颖积极抗灾。安史之乱爆发后，杜甫为叛军所获，与家属隔绝，作《遣兴》以怀念幼子宗武，作《得家书》以宽慰愁肠。晚年客居夔州，作《宗武生日》《元日示宗武》《又示宗武》三篇排律，告诫孩子"诗是吾家事"，勉励他"熟精《文选》理"，"应须饱经术"，浦起龙称其为"情真语质之篇，自然合律"[2]。还有写给弟弟杜观、杜颖等的作品，抒写离别之思。

（四）投赠类篇什

这类作品共计72篇，占排律总数的55%。其主要内容可归为四类：第一类是困居长安时期给达官贵人写的投赠诗，目的是希望对方给予自己仕途上的援助。杜甫心怀"致君尧舜上，再使风俗淳"的远大抱负，希望进入仕途，但是受到奸相李林甫的阻挠，不得已而求助于人，所求之人有汝阳王李琎，有河南尹、左丞相韦济，有左丞相韦见素，有翰林学士张垍，有京兆尹鲜于仲通，有大将军、河西陇右节度使哥舒翰，有哥舒翰幕府判官田梁丘，等等。排律适合显示学力和偶对的才能，故多用之。这类作品的基本内容，先是赞美对方的功德、才干，继而申述个人的抱负、才能，最后提出援引的渴望。第二类是写给好友的思念之作，如写给被贬谪的高适、岑参、贾至、严武的长篇排律，对其遭贬表示愤懑，劝其小心从事，免遭小人陷害，而杜甫此时流落秦州，衣食不保。第三类是为官期和漂泊期给官员写的勉励诗，如写给御史中丞郭英乂赴任陇右节度使，勉励对方迅速靖边；写给杨六判官出使吐蕃，希望他完成使命；写给路使君

---

[1] 浦起龙《读杜心解》，中华书局，1961年，第736页。
[2] 浦起龙《读杜心解》，中华书局，1961年，第784页。

赴陵州任，希望他勤政爱民；写给边将董嘉荣，勉励他抗击吐蕃；写给成都尹、剑南节度使严武，希望他安边立功，等等。第四类是漂泊时期写给地方官的求助诗，涉及人物颇多，主要有东川留后章彝、夔州都督柏茂琳等。有求于人，难免溢美，苦情可谅。

（五）山川古迹类篇什

这类作品主要写于夔州和湖南。写于夔州的几首，有的描写瞿塘峡之壮观，"天欲今朝雨，山归万古春"（《上白帝城二首》其一）；有的写天池之雄奇，"闻道奔雷黑，初看浴日红"（《天池》）；有的写峡中风物之险恶，"岁月蛇常见，风飙虎或闻"（《南极》）；有的描写白帝城楼之古老，"柱穿蜂溜蜜，栈缺燕添巢"（《陪诸公上白帝城头宴越公堂之作》）。这期间还有两首凭吊古迹之作《谒先主庙》和《诸葛庙》，仰慕君臣一体、同舟共济的风范，表达个人生不逢时的感慨。漂泊湖南时期，作有《过南岳入洞庭湖》《北风》等诗篇，诗中描绘洞庭湖的博大浩渺："敧侧风帆满，微冥水驿孤。悠悠回赤壁，浩浩略苍梧。"北风中的湖水则是"万里鱼龙伏，三更鸟兽呼"，读来骇目惊心。

五、杜甫排律作品之结构

排律体诗自然离不开铺叙，尤其是长篇排律，离开铺叙则无法成章，诚如元人杨载在所著《诗法家数》中说"长律妙在铺叙"[1]。但由于排律基本由偶句构成，用偶句对人物、事物以及见解、情感进行铺陈，远不如古体诗用散行语言铺叙来得自然、得心应手。弄得不好，会造成联与联之间意脉隔断，结构支离，难以成文，如同楹联汇集。杜甫的排律作品则结构严谨，意脉连贯。究其成因，主要有以下几点：

1. 长篇排律段落分明，思想感情的主线贯通首尾。清人张谦宜在所著《絸斋诗谈》中说："五言排律，当以少陵为法，有层次，有转接，有

---

[1] 何文焕《历代诗话》，中华书局，1981年，第736页。

渡脉，有盘旋，有闪落收缴，又妙在一气。"[1]本文第三部分所引的《寄彭州高三十五使君适虢州岑二十七长史参三十韵》这首诗，就是个很好的例证。下面试作分析。

首联"故人何寂寞，今我独凄凉"，两位老友虽遭贬谪却仍不寂寞，而自己却独守凄凉。两句具有总摄全篇的作用，全诗就是围绕这两句来展开叙述的。先用两联交代写此诗的缘由，就是诗兴不衰，友情犹在。从第4联到第10联为一段，具体铺叙高、岑之"不寂寞"：诗名远扬，官职仍贵。赞其诗名，以前代著名诗人沈约、鲍照为陪衬；称其官贵，以当代四位仕途坎坷的诗人作对比。从第11联到第15联为一段，铺叙自己之"独凄凉"：疟疾缠身，生涯狼狈。以上是双方的第一层对比，接下来是第二层对比，写双方生活环境的巨大差别。从第16联到第20联为一段，铺叙自己身处边疆的苦情：与鱼鸟相伴，受豺狼威胁。从第21联到第26联为一段，铺叙友人生活环境之优雅：土产富足，风光秀美。最后4联为一段，收结双方：居官的你们要为国家效力，凄凉的我则能安于贫困。待到安史叛军覆灭之后，我将背着干粮与你们相会。仇兆鳌说结尾四联"宾主总收"[2]，是为确论。这首五言长排段落分明，思想主线贯穿首尾，那就是对高、岑两位老友遥致安慰。《唐书》载，唐肃宗乾元元年（758）五月，高适由太子詹事出任彭州刺史。乾元二年（759）四月，岑参由起居舍人出任虢州长史。二人均遭贬谪，故杜甫写诗安慰之。

2. 段落的转换之处，常有一联出句挽结上文，对句启开下文，其作用如同两岸之间的渡船。清人张谦宜在所著《絸斋诗谈》中说："凡百韵或数十韵长篇，必有过脉，大约一句挽上，一句生下，此文之筋也。"[3]他所说的"过脉""文筋"就是指具有连接两段文意作用的联语。杜甫排律作品中时见这种过渡性的联语。例如《奉寄河南韦尹丈人》，诗的前段盛赞韦济的才德、地位尊荣无与伦比，后段诉说个人性格放纵，生活困顿。在两段之间有一联是"尊荣瞻地绝，疏放忆途穷"，它起到了由前段转到后

---

[1] 郭绍虞《清诗话续编》，上海古籍出版社，1983年，第807页。
[2] 仇兆鳌《杜诗详注》，中华书局，1979年，第644页。
[3] 郭绍虞《清诗话续编》，上海古籍出版社，1983年，第806页。

段的过渡作用，将前后两段连成一体。又如《赠翰林张四学士垍》，诗的前段铺叙驸马张垍春风得意，青云高举，后段诉述个人岁月空掷，飘荡无依。两段之间的一联是"无复随高凤，空余泣聚萤"，高凤，指称张垍，聚萤，即囊萤，用晋人车胤的典故，写个人的贫穷。再如《奉赠鲜于京兆二十韵》，前段赞美京兆尹鲜于仲通德才兼备，广揽人才，后段铺叙个人文采尚好，已经获得候选资格，希望对方给予汲引。两段之间也有一联作为过渡："义声纷感激，败绩自逡巡。"出句的意思是说对方广揽人才的义举博得了众多的感激，是承上文；后句是说自己仕途屡遭坎坷羞于启齿求人，是启下文。这些具有过渡功能的联语，其作用是完成前后内容的平稳转换，衔接前后文意，如同骨骼之间的连筋，在作品的结构上具有组织意义。

此外，古代诗论家还对杜甫排律作品的工于发端有所评论。例如施补华在所著《岘佣说诗》中说："五排篇幅短者，起笔可以突兀；篇幅长者，必将全篇通括总揽，以完整之笔出之。"[1]施氏此论颇有见地，虽不能概括杜甫的全部排律作品，却也道出了部分作品的起句特征。杜甫某些短律起句突兀，如同空中坠石，不知所来，长律起句则总括全篇，笼罩首尾。

杜甫的排律作品不仅在内容上突破了前人作品的局限，其艺术也被后人视为此体的巅峰，尤其是他的五言排律，"五言排律，至杜集观止"[2]（李重华《贞一斋诗说》），后代诗人不能企及。杜甫以其卓越的创作实践，为此体在声律、韵律、对仗、结构诸方面确立了体制，在文学史上具有重要的意义。

---

[1]王夫之等《清诗话》，上海古籍出版社，1999年，第999页。
[2]王夫之等《清诗话》，上海古籍出版社，1999年，第925页。

第二十一章　杜甫五律体制研究

杜甫五律共计 495 题 625 首。此外，还有几首仄韵五律。由于学界对仄韵五律的声律尚无定论，故本文将其排除在外，仅以其平韵作品作为研究对象。清人浦起龙《读杜心解》是杜诗分体注本，收录五律 627 首[1]（按，浦起龙《读杜心解》目录统计五律篇数有误，所言 630 首，实为 627 首），该书在分辨诗体上稍嫌宽泛，将《寄赠王十将军承俊》《北风》二诗也归为五律，前诗云："将军胆气雄，臂悬两角弓。缠结青骢马，出入锦城中。时危未授钺，势屈难为功。宾客满堂上，何人高义同。"此诗首联两句声调失对，颔联两句声调失对，颔联与首联失粘，颈联与颔联失粘。后诗云："北风破南极，朱凤日威垂。洞庭秋欲雪，鸿雁将安归。十年杀气盛，六合人烟稀。吾慕汉初老，时清犹茹芝。"此诗颔联与首联失粘，颈联与颔联失粘，而且存在两句"三平调"，押韵也存在问题，垂、芝二字属于平水韵"四支"韵，归、稀二字属于平水韵"五微"韵。作为对五律声律韵律精熟的杜甫来说，是不会出现如此严重错误的。笔者认为，这是杜甫有意为之，他是没想把这诗写成五律。虽说前诗中间两联也构成了词性上的对仗关系，后诗颈联也大体构成了对仗，但声律韵律是近体诗格律的核心内容，如果声律韵律出现严重失调，便可以断定它不是近体诗。关于这两首诗的体格，古代杜诗学者也有关注。杨伦《杜诗镜铨》认为《寄赠王十将军承俊》是"以古为律"，[2] 边连宝《杜律启蒙》认为此诗

---

[1] 浦起龙《读杜心解》，中华书局，1961 年。

[2] 杨伦《杜诗镜铨》，上海古籍出版社，1998 年，第 340 页。

"体格在古、近之间",[1]仇兆鳌《杜诗详注》注释《北风》时引胡应麟语:"此诗首尾,俱四支韵,中间两用五微,盖古体通用,非出韵也。"[2]明确认定此诗是古体,而非出韵之近体。有鉴于此,故将这两首诗剔除于五律之列。

杜甫五律篇数占全集43%,内容浩繁深厚,艺术精致,格律严谨,垂范后世。本文将对其体制(包括声律、韵律、对仗、内容、诗艺五个方面)作出研究。研究方法加入数字统计法,通过逐篇逐句逐字的查实,得出相关数据,以数字为依据,展示其声律、韵律、对仗等方面的具体情况。这种方法虽说显得笨拙,却能揭示实际面貌。

由于《唐韵》仅存残卷,无法据之对杜诗字声和韵字作出判定,而北宋《广韵》《集韵》只是在《唐韵》的基础上增加韵字和释文,并无质的改变,因此可作判定杜诗字声和韵字的依据。清人吴乔在所著《围炉诗话》中说道:"名《广韵》者,因《唐韵》而广之者也,即此可以知《唐韵》矣。"[3]南宋《壬子新刊礼部韵略》(即平水韵)将《广韵》中"同用"之韵目合一,形成106韵体系,直接反映唐宋两代诗人作诗押韵的实际情况,此书虽已失传,但此后历代韵书均遵循106韵体系,清代《佩文韵府》《诗韵合璧》二书编撰严谨,故也将其作为判定杜诗字声和韵字的依据。

一、杜甫五律的声律体制

声律是律诗格律的第一要素,是造成律诗音乐美的必要条件。自南朝齐永明年间开始,沈约等人将汉字四声引入五言诗的创作,号"永明体",主张"一简之内,音韵尽殊;两句之中,轻重悉异",即一句诗中"若前有浮声,则后须切响",一联之中上下两句要做到轻音与重音对应相反。所谓"浮声""切响""轻""重",相当于后人所用的"平仄"概念。但

---

[1] 韩成武等点校《杜律启蒙》,齐鲁书社,2005年,第124页。
[2] 仇兆鳌《杜诗详注》,中华书局,1979年,第2026页。
[3] 郭绍虞《清诗话续编》,上海古籍出版社,1983年,第484页。

"永明体"只解决了一句诗和一联诗的声律问题,而且因为在声律的规定上(即"八病"之说)过于严酷,束缚了诗歌创作。进入唐代,诗人们将四声二元化(平声为平,上去入为仄),并且进而确定了邻联相粘的关系,到初唐后期,在杜审言、崔湜、李峤、沈佺期、宋之问等一批诗人的共同努力下,五言律诗的声律、韵律、对仗格局已然确定。[1]

杜甫对祖父杜审言是十分崇拜的,他说"吾祖诗冠古",主要是称颂杜审言在五律定型上的贡献。他又说"诗是吾家事",把继承祖先创立的律诗规格看作是家族事业,并以卓越的五律诗歌创作完善了五律体制,对后世产生深远影响。其声律体制如下:

(一)声律严整

杜甫所作625首五律,严守声律三项规定:诗句使用正格律句或变格律句(经过拗救而后形成的律句),一联中两句声调对立,邻联声调相粘。

1. 五律诗句使用的四种正格律句为:⟨仄⟩仄平平仄,⟨平⟩平平仄仄,⟨仄⟩仄仄平平,平平仄仄平。例如《登兖州城楼》:"东郡趋庭日,南楼纵目初。浮云连海岱,平野入青徐。孤嶂秦碑在,荒城鲁殿余。从来多古意,临眺独踌躇。"杜诗五律完全由正格律句组成者共计283首,占总数的45%,也就是说,还有一半多的五律是由正格律句与变格律句共同组成的。

2. 诗句使用的几种变格律句如下:

(1)平平仄平仄。这种变格律句由正格律句"⟨平⟩平平仄仄"变化而来。如:"何时一樽酒,重与细论文"(《春日忆李白》),"无家问消息,作客信乾坤"(《刈稻了咏怀》)等,这种变格律句共计183例。这种句式大多出现在尾联的出句,出现在这个位置上的共计133例,占总数的73%。

王力先生在所著《汉语诗律学》和《古代汉语》两书中,论及拗救问题时指出:五言近体诗的正格律句"⟨平⟩平平仄仄"可以变为"平平仄平仄",第三字拗,第四字救。同时特别提醒人们"注意",说这样拗救的句子,"第一个字必须是平声"[2]。笔者排查杜甫五律,发现一部分"仄平仄

---

[1] 韩成武《杜甫新论》,河北大学出版社,2007年,第248—258页。
[2] 王力《古代汉语》,中华书局,1995年,第1449页。

平仄"的句式,抄录如下:"野亭逼湖水","暂游阻词伯"(《暂如临邑至崓山湖亭奉怀李员外率尔成兴》),"老夫怕趋走"(《官定后戏赠》),"故人得佳句"(《奉答岑参补阙见赠》),"束薪已零落"(《除架》),"老夫如有此"(《秦州杂诗二十首》其九),"故人亦流落"(《送裴五赴东川》),"客居愧迁次"(《入宅三首》其一),"壮年学书剑"(《暮春题瀼西新赁草屋五首》其四),"自从失辞伯"(《怀旧》),"未能割妻子"(《谒真谛寺禅师》),"不成向南国"(《自阆州领妻子却赴蜀山行三首》其一),"昔闻洞庭水"(《登岳阳楼》),"壮心久零落"(《有叹》),这种句式共计14例。

这14例的存在似与王力先生的说法有冲突,但与183例相比,毕竟是少数,是出于表意的需要。笔者认为,第一个字为平声者可称之为正格,第一个字为仄声者可称之为偏格。

(2)平平仄仄仄。这种变格律句由正格律句"⊕平平仄仄"变化而来。如:"晨朝降白露"(《与任城许主簿游南池》),"尘中老尽力"(《病马》)等。这种句式共出现120例,可见"三仄尾"不是声病。

此外,还出现少量的"仄平仄仄仄"句式。如:"亦知戍不返"(《捣衣》),"故巢倘未毁"(《归燕》),"幸因腐草出"(《萤火》),"世人共卤莽"(《空囊》),"物微意不浅"(《病马》),"别离已昨日"(《送远》),"往还二十载"(《赠韦赞善别》),"十年可解甲"(《热三首》其三),"故园不可见"(《江梅》),"使君自有妇"(《数陪李梓州泛江有女乐在诸舫戏为艳曲二首赠李》其二),"济时敢爱死"(《岁暮》),"欲陈济世策"(《暮春题瀼西新赁草屋五首》其五),"老人困酒病"(《季秋苏五弟缨江楼夜宴崔十三评事韦少府侄三首》其一)等,共计13例。

"⊕平平仄仄"句式120例,可称之为正格;"仄平仄仄仄"句式13例,可称之为偏格。

(3)⊗仄仄平仄,⊕平平仄平。这种变格由正格律句"⊗仄平平仄,平平仄仄平"变化而来。出句第三字拗,对句第三字救。如:"枕簟入林僻,茶瓜留客迟"(《已上人茅斋》),"树蜜早蜂乱,江泥轻燕斜"(《入乔口》)等,共计99例。

只有下面4例拗而未救:"老去一杯足,谁怜屡舞长"(《台上》),"群盗至今日,先朝忝从臣"(《巴西闻收京阙送班司马入京二首》其二),从字，属于《广韵》去声"三用"韵，即用切，"通籍恨多病，为郎忝薄游"（《夜雨》），"平地一川稳，高山四面同"（《自瀼西荆扉且移居东屯茅屋四首》其一）。因"仄仄仄平仄"句式是"小拗"，可以不救。

（4）仄仄平仄仄，平平平仄平。这种变格由正格律句"仄仄平平仄，平平仄仄平"变化而来。出句第四字拗，对句第三字救。如："暮景巴蜀僻，春风江汉清"（《送李卿晔》），"江敛洲渚出，天虚风物清"（《独坐》）等，共计12例。

（5）仄仄仄仄仄，平平平仄平。这种变格由正格律句"仄仄平平仄，平平仄仄平"变化而来。出句第三、四字拗，对句第三字救。如："乘尔亦已久，天寒关塞深"（《病马》），"致此自僻远，又非珠玉装"（《蕃剑》）等，共计18例。

（6）"平平仄仄平"变为"平平平仄平"。这种变格律句是独立使用的，并非对出句的拗救。如"华馆春风起，高城烟雾开"（《李监宅二首》其二），"摇落巫山暮，寒江东北流"（《摇落》）等，共计29例。

3. 借用字的异声以谐调平仄。汉字有同义而平仄两读，有异义而平仄异读者。杜诗时有借用字的异声以谐调平仄的做法。如《王竟携酒高亦同过》："卧病荒郊远，通行小径难。故人能领客，携酒重相看。自愧无鲑菜，空烦卸马鞍。移樽劝山简，头白恐风寒。"又如《奉济驿重送严公四韵》："远送从此别，青山空复情。几时杯重把，昨夜月同行。列郡讴歌惜，三朝出入荣。江村独归处，寂寞养残生。"前诗"携酒重相看"，重，仇兆鳌注曰："义从平声，读用去声。"[1] 意思是说，这个字从表意上看是平声（重复之重），而诵读的时候要读成去声（重量之重），如此，才能谐调这句"仄仄仄平平"的声律。重字，既属于《广韵》上平"三钟"韵，直容切，又属于《广韵》去声"三宋"韵，柱用切。后诗"几时杯重把"，重，仇兆鳌注曰："义从平声，读从去声。"[2] 如此，才能谐调这句"平平仄仄"的声律。又如《自京窜至凤翔喜达行在所》其三："死去凭谁报，归来始自怜。犹瞻太白雪，喜遇武功天。影静千官里，心苏七校前。今朝

---

[1] 仇兆鳌《杜诗详注》，中华书局，1979年，第864页。
[2] 仇兆鳌《杜诗详注》，中华书局，1979年，第916页。

汉社稷，新数中兴年。"结句"新数中兴年"，中字，既属《广韵》上平"一东"韵，陟弓切，又属于《广韵》去声"一送"韵，陟仲切。这里，义从平声，读从去声，否则即犯"三平调"的错误。再如《晴二首》其二："啼乌争引子，鸣鹤不归林。下食遭泥去，高飞恨久阴。雨声冲塞尽，日气射江深。回首周南客，驱驰魏阙心。"颔联"泥"字意思是"滞陷"，属于《广韵》去声"十二霁"韵，奴计切。此处读从平声，《广韵》上平"十二齐"韵，奴低切。还有"只"字，既属于《广韵》上平"五支"韵，又属于《广韵》上声"四纸"韵，以下各句皆义从上声，读从平声："只应踏初雪，骑马发荆州"（《更题》），"飘泊南庭老，只应学水仙"（《舟中》），"只应尽客泪，复作掩荆扉"（《赠韦赞善别》），"只应与儿子，飘转任浮生"（《入宅三首》其三）。

借用字的异声以谐调平仄，既是对声律的坚守，也是对汉字异声的巧妙运用。

4. 因使用地名、人名、节令名等专用名词而出现声调通融。由于专用名词不可随意变更字面，在这种情况下，声调通融可以被人认可。杜甫五律有以下几种情况：使用人名者，"宋公旧池馆，零落首阳阿"（《过宋员外之问旧庄》），"贾生骨已朽，凄恻近长沙"（《入乔口》）；使用地名者，"如何关塞阻，转作潇湘游"（《去蜀》），"郑南伏毒寺，潇洒到江心"（《忆郑南》），"洛阳昔陷没，胡马犯潼关"（《洛阳》）；使用地名和人名者，"渥洼汗血种，天上麒麟儿"（《和江陵宋大少府暮春雨后同诸公及舍弟宴书斋》）；使用节令名者，"元日到人日，未有不阴时"（《人日二首》其一）。

5. 几处声调之误。

（1）唯一的孤平句。杜甫五律625首，仅出现了一个孤平句，在《玩月呈汉中王》这首诗中：

> 夜深露气清，江月满江城。
> 浮客转危坐，归舟应独行。
> 关山同一照，乌鹊自多惊。
> 欲得淮王术，风吹晕已生。

首句"夜深露气清"（仄平仄仄平）即是犯了孤平。孤平是指五律除了韵脚的平声以外，全句仅有一个平声字。经查阅历代杜诗注本，首句皆为"夜深露气清"，且"夜"字下无异文。

王力先生在所作《古代汉语》一书中，也说杜甫近体诗仅有一句犯孤平，但不是这首，而是《寄赠王十将军承俊》。[1]本文开头已对这首诗的体格作了辨析，它不属于五律，拿它说事也就没有意义。至于有人把杜甫《散愁二首》其二的"尚书训士齐"、《玉腕骝》中的"尚书玉腕骝"也说成是孤平句[2]，则是由于不知道"尚"字在古代是平仄两读字，它在《广韵》既属于下平声"十阳"韵（尚字下释文曰：尚书，官名），又属于去声"四十一漾"韵（尚字下释文曰：庶几，亦高尚，又饰也、曾也、加也、佐也。云略云：凡天子之物皆曰尚，尚医、尚食等是也。又姓，后汉高士尚子平。又汉复姓，有尚方氏）。从以上两条释文来看，作为官职的"尚书"其"尚"字在当时是读为平声的。我们切不可以今天的声调作为依据。

（2）几处三平调之误。所谓三平调，是指近体诗句末连续出现三个平声字，三平调是古体诗的句式特征，故为诗家所忌。杜甫五律出现以下几处三平调："野亭逼湖水，歇马高林间"，"暂游阻词伯，却望怀青关"（《暂如临邑至崿山湖亭奉怀李员外率尔成兴》），"怵离放红蕊，想像颦青蛾"（《一百五日夜对月》），"萧萧古塞冷，漠漠秋云低"（《秦州杂诗二十首》其十一），"不成向南国，复作游西川"（《自阆州领妻子却赴蜀山行三首》其一）。

以上是对杜甫五律声调问题的"挑刺"，可以看出，其失误是微乎其微的，完全可以用"白璧微瑕"来做结论。

（二）使用四种平仄格式，主次得当

杜甫五律使用"首句仄起仄收式""首句平起仄收式""首句仄起平收式""首句平起平收式"四种格式，以"首句仄起仄收式"为主要格式。这四种平仄格式的使用率依次为73%（458首）、21%（129首）、4%（28

---

[1] 王力《古代汉语》，中华书局，1978年，第1449页。
[2] 兰小云《杜甫律诗孤平例不只一首》，《榆林学院学报》2005年2期。

首)、2%(10首)。这种主次抉择,使初唐后期定型的五律以首句不入韵为常用格式得到进一步确定。

杜甫五律之声律具有典范意义,对后世影响重大。宋人郑卬在所著《杜少陵诗音义》序文中说道:"国家追复祖宗成宪,学者以声律相饬,少陵矩范,尤为时尚。"[1]可见时人是以杜诗声律为法度的。明人吴讷在所著《文章辨体序说》中说道:"对偶音律,亦文辞之不可废者,故学之者当以子美为宗。"[2]

二、杜甫五律的韵律体制

押韵是汉语诗歌与生俱来的质性特征。相对而言,古体诗押韵比较宽松,近体诗押韵则十分严格。韵律是律诗格律的第二要素,是造成律诗音乐美的必要条件。杜甫五律的韵律体制主要表现为以下几个方面:

(一)押韵严格

一首诗中无重复使用韵字情况。至于出韵情况,所作625首五律仅《雨晴》一诗有一个字出韵,诗云:"天水秋云薄,从西万里风。今朝好晴景,久雨不妨农。塞柳行疏翠,山梨结小红。胡笳楼上发,一雁入高空。"风、红、空三字,属《诗韵合璧》上平声"一东"韵;农字,属《诗韵合璧》上平声"二冬"韵。这是偶然失于检点所致。其用韵失误率仅有1.6‰,是微乎其微的。

由于杜诗版本不同,因后世传抄失误造成的出韵情况应予注意。《王十五司马弟出郭相访遗营草堂赀》诗云:

客里何迁次,江边正寂寥。
肯来寻一老,愁破是今朝。
忧我营茅栋,携钱过野桥。

---

[1] 张忠纲等《杜集叙录》,齐鲁书社,2008年,第51页。
[2] 吴讷《文章辨体序说》,人民文学出版社,1982年,第56页。

> 他乡唯表弟，还往莫辞遥。

结句"还往莫辞遥"，林继中《杜诗赵次公先后解辑校》、郭知达《九家集注杜诗》、朱鹤龄《杜工部诗集辑注》、钱谦益《钱注杜诗》、杨伦《杜诗镜铨》、边连宝《杜律启蒙》等此句末字皆作"遥"，唯浦起龙《读杜心解》作"还往莫辞劳"，仇兆鳌《杜诗详注》于"还往莫辞劳"句下注曰："一作遥。"孰是孰非？经查韵书，寥、朝、桥、遥，属于平水韵下平声"二萧"韵，而劳字属于下平声"四豪"韵，故应以遥字为是。由此可知，古代注家如浦起龙、仇兆鳌等，于韵字归属未必皆能熟悉把握。

（二）首句使用邻韵者有两首

《军中醉歌寄沈八刘叟》诗云：

> 酒渴爱江清，余甘漱晚汀。
> 软沙欹坐稳，冷石醉眠醒。
> 野膳随行帐，华音发从伶。
> 数杯君不见，醉已遣沉冥。

清，属《诗韵合璧》"八庚"韵，汀、醒、伶、冥，属《诗韵合璧》"九青"韵。

《秋野五首》其一：

> 秋野日疏芜，寒江动碧虚。
> 系舟蛮井络，卜宅楚村墟。
> 枣熟从人打，葵荒欲自锄。
> 盘飧老夫食，分减及溪鱼。

芜，属《诗韵合璧》"七虞"韵，虚、墟、锄、鱼，属《诗韵合璧》"六鱼"韵。

首句入韵时使用邻韵，这种做法中唐以后较为常见，到宋代几乎成为惯例。这是因为在古人心目中，押韵应该在偶数句末，首句的音韵是无关紧要的。

（三）使用韵部广泛，而以使用宽韵为主

平水韵平声韵部有30个，杜甫五律共计使用2538个韵字，覆盖了28个韵部，仅上平声"九佳"韵、下平声"十五咸"韵没有使用。这是由于该韵是窄韵，韵字很少。还有上平声"三江"韵也是窄韵，这个韵部杜甫只使用一次，即《季秋苏五弟缨江楼夜宴崔十三评事韦少府侄三首》其二："对月那无酒，登楼况有江。听歌惊白鬓，笑舞拓秋窗。樽蚁添相续，沙鸥并一双。尽怜君醉倒，更觉片心降。"而对于宽韵则多次使用。笔者对其所用28个韵部的频率作了统计，按篇数多少排序如下：下平声"一先"韵49首、下平声"十一尤"韵48首、上平声"四支"韵47首、下平声"八庚"韵45首、下平声"七阳"韵40首、上平声"十一真"韵39首、上平声"十灰"韵32首、上平声"一东"韵31首、上平声"五微"韵29首、下平声"十二侵"韵29首、下平声"五歌"韵25首、上平声"十三元"韵25首、上平声"十二文"韵23首、下平声"六麻"韵22首、上平声"十五删"韵21首、上平声"六鱼"韵17首、上平声"十四寒"韵17首、上平声"八齐"韵16首、下平声"九青"韵15首、上平声"七虞"韵14首、下平声"二萧"韵13首、下平声"四豪"韵10首、上平声"二冬"韵5首、下平声"十四盐"韵5首、下平声"十蒸"韵3首、下平声"十二覃"韵3首、上平声"三江"韵1首、下平声"三肴"韵1首。平水韵上平声"四支"韵、"十一真"韵，下平声"一先"韵、"七阳"韵、"八庚"韵、"十一尤"韵皆为宽韵，是韵字最多的几个韵部，选字押韵较为容易，故作品使用率较高。可见，杜甫择韵是以便于表意抒情为要，与某些诗人在押韵上争奇斗险的做法完全不同。

三、杜甫五律的对仗体制

对仗是律诗格律的第三要素，是造成律诗匀齐美的必要条件。杜甫五律的对仗体制如下：

（一）对仗规则的严密化

初唐后期业已形成的对仗规则，诸如上下两句关键字位声调对应相反、词性对应相同、避免合掌、中二联实行对仗、上下两句不得重复用字等等，杜甫五律对仗严格遵守了这些规则。至于出现少量的重复用字情况，自需予以辨明。经详查，杜甫五律一共出现 4 组对仗重复用字：

乱后谁归得，他乡胜故乡。
直为心厄苦，久念与存亡。
汝书犹在壁，汝妾已辞房。
旧犬知愁恨，垂头傍我床。

（《得舍弟消息》）

江柳非时发，江花冷色频。
地偏应有瘴，腊近已含春。
失学从愚子，无家住老身。
不知西阁意，肯别定留人。

（《不离西阁二首》其一）

梅蕊腊前破，梅花年后多。
绝知春意好，最奈客愁何。
雪树元同色，江风亦自波。
故园不可见，巫岫郁嵯峨。

（《江梅》）

江月辞风缆，江星别雾船。
鸡鸣还曙色，鹭浴自晴川。
历历竟谁种，悠悠何处圆。
客愁殊未已，他夕始相鲜。

（《江边星月二首》其二）

笔者认为，对仗的两句之所以不得重复用字，是为了避免复述同类事物，以利精简文字，避免合掌。而上面四组对仗虽然出现了相同的字，但所写对象却未雷同,"汝书"不同于"汝妾","江柳"不同于"江花","梅蕊"不同于"梅花","江月"不同于"江星",行文并无赘述之嫌。仇兆鳌《杜诗详注》评曰:"汝书、汝妾并提,律中带古,此杜公纵笔。"[1]谓其"纵笔",不如说是为了强调物是人非的悲哀。

细加观察,可以发现杜甫在重复用字上是颇有用心的。这些重复的字皆出现在对应的位置上,而且都在句首。除了第一组对仗出现在颈联,其余三组对仗皆在首联,而首联并非对仗的必要位置。

(二)对仗数量的富态化

对仗是近体诗区别古体诗的明显标志,也是考验诗人运用语言能力高下的试金石。杜甫五律对仗呈现富态化,三联对仗较多(首联加中二联,或中二联加尾联),甚至有不少四联皆呈对仗。前三联对仗的共计318首,如《旅夜书怀》:"细草微风岸,危樯独夜舟。星垂平野阔,月涌大江流。名岂文章著,官应老病休。飘飘何所似,天地一沙鸥。"后三联对仗的共计16首,如《望牛头寺》:"牛头见鹤林,梯迳绕幽深。春色浮山外,天河宿殿阴。传灯无白日,布地有黄金。休作狂歌老,回看不住心。"四联皆为对仗的有45首,如《宿江边阁》:"暝色延山径,高斋次水门。薄云岩际宿,孤月浪中翻。鹳鹤追飞静,豺狼得食喧。不眠忧战伐,无力正乾坤。"以上这些超过对仗规定数量的诗共计379首,占五律总数的61%。杜甫五律中仅颈联对仗的只有5首。

(三)对仗种类的多样化

杜甫五律对仗呈多种样式,有宽对、工对、邻对、方位对、人名对、地名对、联绵对(含双声对、叠韵对、双声叠韵对、非双声叠韵对)、同义连用字对、反义连用字对、当句对、借对、流水对。除了没有干支对,别无遗漏。

1. 宽对。是较为宽松的对仗,只要词性相同的字出现在对应的位置上即可。如"筑场怜穴蚁,拾穗许村童"(《暂往白帝复还东屯》),"宿桨依

---

[1] 仇兆鳌《杜诗详注》,中华书局,1979年,第510页。

农事，邮签报水程"(《宿青草湖》)。杜甫追求对仗工整，较少使用宽对。

应须注意的是"无"与"不"相对。二者词性不同，但都具有否定意义，故能构成对仗。它们的后续词虽词性不同，也须看成对仗。如："不攀井晨冻，无衣床夜寒"(《空囊》)，"绝辔终不改，劝酒欲无辞"(《随章留后新亭会送诸君》)，"不眠忧战伐，无力正乾坤"(《宿江边阁》)。

2. 工对。工整的对仗，主要由以下三种方式构成：

(1) 同一小类名词（天文类、地理类、时令类、宫室类、器物类、衣饰类、饮食类、动物类、植物类、文具类、文学类、身体类、人事类、人伦类）出现在对应位置上。杜诗此类工对颇多，今依次各举一例："星垂平野阔，月涌大江流"(《旅夜书怀》)，"江通神女馆，地隔望乡台"(《遣愁》)，"渭北春天树，江东日暮云"(《春日忆李白》)，"田舍清江曲，柴门古道旁"(《田舍》)，"检书烧烛短，看剑引杯长"(《夜宴左氏庄》)，"过懒从衣结，频游任履穿"(《春日江村五首》其二)，"鲜鲫银丝鲙，香芹碧涧羹"(《陪郑广文游何将军山林十首》其二)，"仰蜂粘落絮，行蚁上枯梨"(《独酌》)，"圆荷浮小叶，细麦落轻花"(《为农》)，"笔架沾窗雨，书签映隙曛"(《题柏大兄弟山居屋壁二首》其二)，"次第寻书札，呼儿检赠诗"(《哭李常侍峄二首》其二)，"眼复几时暗，耳从前月聋"(《耳聋》)，"却思翻玉羽，随意点青苗"(《鸥》)，"晒药安垂老，应门试小童"(《独坐二首》其二)。

有些名词虽不属于同一小类，但由于经常连用，对起来也显得工整。如"天地""诗酒""花鸟"等，各举二例："天寒邵伯树，地阔望仙台"(《巴山》)，"他皆任厚地，尔独近高天"(《白盐山》)；"去远留诗别，愁多任酒醺"(《留别贾严二阁老两院补阙》)，"宽心应是酒，遣兴莫过诗"(《可惜》)；"感时花溅泪，恨别鸟惊心"(《春望》)，"花亚欲移竹，鸟窥新卷帘"(《入宅三首》其一)。

(2) 颜色对。颜色词出现在对应位置上，如"红入桃花嫩，青归柳叶新"(《奉酬李都督表丈早春作》)，"伊昔黄花酒，如今白发翁"(《九日登梓州城》)，"紫燕时翻翼，黄鹂不露身"(《柳边》)。

(3) 数目对。数目词（包括含有数目意义的形容词、动词）出现在对应位置上，如"烽火连三月，家书抵万金"(《春望》)，"汩汩避群盗，悠悠经十年"(《自阆州领妻子却赴蜀山行三首》其一），"亲朋无一字，老病有孤舟"(《登岳阳楼》)。

3. 邻对。是一种工整度介乎宽对与工对之间的对仗。14 小类名词有些是关系邻近的，如天文与地理、天文与时令、器物与文具、地理与宫室、动物与植物等等，由这些关系邻近的名词构成对仗，亦较为工整。杜甫五律这种对仗较多，如"塞上传光小，云边落点残"(《夕烽》），"纵被微云掩，终能永夜清"(《天河》），"傍架齐书帙，看题检药囊"(《西郊》），"江山有巴蜀，栋宇自齐梁"(《上兜率寺》），"故园花自发，春日鸟还飞"(《忆弟二首》其二）。

4. 方位对。如"帝乡愁绪外，春色泪痕边"(《泛舟送魏十八仓曹还京因寄岑中允参范郎中季明》），"烟火军中幕，牛羊岭上村"(《秦州杂诗二十首》其十），"老病巫山里，稽留楚客中"(《老病》)。

5. 人名对。如"清新庾开府，俊逸鲍参军"(《春日忆李白》），"黄绮终辞汉，巢由不见尧"(《朝雨》），"贾傅才未有，褚公书绝伦"(《发潭州》)。

6. 地名对。如"伏枕云安县，迁居白帝城"(《移居夔州作》），"夜醉长沙酒，晓行湘水春"(《发潭州》），"绵谷元通汉，沱江不向秦"(《赠别何邕》)。

7. 联绵对。大多数联绵字呈现为双声或叠韵状态，这种对仗读来具有音乐美。用联绵字对仗，杜甫五律较多，有以下四种情况：

（1）双声对。双声对双声，如："色借潇湘阔，声驱滟滪深"(《长江二首》其二），"潇湘""滟滪"皆为双声字；"客愁连蟋蟀，亭古带兼葭"(《官亭夕坐戏简颜十少府》），"蟋蟀""兼葭"皆为双声字；"漂泊犹杯酒，踟蹰此驿亭"(《又呈窦使君》），"漂泊""踟蹰"皆为双声字。

（2）叠韵对。叠韵对叠韵，如："翡翠鸣衣桁，蜻蜓立钓丝"(《重过何氏五首》其三），"翡翠""蜻蜓"皆为叠韵字；"魍魉移深树，虾蟆动半轮"(《月三首》其一），"魍魉""虾蟆"皆为叠韵字。

（3）双声叠韵对。如："迢递来三蜀，蹉跎有六年"(《春日江村五首》其二），"迢递"为双声字，"蹉跎"为叠韵字；"种竹交加翠，栽桃烂熳红"(《春日江村五首》其三），"交加"为双声字，"烂熳"为叠韵字；"恍惚寒江暮，逶迤白雾昏"（《西阁夜》），"恍惚"为双声字，"逶迤"为叠韵字；"牢落新烧栈，苍茫旧筑坛"（《王命》），"牢落"为双声字，"苍茫"为叠韵字。

（4）非双声叠韵对。有一部分联绵字既非双声也非叠韵。如"鸬鹚窥浅井，蚯蚓上深堂"（《秦州杂诗二十首》其十七），"醉客沾鹦鹉，佳人指凤凰"（《陪柏中丞观宴将士二首》其一），"敏捷诗千首，飘零酒一杯"（《不见》）。

8. 连用字对。包括同义连用字相对、反义连用字相对。王力先生在《汉语诗律学》一书中，把同义连用字（大致相似之义亦包含在内）相对、反义连用字相对归为对仗的一个种类。这种对仗，相对的连用字既可以词性相同，也可以不同。[1]杜诗五律颇为常见这种形式。

（1）同义连用字相对，如："别离终不久，宗族忍相遗"（《奉送崔都水翁下峡》），"别离""宗族"皆为同义连用字；"故国犹兵马，他乡亦鼓鼙"（《出郭》），"兵马""鼓鼙"皆为同义连用字。

（2）反义连用字相对，如："行色递隐见，人烟时有无"（《自阆州领妻子却赴蜀山行三首》其三），"隐见""有无"皆为反义连用字；"必验升沉体，如知进退情"（《月三首》其二）"升沉""进退"皆为反义连用字。

（3）同义连用字与反义连用字相对，这一情况王力先生未曾提及。杜甫五律多有这类对仗，如："塞云多断续，边日少光辉"（《秦州杂诗二十首》其十八），"断续"对"光辉"；"重露成涓滴，稀星乍有无"（《倦夜》），"涓滴"对"有无"；"那因丧乱后，更作死生分"（《怀旧》），"丧乱"对"死生"；"不知云雨散，虚费短长吟"（《渝州候严六侍御不到先下峡》），"云雨"对"短长"；"老耻妻孥笑，贫嗟出入劳"（《赴青城县出成都寄陶王二少尹》），"妻孥"对"出入"；"列郡讴歌惜，三朝出入荣"（《奉济驿重送严公四韵》），"讴歌"对"出入"；"所向无空阔，真堪托死生"（《房兵曹胡马》），"空阔"对"死生"；等等。

9. 叠字对。如"盈盈当雪杏，艳艳待春梅"（《早花》），"汀烟轻冉冉，竹日净晖晖"（《寒食》），"村鼓时时急，渔舟个个轻"（《屏迹三首》其二），

---

[1]王力《汉语诗律学》，上海教育出版社，2002年，第169—170页。

等等。

  10. 当句对。是指上下两句已成对仗的同时，每句中还自行对仗。与上面说的那种连用字对仗的不同之处是，句中自行对仗的是两个字与另外两个字相对，且无同义连用或反义连用的关系。当句对有广义、狭义之分：广义当句对如"细草微风岸，危樯独夜舟"（《旅夜书怀》），"细草"对"微风"，"危樯"对"独夜"；"圆荷浮小叶，细麦落轻花"（《为农》），"圆荷"对"小叶"，"细麦"对"轻花"；"野船明细火，宿鹭起圆沙"（《遣意二首》其二），"野船"对"细火"，"宿鹭"对"圆沙"；"白狗黄牛峡，朝云暮雨祠"（《奉送崔都水翁下峡》），"白狗"对"黄牛"，"朝云"对"暮雨"；"寒花隐乱草，宿鸟择深枝"（《薄暮》），"寒花"对"乱草"，"宿鸟"对"深枝"，等等。狭义当句对是指句中自行对仗的两个字须有一个字重复，这种对仗多见于杜甫七律，杜甫五律仅有一例，即"旧日重阳日，传杯不放杯"（《九日五首》其二）。

  11. 借对。又称假对，是一种特殊形式的对仗，包括借义和借音两种。

  （1）借义对。汉语词汇大多具有多种意义，从表意上看是使用某个词的甲义，同时又借用这个词的乙义来与对应的词构成对仗。例如"荒村建子月，独树老夫家"（《草堂即事》），建子月，指夏历十一月，建子是以夏历十一月为岁首的历法，子是指地支。这里借用"子"的另一意义（子孙）与"夫"字构成人伦类的工对；"蚁浮仍腊味，鸥泛已春声"（《正月三日归溪上有作简院内诸公》），"蚁浮"是指未经过滤的酒液面上漂浮的细渣，这里借用"蚁"的另一意义（虫蚁）与"鸥"构成动物类的工对。

  （2）借音对。采用谐音的方式来构成对仗。王力先生认为："借音多见于颜色对；至于其他的对仗，就不大显明了。"[1] 杜甫五律的借音对，见于颜色类者较多，见于其他类者也不少。如"白榜千家邑，清秋万估船"（《白盐山》），"清"与"青"谐音，构成颜色对；"骥子春犹隔，莺歌暖正繁"（《忆幼子》），"歌"与"哥"谐音，构成人伦对；"次第寻书札，呼儿检赠诗"（《哭李常侍峄二首》其二），"第"与"弟"谐音，构成人伦对；"枸杞因吾有，鸡栖奈汝何"（《恶树》），"枸"与"狗"谐音，构成动物对；

---

[1] 王力《汉语诗律学》，上海教育出版社，2002年，第170页。

"生理何颜面，忧端且岁时"(《得舍弟消息二首》其二)，"理"与"里"谐音，构成方位对，等等。

12. 流水对。是一种特殊的对仗，从内容上看是上下两句合起来才能表达一个完整的意思。明人胡震亨《唐音癸签》解释这种对仗："谓两句只一意也，盖流水对耳。"[1]从语法角度看，这两句或为一个单句，或为一个复句的两个分句。杜甫五律大量使用流水对。清人许印芳说："少陵妙手，惯用流水对法，侧卸而下，更不板滞。"[2]

（1）单句流水对。如"遥怜小儿女，未解忆长安"(《月夜》)，"犹闻蜀父老，不忘舜讴歌"(《怀锦水居止二首》其一)，"忽闻哀痛诏，又下圣明朝"(《收京三首》其二)，"远闻房太尉，归葬陆浑山"(《承闻故房相公灵榇自阆州启殡归葬东都有作二首》其一)，等等。

（2）复句流水对。上下两句有多种关系：其顺承关系者，如"一秋常苦雨，今日始无云"(《留别贾严二阁老两院补阙》)；因果关系者，如"皇天无老眼，空谷滞斯人"(《送惠二归故居》)；递进关系者，如"对月那无酒？登楼况有江"(《季秋苏五弟缨江楼夜宴崔十三评事韦少府侄三首》其二)；假设关系者，如"若无青嶂月，愁杀白头人"(《月三首》其一)；转折关系者，如"碧涧虽多雨，秋沙亦少泥"(《到村》)。

杜诗多用流水对，有效地表达出作者流离动荡的生活、复杂多变的时局以及个人对社会人生的看法。从诗歌美学的角度来看，杜诗流水对有力地克服了并列对的刻板、凝滞之缺陷，使诗歌具有动态美。

四、杜甫五律的题材内容体制

杜甫五律用以抒情、言志、议事，题材广阔，内容丰富、深厚，可谓无事不可写，无意不可入，继承初唐以来的五律传统而发扬光大之。加以归纳，主要有以下十个方面：

---

[1] 胡震亨《唐音癸签》，上海古籍出版社，1981年，第31页。
[2] 李庆甲《瀛奎律髓汇评》，上海古籍出版社，1986年，第1115页。

（一）心系战乱，忧叹终生

杜甫后半生遭逢安史之乱、吐蕃入侵以及军阀混战，记其所历，反映战乱时局、心忧国事是其五律最为鲜明的题材内容。五律篇幅短小，不能像古体诗那样展开铺叙，杜甫采用艺术概括的手段，以惊悚的意象反映战争的惨烈，如"战哭多新鬼，愁吟独老翁"（《对雪》），"血战乾坤赤，氛迷日月黄"（《送灵州李判官》），"天地日流血，朝廷谁请缨"（《岁暮》），"血埋诸将甲，骨断使臣鞍"（《王命》），"十室几人在？千山空自多"（《征夫》），"烟尘犯雪岭，鼓角动江城"（《岁暮》），"戎马关山北，凭轩涕泗流"（《登岳阳楼》），等等。从第一首反映安史之乱的《避地》，至最后一首反映广东冯崇道叛乱的《衡州送李大夫七丈赴广州》，14 年间所作五律思及战乱者，多达 95 首。"不眠忧战伐，无力正乾坤"（《宿江边阁》）是这些作品的情感主线。在中国诗歌史上，五律作品表现忧国情怀之凝重深长，以此为极致。

（二）身居草野，壮志未泯

杜甫所作 625 首五律，有 557 首是辞去华州官任、走向山野之后写的。其后虽获检校工部员外郎之任，却是虚职，未能赴朝，未得朝俸，生活所需，全凭自理，故时常以"野老"自称。难得的是他虽身居草野，贫病交加，却仍怀济世之心，常思救国之策。客居秦州期间，他批评肃宗朝军事调防失策，"那堪往来戍，恨解邺城围"（《秦州杂诗二十首》其六），批评肃宗的和亲政策，"闻道花门破，和亲事却非"（《即事》）。客居成都草堂期间，作诗回顾玄宗君臣生活腐化，导致安史之乱，"朝野欢娱后，乾坤震荡中"（《寄贺兰铦》）。客居阆州期间，得知长安被吐蕃攻陷，作《遣忧》诗，批评代宗拒绝纳谏，致使狼狈出逃，"受谏无今日，临危忆古人"。又作《有感五首》，集中批评朝政之失：第一首刺藩镇不能御寇，第二首刺镇将拥兵自重，朝廷不能自强，第三首反对迁都洛阳，第四首建议朝廷分封宗藩以抑制不臣之藩镇，第五首批评朝廷礼重镇将而轻视郡守。客居夔州期间，作《洞房》《宿昔》《能画》《斗鸡》《历历》《洛阳》《骊山》《提封》八首五律，王嗣奭《杜臆》云："八章皆追忆长安往事，语兼讽刺，以警当时君臣，图善后之策也。"[1] 大体说来，是讽刺玄宗君臣荒淫误国，提倡厉行俭德以归民心，"借问悬车守，何如俭德临"（《提封》）是其主调。杜甫身居草野多作夜间诗，题目中含有夜、宵、月、星、宿者即多达34首，这些五律多写忧思国策，长夜难眠。例如《江上》一诗所写："江上日多雨，萧萧荆楚秋。高风下木叶，永夜揽貂裘。勋业频看镜，行藏独倚楼。时危思报主，衰谢不能休。"不在其位，亦谋其政，杜甫在这个方面确实颠覆了儒家的祖训。直到生命将息，还在说"落日心犹壮，秋风病欲苏。古来存老马，不必取长途"（《江汉》），仍以识途老马自比，希望贡献济世良方。身处江湖之远，心存报国之志，这种情怀表现得淋漓尽致。

（三）亲属之情，温柔敦厚

杜甫的亲属之情，主要表现在描写儿女、妻子、弟妹生活状况的众多篇什中。他以慈父的目光关注艰难岁月里儿女的成长。在他被叛军俘获拘押在长安的日子里，思念远在羌村的儿女，"遥怜小儿女，未解忆长安"（《月夜》），听到黄莺鸣叫也会想起小儿的学语声，"骥子春犹隔，莺歌暖正繁"（《忆幼子》）。客居秦州时期，他自得地言道"应门幸有儿"（《秦州杂诗二十首》其二十）。客居成都草堂期间，有客来访，"呼儿正葛巾"（《有客》）；江水上涨，"儿童报急流"（《江涨》）。客居夔州期间，孩子已经能够书写诗句，"爱竹遣儿书"（《秋清》）；诗友亡故，"呼儿检赠诗"（《哭李常侍峄二首》其二）。对于结发妻子，杜甫也能一往情深，"何日干戈尽，飘飘愧老妻"（《自阆州领妻子却赴蜀山行三首》其二），拜谒禅师，他明确表示自己"未能割妻子"（《谒真谛寺禅师》），不能遁迹佛门，要尽到子父妻夫的责任。对于在战乱中失散的弟妹，悬念生死、渴望重逢之情，常见于诗篇。"丧乱闻吾弟，饥寒傍济州"（《忆弟二首》其一），"近有平阴信，遥怜舍弟存"（《得舍弟消息二首》其一），"中原有兄弟，万里正含情"（《村夜》），"干戈犹未定，弟妹各何之"（《遣兴》），"渐惜容颜老，无由弟妹来"（《遣愁》），"团圆思弟妹，行坐白头吟"（《又示两儿》）。这些作品写

---

[1] 王嗣奭《杜臆》，上海古籍出版社，1983年，第259页。

得温情脉脉,在有唐一代的诗人作品中独具一格。

(四)故土之思,魂牵梦绕

杜甫为避战乱走向草野之后,时刻涌动着故土之思,是为其五律一大主题。处在战火中的故园境况如何?何时才能回归?在漂泊的岁月里时时念及。客居秦州时,他写出"月是故乡明"(《月夜忆舍弟》)的动人诗句。"地僻秋将尽,山高客未归"(《秦州杂诗二十首》其十八),节气的变换每每引发有家难回的感慨。客居巴蜀,思乡情怀表现得更是频繁,"故乡归不得,地入亚夫营"(《春远》),"故林归未得,排闷强裁诗"(《江亭》),"故园不可见,巫岫郁嵯峨"(《江梅》),"天畔登楼眼,随春入故园"(《春日梓州登楼二首》其二),登楼远望之际,竟觉得眼珠都离开眼眶飞向了故园,这种肢体位移的写法令人想到凡·高的绘画,他那急于一看故乡的情感表达得何等强烈!每逢遇到别人返回故乡,他就顾影自怜,"扶病送君发,自怜犹不归"(《赠韦赞善别》),然而终究没有实现这份心愿,死于归乡途中。杜甫如此依恋故土,是农耕文化影响的结果,他的故居巩洛是农耕文化的发祥地,农耕经济导致了人们的乡土情结。

(五)漂泊之录,穷途之叹

杜甫后半生辗转漂泊,从华州到秦州,其后南下成都,东下云安、夔州,南入潇湘,凡所行止,皆有记录,穷途之叹,每见于诗,这些五律具有"传记体"的特征和功能。前往秦州,则曰"满目悲生事,因人作远游","西征问烽火,心折此淹留"(《秦州杂诗二十首》其一)。客居成都,则曰"锦里烟尘外,江村八九家","卜宅从兹老,为农去国赊"(《为农》)。离开蜀地,乘舟东进,则曰"五载客蜀郡,一年居梓州。如何关塞阻,转作潇湘游"(《去蜀》)。卧病云安,继下夔州,则曰"伏枕云安县,迁居白帝城"(《移居夔州作》)。离开夔州,沿江东下,经巫山县、峡州、宜都、江陵、公安至岳州,而后南下,辗转于湖南潭州、衡州等地,行止皆记于诗。"年年非故物,处处是穷途","平生心已折,行路日荒芜"(《地隅》),是他对漂泊生活的总结。这些记录行止和感受的做法,扩展了五律的表现领域,为杜诗的纪实性增添了佐证,在有唐一代独树一帜。宋人林亦之说

"杜陵诗卷作图经"(《奉寄云安安抚宝文少卿林黄中》),称杜诗为地图,抓住了杜诗这一特征。今人莫砺锋先生据此绘制出《杜甫行踪示意图》[1],化抽象文字为直观地图,使平生行经,清晰在目。

(六)交游之作,情感各异

杜甫五律存有为数众多的怀念和酬赠诗友、送别留别、友朋宴集以及官场应酬等交游之作,总计160余篇。其中以怀念李白最为情深意切,"寂寞书斋里,终朝独尔思"(《冬日有怀李白》);高度赞美李白诗才,"白也诗无敌,飘然思不群","何时一樽酒,重与细论文"(《春日忆李白》);为李白遭贬而忧心,"凉风起天末,君子意如何"(《天末怀李白》);漂泊蜀地时仍在思念李白,"敏捷诗千首,飘零酒一杯"(《不见》),十个字可作李白平生定论,崇敬之情,愤懑之意,溢于言表。王嗣奭曰:"世俗之交,我胜则骄,胜我则妒,即对面无一衷论,有如公之笃友谊者哉?"[2]此言颇中肯綮。杜甫向高适讨教句法,"美名人不及,佳句法如何"(《寄高三十五书记》);酬谢岑参赠诗,"故人得佳句,独赠白头翁"(《奉答岑参补阙见赠》);向严武索求新作,"新诗句句好,应任老夫传"(《奉赠严八阁老》);还为王维、郑虔政治问题作辩护。上述这些诗作内容丰富,包括珍重友情、赞美诗才、感慨岁月,是交游诗的上品。杜甫后半生流落江湖,家无生活之资,所到之处,每每凭借当地官长援助,故参加宴集,送往迎来,应酬之作在所难免,这类作品应景写事流于一般。

(七)咏物言志,托物寄慨

如《画鹰》《房兵曹胡马》以雄鹰、骏马之勇寓自己早年风云之志,而《病马》则用以自况品格和身世遭际,诚如申涵光所说:"杜公每遇废弃之物,便说得性情相关。如《病马》《除架》是也。"[3]此言得之。杜甫由左拾遗贬为华州司功参军,实为被肃宗遗弃。其他如《废畦》《苦竹》《花鸭》

---

[1] 莫砺锋《杜甫评传》,南京大学出版社,1993年。
[2] 王嗣奭《杜臆》,上海古籍出版社,1983年,第6页。
[3] 仇兆鳌《杜诗详注》,中华书局,1979年,第622页。

《严郑公阶下新松》《严郑公宅同咏竹》《鹦鹉》《孤雁》等咏物之作,皆可视为作者的艺术化身。清人张谦宜说:"杜诗咏物,俱有自家意思,所以不可及。如《苦竹》,便画出个孤介人;《除架》,便画出个飘零人。"[1]还有一些咏物寄讽之作,如《萤火》《百舌》讽刺官场小人,等等。总之,其咏物之作皆有蕴意,绝非停留于对物的图貌写像。杨伦《杜诗镜铨》评《房兵曹胡马》引用赵汸语曰:"前辈言,咏物诗戒粘皮带骨,此诗矫健豪纵,飞行万里之势如在目前,区区摹写体贴以为咏物者,何足语此?"[2]强调的就是杜诗咏物有所寄托。

(八)山林之趣,田园之兴

受时代崇道思潮的影响,杜甫年轻时期曾萌生归隐山林的志趣,创作了多首这个题材的五律,如《题张氏隐居二首》其二、《巳上人茅斋》、《陪郑广文游何将军山林十首》《重过何氏五首》等。游何氏山林两组诗可为其代表。诗中罗列大量的山林生活意象,诸如绿水、野竹、风潭、香芹、碧涧、清池、碾涡、藤蔓、风磴、瀑泉、野鹤、山精、石林、水府、萝薜、凉月,等等,创造出幽深的山林氛围,写出超尘归隐的愿望,"何日沾微禄,归山买薄田。斯游恐不遂,把酒意茫然"是两组诗的结束语,可谓画龙点睛。杜甫的田园之兴,主要发于蜀地。在客居成都西郊草堂期间,以农家为邻,以稼穑为事。此时蜀地尚无战事,宁静的田园,淳朴的民风,深深触动了他的诗心,大量的田园诗涌出笔端。例如《遣意二首》,其一云:"啭枝黄鸟近,泛渚白鸥轻。一径野花落,孤村春水生。衰年催酿黍,细雨更移橙。渐喜交游绝,幽居不用名。"其二云:"檐影微微落,津流脉脉斜。野船明细火,宿鹭起圆沙。云掩初弦月,香传小树花。邻人有美酒,稚子夜能赊。"宁静安详,令人神往。其他如《春夜喜雨》《为农》《有客》《田舍》《春水》《江亭》《早起》《落日》《独酌》《徐步》《寒食》《朝雨》《晚晴》等数十首诗篇,均展现出一幅幅田园生活的幽美画卷。

---

[1] 郭绍虞《清诗话续编·絸斋诗谈》,上海古籍出版社,1983年,第805页。
[2] 杨伦《杜诗镜铨》,上海古籍出版社,1998年,第6页。

（九）异地山川，奇特民俗

杜甫一生游走不定，江左、陇右、巴蜀、湖湘，皆有行迹，加之心性敏感，所到之处，每有异地山川风物气象及奇特民俗之记录，例如，记陇右景象浑莽："无风云出塞，不夜月临关"（《秦州杂诗二十首》其七），"关云常带雨，塞水不成河"（《寓目》）。记陇右民风强悍："羌女轻烽燧，胡儿掣骆驼"（《寓目》），"羌妇语还笑，胡儿行且歌"（《日暮》），"马骄珠汗落，胡舞白题斜"（《秦州杂诗二十首》其三）。记云安物候奇特："正月蜂相见，非时鸟共闻"（《南楚》）。记夔州山川雄险："众水会涪万，瞿塘争一门"（《长江二首》其一），"径隐千重石，帆留一片云"（《秋野五首》其五），"入天犹石色，穿水忽云根"（《瞿塘两崖》），"地与山根裂，江从月窟来"（《瞿塘怀古》）。记夔州天象奇诡："巫峡中宵动，沧江十月雷"（《雷》），"飞星过水白，落月动沙虚"（《中宵》），"薄云岩际宿，孤月浪中翻"（《宿江边阁》）。记夔州天气炎热："炎赫衣流汗，低垂气不苏"（《热三首》其一），"峡中都是火，江上只空雷"（《热三首》其二）。记夔州民俗怪异："家家养乌鬼，顿顿食黄鱼"（《戏作俳谐体遣闷二首》其一），"瓦卜传神语，畲田费火声"（《戏作俳谐体遣闷二首》其二），"塞俗人无井，山田饭有沙"（《溪上》）。这些真实的山川取像和民俗剪影，构成杜诗的一道独特风景线，也为地理学、天文学、民俗学等提供了可贵的资料。

（十）游寺寻僧，宁心片刻

杜甫五律涉及游寺寻僧之事共计15首，贬谪华州期间，曾游伏毒寺（《忆郑南》），其余14首皆为罢官之后所作。客居秦州时，作《山寺》《宿赞公房》二首。客居巴蜀期间，游新津寺、修觉寺、玄武禅师故居、惠义寺、兜率寺、龙兴寺、真谛寺、始兴寺，皆有诗作。考察这些作品的内容，主要是描写寺院景物之宁静，如"麝香眠石竹，鹦鹉啄金桃"（《山寺》），"蝉声集古寺，鸟影度寒塘"（《和裴迪登新津寺寄王侍郎》），"野寺江天豁，山扉花竹幽"（《游修觉寺》），"野润烟光薄，沙暄日色迟"（《后游》），"莺花随世界，楼阁寄山巅"（《陪李梓州王阆州苏遂州李果州四使君登惠义寺》），"花浓春寺静，竹细野池幽"（《上牛头寺》），"树密当山径，江深隔寺门"（《望兜率寺》），与佛禅的空静观念相吻合。杜甫后半生百忧集身，精神压力很大，来游佛寺是为了缓解压力，求得内心片刻宁静，正如他在《后游》中所说"客愁全为减，舍此复何之"，是来减轻愁怀的，而不是要皈依佛门。他向真谛寺禅师诉说心曲："未能割妻子，卜宅近前峰。"(《谒真谛寺禅师》)尘缘难以割舍，只能将居所靠近佛寺。

以上归纳杜甫五律十类题材内容，是就其主要而言之，并非全部；他的诗作往往是一首之中汇聚着几类内容，这些便呈现出作品内容的丰富与深厚。古代诗论家对于杜诗题材内容之广博多有论及，宋人胡宗愈说："先生以诗鸣于唐，凡出处去就，动息劳佚，悲欢忧乐，忠愤感激，好贤恶恶，一见于诗。读之，可以知其世。"[1]

五、杜甫五律的诗艺体制

本节将对杜甫五律的艺术风格以及章法、句法、字法等艺术层面作出研究。

（一）风格多样

作品风格由作者胸襟气度和笔触词采构成。杜诗主体风格是沉郁顿挫，又因题材内容不同而呈现多种风格。前人对杜诗风格多样化有所关注。元稹在《唐检校工部员外郎杜君墓系铭并序》中说道："至于子美，盖所谓上薄风雅，下该沈宋，言夺苏李，气吞曹刘，掩颜谢之孤高，杂徐庾之流丽，尽得古今之体势，而兼文人之所独专矣。"[2]所言"古今之体势"即是杜诗兼备的几种风格。宋人孙仅在《读杜工部诗集序》中说道："公之诗，支而为六家，孟郊得其气焰，张籍得其简丽，姚合得其清雅，贾岛得其奇僻，杜牧、薛能得其豪健，陆龟蒙得其赡博。"[3]总结出杜诗六种风格对后代诗人的影响。杜甫五律除了主体风格，还兼具雄浑、豪健、清

---

[1] 仇兆鳌《杜诗详注·附编》，中华书局，1979年，第2243页。
[2] 仇兆鳌《杜诗详注·附编》，中华书局，1979年，第2235—2236页。
[3] 仇兆鳌《杜诗详注·附编》，中华书局，1979年，第2238页。

奇、自然等几种风格。

1. 沉郁顿挫。古今诗论家大多将沉郁顿挫视为杜诗的主体风格。杜甫五律作品也以这种风格为主。沉郁和顿挫是两个词语，它们都含有思想感情层面的内容。沉郁是指思想感情的沉厚、深沉、沉雄、沉着、悲慨、浓郁、郁勃、忧郁、郁结等，这些在其五律作品中都有鲜明的表现。杜甫是原始儒学的虔诚信奉者，儒家的忧患意识、人本精神、笃行意志等，使其作品具有深厚、沉雄的性质。加之遭逢战乱，面对残破的山河、凋敝的民生所表现出的民族意识、民胞物与的情怀，使其作品具有忧郁、郁勃的特征。其家世的血族悲剧、幼年丧母的惨痛经历，这些投在心灵上的阴影也挥之不去地赋予其作品以悲慨、郁结的情愫。本文第四部分论述杜诗题材内容体制已有大量诗例举证，不再重复。下面再说顿挫，顿挫不仅指艺术表达上的特点，也含有批判现实意思。顿挫的本意是"抑折"，这个词最早见于陆机《文赋》："铭博约而温润，箴顿挫而清壮。"唐人张铣注释说："箴所以刺前事之失也，故须抑折前人之心，使文清理壮也。顿挫，犹抑折也。"[1]"箴"是规劝、告诫性的文字，是用以刺前事之失的，自然要对当事人的心思进行抑折，也就是批评、劝勉。杜甫五律中有不少篇章讽刺皇帝的腐化堕落，如《洞房》《宿昔》《能画》《斗鸡》《历历》《洛阳》《骊山》《提封》等，"死为星辰终不灭，致君尧舜焉肯朽"（《可叹》），他一生都没有放弃对君臣过失的批判，这给他的作品带来思想深度。

顿挫一词还有艺术表达层面的含义。顿，是停止，挫，是转折，顿挫不是欲说还休，而是指抒发情感回旋曲折，而非顺直写来。他在写人事之悲时，摄入自然界之丽景；在表现身世孤微时，摄入宇宙之阔境；在写自己宏伟愿望时，摄入衰老境况；如此等等。杜诗常于一句或一联或邻联之中，笔墨每每发生逆转，前后针锋相对，形成人事与自然对撞、表与里对撞、今与昔对撞、愿望与现实对撞，在对撞中使感情波澜陡然汹涌。具体来说，一句之中笔墨对撞的，如："感时花溅泪，恨别鸟惊心"（《春望》），花开鸟鸣，景物欣欣，作者却见而溅泪，听而惊心，则人事不如花鸟之叹由此而生，战乱中的人世悲情更加显著。"身世双蓬鬓，乾坤一草亭"（《暮

---

[1] 李善等《六臣注文选》，浙江古籍出版社，1999年，第293页。

春题瀼西新赁草屋五首》其三），身世何其重，蓬鬓何其轻，乾坤何其大，草亭何其小，在身世与成果、人事与自然的对撞中强化了身世孤微之叹。"日月笼中鸟，乾坤水上萍"（《衡州送李大夫七丈赴广州》），赵次公解释道："我身于日月之下，如笼中之鸟局而不伸；于天地之中，如水上之萍浮而不定。"[1] 日月乾坤之大与笼鸟浮萍之微对撞，强化了身世之慨。"落日心犹壮"（《江汉》），日暮身老，境况萧条，但壮心犹存，对撞中见守志之坚定。一联之中两句笔墨对撞的，如："诗书遂墙壁，奴仆且旌旄"（《避地》），诗书贵重却糊了墙壁，奴仆（指安史叛军）卑贱却掌握军权，对撞之中写出了乱世人生。"汝书犹在壁，汝妾已辞房"（《得舍弟消息》），物是与人非对撞。"不眠忧战伐，无力正乾坤"（《宿江边阁》），心愿与能力对撞。"鬓毛垂领白，花蕊亚枝红"（《上巳日徐司录林园宴集》），人之衰老与花之红艳对撞。"壮年学书剑，他日委泥沙"（《暮春题瀼西新赁草屋五首》其四），今昔境况对撞。"欲陈济世策，已老尚书郎"（《暮春题瀼西新赁草屋五首》其五），宏愿与老迈对撞。"伊昔黄花酒，如今白发翁。追欢筋力异，望远岁时同"（《九日登梓州城》），黄花酒，美酒，白发翁，衰年，意思陡转，腿脚筋力已非，而岁时景物依旧，意思又是一转，今昔境况频繁对撞，加深了节日悲情。邻联之间笔墨对撞的，如："故园花自发，春日鸟还飞。断绝人烟久，东西消息稀"（《忆弟二首》其二），前联丽景，后联乱世，景物与人事对撞，更见人事之悲。"星垂平野阔，月涌大江流。名岂文章著，官应老病休"（《旅夜书怀》），前联写乾坤壮景，颈联写身世孤微，景物与人事对撞，强化了身世之叹。"吴楚东南坼，乾坤日夜浮。亲朋无一字，老病有孤舟"（《登岳阳楼》）亦然。"西京安稳未？不见一人来。腊日巴江曲，山花已自开。盈盈当雪杏，艳艳待春梅。直苦风尘暗，谁忧客鬓催？"（《早花》）首联写长安沦陷，消息断绝，颔联写山花腊日开放，人事与景物对撞，颈联写早花之美丽，尾联写战尘弥漫，景物与人事对撞。凡此种种，随处可见。这些对撞，造成颠簸动荡的气势，极大地掀动起感情波澜。如果把李白的抒情比喻为长江之水直流而下，那么杜甫的抒情则如黄河壶口的水流，汹涌回旋，漩涡重重，更有力度。

---

[1] 林继中《杜诗赵次公先后解辑校》，上海古籍出版社，1994年，第1503页。

2. 雄浑。杜甫五律描写山川风物多具雄浑气象，用一支如椽巨笔，描写高山、大川、巨浸、莽原、宇宙、日月、星辰、风云，大处落墨，咫尺之间存万里之势。诸如"浮云连海岱，平野入青徐"(《登兖州城楼》)，"无风云出塞，不夜月临关"《秦州杂诗二十首》其七)，"日出寒山外，江流宿雾中"(《客亭》)，"春色浮山外，天河宿殿阴"(《望牛头寺》)，"遥空秋雁灭，半岭暮云长"(《薄游》)，"天高云去尽，江迥月来迟"(《观作桥成月夜舟中有述还呈李司马》)，"地卑荒野大，天远暮江迟"(《遣兴》)，"九江春草外，三峡暮帆前"(《游子》)，"星垂平野阔，月涌大江流"(《旅夜书怀》)，"未缺空山静，高悬列宿稀"(《月圆》)，"沧海先迎日，银河倒列星"(《不离西阁二首》其二)，"入天犹石色，穿水忽云根"(《瞿塘两崖》)，如此等等，可谓囊括天宇，包举六合，在物象的描写中揭示其神韵。司空图《二十四诗品》将"雄浑"列为第一品，描述此种风格的特征为"具备万物，横绝太空；荒荒油云，寥寥长风；超以象外，得其环中"[1]，所言与杜诗正相吻合。杜甫还善于在一个联语中采用时空并驭的手法，用以表现空间的巨大和时间的悠久，例如"江山有巴蜀，栋宇自齐梁"(《上兜率寺》)，巴蜀江山，写空间之巨大，齐梁栋宇，见时间之悠久。"吴楚东南坼，乾坤日夜浮"(《登岳阳楼》)，分吴楚于东南两地，写湖水空间之浩渺，浮乾坤以日日夜夜，见湖水历时之久长。这种时空并驭的构思，比单纯的空间展示，更具有深度和厚度。"这景物既是现实的，又是历史的；既有雄伟的身姿，又有丰厚的阅历。在它们身上，既缠绕着天地间烟云，又披戴着历史的风尘。它们是从古代走来，气势磅礴地出现在人们面前。"[2]明人胡应麟论盛唐诸家五律风格说道："唯工部诸作，气象巍峨，规模宏远。"[3]明人陆时雍、清人张谦宜、仇兆鳌等也以"雄浑"称许杜诗风格。

3. 豪健。杜甫天性刚毅，宁折不屈，这种性格贯注于所作述志议事诗中，显现出一种豪健之气。他从青年时代起便许身稷契，立志高远，登临泰山绝顶俯视眼底群山，是对其政治抱负的象征性诉说。他将自己比为

---

[1] 何文焕《历代诗话》，中华书局，1981年，第38页。
[2] 韩成武《杜诗艺谭》，河北教育出版社，2002年，第45页。
[3] 吴文治《明诗话全编》，江苏古籍出版社，2000年，第5484页。

横行万里的骏马、搏击凡鸟的雄鹰，发誓为大唐王朝建树功业，"检书烧烛短，看剑引杯长"（《夜宴左氏庄》），一副踌躇满志的气概。他敢讽敢怒敢做帝王师，批判玄宗穷兵黩武、腐化堕落，导致安史之乱，批判肃宗自作圣明、拒绝受谏，导致战火绵延，"唐尧真自圣，野老复何知"（《秦州杂诗二十首》其二十），"受谏无今日，临危忆古人"（《遣忧》）；敢于给帝王立俭德之规矩，"不过行俭德，盗贼本王臣"（《有感五首》其三），"借问悬车守，何如俭德临"（《提封》）。言辞深刻，无所顾忌；笔锋犀利，直指要害，绝不拖泥带水。明人陆时雍对杜诗这一特征作出精彩的论述："杜子美之胜人者有二：思人所不能思，道人所不敢道，以意胜也；数百言不觉其繁，三数语不觉其简，所谓'御众如御寡''擒贼必擒王'，以力胜也。"[1] 意深、力强，自会形成豪健之风。杜甫晚年生活困窘，诸病缠身，却能守志如初，"落日心犹壮，秋风病欲苏"（《江汉》），"留滞才难尽，艰危气益增"（《泊岳阳城下》），可见心气犹盛。"衰颜聊自哂"（《久客》），他经常拿自己的贫病老丑开玩笑，"囊空恐羞涩，留得一钱看"（《空囊》），"登俎黄柑重，支床锦石圆"（《季秋江村》），"绿樽虽尽日，白发好禁春"（《奉陪郑驸马韦曲二首》其一），说自己的白发生得好，可以禁止春色的撩拨，"眼复几时暗？耳从前月聋"（《耳聋》），病魔不妨接踵而来，我能接纳，绝不低头！这样的诗句，字里行间涌动着一种不可扑灭的气焰。杜甫《戏为六绝句》赞许庾信文章"凌云健笔意纵横"，这也表明了他对豪健风格的审美追求。欧阳修在《子美画像》一诗中称"杜君诗之豪"[2]，看到了杜诗这一风格。张戒《岁寒堂诗话》论杜甫诗风，说道："苏黄门子由有云：'唐人诗当推韩杜，韩诗豪，杜诗雄，然杜之雄亦可以兼韩之豪也。'此论得之。"[3] 指出杜诗兼具雄、豪两种风格。

4. 清奇。这种风格集中在表现隐逸之兴的诗作中，作者以清隽奇异的笔触描写隐者朴素而幽邃的生活环境、远离红尘的心态。"霁潭鳣发发，春草鹿呦呦。杜酒偏劳劝，张梨不外求"（《题张氏隐居二首》其二），一

---

[1] 任文京点校《诗镜》，河北大学出版社，2010年，第678页。
[2] 仇兆鳌《杜诗详注·附编》，中华书局，1979年，第2267页。
[3] 丁福保《历代诗话续编》，中华书局，1983年，第458页。

副世外桃源的生活画面。"枕簟入林僻，茶瓜留客迟。江莲摇白羽，天棘蔓青丝"（《巳上人茅斋》），幽僻的居处，简朴的待客，珍奇的草木，读之如沐清风，令人顿消尘念。《陪郑广文游何将军山林十首》《重过何氏五首》两组五律，呈现这种风格尤其突出。首先，人物清奇，何将军虽然不是隐士，却有隐逸风度。说他清，他清心寡欲，不图享乐，房屋如同"野人居"；说他奇，他作为将军却"不好武"。盛唐时期，风气尚武，玄宗大肆开边，武将以追求战功为能事，他却反其道而行之。《重过何氏五首》其四具体描写了他的清奇之处："颇怪朝参懒，应耽野趣长。雨抛金锁甲，苔卧绿沉枪。手自移蒲柳，家才足稻粱。看君用幽意，白日到羲皇。""怪"字总领全诗：他虽有官职却懒于上朝，心耽野趣；把兵器丢在屋外，任凭风吹雨打；亲自移栽树木，家资仅够吃饱而已；不求权势，心怀幽意，何其怪哉！正是由于他有隐逸风度，所以题目称其住所为"山林"而不称"园林"。在古代，山林的文化含义与隐逸相关，故称隐逸为"山林之志"。其次，清奇风格源于山林环境的描写。清者，景物清幽，甚至寒凉入骨，如"百顷风潭上，千章夏木清。卑枝低结子，接叶暗巢莺"（《陪郑广文游何将军山林十首》其二），"风磴吹阴雪，云门吼瀑泉。酒醒思卧簟，衣冷欲装绵"（其六），"棘树寒云色，茵陈春藕香。脆添生菜美，阴益食单凉"（其七），清、暗、阴、冷、寒、凉，这些词汇有力地渲染了山林环境特征。奇者，山林内生有奇花异草，珍禽怪兽，如"万里戎王子，何年别月支。异花来绝域，滋蔓匝清池"（其三），戎王子，是一种奇异花卉，来自万里之外的月支国，"碾涡深没马，藤蔓曲藏蛇"（其四），"野鹤清晨出，山精白日藏"（其七），"花妥莺捎蝶，溪喧獭趁鱼"（《重过何氏五首》其一）。司空图《二十四诗品》列有"清奇"一品，描述言道："娟娟群松，下有漪流。晴雪满汀，隔溪鱼舟。可人如玉，步屧寻幽。载瞻载止，空碧悠悠。神出古异，淡不可收。如月之曙，如气之秋。"[1] 所述风格特征与杜诗相合。张戒《岁寒堂诗话》论杜诗风格多样，说道："在山林则山林，在廊庙则廊庙，遇巧则巧，遇拙则拙，遇奇则奇，遇俗则俗。"[2] 也指出杜

---

[1] 何文焕《历代诗话》，中华书局，1981年，第42页。
[2] 丁福保《历代诗话续编》，中华书局，1983年，第464页。

诗具有这一风格。

5. 自然。这种风格集中表现在成都草堂期间所写的田园诗中。杜甫携家躲避战乱，经过艰难的长途流走，来到尚未发生战乱的蜀地，在成都西郊诛茅而居，过上安定的生活，创作了大量的田园诗篇。何谓自然风格？司空图描述道："俯拾即是，不取诸邻。俱道适往，着手成春。如逢花开，如瞻岁新。真与不夺，强得易贫。幽人空山，过雨采蘋。薄言情悟，悠悠天钧。"[1]可见，这种风格的作品注重表现事物的客观形态，不加雕琢，不加粉饰，不加渲染，纯任天然。但在选择事物上却有作者的主观意图，并非不分黑白，芜杂入诗，故能以寥寥数语写出意境。且看以下诗例："田舍清江曲，柴门古道旁。草深迷市井，地僻懒衣裳。杨柳枝枝弱，枇杷对对香。鸬鹚西日照，晒翅满渔梁。"(《田舍》)"寒食江村路，风花高下飞。汀烟轻冉冉，竹日净晖晖。田父要皆去，邻家问不违。地偏相识尽，鸡犬亦忘归。"(《寒食》)"去郭轩楹敞，无村眺望赊。澄江平少岸，幽树晚多花。细雨鱼儿出，微风燕子斜。城中十万户，此地两三家。"(《水槛遣心二首》其一）其他如《遣意二首》："啭枝黄鸟近，泛渚白鸥轻。一径野花落，孤村春水生。""野船明细火，宿鹭起圆沙。云掩初弦月，香传小树花。"村舍柴扉，汀烟渔火，草木禽鱼，均处于无加工修饰状态。正是由这些"原生态"事物，创造出宁静淳朴的田园诗境，并由此诗境涵容着作者历经艰险之后豁然开释的心灵。倘若从写作手法上探索自然风格的形成，那很容易想到白描，鲁迅先生在《作文秘诀》中对白描手法有精辟的解说："有真意，去粉饰，少做作，勿卖弄而已。"[2]

（二）章法体制

所谓章法，是指诗歌布局谋篇的法则。具体说来，是指常用的几种笔墨——写景、记事、议论、抒情，在诗中的布局。清人管世铭在所著《读雪山房唐诗钞》中说杜诗"句法、字法、章法，无美不备，无奇不臻，横

---

[1] 何文焕《历代诗话》，中华书局，1981年，第42页。
[2] 鲁迅《鲁迅全集·南腔北调集》，人民文学出版社，2005年，第162页。

绝古今，莫能两大"[1]。可见，前人对杜甫律诗的笔墨布局已经有所省察。胡应麟在所著《诗薮》中曾说："作诗不过情景二端，如五言律体，前起后结，中四句，二言景，二言情，此通例也……老杜诸篇，虽中联言景不少，大率以情间之。"[2]胡氏所论就是杜甫律诗的章法，但尚嫌粗糙。诚然，诗无定法，不可以偏概全，笔者仅能对杜甫律诗较为常用的章法作一论述，认为有两种格局最为常见：一种是每联为一个意段的"四节式"章法，一种是以四句为一个意段的"二节式"章法。

1. "四节式"章法。

先来一读杜甫年轻时写的五律《登兖州城楼》，在杜诗的编年本上，这是他所写的第一首五律，全诗如下：

> 东郡趋庭日，南楼纵目初。
> 浮云连海岱，平野入青徐。
> 孤嶂秦碑在，荒城鲁殿余。
> 从来多古意，临眺独踌蹰。

首联的笔墨为记事，是就题面的内容下笔，交代"登兖州城楼"的背景等事，这就是古人所说的"点题"。点题的主要任务是交代自身所在的地点及所临的时令之类，为下面的笔墨张本。颔联是写登临之所见，是写景的笔墨，"浮云"是写上景，"平野"是写下景，"海岱""青徐"，极写空间之阔大，意在反衬生命个体之孤微。胡应麟所说杜诗"中联言景不少，大率以情间之"，说的就是这种景中之情。颈联的笔墨转入人事，"秦碑""鲁殿"展示了久远的历史，意在表现时间的永恒，反衬出个体生命之短暂。总起来看，中间两联写的是宇宙意识，即宇宙广远而永恒，人生渺小而匆促。尾联两句，一句议论，一句记事，乃是综合一篇之意，说自己心中素来多存古人的宇宙意识，今日登临所见，触发了这种意识，故不禁惆怅而徘徊。"踌蹰"为一行为细节，富有情感内蕴，余音不止。由此看来，此诗的章法为"点题→写景→言事→结情"，也就是素常所说的"起

---

[1] 郭绍虞《清诗话续编》，上海古籍出版社，1983年，第1553页。
[2] 吴文治《明诗话全编》，江苏古籍出版社，2000年，第5489页。

承转合"。清人吴乔在所著《围炉诗话》中说道:"五七言律皆须不离古诗气脉,乃不衰弱,而五言尤甚也。五律守起承转合之法,不离古诗气脉者,子美为多。"[1] 从杜甫所作的五律来看,多数是采用的这种章法,尤其是那些登临和咏怀之作。再看他晚期所作的《登岳阳楼》:

> 昔闻洞庭水,今上岳阳楼。
> 吴楚东南坼,乾坤日夜浮。
> 亲朋无一字,老病有孤舟。
> 戎马关山北,凭轩涕泗流。

首联仍是点题之笔,岳阳楼在洞庭湖边,"昔闻"与"今上"相呼应,写出得偿夙愿的心情。颔联写登楼所见的洞庭景象,景中亦寓情感。前句写湖水空阔无边,意在以空阔之境反衬一己身世之孤微,与颈联的内容为表里;后句写湖水动荡之势,意在揭示内心对国家时局的感受,与尾联所写的"戎马关山北"为表里。可知杜诗笔墨虽异,其相互之间有着血肉相连的关系。颈联转入人事,诉说自己的孤微身世,亲朋音断,老病无依,为颔联的景物描写"点睛"。尾联身兼二任,"戎马"句为颔联的景物"点睛","凭轩"句以一个"涕泗流"的细节行为,总括一篇之情感,为个人的身世和国家的战乱而伤怀。全诗的章法同样是"点题→写景→言事→结情"。

杜甫还写了不少咏怀之作,这些作品虽无登临之举,却也大多采用"四节式"的章法格局。例如,他在长安做左拾遗时写的《春宿左省》:

> 花隐掖垣暮,啾啾栖鸟过。
> 星临万户动,月傍九霄多。
> 不寝听金钥,因风想玉珂。
> 明朝有封事,数问夜如何。

诗写春夜在左省(即门下省)值班的勤政精神。首联点题,"花""鸟"暗写"春"字,"暮""栖"暗写"宿"字,"掖垣"即门下省的代称。颔

---

[1] 郭绍虞《清诗话续编》,上海古籍出版社,1983年,第537页。

联写值班时所见的夜景,写星则言"临"言"动",写月则言"傍"言"多",可见其观察细致,正见其毫无倦意,忠于职守,写景中寓有情在。颈联言事,说自己睡不着觉,静听着开宫门的钥匙声响,风吹铃动,也以为是百官骑马上朝摇响的玉珂声。尾联揭示出一篇之情感缘由,是由于明日早朝要递上密封的奏章,故而一夜未曾合眼,频频询问夜时几何。此诗的章法也是"点题→写景→言事→结情"。又如,他在川北流浪时写的《客夜》:

> 客睡何曾著?秋天不肯明。
> 入帘残月影,高枕远江声。
> 计拙无衣食,途穷仗友生。
> 老妻书数纸,应悉未归情。

诗写客中作客的艰辛。首联点题,首句点出"客"字,次句点出"夜"字,而且交代夜不成寐,为下文张本。颔联写景,写残月之光射入门帘,远江之声翻于枕畔,景物中暗含着作者的视觉和听觉活动,见出不眠的情状,可知景中寓有情思。颈联言事,诉说生计艰难,穷途末路,揭示夜不成寐的原因。尾联以"未归情"作结,所谓"未归情",指的是客中作客的苦情,作者此时流浪川北,而妻子儿女尚在成都草堂,家属生涯,实堪忧虑。可见,此诗章法也是"点题→写景→言事→结情"。又如,他在离蜀途中写的《旅夜书怀》:

> 细草微风岸,危樯独夜舟。
> 星垂平野阔,月涌大江流。
> 名岂文章著?官应老病休。
> 飘飘何所似?天地一沙鸥。

首联仍是点题,交代书怀的地点"岸",书怀的时间"夜"。颔联便是写景,"平野""大江",极写空间之阔大,意在反衬自身之孤微,景中深藏感慨。颈联转入人事,慨叹自己文坛无名,仕途寂寞,是以议论的笔墨正面诉说身世的孤微,揭示颔联的景物蕴藏。尾联以天地间一只微小的漂泊不定的沙鸥自喻,来总括一篇的身世之慨。看其章法,也是"点题→写景

→言事→结情"。

在登临、咏怀这类作品的布局谋篇中,杜甫为我们提供了三点宝贵的经验:一是中间两联,采用写景与言事的笔墨布局,这样做的好处,是赋兼比兴,意味隽永。清人冒春荣在所著《葚原诗说》中说道:"中二联或写景,或叙事,或述意,三者以虚实分之,景为实,事意为虚,有前实后虚、前虚后实法。凡作诗不写景而专叙事与述意,是有赋而无比兴,既乏生动之致,意味亦不渊永,结构虽工,未足贵也。"[1]二是写景与言事(即颔联与颈联)在情感上要血肉相连,写景是情感的侧面烘托,言事是情感的正面揭示,写景与言事二者在抒情上是互为表里的关系。眼前景、心中事,名二而实一。正如金圣叹所说:"诗至五六虽转,然遂尽脱三四,唐之律诗无是也。"[2]的确如此,五、六两句虽然转笔不再写景,要言事,但言事不可"尽脱三四",也就是说,要沿着三、四两句写景的感情蕴涵来言事。金氏又说:"作诗至五六,笑则始尽其乐,哭则始尽其哀。"[3]这就是说,五、六两句言事,要把三、四两句景中的情感正面地、直接地显示出来,做到"尽乐""尽哀"。三是尾联多以细节行为结情,如《登岳阳楼》的"凭轩涕泗流",《登兖州城楼》的"临眺独踌躇",以及《春望》的"白头搔更短,浑欲不胜簪",《春宿左省》的"数问夜如何",等等。流涕、踌躇、搔首、问夜,这些细节行为都具有确定的情感指向和丰富的情感蕴藏,能够引人想象,产生言尽意远的效果,比起直言结情要好得多。叶羲昂在《唐诗直解·诗法》中说道:"结句亦须矫健而有余意……杜甫'明朝有封事,数问夜如何',皆句格天然,而无卑弱之病。"[4]

杜甫五律采用这种"四节式"章法的有《题张氏隐居二首》(其二)、《对雨书怀走邀许主簿》、《夜宴左氏庄》、《龙门》、《杜位宅守岁》、《崔驸马山亭宴集》、《白水明府舅宅喜雨》、《对雪》、《送灵州李判官》、《晚行口号》、《春宿左省》、《月夜忆舍弟》、《天末怀李白》、《宿赞公房》、《寓目》《山寺》、《促织》、《日暮》、《为农》、《遣愁》、《过南邻朱山人水亭》、《和

---

[1] 郭绍虞《清诗话续编》,上海古籍出版社,1983年,第1573页。
[2] 金圣叹《选批唐诗六百首》,北京出版社,1989年,第29页。
[3] 金圣叹《选批唐诗六百首》,北京出版社,1989年,第29页。
[4] 陈伯海《唐诗汇评》,浙江教育出版社,1995年,第3314页。

裴迪登新津寺寄王侍郎》、《出郭》、《村夜》、《寄杨五桂州谭》、《西郊》、《题新津北桥楼》、《春水》、《独酌》、《徐步》、《寒食》、《朝雨》、《晚晴》、《野望因过常少仙》、《重简王明府》、《观作桥成月夜舟中有述还呈李司马》、《屏迹三首》（其一、其三）、《客夜》、《客亭》、《花底》、《远游》、《惠义寺送王少尹赴成都》、《泛舟送魏十八仓曹还京因寄岑中允参范郎中季明》、《送何侍御归朝》、《泛江送客》、《登牛头山亭子》、《望牛头寺》、《上兜率寺》、《望兜率寺》、《甘园》、《行次盐亭县聊题四韵奉简严遂州蓬州两使君咨议诸昆季》、《又呈窦使君》、《台上》、《章梓州水亭》、《薄暮》、《愁坐》、《城上》、《游子》、《独坐》、《过故斛斯校书庄二首》（其二）、《初冬》、《正月三日归溪上有作简院内诸公》、《春远》、《旅夜书怀》、《将晓二首》、《晓望白帝城盐山》、《江上》、《白盐山》、《不寐》、《西阁夜》、《西阁口号呈元二十一》、《庭草》、《归》、《白露》、《夜雨》、《秋野五首》（其二、其四）、《十六夜玩月》、《暝》、《夜》、《刈稻了咏怀》、《独坐二首》、《十月一日》、《夜二首》（其一）、《雨四首》（其二、其三、其四）、《谒真谛寺禅师》、《白帝楼》、《泊松滋江亭》、《乘雨入行军六弟宅》、《宴胡侍御书堂》、《归雁》、《公安县怀古》、《冬深》、《泊岳阳城下》、《缆船苦风戏题四韵奉简郑十三判官》、《登岳阳楼》、《发潭州》、《发白马潭》、《江汉》、《对雪》、《送赵十七明府之县》、《江阁对雨有怀行营裴二端公》，共计107首。

"四节式"章法还有一种结构方式，即中间两联笔墨对调，颔联言事，颈联写景，这是由于首联言事，颔联承接言事，颈联转而写景，作为情感之烘托，所以仍然遵循着起承转合"四节式"的章法。例如《送王侍御往东川放生池祖席》："东川诗友合，此赠怯轻为。况复传宗匠，空然惜别离。梅花交近野，草色向平池。倘忆江边卧，归期愿早知。"杜甫部分五律属于这种布局。

2."二节式"章法。

所谓"二节式"，是指以四句为一个意段把诗分作前后两节。这种章法多用于咏物律诗。杜甫写了不少咏物作品，在这类作品中，每每使用"二节式"的布局，前节的笔墨重在描写物的形态特征，后节的笔墨重在由此及彼的联想。用这种格局写出的作品不仅逼真地再现了物的形态和精神，而且寄托了作者的思想志向或审美情趣。且看作者早年写的《房兵曹胡马》：

> 胡马大宛名，锋棱瘦骨成。
> 竹批双耳峻，风入四蹄轻。
> 所向无空阔，真堪托死生。
> 骁腾有如此，万里可横行。

前四句是就胡马的形与神角度下笔，写它的产地、它坚挺的骨架、它短小而尖锐的双耳、它轻快如风的四蹄，这些描写，都是作者眼前所见的。后四句则由眼前所见转入想象，说它所向之地，不存在漫长的里程，即所谓瞬息千里，人们在危难之际可以生命相托。有了这样的骏马，可以驰骋沙场，建立功勋。很明显，后四句写的并非实际目击，而是作者由此时到彼时、由此地到彼地的想象。由于作者没有局限于眼前所见，而是在时空上做出极大的扩展，所以能够生动地揭示出骏马的精神性格。同时，又因为有前四句的实笔刻画，才使得后四句的想象不至于架空。所以说，此诗的笔墨布局是实描与虚拟的结合，实与虚相互映发，成功地展现了骏马的风采。刘浚《杜诗集评》引查慎行语曰："前半只说骨相，后半并及性情，何等章法！"[1]纪昀对后四句的想象之辞大加赞赏，说道："后四句撒手游行，不局于题，妙！仍是题所应有，如此乃可以咏物。"[2]"撒手游行"四字，形象地表述了杜甫咏物能超越时空限制之特征。又如《月》诗：

> 天上秋期近，人间月影清。
> 入河蟾不没，捣药兔长生。
> 只益丹心苦，能添白发明。
> 干戈知满地，休照国西营。

此诗亦分为前后两节。前节四句是就月亮本身来写，写中秋来临月光清亮，写蟾蜍入河而不没，写神兔捣药而长生，都是在强调月光的皎洁。后节四句则由月及人，由月亮转而写自己于月光下的感受，说如此明亮的

---

[1] 黄永武《杜诗丛刊》，台湾大通书局，1974年，第579页。
[2] 李庆甲《瀛奎律髓汇评》，上海古籍出版社，1986年，第1152页。

月光会撩动思亲之情（此时作者身陷贼中，与家人远隔），只能增添内心的痛苦和头上的白发；而且，时当战乱，"国西营"（即长安西部的凤翔，是肃宗的临时政府所在地）中的士兵也会因为月光的明亮而增添思乡的愁怀，所以劝告月亮不要去照那里的营房。在中国人的传统文化积淀中，月亮已成为思亲的媒介，所以作者的感慨是出之有据的。那么，后四句所写，虽然离开了月亮本身，却也是题中应有之义。这种由此及彼的写法，也就是纪昀所说的"撒手游行"。再如《病马》一诗所写：

> 乘尔亦已久，天寒关塞深。
> 尘中老尽力，岁晚病伤心。
> 毛骨岂殊众？驯良犹至今。
> 物微意不浅，感动一沉吟。

前节四句，写马辛劳日久，身老多病，奔走于关塞、尘中，瑟缩于天寒、岁末之月，总之，是就马的外在"表现"下笔。后四句则由外及内，写马的"驯良"品格，写它的厚待主人的"不浅"之"意"，致使主人不禁为之感动而沉吟，这就在更深的层面上揭示出马的精神境界。就客观角度来说，马是否具有这种精神境界，有待于科学家去研究；但就作者的主观审美角度来说，则马可以具有这样的品格。咏物之作不是自然科学的论文，作者的用意在于咏物而托意，他是借助于咏马而进行人生的审美活动，也就是通过赞美这匹病马的外在表现和内在品格，来歌颂一种朴素、坚毅、忠厚的人生境界。这种境界就是老杜的精神境界，故能体之于物，达之于辞。再如《花鸭》一诗所写：

> 花鸭无泥滓，阶前每缓行。
> 羽毛知独立，黑白太分明。
> 不觉群心妒，休牵众眼惊。
> 稻粱沾汝在，作意莫先鸣。

前节四句，写花鸭自身洁净，举步闲雅，羽毛不群，黑白分明，是就花鸭本身的特征下笔的。后节四句，却由花鸭转而写到俗物群小，说花鸭形貌和品格招致了"群心妒"，引发了"众眼惊"，并且告诫花鸭好自为之,莫要"先鸣",以免遭到不测。作者的立意出人意表,是在借咏花鸭的处境以慨叹政治环境的险恶或世俗的污浊。在"花鸭"的题面下,出此立意,实属难得。

由以上分析可知,"二节式"的章法格局,前节在于描绘物象,后节在于寄托情志,物象是引发情志的缘由,情志是谋篇立意之所在。杜甫咏物律诗的章法多属于此。

此外,还有中间两联皆为写景或皆为言事的格局,不再详论。

(三) 句法体制

句法是指一句诗的组织法或结构法。杜甫很注意诗歌句法艺术。他曾虚心求教于高适,询问"佳句法如何"。因句法得当而形成佳句,是他平生的追求,他说"为人性僻耽佳句,语不惊人死不休",表现了他对句法艺术的苦心孤诣,并由此形成了一套句法体制,主要包括句式错综、词语省略、词序倒置等三个方面的内容。

1. 句式错综。

这里所说的"句式",是指诗句的意义节奏,说的是诗句的语法结构,它与韵律节奏是两个不同的概念。汉语诗歌的韵律节奏,以两个音节为一个节奏单位,就五言诗来说,是2—2—1型的。韵律节奏是指诵读时声音的自然停顿,如此才和谐入耳。当两种节奏一致时,读起来既声音入耳,理解诗意上也能顺畅无阻。但是由于表意的复杂性,多音节词汇大量出现,很难做到两者一致。杜甫于此付出了巨大的努力,在诗句的意义节奏上进行多方的探索,于五言常式"2—2—1"之外,又创制出多种句式,试述如下:

(1)"2—1—2"式,例如:"浮云连海岱,平野入青徐"(《登兖州城楼》),"暗水流花径,春星带草堂"(《夜宴左氏庄》)。

(2)"1—1—3"式,例如:"江通神女馆,地隔望乡台"(《遣愁》),"犬迎曾宿客,鸦护落巢儿"(《重过何氏五首》其二)。

(3)"1—3—1"式,例如:"露从今夜白,月是故乡明"(《月夜忆舍弟》),"竹覆青城合,江从灌口来"(《野望因过常少仙》)。

(4)"4—1"式,例如:"登俎黄柑重,支床锦石圆。"(《季秋江村》)

按:"登俎""支床",分别为"黄柑""锦石"的定语;"两行秦树直,万点蜀山尖"(《送张十二参军赴蜀州因呈杨五侍御》)。

(5)"1—4"式,例如:"青惜峰峦过,黄知橘柚来"(《放船》),"青""黄",指"峰峦""橘柚"的颜色。"惜""知",皆为作者的行为;"寺忆曾游处,桥怜再渡时"(《后游》),"忆""怜"皆为作者的行为。清人赵翼在所著《瓯北诗话》中将这种句式视为杜甫"独创句法,为前人所无者"[1]。其所举之例有"绿垂风折笋,红绽雨肥梅"(《陪郑广文游何将军山林十首》其五),"碧知湖外草,红见海东云"(《晴二首》其一)等,都是这种句式。

(6)"3—2"式,例如:"把君诗过日,念此别惊神"(《赠别郑炼赴襄阳》),"金错囊垂罄,银壶酒易赊"(《对雪》)。

以上六种句式中,"1—4""3—2"两种在行文上最难处理,这两种句式的意义节奏与韵律节奏冲突较大,很容易造成音与义的隔膜。但我们诵读例句时并未感到隔膜,这就是杜甫的高明之处。上述这些句式,突破了五言常式"2—2—1"韵律节奏的局限,给表意抒情带来极大的便利。

2. 词语省略。

诗歌是高度精练的语言艺术,词语省略是其方法之一。杜甫精心探究诗歌语言的省略技巧,做到词略而意明,句简而意丰。归纳其省略之技法,主要有以副代动、无谓语句和省略介词三种。

(1)以副代动。诗句中动词被省略,而保留了修饰动词的副词,通过这个副词去显示被省略的动词的意向,同时副词本身又在发挥它的表意作用。用一词兼表二意,堪称一箭双雕之举。例如:"故国犹兵马,他乡亦鼓鼙"(《出郭》),"犹""亦"两个副词,所指示的动词意向是清楚的,同时又具有很强的抒情作用,它们前后呼应,表达出对战乱一波未平、一波又起的浩叹。又如"蚁浮仍腊味,鸥泛已春声"(《正月三日归溪上有作简院内诸公》),"仍""已"两个副词既指示了动词意向,又表达了时间匆促的感受。

(2)无谓语句。诗句既无动词,也无指示动作意向的副词,全句由若

---

[1] 赵翼《瓯北诗话》,人民文学出版社,1963年,第19页。

干名词或名词组构成，通过物象之间的意义联系来构成某种境界。这种组句之法，能使所构的物象之间的关系具有很大的张力，故能引发人的想象力。例如："渭北春天树，江东日暮云"（《春日忆李白》），"烟火军中幕，牛羊岭上村"（《秦州杂诗二十首》其十），"细草微风岸，危樯独夜舟"（《旅夜书怀》）等，物象之间虽无施事与受事的关系，却又不是一盘散沙，而是暗中遵循着作者的表达意图。

（3）省略介词，只出现介词短语中的名词、名词组或其他语法结构。其中表示时间、处所、方向的介词，在散文中也常被省略，在此不论。值得重视的是以下四种类型的介词省略：一是表示原因的介词被省略，如"群盗无归路，衰颜会远方"（《戏题寄上汉中王三首》其三），"群盗"是"无归路"的原因，表示原因的介词（因为）被省略。二是表示目的的介词被省略，如"故林归未得，排闷强裁诗"（《江亭》），"排闷"是"强裁诗"的目的。三是表示方式、方法的介词被省略，如"帖石防隤岸，开林出远山"（《早起》）。四是表示叙述范围的介词被省略，如"能画毛延寿，投壶郭舍人"（《能画》）。介词的省略，使诗句高度凝缩，劲健有力。

3. 词序倒置。

杜甫五律虽多数是按正常词序来组构诗句，但词序倒置的现象也较为常见。有些倒置是为了协调平仄或对仗稳妥，更多的则是为了加强表达效果。大体说来，主要有以下几种类型：

（1）宾语的定语提到谓语前面，这种情况出现较多，例如："和亲知计拙，公主漫无归"（《警急》），前句"和亲"是"计"的定语，把词序顺过来是"知和亲之计拙"。把定语"和亲"提前，是为了醒目，增强批判力量。又如"寒天留远客，碧海挂新图"（《观李固请司马弟山水图三首》其一），后句"碧海"是"新图"的定语，词序提前是为了与"寒天"构成对仗。

（2）宾语的中心词提到谓语前面，例如："客情投异县，诗态忆吾曹"（《赴青城县出成都寄陶王二少尹》），后句宾语的中心词"诗态"提到谓语之前，把词序顺过来是"忆吾曹之诗态"，诗态，吟诗的风度。词序提前是为了与"客情"构成对仗。又如"寺忆曾游处，桥怜再渡时"（《后游》），"寺""桥"两个宾语中心词提到谓语前面，顺过来是"忆曾游处之寺，怜再渡时之桥",将二者提到句首,加强了表达力。

(3)状语移到谓语后面,例如:"来往皆茅屋,淹留为稻畦"(《自瀼西荆扉且移居东屯茅屋四首》其二),后句词序倒置,顺过来是"为稻畦而淹留",这是出于对仗的考虑。又如"子能渠细石,吾亦沼清泉"(《自瀼西荆扉且移居东屯茅屋四首》其三),"渠",这里是动词,意思是砌渠,"渠细石"就是用细石砌渠;"沼",这里也是动词,意思是做沼(池塘),"沼清泉"就是用清泉做沼,清泉是状语。两处状语均移到谓语后面。

(4)主谓倒置,如:"盈盈当雪杏,艳艳待春梅"(《早花》),顺过来是"当雪杏盈盈,待春梅艳艳",把谓语提前,突出了花的色泽、姿态。又如"急急能鸣雁,轻轻不下鸥。"(《白帝城楼》),顺过来是"能鸣雁急急,不下鸥轻轻"。

杜甫五律的句法艺术,实现了表意的灵活性,增强了诗句的劲健美,对于形成其沉郁顿挫的主体风格也有积极的作用。

(四)字法体制

所谓字法,即作诗锤炼文字之法,向来为人所重,清人王士禛在所著《带经堂诗话》中说道:"炼字炼句之法,与篇法并重,学者不可不知,于此可悟三昧。"[1]在炼字艺术上,古代诗论家大多赞许杜甫的功力。例如宋人孙奕在所著《示儿编》中说道:"诗人嘲弄万象,每句必须炼字。子美工巧尤多。"[2]并列举大量诗句为佐证。叶梦得在所著《石林诗话》中说道:"诗人以一字为工,世固知之。惟老杜变化开阖,出奇无穷,殆不可以形迹捕。如'江山有巴蜀,栋宇自齐梁',远近数千里,上下数百年,只在'有'与'自'两字间,而吞纳山川之气,俯仰古今之怀,皆见于言外。"[3]的确如此。杜甫精于炼字,重在锤炼动词、形容词,概括说来有三大长处:一是求真,二是求浅,三是求活。

---

[1] 王士禛《带经堂诗话》,人民文学出版社,1998年,第77页。
[2] 吴文治《宋诗话全编》,江苏古籍出版社,1998年,第6002页。
[3] 何文焕《历代诗话》,中华书局,1981年,第420页。

1. 真字当头，揭示神髓。

杜诗无论写人写物，力求其真，讲究一字传神。诚如萧涤非先生所说杜诗特征是"一大二真"。[1]欧阳修在所著《六一诗话》中说道："陈公时偶得杜集旧本，文多脱误，至《送蔡都尉》诗云'身轻一鸟'，其下脱一字。陈公因与数客各用一字补之，或云'疾'，或云'落'，或云'起'，或云'下'，莫能定。其后得一善本，乃是'身轻一鸟过'。陈公叹服，以为虽一字，诸君亦不能到也。"[2]"过"字写出蔡将军冲杀之迅疾，如一鸟掠过，可谓精彩传神。写平川夜景则曰"星垂平野阔，月涌大江流"（《旅夜书怀》），星垂天边，方知平野开阔，月光涌动，方知大江奔流，夜景逼真。写洞庭湖则曰"吴楚东南坼，乾坤日夜浮"（《登岳阳楼》），"坼"字、"浮"字，写吴楚因之割裂，乾坤因之浮动，极尽洞庭湖之博大浩渺，炼字何等遒劲！写江水暴涨之势："大声吹地转，高浪蹴天浮"（《江涨》），"蹴"，是用脚踢，生动地写出水浪之高大暴怒，读来令人眼眩。写春雨则曰"随风潜入夜，润物细无声"（《春夜喜雨》），"潜""细"二字，抓住了春雨之特征。写秋蝉则曰"抱叶寒蝉静"（《秦州杂诗二十首》其四），出一"静"字便写出了秋蝉为寒气所侵，无复高鸣的枯寂情状。写竹子则曰"雨洗娟娟净，风吹细细香"（《严郑公宅同咏竹》），杨慎评曰："竹亦有香，细嗅乃知之。"[3]竹子香味是幽香，故以"细细"形容之。又如"红入桃花嫩，青归柳叶新"（《奉酬李都督表丈早春作》），"嫩"字写出早春桃花的质感，"新"字写出早春柳叶的光泽。上述这些动词、形容词都具有"专任"此物的特征，颇见作者体物之细致，炼字之用心。

2. 浅字状物，大家手笔。

杜甫炼字，既不追求华丽，更不追求险怪，他善于选择通俗易懂的字来写景状物，充分表现出语言大师的过人风采。例如："芹泥随燕觜，花蕊上蜂须"（《徐步》），"随"字、"上"字，浅易而精妙。"仰蜂粘落絮，行蚁上枯梨"（《独酌》），"粘"字、"上"字，状物之细微，令人叹为观止。

---

[1] 黄建荣《萧涤非学术成就概述》，《人文述林》第五辑，山东大学出版社，2000年，第288页。
[2] 何文焕《历代诗话》，中华书局，1981年，第266页。
[3] 丁福保《历代诗话续编》，中华书局，1983年，第697页。

清人杨伦惊叹道:"大手笔人偏善状此幽微之景!"[1]"细雨鱼儿出,微风燕子斜"(《水槛遣心二首》其一),"出"字写鱼嘴露出水面,"斜"字写出燕子畅意飞翔。"圆荷浮小叶,细麦落轻花"(《为农》),一"浮"一"落",这些平易的字写出初夏时节作物特征。宋人范温在所著《潜溪诗眼》中说道:"好句要须好字……工部又有所喜用字,如'修竹不受暑''野航恰受两三人''吹面受和风''轻燕受风斜','受'字皆入妙。老坡尤爱'轻燕受风斜',以谓燕迎风低飞,乍前乍却,非'受'字不能形容也。"[2]范温所举的诗句,"受"字虽浅易,却能传事物之特征。宋人孙奕在所著《示儿编》中列举大量诗例,证实杜诗精彩的炼字有"过""破""一""信""生""觉"等,这些字皆为浅显字。[3]清人沈德潜在所著《说诗晬语》中说道:"古人不废炼字法,然以意胜而不以字胜,故能平字见奇,常字见险,陈字见新,朴字见色。近人挟以斗胜者,难字而已。"[4]沈氏提倡锤炼平、常、陈、朴之字,炼字以表意为终极目的,可以用来概括杜甫炼字之法则。

3. 活字起死,赋予生机。

所谓锤炼活字,是指赋予死物、静物以知感、动感,使之具有生机。清人李调元在所著《雨村诗话》中说道:"作诗须用活字,使天地人物,一入笔下,俱活泼泼如蠕动,方妙。杜诗'客睡何曾著,秋天不肯明','肯'字是也。"[5]这是将秋天人格化了。"好雨知时节,当春乃发生"(《春夜喜雨》),"江山如有待,花柳更无私"(《后游》),"青山意不尽,衮衮上牛头。无复能拘碍,真成浪出游"(《上牛头寺》),等等,炼字皆是出于这种意图。"四更山吐月,残夜水明楼"(《月》),不说月升,而说"山吐",情景如画。即便是描写绘画也让它富于动势,写画鹰则曰"素练风霜起""㧐身思狡兔"(《画鹰》),"风霜起"三字有力地表现出鹰的猛挚、肃杀,"㧐"字刻画出雄鹰凌厉的攻击之势。写山水绘画,则曰"高浪垂翻屋,崩崖欲压床"(《观李固请司马弟山水图歌三首》其三),如此等等,都能化静为

---

[1] 杨伦《杜诗镜铨》,上海古籍出版社,1998年,第350页。
[2] 吴文治《宋诗话全编》,江苏古籍出版社,1998年,第1249页。
[3] 吴文治《宋诗话全编》,江苏古籍出版社,1998年,第6000—6001页。
[4] 王夫之等《清诗话》,上海古籍出版社,1999年,第549页。
[5] 郭绍虞《清诗话续编》,上海古籍出版社,1983年,第1528页。

动,让画面形象充满生机。

　　杜诗炼字之功,开启了后代诗人作诗的门径。韩愈在用字上的争奇斗险,孟郊的"横空盘硬语",李贺的呕心沥血,贾岛的"二句三年得,一吟双泪流"以及广为流传的"推敲"故事,宋代"江西诗派"的"点铁成金"主张,等等,说明这种影响的巨大和深远。

(本文与吴淑玲教授合著)

第二十二章　杜甫七律体制研究

　　七律始创于初唐，至杜甫创作七律，历时仅有百年，与五律相比，探索时间为短，格律尚未完备。七律的格律是在中晚唐定型的，七律的繁荣期也是中晚唐。施子愉先生曾对《全唐诗》存诗一卷以上的诗人所作七律作出统计，结果显示：初盛唐时期的七律仅有372首（其中包括杜甫151首），中晚唐时期的七律竟多达5531首（见《东方杂志》第40卷第8号），后者是前者的15倍。杜甫的七律创作处于这样的文学史阶段，其作品自然会带有承继性、过渡性、探索性以及开创性之特征，与其五律相比较，在声律上尤其显得复杂，为数较多的拗句出现，以及拗救之后所形成的变格律句出现，尤其是大量的拗体七律出现，使其七律声律体制比五律声律体制来得复杂。清人浦起龙《读杜心解》、边连宝《杜律启蒙》录入杜甫七律皆为151首，其中35首即属于拗体，所占比例较大。区分其七律正体与拗体，归纳拗体的几种形态，分析各种拗体形态的成因，显然是应该悉心作出研究的。此外，杜甫七律的韵律体制、对仗体制以及题材内容体制和诗艺体制，也与其五律体制存有或多或少的不同。本文将在上述五个方面作出系统研究。

　　同五律体制研究方法相同，本文亦采用数据实证方法，以期获得准确的结论。在勘定字声和韵字上，依照《广韵》《集韵》以及平水韵体系的《诗韵合璧》《佩文韵府》。

一、杜甫七律的声律体制

杜甫七律的声律体制在其整个七律体制中占有主要的地位,是本文研究的重点之一。本文将对杜甫七律使用的正格律句和变格律句的种类、首创"丁卯句法"的认定、正体七律和拗体七律的类型、所用四种平仄格式之主次等方面作出研究。

(一)杜甫七律使用的正格律句和变格律句

1. 正格律句,四种句式。

A 式:▲●△○○●●;

B 式:△○▲●○○●;

C 式:△○▲●●○○;

D 式:▲●○○●●○。

(○表示平,●表示仄,△表示平可仄,▲表示仄可平)

2. 变格律句,三种句式。

A 式:▲●○○●○●。这种变格律句由正格律句"▲●△○○●●"变化而成,第五、六字拗,第三字救,称为"当句救"。杜甫七律使用 A 式变格律句共计 24 例,其中 16 例出现在第七句位置上,它们是《曲江二首》其一之"传语风光共流转",《题郑县亭子》之"更欲题诗满青竹",《恨别》之"闻道河阳近乘胜",《王十七侍御抡许携酒至草堂奉寄此诗便请邀高三十五使君同到》之"戏假霜威促山简",《奉酬严公寄题野亭之作》之"枉沐旌麾出城府",《又送》之"直到绵州始分首",《将赴荆南寄别李剑州》之"戎马相逢更何日",《奉寄章十侍御》之"朝觐从容问幽仄",《宿府》之"已忍伶俜十年事",《诸将五首》其一之"多少材官守泾渭",《咏怀古迹五首》其一之"庾信生平最萧瑟",《咏怀古迹五首》其三之"千载琵琶作胡语",《滟滪》之"寄语舟航恶年少",《九日五首》其一之"弟妹萧条各何在",《留别公安太易沙门》之"先踏炉峰置兰若",《小寒食舟中作》之"云白山青万余里"。其余 8 例散布在其他位置上。王力先生在所著《古代汉语》中说道:"诗人们最喜欢把这种拗句用在尾联的出句，即第七句。"[1] 杜甫的创作实践为其提供了有力的佐证。

此外，又有一种与 A 式相关的变格律句"▲●○○●●●"，杜甫七律中出现这种句式共 7 例，它们是《南邻》之"秋水才深四五尺"，《送韩十四江东省觐》之"此别应须各努力"，《寄杜位》之"逐客虽皆万里去"，《咏怀古迹五首》其二之"怅望千秋一洒泪"，《见王监兵马使说近山有白黑二鹰罗者久取竟未能得王以为毛骨有异他鹰恐腊后春生鶱飞避暖劲翮思秋之甚眇不可见请余赋诗二首》其二之"万里寒空只一日"，《七月一日题终明府水楼二首》其二之"宓子弹琴邑宰日"，《公安送韦二少府匡赞》之"念我能书数字至"。这种句式，近来网络中有人称之为"三仄尾"，认为是"声病"，今以杜诗观之，此论不当。杜甫五律中三仄尾句式更多。

B 式：出句为"△○▲●●○●"，对句为"▲●△○○●○"。这种变格律句是由正格律句"△○▲●○○●，▲●○○●●○"变化而成，出句第五字应平而仄，是为拗句，对句第五字由仄变平，用来补救，称为"对句救"。这样一来，一联中保证有足够的平声字，使诗句的音乐美不被破坏。杜甫七律使用 B 式变格律句共计 18 例，它们是《卜居》颔联"已知出郭少尘事，更有澄江销客愁"，《蜀相》颔联"映阶碧草自春色，隔叶黄鹂空好音"，《所思》颈联"可怜怀抱向人尽，欲问平安无使来"，《将赴成都草堂途中有作先寄严郑公五首》其五颈联"侧身天地更怀古，回首风尘甘息机"，《九日》颔联"苦遭白发不相放，羞见黄花无数新"，《九日》尾联"酒阑却忆十年事，肠断骊山清路尘"，《至后》颔联"青袍白马有何意，金谷铜驼非故乡"，《十二月一日三首》其二颔联"负盐出井此溪女，打鼓发船何郡郎"，《白帝城最高楼》尾联"杖藜叹世者谁子，泣血迸空回白头"，《赤甲》颈联"荆州郑薛寄书近，蜀客郤岑非我邻"，《江雨有怀郑典设》颈联"宠光蕙叶与多碧，点注桃花舒小红"，《滟滪》颔联"江天漠漠鸟双去，风雨时时龙一吟"，《七月一日题终明府水楼二首》其二颈联"可怜宾客尽倾盖，何处老翁来赋诗"，《七月一日题终明府水楼二首》其二尾联"楚江巫峡半云雨，清簟疏帘看弈棋"，《覃山人隐居》颔联"征君已去独松菊，哀壑无光留户庭"，《覃山人隐居》尾联"高车驷马带倾覆，

---

[1] 王力《古代汉语》，中华书局，1978 年，第 1449 页。

怅望秋天虚翠屏"，《即事》尾联"未闻细柳散金甲，肠断秦川流浊泾"，《晓发公安》尾联"出门转眄已陈迹，药饵扶吾随所之"。

方回在所编《瀛奎律髓》中说道："今江湖学诗者，喜许浑'水声东去市朝变，山势北来宫殿高'，'湘潭云尽暮山出，巴蜀雪消春水来'，以为'丁卯句法'。殊不知始于老杜，如'负盐出井此溪女，打鼓发船何郡郎'，'宠光蕙叶与多碧，点注桃花舒小红'之类是也。"[1]《丁卯集》是晚唐诗人许浑的诗集，方回所说的"丁卯句法"，指的是许浑在其诗集中喜用的一种平仄句式，即"△○▲●●○●，▲●△○○●○"，也就是上面所说的杜甫七律的 B 式变格律句。方回说这种句法"始于老杜"，立论是否正确，笔者调查了《全唐诗》所录唐初至杜甫之前存诗一卷以上的初盛唐诗人的七律作品，以时间顺序，排列情况如下：陈子良 1 首、杨师道 1 首、李世民 1 首、上官仪 1 首、许敬宗 2 首、沈淑安 1 首、何仲宣 1 首、武则天 1 首、苏味道 1 首、崔融 1 首、杜审言 3 首、郑愔 2 首、刘宪 4 首、李适 5 首、宋之问 5 首、李峤 4 首、徐彦伯 2 首、沈佺期 14 首、赵彦昭 3 首、李乂 6 首、崔日用 4 首、苏颋 13 首、张说 12 首、武平一 2 首、崔曙 1 首、张九龄 2 首、孟浩然 4 首、祖咏 1 首、李颀 7 首、崔颢 2 首、綦毋潜 1 首、王昌龄 2 首、孙逖 2 首、王维 20 首、李白 7 首、卢象 1 首、高适 7 首、岑参 11 首。共计诗人 38 位，诗 158 首，其中只有 3 首诗中出现了这种平仄句式，它们是刘宪《奉和幸安乐公主山庄应制》颔联"庭莎作荐舞行出，浦树相将歌棹回"，王维《辋川别业》颔联"雨中草色绿堪染，水上桃花红欲然"，高适《重阳》颔联"百年将半仕三已，五亩就荒天一涯"。也就是说，刘宪、王维、高适三人各有一例，根据"孤证不能定说"的朴学治学原则，不能论定他们首创了这种句法，只能认为是"偶合"。杜甫则不然，18 个例证足以证实他是有意于这种句法的探索，说他是这种句法的首创者证据确凿。而且，这 18 个例证绝大多数出现在晚年寓居夔州所作诗中，杜甫寓居夔州期间作《遣闷戏呈路十九曹长》，诗中说道"晚节渐于诗律细"，所谓"诗律细"应是包括对这种句法的探索与实践。

---

[1] 李庆甲《瀛奎律髓汇评》，上海古籍出版社，1986 年，第 1107 页。

此外，还有一种与 B 式相关的变格律句：出句为"△○▲●△●●"，对句为"▲●△○○●○"。这种变格律句出现 6 例：《章梓州橘亭饯成都窦少尹》颔联"主人送客何所作，行酒赋诗殊未央"，《十二月一日三首》其一尾联"明光起草人所羡，肺病几时朝日边"，《雨不绝》颔联"阶前短草泥不乱，院里长条风乍稀"，《七月一日题终明府水楼二首》其二颔联"承家节操尚不泯，为政风流今在兹"，《即事》颔联"一双白鱼不受钓，三寸黄甘犹自青"（白鱼为专用名词，平仄声调可以通融），《暮归》尾联"年过半百不称意，明日看云还杖藜"。这种变格律句对后人亦有影响，如晚唐诗人李郢《暮春山行田家歇马》："雨湿菰蒲斜日明，茅厨煮茧掉车声。青蛇上竹一种色，黄蝶隔溪无限情。何处樵渔将远饷，故园田土忆春耕。千峰万濑水潾潾，羸马此中愁独行。"颔联和尾联皆用这种句式。

C 式：▲●△○○●○。这种变格律句是由正格律句"▲●○○●●○"变化而成。这种变格律句的身份是独立的，不同于 B 式变格的对句，B 式变格的对句是为了补救出句之拗而存在的，而这种变格律句可以独立使用，即便它的出句是正格律句，也是可以使用的，例如"风尘荏苒音书绝，关塞萧条行路难"（《宿府》），而且经常用于首句，例如《蜀相》首句"丞相祠堂何处寻"，《南邻》首句"锦里先生乌角巾"，《野老》首句"野老篱边江岸回"，《登楼》首句"花近高楼伤客心"，《白帝》首句"白帝城中云出门"，《秋兴八首》其一首句"玉露凋伤枫树林"，《登高》首句"风急天高猿啸哀"，等等。杜甫七律使用这种变格律句共计 48 例，约占其七律作品的三分之一，覆盖面是相当大的。

（二）杜甫七律的正体和拗体

杜甫七律的声律模式可以分为正体七律和拗体七律两大类型，具体情况如下：

1. 正体七律。包括三种类型：

（1）完全由正格律句构成，且全诗粘对合律。这种类型共计 63 首。例如《赠田九判官梁丘》：

    崆峒使节上青霄，河陇降王款圣朝。

宛马总肥秦苜蓿，将军只数汉嫖姚。
陈留阮瑀谁争长，京兆田郎早见招。
麾下赖君才并入，独能无意向渔樵。

（2）由正格律句和变格律句（即经过拗救而形成的律句）构成，且全诗粘对合律。如《蜀相》：

丞相祠堂何处寻，锦官城外柏森森。
映阶碧草自春色，隔叶黄鹂空好音。
三顾频烦天下计，两朝开济老臣心。
出师未捷身先死，长使英雄泪满襟。

此诗首句使用C式变格律句，颔联使用B式变格律句。其他为正格律句。这种类型共计48首。

（3）个别之处因使用人名、地名、物名等专用名词而出律，全诗粘对合律。《送王十五判官扶侍还黔中》首联"大家东征逐子回，风生洲渚锦帆开"，"家"音"姑"，应仄而平；《题郑县亭子》首联"郑县亭子涧之滨，户牖凭高发兴新"，"县"字应平而仄；《白帝》首联"白帝城中云出门，白帝城下雨翻盆"，后句"帝"字应平而仄；《黄草》首联"黄草峡西船不归，赤甲山下行人稀"，"甲"字应平而仄，"行"字平仄两读，此处义从平声，音从去声；《即事》颔联"一双白鱼不受钓，三寸黄甘犹自青"，"鱼"字应仄而平。这种类型共计5首。

以上三类皆为正体七律，共计116首，占总数（151首）的77%，可见其正体七律仍居主流。

2. 拗体七律。

杜甫七律中有相当一部分属于拗体，为古代诗论家所关注，称之为拗体七律。赵翼《陔余丛考》说道："拗体七律……杜少陵集最多，乃专用古体，不谐平仄。"[1] 古人对拗体七律界定不一，有的过于宽泛，把使用变格律句的七律也称为拗体，例如赵翼把使用"丁卯句法"的七律一概看作拗体，这显然是错误的，因为变格律句是经过拗救之后而形成的，它已经

---

[1] 赵翼《陔余丛考》，河北人民出版社，1990年，第377页。

不再拗口，故不可视为拗体。笔者经过权衡，认为其中 35 首为拗体七律，这些拗体七律又可分为四种类型：

（1）全诗使用正格律句和变格律句，但有失粘之处。例如《城西陂泛舟》：

> 青蛾皓齿在楼船，横笛短箫悲远天。
> 春风自信牙樯动，迟日徐看锦缆牵。
> 鱼吹细浪摇歌扇，燕蹴飞花落舞筵。
> 不有小舟能荡桨，百壶那送酒如泉？

此诗第二句用 C 式变格律句，其余皆正格律句，颔联失粘，颈联失粘。还有《宣政殿退朝晚出左掖》、《所思》、《严公仲夏枉驾草堂兼携酒馔》、《奉寄章十侍御》、《将赴成都草堂途中有作先寄严郑公五首》（其五）、《拨闷》、《即事》（暮春三月）、《七月一日题终明府水楼二首》（其二）、《季夏送乡弟韶陪黄门从叔朝谒》、《题柏学士茅屋》、《咏怀古迹五首》（其二），共计 12 首。

杜甫这类拗体七律是接受了初唐拗体七律的影响。初唐时期，七律始创，声律未严，联与联之间每每失粘。施补华在所著《岘佣说诗》中说道："唐初七律有平仄一顺者，至摩诘、少陵犹未改……少陵'天门日射'一首，第三联'云近蓬莱'平仄一顺，此类甚多。要是当时初创此体，格调未严，今人不必学也。"[1] 施补华所举的诗例是《宣政殿退朝晚出左掖》，全诗为：

> 天门日射黄金榜，春殿晴曛赤羽旗。
> 宫草霏霏承委珮，炉烟细细驻游丝。
> 云近蓬莱常好色，雪残鳷鹊亦多时。
> 侍臣缓步归青琐，退食从容出每迟。

他所说的"平仄一顺"是指第三联完全重复了第二联的平仄声调。根据后来确定的粘对规则，所谓邻联相粘，是指下联的出句与上联的对句平

---

[1] 丁福保辑《清诗话》，上海古籍出版社，1999 年，第 990 页。

仄相粘。"平仄一顺"也就是说"失粘"。初唐时期，杜甫祖父杜审言《春日京中有怀》就是一首失粘的七律，诗云：

　　今年游寓独游秦，愁思看春不当春。
　　上林苑里花徒发，细柳营前叶漫新。
　　公子南桥应尽兴，将军西第几留宾。
　　寄语洛城风日道，明年春色倍还人。

此诗颔联、尾联皆失粘。杜甫一向尊崇其祖，模仿之心可以体谅，但很显然并没有对这种失粘的问题细心体察和纠正。

（2）仅首联或首句非律句，其余各联各句声律无误。例如《覃山人隐居》：

　　南极老人自有星，北山移文谁勒铭。
　　征君已去独松菊，哀壑无光留户庭。
　　予见乱离不得已，子知出处必须经。
　　高车驷马带倾覆，怅望秋天虚翠屏。

此诗首联平仄为"平仄仄平仄仄平，仄平平平平仄平"，显然都不是律句。又如《见萤火》：

　　巫山秋夜萤火飞，帘疏巧入坐人衣。
　　忽惊屋里琴书冷，复乱檐边星宿稀。
　　却绕井栏添个个，偶经花蕊弄辉辉。
　　沧江白发愁看汝，来岁如今归未归。

此诗首句平仄为"平平平仄平仄平"，非律句。首联或首句非律句者还有《简吴郎司法》《滟滪》《卜居》。这种情况共计5首。

首联或首句使用非律句，不独杜甫如此，随手举出几例，五律如孟浩然《临洞庭湖》首联"八月湖水平，涵虚混太清"，元稹《遣行十首》其三首联"徙倚檐宇下，思量去住情"，七律如崔颢《黄鹤楼》首联"昔人已乘黄鹤去，此地空余黄鹤楼"，李白《赠郭将军》首联"将军少年出武威，入掌银台护紫微"，刘禹锡《乐天见示伤微之敦诗晦叔三君子皆有深分因成是诗以寄》首联"吟君叹逝双绝句,使我伤怀奏短歌",白居易《二月五日花下作》首联"二月五日花如雪,五十二人头似霜",白居易《十二月二十三日作兼呈晦叔》首联"案头历日虽未尽,向后唯残六七行",白居易《蓝田刘明府携酌相过与皇甫郎中卯时同饮醉后赠之》首联"腊月九日暖寒客,卯时十分空腹杯",白居易《八月十五日夜湓亭望月》首联"昔年八月十五夜,曲江池畔杏园边",白居易《游小洞庭》首联"湖山上头别有湖,芰荷香气占仙都",贯休《野居偶作》首联"高淡清虚即是家,何须须占好烟霞",李群玉《规公业在净名得甚深义仆近获顾长康月宫真影对戴安道所画文殊走笔此篇以屈瞻礼》首联"五浊之世尘冥冥,达观栖心于此经",韩偓《村居》首联"二月三月雨晴初,舍南舍北唯平芜",齐己《寄无愿上人》首联"六十八去七十岁,与师年鬓不争多",吕岩《七言》首联"醍醐一盏诗一篇,暮醉朝吟不记年",曹松《送曾德迈归宁宜春》首联"湘东山川有清辉,袁水词人得意归",等等,首句或首联皆非律句,而其他各联均为律句,而且粘对无误。这是出于一种什么动机,有待作出研究。清人许印芳评杜甫《黄草》诗说:"首句拗调,次句古调,盛唐律诗每有此格,老杜尤多。"[1]他已发现了唐人律诗首联出现非律句的现象,至于是否皆为"首句拗调,次句古调",那倒不一定,而且不限于"盛唐"。

（3）一联中出句与对句虽非律句,却在词性上对应相同,声调上对应相反。例如《九日》:

> 去年登高郪县北,今日重在涪江滨。
> 苦遭白发不相放,羞见黄花无数新。
> 世乱郁郁久为客,路难悠悠常傍人。
> 酒阑却忆十年事,肠断骊山清路尘。

首联、颈联即是如此。首联两句节奏点（即二四六字位）声调为"平平仄,仄仄平",颈联两句节奏点声调为"仄仄平,平平仄"。又有《至后》颈联"梅花欲开不自觉,棣萼一别永相望",两句节奏点声调为"平

---

[1] 李庆甲《瀛奎律髓汇评》,上海古籍出版社,1986年,第452页。

平仄，仄仄平";《白帝城最高楼》颈联"扶桑西枝对断石，弱水东影随长流"，两句节奏点声调为"平平仄，仄仄平";《暮春》颈联"沙上草阁柳新暗，城边野池莲欲红"，两句节奏点声调为"仄仄平，平平仄";《赤甲》颔联"炙背可以献天子，美芹由来知野人"，两句节奏点声调为"仄仄平，平平仄";《暮归》颈联"南渡桂水阙舟楫，北归秦川多鼓鼙"，两句节奏点声调为"仄仄平，平平仄"。共计6例，皆声调对应相反，词性对应相同。这种对仗法可以看作是杜甫的新尝试。从最后七律定型的角度来看，杜甫的这种对仗法没有被取用。

（4）全诗多非律句，也不符合粘对规则，仅保留中间两联对仗形式（多为词性上的对仗，声调往往不成对立）。如《愁》：

江草日日唤愁生，巫峡泠泠非世情。
盘涡鹭浴底心性，独树花发自分明。
十年戎马暗南国，异域宾客老孤城。
渭水秦山得见否，人今罢病虎纵横。

第1、3、4、5、6皆非律句，声调失对、失粘大量存在，仅中间两联出句与对句在词性上形成对仗。杜甫在这首诗的题目下注曰"强戏为吴体"，表明自己不是按正体律诗规范写的。什么是吴体？作者没有解释，可能在当时属于常识，无需饶舌，却留下了历史疑云，至今学界没有一致的认识。笔者认为可能是按吴地方言来写诗，吴地对字的发音显然不同于官话，而按照吴地方言来吟诵则能实现律句的平仄谐调，这虽是一种游戏，但对于排解愁闷是有所补益的。杜甫年轻时期曾在吴越一带有过五年之久的游历，对于吴地方言是熟悉的，他在《夜宴左氏庄》中写道："风林纤月落，衣露净琴张。暗水流花径，春星带草堂。检书烧烛短，看剑引杯长。诗罢闻吴咏，扁舟意不忘。""闻吴咏"就是说听到有人用吴地方言来吟诗，于是想到了范蠡驾扁舟归隐江湖的故事。这说明他确实熟悉吴地的方言。杜甫这种拗体七律还有《郑驸马宅宴洞中》、《题省中壁》、《望岳》、《早秋苦热堆案相仍》、《崔氏东山草堂》、《十二月一日三首》（其一、其二）、《立春》、《昼梦》、《江雨有怀郑典设》、《晓发公安》，共计12首。

杜甫还有《秋风二首》，《读杜心解》和《杜律启蒙》皆未将其列入七律范围，这两首诗也多用拗句，但是中间两联没用对仗。看来这是清人区别律体与古体的重要依据。

阅读这12首诗可以发现，没有一首是用于酬赠的，都是内心独白，而且绝大多数是愁苦的独白。也就是说，这些诗是写给自己看的，是为了排遣愁苦的。他在遭受贬谪之后，生涯愈发困顿，尤其是暮年，境况十分萧条，心不顺则气不平，气不平则音声拗峭，所以不妨这样看：这些诗不独在内容上记录了作者的心境，在音声上也要助一臂之力。不过，从七律最后定型的角度来看，这种做法没有被肯定。

以上把35首拗体七律作了分类，可以看出其成因是多方面的：有的是源于初唐七律声律未严的影响，有的是出于作者在对仗声律方面的探索，更多的是作者为了表达他拗峭不平的心境。如果我们把其中出于对仗声律探索和有意摆脱律句束缚以表达不平之气的作品排除在外，那么真正的问题作品就是这12首失粘作品，这12首失粘作品仅占8%，反映出七律声律接近定型的历史节点。

律诗格律的渐趋定型主要表现在渐趋克服失粘问题上。不妨回顾五律的定型过程，从永明年间开始的五律声律的探索，一直到初唐后期，这个漫长的历史过程，就是由"对式律"（只注意一联中的声调对立）逐渐变为"粘对混合律"，最后形成"粘式律"（既注意一联中的声调对立，又注意邻联之间声调相粘）。七律的定型过程也大体如此。为了说明问题，我们把初唐初年到大历时期著名诗人的七律失粘情况拉个清单。

初唐时期：唐太宗1首，失粘；许敬宗2首，皆失粘；上官仪1首，失对失粘；陈子良1首，失对失粘；长孙皇后1首，失对失粘；杨师道1首，失对失粘；沈叔安1首，失对失粘；何仲宣1首，失对失粘；武则天1首，失粘；苏味道1首，粘对无误；崔融1首，粘对无误；杜审言3首，1首失粘；郑愔2首，粘对无误；刘宪4首，4首失粘；李适5首，粘对无误；宋之问5首，2首失粘；李峤4首，粘对无误；徐彦伯2首，1首失粘；沈佺期14首，2首失粘；赵彦昭3首，2首失粘。这一时期七律共计54首，22首失粘，失粘率为41%。

盛唐时期：李乂6首，粘对无误；崔日用4首，粘对无误；苏颋13首，粘对无误；张说12首，2首失粘；武平一2首，粘对无误；崔曙1

首，粘对无误；孟浩然4首，粘对无误；祖咏1首，粘对无误；李颀7首，粘对无误；崔颢2首，粘对无误；张九龄2首，1首失粘；綦毋潜1首，粘对无误；王昌龄2首，粘对无误；王维20首，11首失粘；孙逖2首，粘对无误；卢象1首，粘对无误；李白7首，5首失粘；高适7首，2首失粘；岑参11首，7首失粘。这一时期七律共计105首，28首失粘，失粘率为27%。

杜甫151首，35首失误，失误率为23%。

大历时期：李端24首，粘对无误；卢纶48首，7首失粘；韩翃34首，1首失粘；钱起46首，粘对无误；司空曙18首，粘对无误；苗发1首，粘对无误；崔峒10首，粘对无误；耿湋16首，粘对无误；顾况4首，粘对无误；李益7首，粘对无误；韦应物10首，1首失粘；刘长卿63首，2首失粘；严维7首，1首失粘；戎昱14首，5首失粘；郎士元10首，4首失粘；李嘉祐23首，8首失粘；戴叔伦25首，粘对无误；秦系8首，2首失粘。这一时期七律368首，31首失粘，失粘率为8%。

由上面统计的数字可以清晰地得出以下结论：1. 从初唐到大历，七律的失粘率逐渐减少，以稳步态势走向定型。2. 大历时期"粘式律"作品达到92%，足以说明到此七律已经定型。3. 杜甫卒于大历五年（770），作为由盛唐到中唐转折点上的诗人，在促成七律定型上起到重要作用。

（三）七律使用四种平仄格式，以首句平收为主

杜甫七律使用"首句仄起平收式""首句平起平收式""首句平起仄收式""首句仄起仄收式"。这四种平仄格式的使用率依次为44%（67首）、32%（48首）、15%（22首）、9%（14首）。首句平收式共计115首，占总数的76%。盖因七律音节悠长，故以首句平收为佳，下文对此有所论述。

二、杜甫七律的韵律体制

韵律是律诗押韵的法则，是律诗格律的三大要素之一，是造成律诗音乐美的必要条件。杜甫七律的韵律体制主要表现在四个方面：

1. 严格依照当时的官方韵书《唐韵》选字押韵。《唐韵》今已失传，但由于宋代《广韵》《集韵》只是在《唐韵》的基础上增加韵字和释文，没有质的改变，因此可以作为判定杜诗韵字的依据。笔者依据《广韵》《集韵》以及平水韵体系的《诗韵合璧》《佩文韵府》，对杜甫151首七律共计719个韵字逐个做出所属韵部的调查，结论是只有一个韵字出韵。这个失误出现在《崔氏东山草堂》，诗曰：

爱汝玉山草堂静，高秋爽气相鲜新。
有时自发钟磬响，落日更见渔樵人。
盘剥白鸦谷口栗，饭煮青泥坊底芹。
何为西庄王给事，柴门空闭锁松筠。

上节提到这是一首拗体七律。诗中的韵字"新""人""筠"在《诗韵合璧》中属于上平声"十一真"韵，"芹"属于上平声"十二文"韵。这应是偶然失于检点所致。

2. 确立了限押平声韵的押韵体制。杜甫151首七律皆押平声韵，这对于处在探索时期的七律来说是至关重要的，中唐以后的七律绝大多数押平声韵，押仄声韵的极为少见，偶有所作，也仅是尝试。

3. 确立首句入韵为主要格式。在151首诗中，首句入韵者多达115首。这与其五律以首句不入韵为主正好相反。诗歌讲究开篇定调，五律音节简劲，故以首句仄收为正；七律音节悠长，故以首句平收为佳。可见，杜甫在律诗的首句是否入韵的抉择上体现出对不同诗体格调的理解，为后代诗人指出通达之路。

4. 使用韵部覆盖面大，而以使用宽韵为主，同时也有所偏好。杜甫七律使用了平水韵30个平声韵中的26个韵部，按其使用韵部的次数多少为序，排列如下：上平声"十一真"韵16次，上平声"十灰"韵15次，下平声"十一尤"韵14次，下平声"一先"韵10次，上平声"四支"韵9次，上平声"五微"韵9次，上平声"十四寒"韵9次，下平声"七阳"韵9次，下平声"八庚"韵8次，上平声"一东"韵6次，下平声"二萧"韵6次，下平声"十二侵"韵6次，上平声"十五删"韵5次，上平声"十三元"韵4次，上平声"八齐"韵3次，下平声"五歌"韵3次，下平声"六麻"韵3次，下平声"九青"韵3次，上平声"二冬"韵2次，上平声"六鱼"韵2次，上平声"七虞"韵2次，下平声"四豪"韵2次，下平声"十蒸"韵2次，上平声"三江"韵1次，上平声"十二文"韵1次，下平声"三肴"韵1次。仅上平声"九佳"、下平声"十三覃"、下平声"十四盐"、下平声"十五咸"等4个韵部没有使用。

杜甫选用韵部的原则是就宽避窄。考察韵部使用率居于前十名者，多数为宽韵，宽韵韵字较多，而且多为实用字，选择这种韵部来押韵，便于抒情表意；而没有涉及的4个韵部皆为窄韵或险韵，其中两个韵部（上平声"九佳"韵、下平声"十五咸"韵）杜甫五律也没有使用。这是就大体情况而言。细加考察，位居前十名者也有少数并非宽韵，如上平声"五微"韵、"十灰"韵，之所以被多次使用，应该视为杜甫对这两种声音有所偏好，考察杜甫五律的韵部使用率，这两个韵部也居前十名。

三、杜甫七律的对仗体制

与五律的对仗体制相同，杜甫的七律对仗体制也表现为规则严密、数量增大、种类多样之特点。

（一）对仗规则严密

当五律的格律早已定型之后，七律的格律尚在探索之中。杜甫将五律的对仗规则移至七律，诸如上下两句词性对应相同、关键字位声调对应相反、避免合掌、中二联实行对仗、上下两句不得重复用字等等。较之五律，这些规则运用得更加严密。例如，其五律作品中出现四组对仗重复用字的现象，而七律作品中则完全绝迹。同时也应注意，在那些喷吐不平之气的作品（诸如"强戏为吴体"之类）中，对仗仅保持词性的对应相同，平仄声调往往不成对立，这应该看作是杜甫有意为之，这一点在第一部分中已经提到了。

（二）对仗数量加大

杜甫长于对仗艺术，表现为对仗的联数超过额度。除了中间两联使用对仗，还每每于首联或尾联使用对仗，甚至全诗四联都用对仗。在总数151首七律中，有104首中间两联使用对仗，这确保了律诗对仗的基本要求。另有26首于首联、颔联、颈联使用对仗。如《宾至》：

> 幽栖地僻经过少，老病人扶再拜难。
> 岂有文章惊海内，漫劳车马驻江干。
> 竟日淹留佳客坐，百年粗粝腐儒餐。
> 不嫌野外无供给，乘兴还来看药栏。

又有15首于颔联、颈联、尾联使用对仗，如《又呈吴郎》：

> 堂前扑枣任西邻，无食无儿一妇人。
> 不为困穷宁有此，只缘恐惧转须亲。
> 即防远客虽多事，便插疏篱却甚真。
> 已诉征求贫到骨，正思戎马泪盈巾。

还有6首四联皆对，如《登高》：

> 风急天高猿啸哀，渚清沙白鸟飞回。
> 无边落木萧萧下，不尽长江滚滚来。
> 万里悲秋常作客，百年多病独登台。
> 艰难苦恨繁霜鬓，潦倒新停浊酒杯。

严羽在所著《沧浪诗话》中说"有律诗彻首尾对者，少陵多此体"[1]，指的就是四联皆对的情况。

查慎行说："七律八句皆属对，创自老杜。"[2] 此论不妥，早在初唐时期就已经出现这种体格，例如李峤《石淙》："羽盖龙旗下绝冥，兰除薛幄坐云扃。鸟和百籁疑调管，花发千岩似画屏。金灶浮烟朝漠漠，石床寒水夜

---

[1] 郭绍虞《沧浪诗话校释》，人民文学出版社，1961年，第73页。
[2] 李庆甲《瀛奎律髓汇评》，上海古籍出版社，1986年，第633页。

泠泠。自然碧洞窥仙境，何必丹丘是福庭？"此诗四联皆对。杜甫虽非首创，却是使用此格最多、最为精密者。

（三）对仗种类多样

1. 宽对。词性相同的字出现在对应的位置上，杜甫七律有一部分是这种对仗。如"自知白发非春事，且尽芳樽恋物华"（《曲江陪郑八丈南史饮》），"旧来好事今能否，老去新诗谁与传"（《因许八奉寄江宁旻上人》），"已知出郭少尘事，更有澄江销客愁"（《卜居》），等等。

2. 工对。同一小类名词相对、数目词相对、颜色词相对皆显得工整。杜甫追求对仗工整，七律中大量使用这种对仗。

（1）同一小类名词相对。天文类如"春风自信牙樯动，迟日徐看锦缆牵"（《城西陂泛舟》），地理类如"岂有文章惊海内，漫劳车马驻江干"（《宾至》），时令类如"织女机丝虚夜月，石鲸鳞甲动秋风"（《秋兴八首》其七），宫室类如"天门日射黄金榜，春殿晴曛赤羽旗"（《宣政殿退朝晚出左掖》），器物类如"疏灯自照孤帆宿，新月犹悬双杵鸣"（《夜》），动物类如"旌旗日暖龙蛇动，宫殿风微燕雀高"（《奉和贾至舍人早朝大明宫》），植物类如"侵凌雪色还萱草，漏泄春光有柳条"（《腊日》），饮食类如"盘飧市远无兼味，樽酒家贫只旧醅"（《客至》），衣饰类如"羞将短发还吹帽，笑倩旁人为正冠"（《九日蓝田崔氏庄》），文学类如"药裹关心诗总废，花枝照眼句还成"（《酬郭十五判官》），身体类如"且看欲尽花经眼，莫厌伤多酒入唇"（《曲江二首》其一），人伦对如"昼引老妻乘小艇，晴看稚子浴清江"（《进艇》），人事类如"长路关心悲剑阁，片云何意傍琴台"（《野老》）。

有些字虽然不属于同一小类，但由于经常连用，如"诗酒""兵马"等，对起来也显得工整。杜甫七律不乏这种对仗，如"晚节渐于诗律细，谁家数去酒杯宽"（《遣闷戏呈路十九曹长》），"岂谓尽烦回纥马，翻然远救朔方兵"（《诸将五首》其二）。

（2）数目对。如"秋水才深四五尺，野航恰受两三人"（《南邻》），"三峡楼台淹日月，五溪衣服共云山"（《咏怀古迹五首》其一）。

（3）颜色对。如"珠帘绣柱围黄鹤，锦缆牙樯起白鸥"（《秋兴八首》

其六），"不分桃花红似锦，生憎柳絮白于绵"（《送路六侍御入朝》）。

3. 邻对。虽不是同一小类名词，但关系邻近，如天文与地理、天文与时令、地理与宫室、器物与文具、动物与植物等名词相对，工整度居宽对与工对之间。如"晴云满户团倾盖，秋水浮阶溜决渠"（《题柏学士茅屋》），云对水；"车箱入谷无归路，箭栝通天有一门"（《望岳》），路对门；"青青竹笋迎船出，白白江鱼入馔来"（《送王十五判官扶侍还黔中》），笋对鱼。

4. 方位对。如"支离东北风尘际，漂泊西南天地间"（《咏怀古迹五首》其一），"川合东西瞻使节，地分南北任流萍"（《严中丞枉驾见过》）。

5. 人名对。如"匡衡抗疏功名薄，刘向传经心事违"（《秋兴八首》其三），匡衡、刘向皆汉代经学家；"今日朝廷须汲黯，中原将帅忆廉颇"（《奉寄高常侍》），汲黯，汉代直臣，廉颇，赵国良将。

6. 地名对。如"锦江春色来天地，玉垒浮云变古今"（《登楼》），锦江，水名，在成都市南；玉垒，山名，在四川理县东南。"黄牛峡静滩声转，白马江寒树影稀"（《送韩十四江东省觐》），黄牛峡，峡名，在宜昌西；白马江，水名，在蜀州东北。

7. 联绵对。联绵字有双声、叠韵及非双声、非叠韵四种形态，杜甫七律对仗有以下四种：

（1）双声对。如"常怪偏裨终日待，不知旌节隔年回"（《奉待严大夫》），"偏裨""旌节"皆为双声字；"予见乱离不得已，子知出处必须经"（《覃山人隐居》），"乱离""出处"皆为双声字；"江间波浪兼天涌，塞上风云接地阴"（《秋兴八首》其一），"江间""塞上"皆为双声字。

（2）叠韵对。如"穿花蛱蝶深深见，点水蜻蜓款款飞"（《曲江二首》其二），"蛱蝶""蜻蜓"皆为叠韵字。"多病独愁常阒寂，故人相见未从容"（《暮登四安寺钟楼寄裴十迪》），"阒寂""从容"皆为叠韵字。

（3）双声叠韵对。如"细草留连侵坐软，残花怅望近人开"（《又送》），"留连"为双声字，"怅望"为叠韵字；"大水淼茫炎海接，奇峰硉兀火云升"（《多病执热奉怀李尚书》），"淼茫"为双声字，"硉兀"为叠韵字；"无路从容陪语笑，有时颠倒著衣裳"（《至日遣兴奉寄北省旧阁老两院故人二首》其一），"从容"为叠韵字，"颠倒"为双声字；"路经滟滪双蓬鬓，天入沧浪一钓舟"(《将赴荆南寄别李剑州》),"滟滪"为双声字,"沧浪"为叠韵字;"仓惶已就长途往,邂逅无端出饯迟"(《送郑十八虔贬台州司户伤其临老陷贼之故阙为面别情见于诗》),"仓惶"为叠韵字,"邂逅"为双声字。

（4）非双声叠韵对。如"请看石上藤萝月,已映洲前芦荻花"(《秋兴八首》其二），"藤萝""芦荻"皆既非双声又非叠韵;"麒麟不动炉烟上,孔雀徐开扇影还"(《至日遣兴奉寄北省旧阁老两院故人二首》其二),"麒麟""孔雀"皆既非双声又非叠韵。

8. 叠字对。如"风含翠筱娟娟净,雨裛红蕖冉冉香"(《狂夫》),"无边落木萧萧下,不尽长江滚滚来"(《登高》),共计14联,多为形容词相对。

9. 连用字对。所谓连用字,是指两个意义相同（包括意义相近）或意义相反的字连续出现,例如"离别""出入"。连用字对包括两种情况:

（1）同义连用字相对。如"侵陵雪色还萱草,漏泄春光有柳条"(《腊日》),"侵陵""漏泄"皆为同义连用字;"草木变衰行剑外,兵戈阻绝老江边"(《恨别》),"草木""兵戈"皆为同义连用字。

（2）反义连用字相对。如"无数蜻蜓齐上下,一双鸂鶒对沉浮"(《卜居》),"上下""沉浮"皆为反义连用字;"过客径须愁出入,居人不自解东西"(《将赴成都草堂途中有作先寄严郑公五首》其三),"出入""东西"皆为反义连用字。

10. 当句对。是指上下两句已成对仗的同时,每句中还自行对仗,故尤显工整,杜甫七律颇多这种对仗。这种对仗有广义、狭义之别。广义的当句对如"青蛾皓齿在楼船,横笛短箫悲远天"(《城西陂泛舟》),"书签药裹封蛛网,野店山桥送马蹄"(《将赴成都草堂途中有作先寄严郑公五首》其三),"小院回廊春寂寂,浴凫飞鹭晚悠悠"(《涪城县香积寺官阁》),"青袍白马有何意,金谷铜驼非故乡"(《至后》)。狭义的当句对是指句中自行对仗的两个字须有一个字重复,如"桃花细逐杨花落,黄鸟时兼白鸟飞"(《曲江对酒》),"即从巴峡穿巫峡,便下襄阳向洛阳"(《闻官军收河南河北》),"自去自来梁上燕,相亲相近水中鸥"(《江村》),"南京久客耕南亩,北望伤神坐北窗"(《进艇》)。钱锺书先生说:"此体创于少陵,而名定于义山。"[1]其实,狭义当句对早在南朝何逊诗中就已出现,其《咏春风》诗前两句云"可闻不可见,能重复能轻",初唐沈佺期、武则天诗中也有使用。说当句对是李商隐定的名称也不对,比李商隐早半个世纪的诗僧皎然在其《诗议》中就已经把它列入八种对仗之一。[2]正确的说法是,狭义当句对虽非杜甫首创,但他却是把狭义当句对引入七律的第一人。这或许是导致钱先生判断失误的原因。

11. 借对。同杜甫五律一样,杜甫七律也使用了这种特殊的对仗,包括借义和借音两种,不过用得较少。

(1)借音对。采用谐音的方式来构成对仗。如"峣关险路今虚远,禹凿寒江正稳流"(《舍弟观赴蓝田取妻子到江陵喜寄三首》其一),"峣"与"尧"谐音,借其音与"禹"构成对仗。又如"思家步月清宵立,忆弟看云白日眠"(《恨别》),"清"与"青"谐音,借其音与"白"构成对仗。

(2)借义对。汉语词汇大多具有多种意义,从表意上看是使用某个词的甲义,同时又借用这个词的乙义来与对应的词构成对仗。如"酒债寻常行处有,人生七十古来稀"(《曲江二首》其二),"寻常"的文内意思是平平常常,所谓债多不愁,同时它还有数目意义,古代以八尺为一寻,两寻为一常,此处借用其数目意义与"七十"构成对仗。又如"竹叶于人既无分,菊花从此不须开"(《九日五首》其一),"竹叶"的文内意思是指酒名,同时它又有植物学意义,此处借用来与"菊花"构成对仗。

12. 流水对。同杜甫五律流水对一样,也有单句形式和复句形式两种。

(1)单句形式的流水对。本是一句话,拆成两句来说,又让这两句构成对仗,如"请看石上藤萝月,已映洲前芦荻花"(《秋兴八首》其二),"请看"是谓语,"石上藤萝月已映洲前芦荻花"是宾语。又如"正忆往时严仆射,共迎中使望乡台"(《诸将五首》其五),"正忆"是谓语,"往时严仆射共迎中使望乡台"是宾语。这些流水对克服了并列式对仗的刻板、凝滞之缺陷。

---

[1]钱锺书《谈艺录》,中华书局,1987年,第11页。
[2](日)弘法大师撰、王利器《文镜秘府论校注》,中国社会科学出版社,1983年,第225页。

（2）复句形式的流水对。上下两句是复句中的两个分句，呈现出多种的语法关系。有顺承关系，如"花径不曾缘客扫，蓬门今始为君开"（《客至》），是时间上的顺承；"支离东北风尘际，漂泊西南天地间"（《咏怀古迹五首》其一），是空间上的顺承。有因果关系，如"竹叶于人既无分，菊花从此不须开"（《九日五首》其一），出句是逻辑上的因，对句是逻辑上的果。有假设关系，如"但使闾阎还揖让，敢论松竹久荒芜"（《将赴成都草堂途中有作先寄严郑公五首》其一），出句提出假设，对句写出结果。有递进关系，如"已知出郭少尘事，更有澄江销客愁"（《卜居》）。有转折关系，如"即防远客虽多事，便插疏篱却甚真"（《又呈吴郎》）。

金圣叹发现杜甫七律颔联多用流水对，他说："唐人三四多侧卸，最是好看。而老杜为尤得其法，如'羞将短发还吹帽，笑倩旁人为正冠'，'老去诗篇浑漫与，春来花鸟莫深愁'……"在这个位置上一共检出27副流水对（按，金氏遗漏一例，即《酬郭十五判官》颔联"药裹关心诗总废，花枝照眼句还成"），然后总结说："皆是意思沉着，音节悲凉，使人只读其二句十四字，便如读得贾谊《治安》三策与庄子《齐物》一篇，真是天上人间，直上直下，异样快活，更非平举二句之得比也。"[1]除了颔联，在其他位置上也有使用流水对。例如，出现在颈联者"即防远客虽多事，便插疏篱却甚真"（《又呈吴郎》），"扁舟不独如张翰，皂帽还应似管宁"（《严中丞枉驾见过》），"幸不折来伤岁暮，若为看去乱乡愁"（《和裴迪登蜀州东亭送客逢早梅相忆见寄》），"沙村白雪仍含冻，江县红梅已放春"（《留别公安太易沙门》）；出现在尾联者"即从巴峡穿巫峡，便下襄阳向洛阳"（《闻官军收河南河北》），"心折此时无一寸，路迷何处是三秦"（《冬至》），"请看石上藤萝月，已映洲前芦荻花"（《秋兴八首》其二），等等。可见杜诗七律流水对密度之大。

---

[1]施建中等《金圣叹选批唐诗六百首》，北京出版社，1989年，第22页。

四、杜甫七律的题材内容体制

七律起源于唐初，出身于宫廷，是君臣唱和的产物，多为应制（奉皇帝之命而作诗）、应令（奉太子之命而作诗）、应教（奉诸王之命而作诗），内容主要是君臣游宴，歌颂升平，狭窄而贫薄，作品数量也有限。初唐皇帝组织的几次游幸活动催促了这种诗体的萌生。从盛唐初期的苏颋到后期的岑参，七律的题材内容有所扩展，数量也有所增加。到杜甫手中，七律才彻底冲破宫廷文学的狭窄藩篱，能够像五律那样反映广阔的社会生活和真实感受，数量也呈激增之势。归纳其题材内容，可分为以下几类：

（一）忧国之思

杜甫151首七律只有5首写于战乱之前。遭逢动乱岁月，忧伤国家时局是其作品的主旨之一。例如《登楼》所写：

> 花近高楼伤客心，万方多难此登临。
> 锦江春色来天地，玉垒浮云变古今。
> 北极朝廷终不改，西山寇盗莫相侵。
> 可怜后主还祠庙，日暮聊为《梁甫吟》。

看花伤心，是由于万方多难，人事不如花草；告诫吐蕃莫来侵扰，其维系大唐基业之心，坚定不移。组诗《秋兴八首》抚今追昔，感慨大唐由盛变衰，发出"百年世事不胜悲"的浩叹。组诗《诸将五首》批评诸将御敌无能，导致京都八年内两次沦陷。当然，这两次沦陷都与皇帝任人唯亲有关（玄宗信任奸相杨国忠、代宗信任宦官程元振），但诸将的失职是不容推却的，"多少材官守泾渭？将军且莫破愁颜"是杜甫对诸将发出的质问和警告。其他如《恨别》《野老》《野望》《黄草》《奉待严大夫》《奉寄高常侍》《愁》《冬至》等诗篇，皆以忧怀国事为主题。

（二）恤民之情

遭受战争苦难最深的是社会底层民众，杜甫古体诗、乐府诗对此揭示深刻，七律作品亦多有关注。例如《白帝》所写：

> 白帝城中云出门，白帝城下雨翻盆。
> 高江急峡雷霆斗，古木苍藤日月昏。
> 戎马不如归马逸，千家今有百家存。
> 哀哀寡妇诛求尽，恸哭秋原何处村？

前四句借险恶景物影射乱世，后四句正面写出乱世民生，夔州百姓家破人亡，寡妇哭声震动秋原。《又呈吴郎》写邻居老妇其子阵亡，更遭官府盘剥，家中一无所有，迫于饥饿而偷杜甫家的枣。如何看待老妇的行为？杜甫认为，"不为困穷宁有此？只缘恐惧转须亲"。《管子·牧民》曰："仓廪实，则知礼节；衣食足，则知荣辱。"[1]《孟子·梁惠王上》曰："今也制民之产，仰不足以事父母，俯不足以畜妻子；乐岁终身苦，凶年不免于死亡。此惟救死而恐不赡，奚暇治礼义哉？"[2] 想让饥寒的百姓知礼义是无稽之谈，当杜甫把这个草堂让给吴郎居住时，他叮嘱对方一定要善待老妇，不要在两家之间夹篱笆，不要让老妇人感觉到你对她有防范之心。其他如《阁夜》《昼梦》等都有对民瘼的关注。

（三）漂泊之叹

杜甫后半生是在漂泊中度过的，故土之思、兄弟之隔、迟暮之感以及疾病之痛，每每汇集成篇，内容丰富而深厚。例如《登高》所写：

> 风急天高猿啸哀，渚清沙白鸟飞回。
> 无边落木萧萧下，不尽长江滚滚来。
> 万里悲秋常作客，百年多病独登台。
> 艰难苦恨繁霜鬓，潦倒新停浊酒杯。

在萧条凄冷的大背景中，抒发远离故土、久客他乡、暮年多病的巨大悲情，情景交融，意境深邃，胡应麟评其为"古今七言律第一"。又如

---

[1]《诸子集成·管子》，上海书店，1986年，第1页。
[2] 杨伯峻《孟子译注》，中华书局，1960年，第17页。

《恨别》所写"草木变衰行剑外,兵戈阻绝老江边",《野老》所写"长路关心悲剑阁,片云何意傍琴台",《野望》写"海内风尘诸弟隔,天涯涕泪一身遥",《宿府》所写"风尘荏苒音书绝,关塞萧条行路难",《九日五首》其一所写"殊方日落玄猿哭,旧国霜前白雁来",《愁》所写"渭水秦山得见否,人今罢病虎纵横",《立春》所写"巫峡寒江那对眼?杜陵远客不胜悲",直到生命即将结束,仍未断北归之念,"云白山青万余里,愁看直北是长安"(《小寒食舟中作》)。可惜,他的生命终结于漂泊途中。

(四)田园之趣

杜甫七律的田园之作集中写于成都草堂时期。草堂地处成都西郊平原,四周是农田村舍,浣花溪、百花潭、高大乔木分布其间,环境清幽。杜甫于动荡生涯中获得暂时的休息,写了不少诗篇。例如《江村》所写:

> 清江一曲抱村流,长夏江村事事幽。
> 自去自来梁上燕,相亲相近水中鸥。
> 老妻画纸为棋局,稚子敲针作钓钩。
> 但有故人供禄米,微躯此外更何求?

江水环流,禽鸟愉悦,家室祥和,人事与自然和谐相融。又如《卜居》所写江上风物:"无数蜻蜓齐上下,一双鸂鶒对沉浮。"《南邻》所写人事活动:"秋水才深四五尺,野航恰受两三人。"《堂成》所写禽鸟安居:"暂止飞乌将数子,频来语燕定新巢。"《狂夫》所写草木芳姿:"风含翠筱娟娟净,雨裛红蕖冉冉香。"《客至》所写待客亲情:"花径不曾缘客扫,蓬门今始为君开。"《进艇》所写家属游乐:"昼引老妻乘小艇,晴看稚子浴清江。"杜甫出生于河南巩县,河洛地区是农耕文化的发祥地,他从小深受农耕文化的熏陶,从这些诗作中,不难体悟到他骨子里对田园生活的那份亲情。

(五)交游酬赠

这类作品涉及41人,身份多种,有友人、亲戚、官员、隐士、僧侣,诗62首,占七律总数的41%。吴乔《围炉诗话》:"七律止宜于台阁,余处不称。景龙既有此体，以其便于人事之用。"[1] 所谓"人事之用"是指用于人与人之间的交际。杜甫这类作品内容可主要归纳为三类：一是为仕途或生计而有求于对方，例如困居长安时期，写诗给献纳司长官田澄，请求他关注所献之赋；给田梁丘写诗，请求他推荐加入军幕；漂泊岁月里衣食无着，所到之处写诗给地方长官，以求救济。这类作品具有实用价值，所占篇数居多。二是赞美友人之功德，这类诗作出于真情实感。杜甫客居成都草堂期间，与成都尹、剑南节度使严武交往密切，严杜两家是世交，严武不但对杜甫一家生活予以照顾，还表奏朝廷，推荐杜甫任检校工部员外郎，并招入军幕为参谋。二人身份虽为上下级，但日常生活保持着友人关系，不以礼法约束，"非关使者征求急，自识将军礼数宽"（《严公仲夏枉驾草堂兼携酒馔》）。杜甫给严武的诗多达9首，他赞美严武，更重要的原因是严武抵御吐蕃战功显赫，是不可多得的将才："主恩前后三持节，军令分明数举杯。西蜀地形天下险，安危须仗出群材。"（《诸将五首》其五）"殊方又喜故人来，重镇还须济世才。"（《奉待严大夫》）严武死后，杜甫预料蜀地将乱，立刻携家出走。三是写他乡遇故交，或感慨乱世人生、漂流不定，或叹息离多聚少、后会难期，例如《九日蓝田崔氏庄》所写："明年此会知谁健？醉把茱萸仔细看。"《送韩十四江东省觐》所写："我已无家寻弟妹，君今何处访庭闱？"《寄杜位》所写："逐客虽皆万里去，悲君已是十年流。"《送路六侍御入朝》所写："更为后会知何地，忽漫相逢是别筵。"这些作品具有对乱世人情的认识价值。

（六）宫廷篇什

杜甫曾任肃宗朝左拾遗，长安光复之后，在朝为官，期间写了10首反映官场生活的诗篇。有的诗描写早朝的情景，如《奉和贾至舍人早朝大明宫》：

> 五夜漏声催晓箭，九重春色醉仙桃。
> 旌旗日暖龙蛇动，宫殿风微燕雀高。
> 朝罢香烟携满袖，诗成珠玉在挥毫。

---

[1] 郭绍虞《清诗话续编》，上海古籍出版社，1983年，543页。

欲知世掌丝纶美，池上于今有凤毛。

有的诗描写退朝的情景，如《宣政殿退朝晚出左掖》：

天门日射黄金榜，春殿晴曛赤羽旗。
宫草霏霏承委珮，炉烟细细驻游丝。
云近蓬莱常好色，雪残鳷鹊亦多时。
侍臣缓步归青琐，退食从容出每迟。

这类作品辞藻华美，但内容空洞，唯一可以扯得上的是其中含有庆贺京都光复的意思。还有几首是写他在曲江活动的，有《曲江二首》《曲江对酒》《曲江对雨》。曲江是一条人工河，跨于长安城内外，江边有许多宫殿和花园，是个游览区。这几首诗描写了宫殿建筑之华丽、花木之秀美，表达的是"酒债寻常行处有，人生七十古来稀"，"细推物理须行乐，何用浮名绊此身"的情怀。倒是《题省中壁》等诗篇流露出对肃宗拒绝纳谏的不满，反映出肃宗新贵与玄宗旧臣之间的矛盾。总之，这10首诗可以看作是初唐七律的宫廷遗风，是七律的胎记。幸运的是杜甫很快就随着玄宗旧臣一起被贬谪了，命运使他远离朝廷，从而走向广阔的现实主义创作道路。

五、杜甫七律的诗艺体制

本节将对杜甫七律的艺术风格以及章法、句法、字法、偶对等艺术层面作出研究。

（一）风格体制

杜甫七律的主体风格仍然是沉郁顿挫。因生活环境和个人心态的不同，风格亦呈现出多样性，主要有雄浑丰丽、慷慨悲壮、老成稳健、萧散自然等。

1. 沉郁顿挫。关于沉郁顿挫的内涵，前面谈五律体制的文章里已有论述，无所补充。古代诗论家每以沉郁顿挫评论杜甫七律风格。例如《送韩十四江东省觐》：

> 兵戈不见老莱衣，叹息人间万事非。
> 我已无家寻弟妹，君今何处访庭闱？
> 黄牛峡静滩声转，白马江寒树影稀。
> 此别应须各努力，故乡犹恐未同归。

首联感叹战乱使人不能养亲，人间万事面目全非，涵盖度极强，痛感度极深。颔联叹息韩十四省亲前景渺茫，却从自叹弟妹音信不通写起。颈联写到韩十四船过黄牛峡谷，经历艰险，却未继续写其行迹，而是转折笔锋，回落到自身独立于送别之处的白马江边，承受离别之苦。古今注家多以为黄牛峡、白马江是韩十四东行时先后经过的两个地方，例如，仇兆鳌说："黄牛、白马，出峡所经。"[1] 王嗣奭说："计其访之之处，从黄牛峡、白马江以达江东。"[2] 萧涤非先生说："二句想象中之景，不是写送别时当前之景。黄牛峡、白马江，皆韩出峡往江东所必经之地。"笔者考证白马江乃蜀州江名，距离蜀州10里，韩十四应是由此江乘船南下进入长江的，而杜甫确实有蜀州之行，故可断定白马江乃是送别之地。[3] 上述诸家之说，不唯地名考察失误，于杜诗顿挫笔法亦未深知。尾联兼写二人归乡之期难料，收结处呈现一片愁云。如此行文，一波三折，频转笔锋，确实为沉郁顿挫风格之代表作。清人纪昀评曰："纯以气胜，而复极沉郁顿挫，不比莽莽直行。"[4] 清人梁运昌评曰："送人觐省，而以自己无家夹说，意乃更厚，味乃更深。"[5] 二公所言极是，"不比莽莽直行"是说杜诗抒情并非平直顺流而下，而是多用逆转倒旋之笔，犹如江水之重重漩涡，故能显示力度。又如《送郑十八虔贬台州司户伤其临老陷贼之故阙为面别情见于诗》："郑公樗散鬓成丝，酒后常称老画师。万里伤心严谴日，百年垂死中兴时。

---

[1] 仇兆鳌《杜诗详注》，中华书局，1979年，第829页。
[2] 王嗣奭《杜臆》，上海古籍出版社，1983年，第134页。
[3] 韩成武《杜甫新论》，河北大学出版社，2007年，第145—149页。
[4] 李庆甲《瀛奎律髓汇评》，上海古籍出版社，1986年，第1070页。
[5] 梁运昌《杜园说杜》，书目文献出版社，1995年，第794页。

苍惶已就长途往,邂逅无端出饯迟。便与先生应永诀,九重泉路尽交期。"此诗亦多逆折之笔:郑虔多才而不遇,忠直而遭贬,[1]国家中兴而他垂死,友人含冤上路而自己未能饯行,情感频频对撞,故清人许印芳评曰:"较有沉郁顿挫之致。"[2]清人方东树评曰:"笔笔顿挫。"[3]

2. 雄浑丰丽。气象雄浑,色泽丰丽。例如《秋兴八首》,组诗中既有气势雄浑的景物描写,如"江间波浪兼天涌,塞上风云接地阴","西望瑶池降王母,东来紫气满函关"等,又有丰丽的色泽展示,如"玉露""香炉""翠微""金茎""雉尾""龙鳞""花萼""芙蓉""朱帘""锦缆""香稻""鹦鹉""碧梧""凤凰"等词语的使用,雄浑而不失于粗犷,丰丽而不失于纤弱。《秋兴八首》是杜甫居夔州而念京都之作,忆盛世之繁华,感乱世之变迁,融合个人今昔之慨叹,又将此等巨大情思布置在"万里风烟接素秋"的背景之下,遂形成笼天覆地之势。其回忆盛世之京都,则云"蓬莱宫阙对南山,承露金茎霄汉间。西望瑶池降王母,东来紫气满函关",写宫殿巍峨,金茎壮丽,瑶池紫气,神圣庄严,皆大处落笔,气象雄浑;"香稻啄余鹦鹉粒,碧梧栖老凤凰枝。佳人拾翠春相问,仙侣同舟晚更移",写香稻富足,碧梧茂盛,佳人仙侣,人事和谐,皆词采丰丽,景象祥和。其表现战乱导致长安变迁,则云"闻道长安似弈棋,百年世事不胜悲。王侯第宅皆新主,文武衣冠异昔时",此等笔墨,可谓抚百年于指掌,揭变迁及骨髓,极具概括力。写战事激烈则云"直北关山金鼓振,征西车马羽书迟",金鼓羽书,烽烟纵横,视野开阔,措辞简劲。仇兆鳌《杜诗详注》引张綖语:"《秋兴》八首,皆雄浑丰丽,沉着痛快,其有感于长安者,但极摹其盛,而所感自寓于中。"又引郝敬语:"《秋兴》八首,富丽之词,沉浑之气,力扛九鼎,勇夺三军,真大方家如椽之笔。"[4]此论堪称精湛。《唐宋诗醇》引刘会孟语:"八诗大体沉雄富丽。"[5]诸家之见,大致相同。其他如《奉和贾至舍人早朝大明宫》《宣政殿退朝晚出左掖》《紫宸

---

[1] 韩成武《杜甫的乡人情结述论》,《山西师范大学学报》,2014年第1期,第85—87页。
[2] 李庆甲《瀛奎律髓汇评》,上海古籍出版社,1986年,第1553页。
[3] 方东树《昭昧詹言》,人民文学出版社,1961年,第410页。
[4] 仇兆鳌《杜诗详注》,中华书局,1979年,第1498—1499页。
[5] 弘历(御制)《唐宋诗醇》,春风文艺出版社,1995年,第239页。

殿退朝口号》等诗篇也具有这种风格。

3. 慷慨悲壮。方回《瀛奎律髓》评曰:"老杜七言律诗一百五十余首,唐人粗能及之者仅数公,而皆欠悲壮。"[1]是说杜甫七律风格悲壮。的确,杜甫多首七律具有此种风格,例如《阁夜》:

> 岁暮阴阳催短景,天涯霜雪霁寒宵。
> 五更鼓角声悲壮,三峡星河影动摇。
> 野哭千家闻战伐,夷歌几处起渔樵。
> 卧龙跃马终黄土,人事音书漫寂寥。

诗写黎明见闻和感受。霜雪寒宵,寒气逼人,而鼓角悲壮,星河影摇,弥漫战争氛围。百姓闻战争而啼哭,渔夫樵子为生计而操劳,则人事与景物俱在悲慨之中。尾联"思及千古贤愚,同归于尽,则目前人事,远地音书,亦漫付之寂寥而已"[2]。桂天祥《批点唐诗正声》批曰:"全首悲壮慷慨。"[3]李庆甲《瀛奎律髓汇评》引冯舒语:"无首无尾,自成首尾,无转无接,自成转接,但见悲壮动人。"[4]《唐宋诗醇》引李因笃评语:"壮采以朴气行之,非泛为声调者可比。"[5]又如《野望》:

> 西山白雪三城戍,南浦清江万里桥。
> 海内风尘诸弟隔,天涯涕泪一身遥。
> 惟将迟暮供多病,未有涓埃答圣朝。
> 跨马出郊时极目,不堪人事日萧条。

首联写野望的两个视点"西山""南浦",确立了全篇的两个悲情点:忧国与思亲。西山有防御吐蕃之重镇,南浦则寓离情。颔联承接写思亲,"海内风尘"写战争之酷烈,"天涯涕泪"写思亲之凝重。颈联承接写忧国,感叹自身年老多病,未能为时局效力,感情沉痛。尾联以"人事萧

---

[1] 李庆甲《瀛奎律髓汇评》,上海古籍出版社,1986年,第1071页。
[2] 仇兆鳌《杜诗详注》,中华书局,1979年,第1561页。
[3] 陈伯海《唐诗汇评》,浙江教育出版社,1995年,第1205页。
[4] 李庆甲《瀛奎律髓汇评》,上海古籍出版社,1986年,第30页。
[5] 弘历(御制)《唐宋诗醇》,春风文艺出版社,1995年,第232页。

条"总括国家时局和兄弟离散，以"不堪"收结一篇之情感。全诗拓境从大处落墨，以涵容巨大之悲情。方回评《野望》曰："格律高耸，意气悲壮，唐人无能及之者。"[1]

4. 老成稳健。古代诗论家每以老健、老成、老到、老笔、苍老等语评论杜甫七律风格，指的是因生活阅历深，对世事洞察清晰，故诗句平淡中见深刻，从容中达世情。杜甫曾写诗赞叹薛华诗歌"风格老"："座中薛华善醉歌，歌辞自作风格老。近来海内为长句，汝与山东李白好。"(《苏端薛复筵简薛华醉歌》)长句即七言诗句。可见，此种风格颇为杜甫所欣赏。杜甫七律多有这种风格，例如《曲江对酒》：

> 苑外江头坐不归，水精春殿转霏微。
> 桃花细逐杨花落，黄鸟时兼白鸟飞。
> 纵饮久判人共弃，懒朝真与世相违。
> 吏情更觉沧洲远，老大悲伤未拂衣。

此诗前四句写曲江之景，后四句写对酒之情。此时杜甫任左拾遗，忠于职守，给肃宗朝提出许多批评意见，但未被采纳，深感无味，便纵饮浇愁，懒得上朝。虽知此举与世情相悖，会遭人遗弃，也不顾及。为自身束于微官，未能归隐而悲伤。"沧洲远"是说隐居之趣来得深远，比为官强。显然，作者对肃宗朝廷和世俗人情有清晰的认识，才能写出这样老成稳健的诗句。纪昀评《曲江对酒》曰："淡语而自然老健。"[2] 又如《公安送韦二少府匡赞》：

> 逍遥公后世多贤，送尔维舟惜此筵。
> 念我能书数字至，将诗不必万人传。
> 时危兵革黄尘里，日短江湖白发前。
> 古往今来皆涕泪，断肠分手各风烟。

临别叮嘱，稳健道来：想我的时候就寄来一封信吧，即便只言片语也

---

[1] 李庆甲《瀛奎律髓汇评》，上海古籍出版社，1986年，第490页。
[2] 李庆甲《瀛奎律髓汇评》，上海古籍出版社，1986年，第1071页。

值得珍贵；至于诗篇就不必传给众多的人啦，以免生出祸端。这分明是一副长者的口气，皆因其深于阅历，明于世态。由战乱频仍而想到来日无多，由眼下断肠分手而联及古往今来离别的泪水，都显示出他的明智和老健。许印芳评《公安送韦二少府匡赞》曰："通篇皆老笔，老而健举锐入。"[1] 其他，如杨伦《杜诗镜铨》引邵子湘语评论《宾至》曰"苍老"[2]，纪昀评《冬至》颔联"老健"[3]，等等，都能看出杜甫七律的这种风格。

5. 萧散自然。与老健风格相对，杜甫有些七律作品具有萧散自然的风致。作品风格受作家生活环境、心态或题材的制约，杜甫客居成都草堂期间所写的田园诗，大多具有这种风格。例如《江村》：

清江一曲抱村流，长夏江村事事幽。
自去自来梁上燕，相亲相近水中鸥。
老妻画纸为棋局，稚子敲针作钓钩。
但有故人供禄米，微躯此外更何求？

潇洒闲散，无拘无挂，自然天成，凿痕全无。仇兆鳌《杜诗详注》引黄生语："杜律不难于老健，而难于轻松。此诗见潇洒流逸之致。"[4] 杨伦评曰："潇洒清真。"[5] 浦起龙评曰："萧闲即事之笔。"[6] 又如《狂夫》：

万里桥西一草堂，百花潭水即沧浪。
风含翠筱娟娟净，雨裛红蕖冉冉香。
厚禄故人书断绝，恒饥稚子色凄凉。
欲填沟壑惟疏放，自笑狂夫老更狂。

以百花潭为归隐之处，盛赞环境优美，翠竹红荷，洁净传香，任凭生计艰难，终不改归身自然的心性。杨伦《杜诗镜铨》引邵子湘语："《狂

---

[1] 李庆甲《瀛奎律髓汇评》，上海古籍出版社，1986年，第1071页。
[2] 杨伦《杜诗镜铨》，上海古籍出版社，1998年，第319页。
[3] 李庆甲《瀛奎律髓汇评》，上海古籍出版社，1986年，第601页。
[4] 仇兆鳌《杜诗详注》，中华书局，1979年，第747页。
[5] 杨伦《杜诗镜铨》，上海古籍出版社，1998年，第320页。
[6] 浦起龙《读杜心解》，中华书局，1961年，第616页。

夫》萧散。"[1]萧散,即闲散,不受拘束,纯任自然。又如《南邻》,杨伦评曰:"画意最幽,总在自然入妙。"[2]又如《客至》,李沂《唐诗援》评曰:"天然风韵,不烦涂抹。"[3]又如《崔氏东山草堂》,边连宝《杜律启蒙》评曰"高淡萧疏。"[4]这些作品和批语,道出了杜甫七律的这种风格。

(二)章法体制

章法即谋篇布局之法。杜甫七律章法主要有两种:钩锁连环式、起承转合式。

1. 钩锁连环式。吴乔《围炉诗话》谈律诗章法,说道:"律诗有二体,如沈佺期《古意》……八句如钩镰连环,不用起承转合一定之法者也。子美《曲江》诗亦然。其云'一片花飞减却春',言花初落也。'风飘万点正愁人',言花大落也。'且看欲尽花经眼',言花落尽也。'一片'、'万点'、'减却春'、'正愁人'、'欲尽经眼',情景渐次而深,兴起第四句以酒遣怀之意。'小堂巢翡翠'言失位犹有可意事。'高冢卧麒麟',言富贵终有尽头时。落花起兴至此意已完。'细推物理须行乐'因落花而知万物有必尽之理。'细推'者,自一片、万点、落尽、饮酒、冢墓,皆在其中,以引末句失官不足介怀之意。此体子美最多。"[5]此种章法可称为钩锁连环式。其特点是诗句之间为表达某种意思而环环相扣,一气连贯到底。杜甫七律这种章法确实不少,例如《客至》:

> 舍南舍北皆春水,但见群鸥日日来。
> 花径不曾缘客扫,蓬门今始为君开。
> 盘飧市远无兼味,樽酒家贫只旧醅。
> 肯与邻翁相对饮,隔篱呼取尽余杯。

此诗首联写盼客来访(交游冷落,鸥鸟为邻),颔联写迎客之举(既

---

[1] 杨伦《杜诗镜铨》,上海古籍出版社,1998年,第319页。
[2] 杨伦《杜诗镜铨》,上海古籍出版社,1998年,第330页。
[3] 陈伯海《唐诗汇评》,浙江教育出版社,1995年,第1145页。
[4] 边连宝《杜律启蒙》,齐鲁书社,2005年,第380页。
[5] 郭绍虞《清诗话续编》,上海古籍出版社,1983年,第544页。

扫花径,又开柴门),颈联写宴客之事(菜少酒陈,道歉连连),尾联写陪客之情(身体多病,邻翁代陪)。全诗旨意在于表现好客之心,各联依此主旨按时间顺序写来。查慎行评曰:"自始至末,蝉联不断,七律得此,有掉臂游行之乐。"[1]"掉臂",意思是闲适自在。"掉臂游行之乐"说出了这种章法具有顺畅达意的好处。又如《南邻》:

  锦里先生乌角巾,园收芋粟不全贫。
  惯看宾客儿童喜,得食阶除鸟雀驯。
  秋水才深四五尺,野航恰受两三人。
  白沙翠竹江村暮,相对柴门月色新。

此诗赞美锦里先生清贫而仁厚。首联写其隐士身份,清贫自守。颔联写其品德仁厚,清贫而好客,节食以饲鸟。颈联写其携客野游,船虽小却能见主人之情。尾联写其柴门送别,"柴门"见其清贫,"月色"见作客流连之久。全篇依作者行迹次序来写,入其"园"、登其"阶"、游其"野",离其"门",环环相扣,句句紧扣"清贫仁厚"四个字。清人宋宗元《网师园唐诗笺》评曰:"蝉联而下,一片天机。"[2]清人方东树《昭昧詹言》评曰:"此赠朱山人也,皆向山人一边写,而情景各极亲切清新,章法井然明白。"[3]杜甫叙事性的七律作品多用这种章法。

  2. 起承转合式。吴乔《围炉诗话》中说道:"遵起承转合之法者,亦有二体,一种是四联依次为起承转合,另一种是首联为起,中二联为承,第七句为转,第八句为合,如杜诗之《江村》是也。"[4]杜甫《江村》:

  清江一曲抱村流,长夏江村事事幽。
  自去自来梁上燕,相亲相近水中鸥。
  老妻画纸为棋局,稚子敲针作钓钩。
  但有故人供禄米,微躯此外更何求?

---

[1] 张忠纲《杜甫全集校注》,人民文学出版社,2014年,2137页。
[2] 陈伯海《唐诗汇评》,浙江教育出版社,1995年,第1142页。
[3] 方东树《昭昧詹言》,人民文学出版社,1961年,第413页。
[4] 郭绍虞《清诗话续编》,上海古籍出版社,1983年,第544页。

此诗写居住江村之闲适。首联点题总写江村事幽。颔联、颈联是承，分别写景物之幽闲、人事之幽闲。第七句为转，写幽闲之条件，有饭可吃。第八句为合，心无奢求，故能有此闲适之情。又如《堂成》：

> 背郭堂成荫白茅，缘江路熟俯青郊。
> 桤林碍日吟风叶，笼竹和烟滴露梢。
> 暂止飞乌将数子，频来语燕定新巢。
> 旁人错比扬雄宅，懒惰无心作《解嘲》。

此诗写草堂建成之乐。首联"堂成"二字点题，并写其所处田园环境之清静。颔联、颈联是承，分别写草堂周围林木之佳、鸟雀之乐。第七句是转，言草堂不得与扬雄宅相比，意谓自己与扬雄有别。扬雄淡泊自守，作《太玄经》，杜甫初至成都，高适作《赠杜二拾遗》，尾联称其"草玄今已毕，此后更何言"，杜甫作《酬高使君相赠》，尾联言道"草玄吾岂敢，赋或似相如"，对高适之言不以为然，说撰写经书非我所长，诗赋之作倒是长项。第八句是合，扬雄作《太玄经》，受到嘲讽之后，作《解嘲》一文。杜甫反其意，说自己无心作此类文章，原因是"懒惰"，而"懒惰"是源于对草堂生活环境的满足，这就综合了一篇的主旨：乐见草堂建成。

至于四联依次为起承转合，杜甫七律较多使用这种章法。例如《九日蓝田崔氏庄》：

> 老去悲秋强自宽，兴来今日尽君欢。
> 羞将短发还吹帽，笑倩旁人为正冠。
> 蓝水远从千涧落，玉山高并两峰寒。
> 明年此会知谁健，醉把茱萸仔细看。

此诗写重阳节悲情。首联点明题旨"悲秋"，"强自宽""尽君欢"是说克制自己以合主人欢情。颔联是承，承接"强自宽""尽君欢"，做法是让人帮助把帽子戴正，以免被风吹落，有伤大雅。颈联是转，转而描写眼前景物，蓝水、玉山，景物壮丽而持久，宇宙永恒，暗衬人生短促。尾联是合，申述悲秋之缘由，不知明年是否健在，乞灵于手中茱萸。又如

《登高》：

> 风急天高猿啸哀，渚清沙白鸟飞回。
> 无边落木萧萧下，不尽长江滚滚来。
> 万里悲秋常作客，百年多病独登台。
> 艰难苦恨繁霜鬓，潦倒新停浊酒杯。

此诗主旨是悲秋，因秋景而兴悲情。首联暗点题面，所写景物是登高所见，"哀"字写猿啸也写情感。颔联是承，承接首联而展开对秋景作更为浓重的描绘，用"无边"从空间角度写落木之广，用"不尽"从时间角度写江流之久，秋景极萧条、极悲壮。作者用它来容纳巨大的忧思，情与景相适。颈联是转，转换笔墨，不再写秋景，而写触景之情。罗大经解说此联："盖万里，地之远也；秋，时之凄惨也；作客，羁旅也；常作客，久旅也；百年，齿暮也；多病，衰疾也；台，高迥处也；独登台，无亲朋也。十四字之间含八意，而对偶又精确。"[1] 八层意思给力于"悲"字上，其悲情之深重可想，此联对其晚年生涯作出准确的概括。尾联是合，综合一篇悲秋主旨，揭示悲秋的深层原因是生计"艰难"。尽管年老多病、久客他乡，倘若生计有所依靠，还不至于愁到极点。正因为生计艰难，才深恨年老没有抵抗折磨的能力，而心情潦倒需要借酒浇愁，却由于身体多病而抛弃酒杯。

杜甫七律还有其他章法，而以上述钩锁连环式、起承转合式最为常见。

3. 七律联章组诗章法：无序式、有序式。

杜甫古体、近体、乐府、歌行都作有联章组诗。当作者的某种思想不便于在一首诗中表达的时候，联章组诗就成了必要的方式。

七律联章组诗并非杜甫首创，生于杜甫之前的张说（667—730）所作《舞马千秋万岁乐府词三首》即是：

> 其 一
> 金天诞圣千秋节，玉醴还分万寿觞。

---

[1] 张忠纲《杜甫全集校注》，人民文学出版社，2014年，第5093页。

试听紫骝歌乐府,何如骥骧舞华冈。
连骞势出鱼龙变,蹀躞骄生鸟兽行。
岁岁相传指树日,翩翩来伴庆云翔。

其　二
圣皇至德与天齐,天马来仪自海西。
腕足徐行拜两膝,繁骄不进踏千蹄。
髬髵奋鬣时蹲踏,鼓怒骧身忽上跻。
更有衔杯终宴曲,垂头掉尾醉如泥。

其　三
远听明君爱逸才,玉鞭金翅引龙媒。
不因兹白人间有,定是飞黄天上来。
影弄日华相照耀,喷含云色且徘徊。
莫言阙下桃花舞,别有河中兰叶开。

唐玄宗的生日是八月初五,名曰"千秋节"。这一天群臣要为皇帝祝寿,开展各种庆祝活动,"舞马"就是其中的一项。舞马,就是由马来舞蹈,供人欣赏取乐。张说的这组联章组诗写的就是这项活动。三首诗虽说都在写舞马,却角度不同,内容各有侧重,均能独立成篇。第一首写舞马以为玄宗祝寿,舞马出场。第二首描写舞马的各种舞蹈姿态,笔触细致。第三首由舞马写到玄宗喜爱并拥有众多的良骏,并由此祝贺玄宗成为盛世君王。这三首诗都是严整的七律,声律、韵律、对仗无一失误。题目称其为"乐府词",是从配乐歌唱的角度来说的。唐人七律有些是用于配乐的,例如沈佺期的《独不见》就是一首七律,题目却是古乐府旧题。张说首创了七律联章组诗,但其内容不过颂圣而已,属于宫廷文学。杜甫的七律联章组诗则突破了这个范围。

杜甫七律联章组诗有10组,即《秋兴八首》《咏怀古迹五首》《诸将五首》《至日遣兴奉寄北省旧阁老两院故人二首》《十二月一日三首》《将赴成都草堂途中有作先寄严郑公五首》《七月一日题终明府水楼二首》《舍弟观赴蓝田取妻子到江陵喜寄三首》《见王监兵马使说近山有白黑二鹰罗者久取竟未能得王以为毛骨有异他鹰恐腊后春生骞飞避暖劲翮思秋之甚眇不可见请余赋诗二首《曲江二首》》。这些联章组诗合起来共同表达作者的某种思想，分开来能够独立成篇。其章法向来为古代诗论家所重视，大体说来有两种格局，一是"无序式"，一是"有序式"。"无序式"指各章分写一人一事，彼此之间没有意脉联系，例如《咏怀古迹五首》，分别吟咏庾信、宋玉、王昭君、刘备和诸葛亮，总摄于"咏怀"上。"有序式"则不同，各章虽分写人事，彼此之间却有意脉关联，例如《秋兴八首》，范廷谋曰："此诗八章，公身居夔州，心忆长安，因秋遣兴而作，故以'秋兴'名篇。八章中，总以首章'故园心'为枢纽，四章'故国平居有所思'为脉络，方得是诗主脑。若浑沦看去，终无端绪可寻。"[1]"瞿塘峡口曲江头，万里风烟接素秋"是全篇构思之所在。前四首重点写自身所在夔州之萧条境况，而以京华之思作为去向。首章写夔州秋气萧森境况凄凉，次章写夔州卧病心情潦倒，第三章写闲居夔州功业无成，第四章写听闻长安乱象悲慨交集。这些都将其心思引入对盛世京都的缅怀。第四章结句"故国平居有所思"启开了对盛世京都的回忆，后四章即承接此句而加以分叙，重点写昔日京华之盛况。第五章写昔日京都宫阙之雄伟，第六章写昔日曲江歌舞之繁华，第七章写昔日昆明池之盛景，第八章写昔日渼陂物产之富饶。回忆京都盛况，意在叹息盛世之难再。四章次序由宫阙到池苑，由城内到城外，层次井然。后四章多以自身潦倒作为归结，如"一卧沧江惊岁晚"，"江湖满地一渔翁"，"白头今望苦低垂"，这就把国家盛衰与个人遭际融为一体，感情因此而厚重。

（三）起法与结法

古代诗论家十分重视诗文的起与结，尤其是律诗，王世贞《艺苑卮言》说："七言律不难中二联，难在发端及结句耳。"[2]而发端尤其被看重，朱庭珍《筱园诗话》说："凡五、七律诗，最争起处。凡起处最宜经营，贵用陡峭之笔，洒然而来，突然涌出……或雄厚，或紧道，或生峭，或恣

---

[1] 张忠纲《杜甫全集校注》，人民文学出版社，2014年，第3789—3790页。
[2] 丁福保《历代诗话续编》，中华书局，1983年，第961页。

逸，或高老，或沉着，或飘脱，或秀拔，佳处不一，皆高格响调。"[1]杜甫五律、七律之发端多具这些特征。

　　从章法角度看，首联的功能是点题，尤其是登临、观赏、咏怀之作，要交代时间、地点等，为下文写景抒怀提供必要的条件。从使用笔墨的角度来看，首联每以高格响调而入，颇能豁人耳目。其雄厚者，如"五夜漏声催晓箭，九重春色醉仙桃"（《奉和贾至舍人早朝大明宫》），"天门日射黄金榜，春殿晴曛赤羽旗"（《宣政殿退朝晚出左掖》），"群山万壑赴荆门，生长明妃尚有村"（《咏怀古迹五首》其三）；其悲壮者，如"花近高楼伤客心，万方多难此登临"（《登楼》），"西山白雪三城戍，南浦清江万里桥"（《野望》），"风急天高猿啸哀，渚清沙白鸟飞回"（《登高》）；其突兀者，如"剑外忽传收蓟北，初闻涕泪满衣裳"（《闻官军收河南河北》），"为人性僻耽佳句，语不惊人死不休"（《江上值水如海势聊短述》）；其生峭者，如"城尖径仄旌旆愁，独立缥缈之飞楼"（《白帝城最高楼》），"西岳崚嶒竦处尊，诸峰罗立似儿孙"（《望岳》）；其警拔者，如"岁暮阴阳催短景，天涯霜雪霁寒宵"（《阁夜》），"露下天高秋水清，空山独夜旅魂惊"（《夜》）；其秀拔者，如"清江一曲抱村流，长夏江村事事幽"（《江村》），"双峰寂寂对春台，万竹青青照客杯"（《又送》），"秋日野亭千橘香，玉杯锦席高云凉"（《章梓州橘亭饯成都窦少尹》）；其高老者，如"老去悲秋强自宽，兴来今日尽君欢"（《九日蓝田崔氏庄》），"野老篱边江岸回，柴门不正逐江开"（《野老》），"逍遥公后世多贤，送尔维舟惜此筵"（《公安送韦二少府匡赞》）；其恣逸者，如"朝回日日典春衣，每日江头尽醉归"（《曲江二首》其二），"万里桥西一草堂，百花潭水即沧浪"（《狂夫》）；其沉着者，如"摇落深知宋玉悲，风流儒雅亦吾师"（《咏怀古迹五首》其二），"诸葛大名垂宇宙，宗臣遗像肃清高"（《咏怀古迹五首》其五）。凡此等等，首联都能根据全诗情感内容开篇定调，具有笼罩全篇的作用。

　　杜甫七律首联笔墨多样，有写景，有叙事，有议论。行文上有散起，有对起。冒春荣《葚原诗说》曰："唐人散者居多，惟杜甫好用对起。"[2]此

---

[1] 郭绍虞《清诗话续编》，上海古籍出版社，1983年，第2397页。
[2] 郭绍虞《清诗话续编》，上海古籍出版社，1983年，第1572页。

言得之。

古代诗论家认为律诗结法有两种，一是就本题收结，一是宕开一步。吴乔《围炉诗话》曰："结句收束上文者，正法也；宕开者，别法也。"[1]杜甫七律多用正法收结，所用笔墨多为议论，也有采用细节描写的，往往含蓄有味。如《九日蓝田崔氏庄》尾联"明年此会知谁健，醉把茱萸仔细看"，许印芳评曰："结句收拾全题，词气和缓有力，而且有味。"[2]

（四）属对艺术

律诗结构于起结之外，就该说到中间两联的对仗了。本章第三部分"杜甫七律的对仗体制"是从技术规则层面作出的研究，现在从艺术层面简论其七律对仗之优长。

1. 自然天成。对仗既要遵循字声相反和词性相同的铁律，那么自然天成、脱略凿痕便成了审美的一大追求。又因律诗的对仗分布于中间两联，占到一半篇幅，所以对仗这道工序向来为诗人所看重，杜甫《寄彭州高三十五使君适虢州岑二十七长史参三十韵》有"遥知对属忙"之句，"对属"即对仗，着一"忙"字，可见其分量之重。杜甫七律的对仗具有自然天成之美，已成古代诗论家之共识，且举几例：杜甫《南邻》诗颈联"秋水才深四五尺，野航恰受两三人"，纪昀评曰"五六天然好句"，无名氏（乙）评曰："五六化尽律家对属，化工妙。此景千古常新，杜公亦千古长在。"[3] 又如《曲江二首》其二颔联"酒债寻常行处有，人生七十古来稀"，查慎行评曰"游行自在"[4]；《暮归》诗颔联"客子入门月皎皎，谁家捣练风凄凄"，纪昀评其为"神来"之笔[5]；《题省中壁》诗颔联"落花游丝白日静，鸣鸠乳燕青春深"，纪昀评曰"天然深妙"[6]。

2. 特殊对仗俱臻妙境。杜甫七律对仗有 12 大类，每一类别都有高超

---

[1] 郭绍虞《清诗话续编》，上海古籍出版社，1983 年，第 1572 页。
[2] 李庆甲《瀛奎律髓汇评》，上海古籍出版社，1986 年，第 635 页。
[3] 李庆甲《瀛奎律髓汇评》，上海古籍出版社，1986 年，第 992 页。
[4] 李庆甲《瀛奎律髓汇评》，上海古籍出版社，1986 年，第 359 页。
[5] 李庆甲《瀛奎律髓汇评》，上海古籍出版社，1986 年，第 558 页。
[6] 李庆甲《瀛奎律髓汇评》，上海古籍出版社，1986 年，第 1115 页。

的艺术造诣。尤其是流水对、当句对、借对这三类特殊的对仗，具有开拓意义，足为后人垂范。

（1）杜甫制作了大量的流水对，既有单句形式又有复句形式。这些流水对在表意的流程中呈现对仗，使对仗句具有流动美，从而克服了一般对仗的刻板、凝滞的缺陷。杜甫使用流水对，或将其一生辗转和艰难生活加以表现（如"支离东北风尘际，漂泊西南天地间"，"厚禄故人书断绝，恒饥稚子色凄凉"），或将其丰富的人生体验作出揭示（如"幸不折来伤岁暮，若为看去乱乡愁"，"药裹关心诗总废，花枝照眼句还成"），或将其时局观感加以表述（如"北极朝廷终不改，西山寇盗莫相侵"，"昨日玉鱼蒙葬地，早时金碗出人间"），从而把流水对的艺术价值推向极致。

（2）当句对有广义和狭义两种形式，杜甫七律当句对包容了广、狭两种形式。这些当句对的长处如下：其一，不事雕琢，遵循物性。例如"桃花细逐杨花落，黄鸟时兼白鸟飞"《（曲江对酒）》，将眼前景物信手拈来，细摹其动态，组成绚丽的春光图。汪灏评曰："公盖只用四样飞舞空中物，上不粘天，下不粘地，所以不嫌重笨。"[1]不嫌重笨，主要原因是不雕凿，不违背物性，故能得其天趣。其二，不事游词，为情而设。例如"戎马不如归马逸，千家今有百家存"（《白帝》），前句写乱世之物，后句写乱世之人。乱世之物以"戎马"和"归马"对比，乱世之人以"千家"与"百家"对比，深刻地描写出惨绝的人寰。这样的当句对不仅不会使人感到文字堆叠，反而受到强烈的心灵刺激。其三，音声流转，和谐入耳，无拗口之弊。

（3）借对是对仗园林中的一朵奇葩，杜诗借对无论是借义还是借音，皆能横生妙趣，产出喜剧效果，给人愉悦的享受。由于是"借"，所以不像其他对仗那样一目了然，初读时会认为对得不工，例如"酒债寻常行处有，人生七十古来稀"（《曲江二首》其二），"寻常"岂能与"七十"相对？经过思索，发现"寻常"还有数目意义，方才恍然大悟。正如刘明华先生所说，借对具有让"观众（读者）纳闷片刻之后拍案叫绝，击节称

---

[1] 汪灏《树人堂读杜诗》，道光十二年刻本，卷六，第六页。

善"[1]的艺术魅力。

3. 时空并驭。杜甫七律每每于一联中时间对空间，呈现为时空两种意念的对举、交构，如"万里伤心严谴日，百年垂死中兴时"(《送郑十八虔贬台州司户伤其临老陷贼之故阙为面别情见于诗》)，"洛城一别四千里，胡骑长驱五六年"(《恨别》)，"锦江春色来天地，玉垒浮云变古今"(《登楼》)，"逐客虽皆万里去，悲君已是十年流"(《寄杜位》)，"万里悲秋常作客，百年多病独登台"(《登高》)，"永夜角声悲自语，中天月色好谁看"(《宿府》)，"楚天不断四时雨，巫峡常吹万里风"(《暮春》)，"十年戎马暗南国，异域宾客老孤城"(《愁》)，"五更鼓角声悲壮，三峡星河影动摇"(《阁夜》)，"时危兵革黄尘里，日短江湖白发前"(《公安送韦二少府匡赞》)。这些联语既写了景物（或人事）的空间状态，又写了景物（或人事）的时间状态，以纵横交叉的笔墨展示了空间之大与时间之久，造成深宏的诗境，或用以表现景物的雄伟气势，或用以表达深沉的宇宙意识。《淮南子·齐俗训》说："往古来今谓之宙，四方上下谓之宇。"[2]这种宇宙意识应该是时空并驭构造联语的哲学依凭。

4. 踵事增华。赵翼《瓯北诗话》论七律对仗内容，说初盛唐诗人道："多写景，而未及于指事言情、引用典故。少陵以穷愁寂寞之身，藉诗遣日，于是七律益尽其变，不惟写景，兼复言情，不惟言情，兼复使典。七律之蹊径，至是益大开。"[3]赵翼所言极是。杜甫七律中间两联对仗一联写景、一联言情者颇多，例如《江村》中二联"自去自来梁上燕，相亲相近水中鸥"，"老妻画纸为棋局，稚子敲针作钓钩"，《野老》中二联"渔人网集澄潭下，贾客船随返照来"，"长路关心悲剑阁，片云何意傍琴台"等，颔联景，颈联情；《九日蓝田崔氏庄》中二联"羞将短发还吹帽，笑倩旁人为正冠"，"蓝水远从千涧落，玉山高并两峰寒"，《进艇》中二联"昼引老妻乘小艇，晴看稚子浴清江"，"俱飞蛱蝶元相逐，并蒂芙蓉本自双"等，颔联情，颈联景。甚至有两联皆为言情者，如《又呈吴郎》中二

---

[1] 刘明华《杜诗修辞艺术》，中州古籍出版社，1991年，第27页。
[2]《诸子集成》第七册，上海书店出版社，1986年，第178页。
[3] 赵翼《瓯北诗话》，人民文学出版社，1963年，第175页。

联"不为困穷宁有此,只缘恐惧转须亲","即防远客虽多事,便插疏篱却甚真",《宾至》中二联"岂有文章惊海内,漫劳车马驻江干","竟日淹留佳客坐,百年粗粝腐儒餐",《和裴迪登蜀州东亭送客逢早梅相忆见寄》中二联"此时对雪遥相忆,送客逢春可自由","幸不折来伤岁暮,若为看去乱乡愁",《野望》中二联"海内风尘诸弟隔,天涯涕泪一身遥","惟将迟暮供多病,未有涓埃答圣朝",等等。至于对仗句使用典故者,亦不乏见,例如《秋尽》颔联"篱边老却陶潜菊,江上徒逢袁绍杯",《严中丞枉驾见过》颈联"扁舟不独如张翰,皂帽还应似管宁",等等。将言情、用典引入对仗句,笔墨焕然一新,开辟了蹊径,增强了表意抒情的效果,确乎为一大贡献。

(五)句法体制

句法是指一句诗的组织法或结构法。下面对杜甫七律句法体制从句式错综、词语省略、词序倒置等三个方面作出考察。

1. 句式错综。

这里所说的"句式",同五律一样,是指诗句的意义节奏,说的是诗句的语法结构。它与韵律节奏是两个不同的概念。汉语诗歌的韵律节奏,以两个音节为一个节奏单位,就七言诗来说,是2—2—2—1型的。但是由于表意的复杂性,其意义节奏每每与韵律节奏不能一致。杜甫于七言常式"2—2—2—1"之外,又创制出多种句式。

(1)"1—6"式,例如:"昼—引老妻乘小艇,晴—看稚子浴清江"(《进艇》),"鱼—知丙穴由来美,酒—忆郫筒不用酤"(《将赴成都草堂途中有作先寄严郑公五首》其一)。

(2)"2—5"式,例如:"艰难—苦恨繁霜鬓,潦倒—新停浊酒杯"(《登高》),"春水—船如天上坐,老年—花似雾中看"(《小寒食舟中作》)。

(3)"3—4"式,例如:"渔人网—集澄潭下,估客船—随返照来"(《野老》),"棋局动—随幽涧竹,袈裟忆—上泛湖船"(《因许八奉寄江宁旻上人》)。

(4)"5—2"式,例如:"且看欲尽花—经眼,莫厌伤多酒—入唇"(《曲江二首》其一),"永夜角声悲—自语,中天月色好—谁看"(《宿府》)。

上述这些句式，突破了七言常式"2—2—2—1"韵律节奏的局限，给表意抒情带来便利。

2. 词语省略。

词语省略是造成诗歌语言精练的方法之一。说到诗歌语言精练，七律诗句是难于五律诗句的，就是由于多了两个字，刘熙载《艺概》云："五言无闲字易，有余味难；七言有余味易，无闲字难。"[1] 杜甫七律在省略词语、给诗句"瘦身"上是下了大功夫的，归纳其技法，主要有省略介词、制作无谓语句、制作紧缩句、制作互文句四种。上一章提到杜甫五律的词语省略，有"以副代动"之方法，而杜甫七律使用此法者仅有一例，即"映阶碧草自春色，隔叶黄鹂空好音"(《蜀相》)。

（1）省略介词，只出现介词短语中的名词、名词组或其他语法结构。其中表示时间、处所、方向的介词被省略，较为常见，也容易识别，在此不论。需要提起注意的是以下四种类型的介词省略：一是表示原因的介词被省略，如"兵戈不见老莱衣"(《送韩十四江东省觐》)，"兵戈"是"不见老莱衣"的原因，省略了表示原因的介词"因为"；二是表示目的的介词被省略，如"寒衣处处催刀尺"(《秋兴八首》其一)，意思是说，为了赶制寒衣，处处都在催动刀尺；三是表示方式、方法的介词被省略，如"画图省识春风面"(《咏怀古迹五首》其三)，"画图"是"省识春风面"的方法，省略了介词"用"；四是表示叙述对象的介词被省略，例如"鱼知丙穴由来美，酒忆郫筒不用酤"(《将赴成都草堂途中有作先寄严郑公五首》其一)，"鱼"和"酒"是叙述对象，介词"对于"被省略了。两句的意思是：对于鱼来说，我知道丙穴出产的由来鲜美；对于酒来说，我记得郫筒出产的不用花钱买。省略介词可以造成诗句简劲，同时，由于这些保留下来的介词短语中的名词处于句首，往往成为解释的难点。

（2）制作无谓语句。句子不出现谓语，全由名词（或名词组）构成。如"西山白雪三城戍，南浦清江万里桥"(《野望》)，这两句写的是野望所见的地形地物，显示出视野的辽阔和心事所在。戍，这里指边防区域的营垒、城堡。又如"桤林碍日吟风叶，笼竹和烟滴露梢"(《堂成》)，句子的

---

[1] 刘熙载《艺概》，上海古籍出版社，1978年，第70页。

主干是"桤林叶""笼竹梢","碍日吟风"是"叶"的定语,"和烟滴露"是"梢"的定语。又如"故乡门巷荆棘底,中原君臣豺虎边"(《昼梦》),"郑县亭子涧之滨"(《题郑县亭子》),"浣花溪水水西头"(《卜居》),"锦里先生乌角巾"(《南邻》),"万里桥西一草堂"(《狂夫》),"万古云霄一羽毛"(《咏怀古迹五首》其五)等。这些无谓语句,不用动词限定事物之间的关系,给读者留下想象的空间,句子显得清爽、洁净。

(3)制作紧缩句。紧缩句是两句合并为一句,上四字为一句,后三字为一句。例如《夜》:"露下天高秋水清,空山独夜旅魂惊。疏灯自照孤帆宿,新月犹悬双杵鸣。南菊再逢人卧病,北书不至雁无情。步檐倚杖看牛斗,银汉遥应接凤城。"方回评曰:"此诗,中四句自是一家句法","盖上四字、下三字,本是两句,今以合为一句,而中不相粘,实则不可拆离也"[1]。此说得到纪昀的肯定。"疏灯自照"与"孤帆宿"、"新月犹悬"与"双杵鸣"、"南菊再逢"与"人卧病"、"北书不至"与"雁无情"皆说的两种事物,却又不可拆离。紧缩句增加了诗句的意象密度,使诗句具有凝练美。

(4)制作互文句。为了节省文字,把两个本来要合在一起说的词语分属两句去说。例如"花径不曾缘客扫,蓬门今始为君开"(《客至》),摊开来意思是说:花径不曾缘客扫,今始为君扫;蓬门不曾缘客开,今始为君开。再如"昨日玉鱼蒙葬地,早时金碗出人间"(《诸将五首》其一),诗写吐蕃攻陷长安,挖掘皇陵事。玉鱼、金碗,指唐朝皇帝的陪葬物,同属两句,即昨日玉鱼金碗蒙葬地,早时玉鱼金碗出人间。又如"风含翠筱娟娟净,雨裛红蕖冉冉香"(《狂夫》),风、雨也是两属,翠筱因雨洗而洁净,红蕖因风吹而传香。

3. 词序倒置。

杜甫七律的句子语法结构多数是遵循正常词序,有少数句子出现词序倒置。大体说来,主要有以下几种类型:

(1)宾语的主语部分提到谓语前面,例如"细草留连侵坐软,残花怅望近人开"(《又送》),把词序顺过来应是"留连细草侵坐软,怅望残花近

---

[1] 李庆甲《瀛奎律髓汇评》,上海古籍出版社,1986年,第451页。

人开",把宾语的主语"细草""残花"提到谓语前面,是为了谐调平仄声调。又如"雪岭独看西日落,剑门犹阻北人来"(《秋尽》),前句"雪岭"是"西日落"的主语,把词序顺过来是"独看雪岭西日落",把主语"雪岭"提到谓语前面,是为了与下句"剑门"构成对仗。

(2)状语移到动词后面,一般来说状语处于动词之前,现在却颠倒过来,例如"盘出高门行白玉,菜传纤手送青丝"(《立春》),"出高门"应是"自高门出","传纤手"应是"以纤手传","高门""纤手"皆为状语后置。又如"画省香炉违伏枕,山楼粉堞隐悲笳"(《秋兴八首》其二),"违伏枕"应是"因伏枕而违",此句的意思是说因为卧病而未能去画省供职。画省即尚书省,杜甫此时任检校工部员外郎,隶属尚书省。

(3)主谓倒置,如"自去自来梁上燕,相亲相近水中鸥"(《江村》),顺过来是"梁上燕自去自来,水中鸥相亲相近",把谓语提前,突出了鸟的姿态和情感。又如"负盐出井此溪女,打鼓发船何郡郎"(《十二月一日三首》其二),顺过来是"此溪女负盐出井,何郡郎打鼓发船",把谓语提前,突出了人物行为的独特性。

七言句容易写成戏本唱词,词序倒置可以在一定程度上克服这个弱项,使之具有诗句美感。

(六)字法体制

字法即作诗锤炼文字之法。杜诗精于炼字,尤其是对于篇幅有限的近体诗,锤炼文字更是付出一番心思,他说"语不惊人死不休",这种态度在七律创作上表现更为突出。大体说来,其用力处,主要在锤炼动词和形容词上,务必做到状物精准、常字生辉、深化情感。

1. 状物精准。通过锤炼文字,精准地刻画出事物的形态、动态,达到非此字则不可的地步。如《返照》颔联"返照入江翻石壁,归云拥树失山村",叶羲昂《唐诗直解》评曰:"'返照'一联,字字着意,以'翻'字写返照,以'失'字写归云,一联用六虚眼,工练无痕,景复如画。"[1]"翻"字写出涌动的江水把日光投映到石壁上,日光在石壁上晃动

---

[1] 陈伯海《唐诗汇评》,浙江教育出版社,1995年,第1251页。

的景象;"失"字写山村被归云掩没,见归云之浓重,堪称炼字精准。杜甫七律善于使用叠字,已为古代诗论家所关注。仇兆鳌《杜诗详注》详细分析了杜甫七律叠字出现的位置及诗例:"有用之句首者,如'娟娟戏蝶过闲幔,片片轻鸥下急湍','短短桃花临水岸,轻轻柳絮点人衣','青青竹笋迎船出,白白江鱼入馔来',是也。有用之句尾者,如'信宿渔人还泛泛,清秋燕子故飞飞','小院回廊春寂寂,浴凫飞鹭晚悠悠','客子入门月皎皎,谁家捣练风凄凄',是也。有用之上腰者,如'宫草霏霏承委珮,炉烟细细驻游丝','江天漠漠鸟双去,风雨时时龙一吟','云石荧荧高叶晚,风江飒飒乱帆秋','山木苍苍落日曛,竹竿袅袅细泉分',是也。有用之下腰者,如'穿花蛱蝶深深见,点水蜻蜓款款飞','风含翠筱娟娟净,雨裛红蕖冉冉香','无边落木萧萧下,不尽长江滚滚来','碧窗宿雾濛濛湿,朱拱浮云细细轻',是也。声谐义恰,句句带仙灵之气,真不可及矣。"[1]"仙灵"云云,表意朦胧,姑且不论,但这些叠字对事物的动态或形态作出准确而生动的修饰,且声韵和谐,无疑是值得赞许的。黄生评"短短桃花临水岸"曰:"短短,字老而趣。如小小则嫩,矮矮则俗,灼灼则太文,皆替此二字不得。"[2]顾宸评"娟娟戏蝶过闲幔,片片轻鸥下急湍"曰:"娟娟,蝶之戏态也。片片,写出轻状。"[3]足见其体物精细入微,彰显炼字之功。

2. 常字生辉。杜甫炼字,拒绝使用艰深、险僻之字,能以常见字状物传神。例如《南邻》颈联"秋水才深四五尺,野航恰受两三人",野航指农家小船,容量有限,用一"受"字便颇具情味。黄生《唐诗摘钞》评曰:"'受'字杜惯用,故不足奇。然入他人手,定是'载'字矣。"[4]"载"字只是客观叙述,"受"字则写出船对人的接纳,有情意在。又如《送路六侍御入朝》颈联"不分桃花红似锦,生憎柳絮白于绵",金圣叹《杜诗解》评曰:"'桃花红胜锦,柳絮白于绵',岂复成诗?诗在'不分''生憎'

---

[1] 仇兆鳌《杜诗详注》,中华书局,1979年,第744—745页。
[2] 仇兆鳌《杜诗详注》,中华书局,1979年,第1246页。
[3] 张忠纲《杜甫全集校注》,人民文学出版社,2014年,第6004页。
[4] 陈伯海《唐诗汇评》,浙江教育出版社,1995年,第1141页。

字。加四俗字,便成佳笔。"[1]此"分"字为去声,见《广韵》去声"二十三问"。不分,即不料,诧异之辞,表示对桃花的反感。生憎,厌恶之辞。这四个俗常字,表达了离情之浓重。又如《见萤火》,金圣叹评"却绕井栏添个个,偶经花蕊弄辉辉"说道:"井是露井,井上有栏。萤火只在井边飞绕。初然一个,继而又一个,复又一个,'添'字摹神。花蕊必在陆地,萤畏冷,不飞去,或偶飞到花蕊上。光照花蕊,见他一亮一亮,若相接,若不相接,不似夏天亮得通彻也,'弄'字摹神。"[2]"添"字写出萤火虫由少渐多之势,"弄"字写出萤光明灭之状,平常之字达传神之功,这正是大诗人的手笔。张戒《岁寒堂诗话》说道:"世徒见子美诗多粗俗,不知粗俗语在诗句中最难,非粗俗,乃高古之极也。自曹刘死至今一千年,惟子美一人能之。"[3]粗俗,即是指诗歌语言质朴通俗。

3. 深化情感。律诗的主旨在于抒情,杜诗炼字遵循着这一主旨。黄生评《野望》"惟将迟暮供多病,未有涓埃答圣朝"说道:"'供'字工甚,迟暮之身,尚思效力朝廷,岂意第供多病之用?此自悲自恨之词。"[4]说自己的身体不能为国家所用,倒成了供生病用的,"供"字深化了感愧之情。又如《咏怀古迹五首》其三首联"群山万壑赴荆门,生长明妃尚有村","赴"字化静为动,说群山万壑一齐奔赴荆门,去访问王昭君的村庄,这就浓重地表达出作者对王昭君的缅怀之情。俞陛云评曰:"首句咏荆门之地势,用一'赴'字,沉着有力。"[5]又如《登高》,王士禛《带经堂诗话》评曰:"七言律有以叠字益见悲壮者,如杜子美'无边落木萧萧下,不尽长江滚滚来','江天漠漠鸟双去,风雨时时龙一吟'是也。"[6]诸如此类,不胜枚举。

沈德潜《说诗晬语》云:"古人不废炼字法,然以意胜而不以字胜。"[7]

---

[1] 金圣叹《杜诗解》,上海古籍出版社,1984年,第135页。
[2] 金圣叹《杜诗解》,上海古籍出版社,1984年,第233页。
[3] 丁福保《历代诗话续编》,中华书局,1983年,第450页。
[4] 张忠纲《杜甫全集校注》,人民文学出版社,2014年,第2456页。
[5] 俞陛云《诗境浅说》,北京出版社,2003年,第66页。
[6] 王士禛《带经堂诗话》,人民文学出版社,1998年,第80页。
[7] 沈德潜《说诗晬语》,人民文学出版社,1979年,第241页。

此话用于评论杜甫七律炼字法，甚为精确。"以意胜"就是在表意抒情上下大气力；"不以字胜"就是注重使用平常字，而不是生僻字。

（本文与吴淑玲教授合著）